DIANA
VERLAG

Julia Wallis Martin

Der Vogelgarten

ROMAN

Aus dem Englischen von
Mechthild Sandberg-Ciletti

Diana Verlag
München Zürich

Titel der Originalausgabe: The Bird Yard
Originalverlag: Hodder & Stoughton, London

Umschlaggestaltung: Hauptmann und Kampa
Werbeagentur, CH-Zug
Satz: Filmsatz Schröter GmbH, München
Druck und Bindung: Franz Spiegel Buch, Ulm
Printed in Germany

ISBN 3-8284-0025-6

Für meinen Sohn

Prolog

November 1997

Die gewaltige Stahlkugel hing leblos vom Kran. Er fühlte ihr Gewicht wie ein Teil von sich – eine Verantwortung, die ihn über Stunden im Führerhaus festhielt.

Das Führen solcher Kräne war wie eine Berufung. Sie trennte Männer wie ihn von allen anderen. Seine Arbeitskollegen brachten ihm ab und zu Tee oder Zigaretten, und er nahm ihre Gaben an, wie vielleicht ein Gott ein Opfer annimmt, stets in dem Bewußtsein, daß ihr Leben in seiner Hand lag und das kleinste Zeichen von ihm genügte, sie auseinanderzutreiben, um Schutz zu suchen.

Da unten, wo der Boden frostig glitzerte, kamen zwei Arbeiter aus einem Haus, dessen Fallrohre schlingernd wie gebrochene Glieder an bröckelnden Mauern herabhingen. Der vierstöckige viktorianische Bau am Ende einer längeren Häuserzeile war Zeugnis einer Zeit, als hier Menschen wohnten, deren Familien weder ›alt‹ noch ›einflußreich‹ waren; Menschen, die die Furcht vor einem Skandal in der Familie oder dem plötzlichen Verlust ihres vergleichsweise bescheidenen Vermögens grausam gemacht hatte. Hier hatten sie sich zusammengedrängt, abseits der verslumten Reihenhaussiedlungen, die sich nach Norden ausgebreitet hatten. Die Slums gab es jetzt nicht mehr; nur diese in den unaufhaltsamen Sog der Verwahrlosung geratenen Häuser waren noch übrig, aber das offizielle Urteil, sie abzureißen, war schon vor Jahren gefallen.

Seine Kollegen gaben ihm grünes Licht und zogen sich

eilig auf ein Stück unbebautes, verwildertes Land zurück, das zwischen dieser Häuserreihe und einer zweiten, ähnlichen lag.

Er wartete, bis sie aus der Gefahrenzone waren, und vermerkte genau, wo sie standen. Mehr als zwanzig Männer arbeiteten auf diesem Abbruchgelände, und er hätte zu jeder Zeit sagen können, wo jeder von ihnen sich gerade aufhielt. Ihr Leben hing davon ab, daß er das wußte, und er behielt sie alle im Auge, beobachtete die Konstellationen, die sie bildeten, wenn sie wie Treibgut auseinanderdrifteten und wieder zusammenkamen.

Den Kran in die richtige Stellung zu bringen ging fast automatisch. Fünfzehn Jahre Erfahrung, da brauchte man nicht mehr groß nachzudenken. Das einzige, woran er dachte, war die Sicherheit der Leute, zumal Gelegenheitsarbeiter manchmal etwas sorglos waren. Nicht die Gefahr, daß sie von Mauertrümmern überschüttet werden könnten, beunruhigte ihn. Niemand wäre so dumm, in nächster Nähe eines Gebäudes stehenzubleiben, das gleich abgerissen werden sollte, aber die weniger erfahrenen Männer wußten nicht, daß Staub töten konnte, daß feine Ziegelsplitter sie blind machen, daß Holzsplitter sich wie Geschosse ins Fleisch bohren und einen Menschen zum Krüppel machen konnten.

Sie standen alle in sicherem Abstand, Helme auf den Köpfen, Masken vor dem Mund und die Augen hinter Schutzbrillen verborgen. Einige lehnten an einer Wellblechwand, die einen ehemals großen Garten abtrennte. Nur war es längst kein Garten mehr – jedenfalls hätte er ihn nicht als solchen bezeichnet.

Maschendraht spannte sich von der Wellblechwand zum Dach des Hauses. Zunächst hielt er das Ganze für eine verrückte Sicherheitsmaßnahme, aber als der Kran vorüberrumpelte, erhoben sich Schwärme von Vögeln unter dem Drahtnetz, und er erkannte, was aus dem ehemaligen

Garten geworden war: eine riesige Voliere. Er fuhr langsamer und beobachtete, wie einige der Vögel auf die Bäume flatterten, die unter dem Netz standen. Andere flogen direkt auf das Haus zu und schossen durch offene Fenster ins Innere. Die Tatsache, daß das Haus offensichtlich eine Erweiterung der Voliere war, fand er so merkwürdig, daß er einen Moment lang seine Arbeit vergaß. Aber nur einen Moment. Sicherheit war alles. Noch einmal überprüfte er, wo die Leute standen; alle waren noch da, wo er sie Sekunden vorher gesehen hatte – sie wußten, was jetzt kam, und blieben in sicherer Entfernung von der Gefahr.

Er schwenkte den Kran unter dem ohrenbetäubenden Krachen des Motors weg von der Voliere, und während er auf das Haus zurollte, das er nun dem Erdboden gleichmachen würde, sagte er sich, daß die Vögel ihn nichts angingen. Schon seit langem war diese Gegend zu einem Tummelplatz für Eigenbrötler und Durchgeknallte geworden, und wenn es jemandem gefallen hatte, hier eine gigantische Voliere aufzubauen, so war das seine Sache; Hauptsache, der Vogelfreund begriff, daß er seine Arbeit zu tun hatte, daß letztlich der Kran anrücken würde und die Vögel das Feld räumen müßten.

In solchen Augenblicken fühlte er sich allmächtig; als könnte er, wenn er nur wollte, die ganze Welt mit dieser gewaltigen Stahlkugel zertrümmern, und als er jetzt einen Hebel zog, der überraschend leicht in der Hand lag, begann die Kugel mit zunehmendem Schwung zu pendeln und verdunkelte die eisig glänzende Sonne.

Abbrucharbeit war eine echte Kunst. Die meisten Leute, dachte er, wußten das nicht. Sie hatten keine Ahnung, daß man nicht einfach irgendwie auf ein Gebäude losschlagen konnte, nicht einmal wenn es ziemlich klein war wie dieses hier. Es bereitete ihm eine gewisse Genugtuung, genau und fast instinktiv zu wissen, wo die Schwachstelle war, die Kugel in Position zu bringen, der Mauer einen scheinbar nur ganz leichten Stoß zu geben und sich dann zurückzulehnen und zuzusehen, wie sie einstürzte.

Aber sie stürzte nicht ein. Das war das Verblüffende. Sie stürzte gar nicht ein. Die Seitenmauern des Hauses neigten sich, doch sie widerstanden dem Schlag, während die Fassade heftig erbebte und in sich zusammensank.

Er wußte sofort, was da los war: Die Seitenmauer war irgendwann verstärkt oder vielleicht sogar neu gebaut worden; der Mörtel in der Fassade hingegen war unter dem Aufprall zerfallen. Das Mauerwerk, das er zusammengehalten hatte, war eingestürzt, die Räume des Hauses blieben aufgebrochen zurück, und etwas in diesen Räumen erregte die Aufmerksamkeit seiner Kollegen.

Sie setzten sich langsam in Bewegung, die Gesichter zum Himmel gerichtet, die Haut bleich von einer Schicht pulverisierten Mörtels, und noch während er sie beobachtete, nahmen einige ihre Schutzbrillen ab, andere ihre Masken. Er schrie ihnen zu, sie sollten zurückbleiben, das Haus sei einsturzgefährdet, aber keiner von ihnen hörte seinen Warnruf. Wütend sprang er aus dem Führerhaus und rannte ihnen entgegen, während es aus der windstillen, kalten Luft noch immer Staub regnete. Dann sah er, was sie so faszinierte, entsetzt hielt er im Laufen inne.

Hinter der eingestürzten Fassade waren zwei Alkoven zum Vorschein gekommen. Einer davon war irgendwann zugemauert worden, doch mit dem Einsturz der Mauer waren die Gipsfaserplatten weggerissen worden, und in der Öffnung war ein Lumpenbündel zu sehen.

Etwas an diesen Lumpen, dachte der Kranführer, ruft eine tiefsitzende, uralte Angst wach, und im selben Augenblick erkannte er, daß das keine Lumpen waren, sondern Kleider, die lose eine Gestalt umhüllten. Er wich zurück.

»Jacko«, rief er dem Vorarbeiter zu, »wo ist dein Handy?« Der Mann griff in die Tasche seines Dufflecoats, zog ein Telefon heraus und sagte: »Wen soll ich anrufen?«

Einen Moment lang war der Kranführer unsicher. Wen informierte man zuerst – den Chef oder die Behörden?

Er zog sich die Schutzbrille von den Augen, als könnte er damit auch das Bild vor seinen Augen löschen, aber es blieb: ein gekrümmter Hals und Lippen, die über den Zähnen hochgezogen waren.

Ein Geräusch, das er erkannte, ein Geräusch, das sich manchmal in seine Träume schlich, warnte ihn. »Die Polizei«, sagte er, und wie zutiefst verletzt begann das Haus aus den oberen Räumen Ziegelsteine zu schleudern, während die Männer in Deckung flüchteten.

In vierzehn Jahren bei der Polizei von Greater Manchester hatte Detective Superintendent Parker hinreichend Erfahrung gesammelt, um zu wissen, daß das Opfer lebendig eingemauert worden war. Niemand hatte den Leichnam so hingelegt und niemand hatte ihm die Augen zugedrückt. Augen, deren Lider so zart waren, daß die Iris hindurchschimmerte.

Im Leben hatte dieser Körper in Lumpen an der Mauer gekratzt, hatte geweint, um Erbarmen geschrien, und seine Schreie waren ungehört verhallt. Parker erwog die Möglichkeit, daß er erstickt war, hielt es dann aber für wahrscheinlicher, daß er verdurstet war. Vielleicht aber auch nicht, dachte Parker. Vielleicht war der Kerker selbst die Ursache gewesen, das Grauen vor dem unausweichlichen Tod.

Er musterte die zusammengerollte Gestalt mit den zum Mund erhobenen Fingern, und gerade weil er sich nur allzu gut vorstellen konnte, was das Opfer durchgemacht hatte, wollte er nicht länger darüber spekulieren. Er zwang sich daher, seine Aufmerksamkeit auf den Raum zu konzentrieren, wo man die Leiche gefunden hatte.

Der Alkoven war von seinem Pendant durch einen gußeisernen offenen Kamin getrennt. Tapete hing in Fetzen wie lange Hautstreifen von der Kaminwand herab. Sie hatte früher einmal ein Muster gehabt; wo in anderen Häusern Bilderleisten angebracht waren, konnte man eine Borte erkennen.

Der Widerschein eines blinkenden Blaulichts hinter ihm zuckte regelmäßig über das Gelände und das Haus. Als er sich umdrehte und einem uniformierten Beamten ein Zeichen gab, das verdammte Ding auszuschalten, sah er Ziegel, Mauerbrocken, Geröll und Schutt, alles von Reif überzogen. Selbst die Arbeiter sahen aus wie zu Eis erstarrt, mit Gesichtern von der Farbe pulverisierten Steins.

Er blickte über das verwüstete Grundstück zu den gegenüberliegenden Häusern. Auch die hatten einst braven Mittelstandsbürgern gehört, Parker jedoch hatte diese Gegend nur noch als Dealerparadies gekannt. Jetzt waren nicht einmal mehr Junkies hier – brüchige Böden und beißende Kälte hatten sie vertrieben. Die ganze Häuserreihe war unbewohnt, einzige Ausnahme war dieses Haus mit seiner selbstgebastelten Voliere. Als er sich ihm näherte, schossen Finken wie Schwärme tropischer Fische in die Bäume. Einige flatterten ins Haus; andere fanden Löcher im Maschendraht und flogen hinaus, aber nur, um gleich wieder zurückzukehren. Die Voliere mochte zwar jede Ähnlichkeit mit ihrer ursprünglichen Heimat entbehren, aber sie bedeutete Sicherheit, und die scheuten sie sich aufzugeben.

Bald würden die Voliere und das Haus dem Erdboden gleichgemacht werden. Parker wußte nicht, wann das geschehen würde, und es war ihm auch ziemlich gleichgültig. Er wußte nur, daß sein Hauptverdächtiger da drinnen stand und ihn beobachtete. Er registrierte die Bewegung, als Roly von einem Fenster zurücktrat. Der Mann verschmolz mit den Schatten und blieb verborgen, aber zuvor hatte Parker ihn gesehen, und Roly hatte gesehen, wie Parker sich auf den Weg zum Vogelgarten machte.

1

Oktober 1997

Mit dem Büro, das ihm seinem Dienstgrad gemäß zustand, hatte Parker eine Fotografie übernommen. Die Bobbys darauf trugen Uniformen, die die meisten Leute heute noch erkennen würden, und ihre Gesichter zierten Koteletten von außerordentlicher Größe. In drei stocksteifen Reihen hatten sie dagestanden und auf das Blitzlicht gewartet, und wenn es für viele von ihnen das einzige Mal im Leben gewesen war, daß sie offiziell fotografiert wurden, verrieten ihre ernsten Mienen doch nichts davon, daß sie dies als besonderes Ereignis empfanden.

In strammer Haltung standen sie vor einem Gebäude, das nicht mehr existierte. Es war in den sechziger Jahren abgerissen worden, um dem Polizeipräsidium Platz zu machen, in dem Parker jetzt arbeitete. Die umliegenden Häuser entsprachen in ihrem Aussehen diesem freundlicheren, neueren Gebäude, doch von seinem Fenster aus blickte er auf eine Stadt, die seine Vorfahren ohne große Mühe wiedererkannt hätten.

Während er zu den charakteristischen Bauten hinuntersah, mit deren Hilfe er als Kind gelernt hatte, sich in der Stadt zurechtzufinden, wurde ihm plötzlich bewußt, daß er Manchester wie seine Westentasche kannte. Er wußte, daß er hierher gehörte, und sah überhaupt keinen Mangel an Unternehmungsgeist darin, seine eigenen Kinder nur einen Katzensprung von dem Haus entfernt großzuziehen, in dem er selbst aufgewachsen war. Deren Freunde waren die Söhne und Töchter von Leuten, die Parker schon sein Leben lang kannte, und daran gab es seiner Auffassung nach nichts auszusetzen. Kontinuität war etwas Gutes, sie schuf ein Gefühl von Sicherheit.

Ein Klopfen an der Tür riß ihn aus seinen Gedanken. Als Detective Inspector Warrender eintrat und »Sir?« sagte, drehte sich Parker um.

Warrender, zehn Jahre jünger als Parker, war intelligent, ein kompetenter Mitarbeiter, der instinktiv wußte, wann man eine Sache ohne Umschweife dem Vorgesetzten vorlegte. »Wir haben da einen vermißten Jungen.«

Parker fragte sich, ob Warrender eine Ahnung davon hatte, wie sehr ihn diese Worte trafen. Vor einiger Zeit war er zu dem Schluß gekommen, daß es damit zu tun haben mußte, daß er selbst Kinder hatte. Warrender, der noch unverheiratet war, noch seine Erfahrungen sammelte und ›dabei nichts anbrennen ließ‹, wie er selbst es formulierte, konnte nicht wissen, daß die Nachricht vom Verschwinden oder von der Verletzung eines Kindes bei jemandem, der selbst Vater war, viel tiefer ging. »Wie alt?« fragte er.

»Zwölf.«

Zwölf, dachte Parker. Sein jüngerer Sohn war auch zwölf, sein älterer war fünfzehn und trieb ihn mit Musik von Bands wie Oasis, Blur und The Verve die Wände hoch.

»Wann ist er zuletzt gesehen worden?«

»Gestern nachmittag.«

»Durchgebrannt?«

»Vielleicht. Bei ihm zu Hause sieht es nicht gut aus, und es ist bekannt, daß er die Schule geschwänzt hat.«

Parker war schon dabei, die Situation einzuschätzen. Zwölf, das war ein wenig jung, um aus einer plötzlichen Laune heraus abzuhauen, aber man konnte ja nie wissen – es kam vor, daß sich die Hormone in diesem Alter mit Macht regten. Und es gab immer wieder Kinder, die von zu Hause ausbüxten, weil ihnen, unreif wie sie waren, irgendwelche geringfügigen Probleme unlösbar erschienen.

»Noch was«, sagte Warrender. »Er ist ungefähr hundert Meter von der Stelle entfernt verschwunden, wo Joseph Coyne das letztemal gesehen wurde.«

Das reichte Parker. »Fahren wir«, sagte er.

2

Eine halbe Stunde später klopfte Parker an die Tür einer Doppelhaushälfte in einer Sozialwohnsiedlung, einer der größten in Europa. »Mrs. Maudsley?« fragte er und zeigte seinen Dienstausweis.

Die alte Frau, die ihm die Tür geöffnet hatte, führte ihn in ein Zimmer, in dem bereits ein paar andere Beamte saßen. Sie standen auf, als Parker hereinkam, und blieben stehen, auch nachdem er ihren respektvollen Gruß zur Kenntnis genommen hatte.

Die alte Frau war nervös. Parker war offensichtlich ein ranghöherer Polizist als die Uniformierten, die sie bis eben über Einzelheiten zum Verschwinden ihres Enkels befragt hatten, und als Inspector Warrender, der kurz nach ihnen gekommen war. Parker spürte die Nervosität und bemühte sich, die alte Frau zu beruhigen. »Das ist reine Routine, Mrs. Maudsley. Gary ist ja erst zwölf, da wollen wir ihn natürlich so schnell wie möglich finden, nicht wahr?« Sein Lächeln kam nicht an.

»Sie glauben nicht, daß ihm was passiert ist?«

Unter normalen Umständen hätte Parker geantwortet, daß jeden Tag in der Woche Halbwüchsige verschwinden. Die meisten kamen nach ein, zwei Tagen kleinlaut wieder zu Haus angezuckelt; spätestens wenn die große Wut, die

Furcht oder auch die Abenteuerlust, die sie getrieben hatten, unter dem Eindruck kalter Nächte auf der Straße zu Belanglosigkeiten verblaßt waren. Manche allerdings kamen nicht aus freien Stücken zurück, und wenn das der Fall war, begann die Polizei nach ihnen zu fahnden, setzte ihre Namen auf die Vermißtenliste und hoffte das Beste.

»Nicht sehr wahrscheinlich«, sagte er, und statistisch gesehen war das die Wahrheit; die meisten Kinder, die verschwanden, tauchten wohlbehalten wieder auf.

»Er ist nur noch mal kurz was einkaufen gegangen, und das war's dann. Danach hab ich ihn nicht mehr gesehen.«

Sie hätte ebensogut das Verschwinden Joseph Coynes beschreiben können, dachte Parker, und Mrs. Maudsley fügte prompt hinzu: »Genau wie bei dem Kleinen aus der Adelphe Road.«

»Wir sollten keine vorschnellen Schlüsse ziehen«, sagte Parker beschwichtigend, aber sie hörte ihm gar nicht zu.

»Er ist nie gefunden worden. Ich seh ab und zu seine Mutter. Sie ist nicht mehr dieselbe.«

Parker, der immer noch regelmäßig Kontakt zu Joseph Coynes Mutter hatte, wußte nur zu gut, daß sie nicht mehr dieselbe war, und er wußte auch, daß sie in letzter Zeit den Aussagen von Hellsehern und spiritistischen Medien mehr Vertrauen schenkte als allem, was die Polizei ihr vielleicht sagen konnte. Er nahm ihr das nicht einmal übel, die Polizei hatte schließlich kaum Anhaltspunkte und überhaupt nichts, was als Erklärung oder Trost herhalten konnte. Was bedeutete, daß sie auf ihre Frage: »Was glauben Sie denn, wo er ist?« unweigerlich irgendeine Plattheit zu hören bekam. Da mußte es eine Erleichterung für sie gewesen sein, jemanden aufzutreiben, der bereit war, sich eindeutig festzulegen. Er hoffte nur, daß sie nicht auf jemanden hereinfallen würde, der ihre Schwäche ausnützen und sie dazu verleiten würde, ihr bißchen Geld für einen ›Rat‹ aus dem Jenseits zu opfern.

Als er sie das letztemal gesehen hatte, hatte er ihr versprochen, daß die Ermittlungen über Josephs Verschwinden nicht eingestellt werden würden, und sie hatte ihn mit der Bemerkung unterbrochen: »Es sind jetzt fünf Jahre, Mr. Parker. Es spricht doch alles dafür, daß er *tot* ist.« Als erzählte sie ihm damit etwas, was er nicht schon lange wußte.

Mrs. Maudsley sagte: »Einer von Ihren Leuten hat die Uhr von unserem Gary gefunden.« Und Parker, der sich mit fragendem Blick an Warrender wandte, erfuhr, daß die Beamten sie oben an der Straße entdeckt hatten. Warrender berichtete außerdem, daß dort ein Junge herumgelungert hatte, der etwa in Garys Alter war. Mit den Worten: »Bist du ein Freund von Gary?« war Warrender auf ihn zugegangen. Der Junge hatte das verneint und gesagt, er hätte nur zufällig gesehen, wie die Bullen die Uhr aufhoben, und es hätte ihn eben interessiert, was da los sei.

»Wie heißt du, mein Junge?« hatte Warrender ihn gefragt, aber der Junge hatte sich davongemacht, worauf Warrender eine Kollegin gebeten hatte, ihn noch einmal vorsichtig zu befragen. Von ihr hatte er wenig später erfahren, daß der Junge Nathan hieß, hier in der Gegend wohnte und mit Gary zur Schule ging, jedoch angeblich nicht näher mit ihm befreundet war. Warrender, den die Uhr mehr interessierte als Nathan, hatte es dabei bewenden lassen.

»Das Armband war abgerissen«, bemerkte Mrs. Maudsley und verstummte, als hätte sie Angst anzudeuten, man könnte es Gary mit Gewalt vom Arm gerissen haben.

»Ach, Uhrarmbänder gehen leicht mal kaputt«, sagte Warrender, »besonders diese windigen Plastikdinger.« Aber sie war nicht dumm. Er bemerkte den scharfen Blick ihrer blaßgrauen Augen, auch wenn sie vom Alter getrübt waren.

»Haben Sie ein Foto von Gary?« fragte Parker, und

Mrs. Maudsley wies mit einem Nicken auf ein Klassenfoto, das auf dem Kaminsims stand.

Parker betrachtete es so eindringlich, als wollte er das Bild Gary Maudsleys vom Fotopapier lösen und seinem Gedächtnis einverleiben. Gary war ein Junge mit lebendigem Gesicht, das Haar hellbraun, sein Lachen mehr ein breites Grinsen. Die Krawatte seiner Schuluniform war ziemlich phantasievoll geknotet. Ein richtiger kleiner Lauser, dachte Parker, aber hinter diesem frechen Lachen verbarg sich noch etwas anderes: die Spuren, wie hart das Leben mit ihm umgesprungen war.

»Was hatte er gestern an?«

»Bomberjacke und Jeans«, antwortete Mrs. Maudsley.

Im Geist zog Parker dem Jungen die Schuluniform aus und kleidete ihn neu. Es machte einen deutlichen Unterschied; Gary wirkte älter, ein bißchen abgebrühter vielleicht.

»Wo ist seine Mutter?« fragte Parker.

»In Marokko«, sagte Mrs. Maudsley. »Sie schreibt ab und zu.«

Mehr brauch ich gar nicht zu wissen, dachte Parker. »Und was ist mit seinem Vater?«

»Der lebt in Sheffield. Er hat wieder geheiratet, nachdem Frances einfach auf und davon ist.«

Parker konnte sich in etwa eine Vorstellung von Garys Leben machen. Die Mutter hatte sich aus dem Staub gemacht, und der Vater hatte die Verantwortung für ein Kind, das in seinem neuen Leben keinen Platz mehr hatte, auf die Großmutter abgewälzt. So was passierte jeden Tag.

»Na ja«, sagte er, »viele Kinder laufen mal für einen Tag oder so von zu Hause weg und tauchen dann gesund und munter wieder auf.«

Diese Bemerkung beruhigte Mrs. Maudsley mehr als alles andere, was er hätte sagen können. Vielleicht trieb sich

Gary einfach irgendwo in der Weltgeschichte rum, und es war ihm überhaupt nichts passiert. Aber dann würde er was erleben, wenn er ihr unter die Finger kam. Sie lächelte matt.

»Kann ich mir mal sein Zimmer ansehen?« fragte Parker, und sie führte ihn nach oben, wo bereits zwei Beamte Garys Habseligkeiten durchsuchten. Sie grüßten Parker kurz und machten weiter, während Parker an der Tür stehenblieb und ihnen bei der Arbeit zusah.

Das Zimmer ging nach hinten hinaus, wo ein winziger Garten in Form eines Rasenstreifens durch hohe, ungepflegte Hecken von anderen schmalen Rasenstreifen abgetrennt wurde.

»Bitte«, sagte Mrs. Maudsley, und Parker nickte. Es war, soweit man sehen konnte, ein typisches Jungenzimmer. Die Poster an den Wänden zeigten größtenteils Musikgruppen, die auch Parkers Kinder bevorzugt hörten – Blur, Oasis. Nichts Ungewöhnliches in dieser Hinsicht.

Neben dem Bett stand ein Vogelkäfig, in dem jedoch der übliche Spiegel und die Sepiaschale, die für Parker zur Vogelhaltung gehörten, fehlten. Er zeigte mit dem Finger darauf und sagte: »Ach, Gary hat einen Vogel gehabt.«

»Er ist gestorben«, erklärte Mrs. Maudsley. »Er hatte ihn nur ungefähr eine Woche. Dann lag er eines Morgens tot im Käfig.«

Ungewöhnlich, fand Parker. Er kannte sich zwar mit Käfigvögeln nicht aus, hatte aber immer gedacht, daß sie Jahre lebten, wenn sie ordentlich versorgt wurden.

Sein Blick glitt über eine Kassettenhülle und blieb an schmutzigen Kleidern hängen, die aus einem Korb herausquollen. Ein Aufnäher auf den Shorts verriet ihm, daß dies Garys Sportsachen waren, und er sagte leichthin: »Na, da hat er Ihnen aber einiges an Wäsche hinterlassen, hm?« Sie lächelte ein wenig zittrig, und Parker fügte hinzu: »Dann werfen Sie die mal bald in die Maschine – man weiß nie, wann er die Sachen wieder braucht. Ich hab meine Mutter damit zur Weißglut getrieben, daß ich ihr meine schmutzigen Klamotten immer erst am Morgen vor dem Spiel gebracht habe.«

»Sie glauben also, daß es ihm gutgeht?«

Parker antwortete nicht. Vielleicht war dieses Uhrarmband an irgend etwas hängengeblieben, oder vielleicht hatte man es Gary vom Arm gerissen – er wußte es nicht, aber der Fund beunruhigte ihn, genau wie er Warrender beunruhigt hatte.

»Wo zum Teufel treibt er sich rum?« sagte sie plötzlich, und die Gefühle, die sie bisher unter Verschluß gehalten hatte, machten sich in Worten Luft, die zornig klangen.

Er konnte ihr nicht in die blaßgrauen Augen sehen, weil er fürchtete, sein Blick würde die gleiche Angst verraten, die auch sie gefangennahm. »Wir werden ihn finden«, sagte er und verschwieg, daß er das auch Joseph Coynes Mutter versprochen hatte und es ihm bis jetzt nicht gelungen war, sein Versprechen einzulösen.

3

Innerhalb von vierundzwanzig Stunden nach Garys Verschwinden hatte der Computer die Daten zu sämtlichen Pädophilen, die im Großraum Manchester aktenkundig waren, ausgespien, und der Name, der Parker auf Anhieb ins Auge sprang, war der Douglas Byrnes.

Parker kannte den Mann von früher, er hatte ihn nach Joseph Coynes Verschwinden ins Verhör genommen, und als er jetzt vor dem Laden stand, in dem Byrne sein Geschäft hatte, fühlte er sich unweigerlich an die Krämerläden seiner Kindheit erinnert. In solchen Geschäften hatte er Zigaretten stückweise gekauft, eine oder zwei, hatte seine Hand in Plastikbehälter getaucht, um sich angestaubte Bonbons zu angeln, hatte zu den Regalen hinaufgesehen, wo Türme von Fleischkonserven neben Flaschen mit Tizer standen. Bei dem Gedanken an die klebrige rote Flüssigkeit lag ihm sofort wieder der Geschmack auf der Zunge, und gleichzeitig erinnerte er sich an den leichten Schweißgeruch unzähliger ungepflegter Frauen in Hausschuhen, deren schmierige Absätze vom Gewicht ihrer Körpermassen plattgetreten waren.

Solche kleinen Läden, die zu seiner Kindheit gehörten hatten wie der Anblick einer Frau, die vor ihrer Haustür den Bürgersteig fegte, gab es heute nicht mehr. Die Geschäfte, die sie abgelöst hatten, gehörten fast durchweg zu der Sorte Eintagsfliegen. So betrachtet hatte sich Byrnes Laden länger gehalten als die meisten; Videotheken wie seine, klein, ungünstig gelegen und schlecht sortiert, gingen rundherum zu Dutzenden ein. Aber Parker war nicht hergekommen, um die Bücher zu prüfen oder herauszufinden, wovon Byrne seine Rechnungen bezahlte. Der Laden war nur Fassade, und unter dem Ladentisch wurde mit allerhand Verbotenem gehandelt. Das wußte er.

Zusammen mit Warrender trat er in ein Chaos von Videos, die ohne einen Gedanken an Genre oder Zustand in provisorische Regale gestopft waren. Nach ihren Hüllen zu urteilen mit seltsamen Bildern, die unter vergilbtem, abgegriffenem Plastik kaum erkennbar waren, hatte die Filmindustrie irgendwann in den siebziger Jahren ihren Geist aufgegeben.

Es gab eine Art Ladentheke, und hinter der stand Byrne mit seinen tadellos gepflegten Fingernägeln und dem vorzeitig zurückweichenden Haaransatz. Als er Parker sah, schien er ein klein wenig zu schrumpfen, wohl ebensosehr aus Resignation wie aus Nervosität.

»Guten Tag, Dougie«, sagte Parker.

»Ohne meinen Anwalt rede ich kein Wort mit Ihnen«, erklärte Byrne.

»Wir sind nicht wegen Joey hier«, sagte Parker.

Byrne kam hinter der Ladentheke hervor, schloß die Tür ab und wandte sich dann zu Parker: »Weshalb dann?«

Mit einer Kopfbewegung in Richtung des oberen Stockwerks sagte Parker: »Oben.«

Byrne führte sie durch das Hinterzimmer, dann eine Treppe hinauf in ein Ein-Zimmer-Apartment. Es war nicht das erste Mal, daß Parker das Zimmer sah, und wenn es auch klein und düster war, so war es doch sauber und zweckmäßig.

Byrne wies auf den einzigen vorhandenen Sessel, als wollte er ihn auffordern, sich zu setzen, aber Parker blieb stehen, genau wie Warrender, der an der Tür Posten bezog. Obwohl Parker in der Nähe dieses Menschen und seiner Besitztümer das dringende Bedürfnis verspürte, sich augenblicklich von Kopf bis Fuß abzuschrubben, bemühte er sich um einen unvoreingenommenen Ton, als er sagte: »Ein kleiner Junge aus der Nachbarschaft wird vermißt.« Er zog eine Fotografie von Gary Maudsley heraus und reichte sie Byrne. »Kennen Sie ihn?«

Byrne ließ sich mit dem Foto in seinen weißen, teigigen Händen auf das Bett fallen. Er betrachtete es einige Sekunden lang aufmerksam, dann gab er es Parker zurück. »Nein.«

»Nicht mal vom Sehen?«

»Sollte ich?«

»Er wohnt immerhin hier in der Gegend – ich dachte, er wäre vielleicht irgendwann mal bei Ihnen im Laden gewesen.«

»Nein, war er nicht.«

»Tja«, meinte Parker, »ich kann nur hoffen, daß ich nicht bei weiteren Nachforschungen feststellen muß, daß er doch mal hier im Laden war. Das würde für Sie gar nicht gut aussehen.« Als Byrne nichts darauf sagte, fügte er hinzu: »Überlegen Sie genau, Dougie. Sie sind ihm auch nicht zufällig mal auf der Straße begegnet?«

»Ich kann mich nicht erinnern.«

»Sie sagten damals auch, Sie hätten Joseph Coyne nie gesehen, und dann hat sich herausgestellt, daß Sie beobachtet wurden, wie Sie am Morgen vor seinem Verschwinden mit ihm sprachen.«

Byrne sprang erregt auf und ging zum Fenster, wo er auf die Straße hinuntersah. Er sagte: »Ich hab's Ihnen doch schon gesagt, er hat mich nach der Uhrzeit gefragt«, und Parker, der den Mangel an Phantasie bei dieser fadenscheinigen Erklärung immer irgendwie beleidigend gefunden hatte, gab sich ausnahmsweise mit der Antwort zufrieden. Byrne wandte seinen Blick von der tristen Aussicht und drehte sich zu Parker um. »Es gibt doch massenhaft Kerle, die weit Schlimmeres getan haben als ich. Warum hacken Sie ausgerechnet auf mir rum?«

»Joseph hat kaum einen Kilometer von diesem Laden entfernt gewohnt. Sie wurden am Morgen seines Verschwindens beobachtet, wie Sie mit ihm gesprochen haben, und nun ist wieder ein Junge verschwunden, der ebenfalls ganz zufällig nur ungefähr hundert Meter von hier entfernt wohnt.« Byrne sah erschrocken aus, als Parker hinzufügte: »Verstehen Sie jetzt, Dougie? Ich wäre ziemlich dumm, wenn ich Sie nicht befragen würde.«

»Wann hört das endlich auf? Das möchte ich gerne wissen. Wann gibt man mir endlich die Chance, diese verfluchte Hinterlassenschaft eines einzigen dummen Fehlers loszuwerden?«

Seine Stimme war weinerlich, und Parker, dem er damit nur noch widerwärtiger wurde, sagte: »Es gibt Hinterlassenschaften, die man sein Leben lang nicht los wird, Dougie. Sie können nicht ein Kind mißbrauchen und erwarten, daß die Gesellschaft das vergißt.«

Byrne blickte jäh auf, Schweißperlen traten ihm auf die Stirn, die Parker an ein glänzendes Stück Schwarte erinnerte. »Ich weiß genau, wie die Polizei denkt – wenn man mal als Kinderverderber drangekriegt worden ist, lernt man das – drum weiß ich auch, was Sie denken, Mr. Parker ...«

»Da sind Sie schlauer als ich«, sagte Parker. »Die meiste Zeit hab ich keinen Schimmer, was ich denke, Dougie – zuviel Papierkram um die Ohren.«

»Ich bin ein leichtes Ziel. Schieben Sie's nur mir in die Schuhe, da wird das Leben für Sie gleich viel leichter. Ist doch jetzt schon klar, daß ich angeklagt werden soll.«

»Beruhigen Sie sich, Dougie. Niemand klagt Sie an.«

»Und überhaupt, woher wollen Sie wissen, daß irgend jemand irgendwas getan hat? Kann doch genausogut sein, daß er einfach mit einem Kumpel abgehauen ist.«

Er hatte recht, das mußte Parker zugeben, aber er war noch lange nicht fertig mit ihm. »Wo waren Sie gestern?«

»Hier.«

Parker reagierte nicht darauf. Er beobachtete nur die weichen, weißen Finger, die unablässig die feisten, weißen Handflächen kneteten. »Kann das jemand bestätigen?«

»Es war ruhig im Laden. Es war kaum jemand da – nachmittags ist nie viel los. Da muß ich mal nachdenken ...«

Parker lächelte den Mann an und hätte doch nichts lieber getan, als ihn zu packen, an die Wand zu quetschen und durch die Mauer zu stoßen. Sein Ton erledigte das für ihn, als er sagte: »Tun Sie das, Dougie, denken Sie gut nach, und wenn Sie nachgedacht haben, dann rufen Sie Ihren Anwalt an. Sagen Sie ihm, er soll eventuelle Urlaubspläne am besten gleich abblasen – Sie werden ihn wahrscheinlich in Kürze brauchen.«

Dann gingen sie und traten auf die Straße hinaus, wo die Luft sofort angenehmer schien. Um das Haus herum gingen sie zu einem großen zweiflügeligen Holztor, durch das man zum hinteren Teil des Grundstücks gelangte. Parker öffnete das Tor. Früher einmal war hier Rasen gewesen, jetzt sah man nur noch blanke Erde, hart, festgestampft und von Furchen durchzogen, die die Räder von Byrnes kleinem Lieferwagen hinterlassen hatten.

An einer Mauer stand ein Kohlenbunker aus Beton. Sein Anblick erinnerte Parker daran, wie früher die Kohlenmänner Kohlensäcke hinter das Haus seiner Eltern geschleppt und in einen ähnlichen Bunker geleert hatten. Diese Zeiten waren vorbei, der Qualm, der immer über Häusern wie diesem hing, hatte sich verzogen, aber auf Grundstücken, deren Eigentümer zu träge waren, diese häßlichen Erinnerungsstücke an die Vergangenheit loszuwerden, standen sie immer noch.

Er ging hin, hob den Deckel und fand den Bunker leer, sein Inneres feucht, die Wände schwarz von Kohlenstaub. Vor fünf Jahren hatte der Bunker ein ganzes Stück weiter links gestanden als jetzt; damals, bei seinen ersten Ermittlungen gegen Byrne, hatte Parker seinen Leuten befohlen, ihn wegzuheben und den Boden darunter aufzugraben. Seine Männer hatten mehrere Meter tief gegraben, aber Josephs Leiche war nicht gefunden worden. Dafür hatten sie nicht weit unter der Oberfläche einen Metallkasten entdeckt.

Zurück auf der Wache, hatte Parker Byrne aufgefordert, den Kasten zu öffnen, aber der hatte hartnäckig behauptet, der Kasten gehöre nicht ihm. Er war dabeigewesen, als einer von Parkers Leuten ein Stemmeisen unter das Schloß geschoben und es aufgebrochen hatte, und er hatte aufreizend befriedigt gewirkt über Parkers Verwirrung angesichts des Inhalts. Es waren weder Pornovideos noch Fotografien, Adreßbücher oder sonstige Dinge gewesen, die Parker zu finden gehofft hatte, sondern Modekataloge.

Doch Parkers Verständnislosigkeit war nur von kurzer Dauer gewesen. Sobald er beim Blättern auf die Teile mit Kinderkleidung gestoßen war, hatte er gewußt, was los war. Die meisten Kleidungsstücke wurden von Sechs- bis Neunjährigen mit unschuldig lachenden Gesichtern vorgeführt. Bei der Erkenntnis, daß Byrne diese Bilder zur Befriedigung seiner abartigen Neigungen benutzt hatte, war Parker übel geworden. Und schlimmer noch, er hätte am liebsten der Versuchung nachgegeben, diesen Kerl windelweich zu prügeln. Mit vor Wut bebender Stimme hatte er sich an einen seiner Beamten gewandt: »Bringen Sie ihn hier raus«, und Byrne war in die Sicherheit seiner Zelle abgeführt worden.

Bei der Erinnerung an die Kataloge mit Bildern von Kindern in Schlafanzügen wurde Parker wieder einmal klar, daß man kein Kind hundertprozentig schützen konnte, jedenfalls nicht, solange Männer wie Byrne frei herumliefen, Raubtiere, die nur auf ihre Chance lauerten, sich eines zu schnappen.

Ist das Gary passiert? fragte sich Parker. Er hoffte inständig, daß er sich irrte.

»Und jetzt?« fragte Warrender.

Parker klappte den Deckel des Kohlenbunkers zu. »Wir besorgen uns einen Durchsuchungsbefehl und lassen ihn nicht mehr aus den Augen. Stellen Sie ihn unter Überwachung.«

Als er nach oben blickte, sah er Byrne zu ihnen hinunterstarren. Sein Gesicht war bleich und verdrossen, als könnte er nicht verstehen, warum man es gerade auf ihn abgesehen hatte.

4

Brogan Healey, zwölf Jahre alt, sah zu der Glaskuppel des Dachs hinauf. Regen hatte den dicksten Schmutz weggespült, und ein trübes, unbestimmtes Licht fiel wie ein Schleier über die Stände und Buden darunter. Die meisten waren provisorischer Natur; einfache Verkaufstische, die man in der Halle, die einst ein Fischmarkt gewesen war, aufgestellt hatte. Andere, wie Morantis Basar, waren Einrichtungen dauerhafterer Art. Sein Schaufenster war mit kunstvoll gearbeiteten Bambuskäfigen vollgestellt; es gab große und kleine, und in jedem saß oder flatterte ein farbenprächtiger Fink.

Als er das letztemal durch das Fenster gespäht hatte, hatte er den Kopf eines Geparden, einen ausgestopften Fuchs, eine Schnee-Eule in einem Glaskasten und eine Glasglocke mit einer wild wuchernden Pflanze gesehen. Diese Dinge waren jetzt nicht mehr da, aber neue, gleichermaßen interessante waren an ihre Stelle gerückt: ein Sortiment antiker Parfumflaschen für den Sammler, Ovomaltine-Dosen aus der Vorkriegszeit, und hinten im Laden verhüllten Bahnen aus Seidenstoff die unverputzte Wand.

Als er eintrat, sah er Moranti, alt und ein bißchen schlampig, auf einem jener Weidenkörbe sitzen, in denen man nach der Jagd die Fasane transportierte. Seine Kleidung hatte ein gewisses Flair, besonders das Gabardinejackett mit dem breiten Revers, dessen weiter Schnitt seinen kleinen Wuchs und seine Rundlichkeit unterstrich.

»Haben Sie vielleicht Arbeit für mich?« fragte Brogan.

Moranti war es gewöhnt, daß ihm willige Helfer die Türen einrannten, die meisten halbwüchsige Jungen, die meinten, ein Job in seinem Kuriositätengeschäft wäre spannender, als Zeitungen auszutragen. Fast immer waren sie groß für ihr Alter und behandelten seine Vögel, als wären es Ratten, mit großen, ungeschickten Händen, die die zarten Geschöpfe allzu leicht zerquetschten. Folglich sah er sich zuerst stets die Hände des Jungen an. Sie waren klein.

»Was für Arbeit?«

»Einen Samstagsjob.«

Moranti stand von dem Weidenkorb auf und ging zu ihm. »Wärst du mir denn überhaupt eine Hilfe?«

»Wie meinen Sie das?«

»Ich meine, kennst du dich mit Finken aus?«

Ein Blaukopfschmetterlingsfink fixierte ihn mit schwarzem, starrem Blick.

»Ein bißchen«, log Brogan.

Moranti bückte sich und zog von einem der Bambuskäfige ein Tuch, unter dem unvermutet ein leuchtender Farbklecks zum Vorschein kam. »Na, was ist das?« fragte er, aber Brogan antwortete nicht. Der Vogel war tot, das war alles, was er wußte.

»Das ist eine Gouldamadine«, sagte Moranti, und es schien Brogan unglaublich, daß dieser kleine Vogel mit der purpurroten Kehle und dem goldenen Bauch je gelebt und seine Flügel ausgebreitet haben sollte.

»Manche von den Vögeln sind teuer«, erklärte Moranti. »Selten, verstehst du?«

Brogan verstand.

»Und eines darfst du nie tun – halt sie niemals *so*.« Er ballte seine Hand zur Faust mit dem Daumen obendrauf, um zu zeigen, wie die meisten einen Finken festzuhalten versuchten.

»Ist er deswegen jetzt tot?« fragte Brogan, und Moranti sah zum gläsernen Kuppeldach hinauf, durch das an einer helleren Stelle, wo eine Scheibe zerbrochen war, kalte Morgenluft hereinströmte.

»Ich hab ihn im Zug stehenlassen«, gab er zu. »Das ist

auch was, was du nie tun darfst.« Unerwartet lächelte er, machte sie zu Verschwörern. »Aber das ist unser Geheimnis, hm?«

»Ich sag's bestimmt niemandem«, sagte Brogan.

Moranti griff in den Käfig, nahm den kleinen Kadaver aus dem Sand und gab ihn Brogan. »Also«, sagte er, »wenn du einen Vogel nimmst, dann machst du aus deinen Händen einen Käfig, so, siehst du? Und du läßt ein bißchen Platz für seinen Kopf – damit er rausschauen kann, wenn er will.«

Der Vogel lag schlaff und kalt in Brogans Händen, aber er versuchte sich vorzustellen, wie er sich anfühlen würde, wenn sein Gefieder warm wäre.

»Gut, gut«, sagte Moranti. »Jetzt gib ihn mir wieder.«

Als er den Vogel nahm und mit einem Taschentuch zudeckte, mußte Brogan an einen Taschenspieler denken und erwartete beinahe, daß Moranti gleich mit flinker Bewegung das Tuch lüften würde und der Vogel verschwunden wäre; aber Moranti wickelte das Taschentuch zusammen und steckte den Vogel in seine Tasche. »So«, sagte er, »und jetzt versuch's mal mit dem da.« Er holte einen Muskatfink aus seinem Käfig – er schien ihn mitten im Flug einzufangen – und legte ihn Brogan mit schwungvoller Geste in die Hände.

Behutsam und sicherer, als er sich fühlte, umschloß Brogan den Vogel mit seinen Händen so, daß seinem Kopf Bewegungsfreiheit blieb, während der Körper sicher eingesperrt war. Der Vogel zappelte und flatterte, doch Brogan packte nicht fester zu; lieber wollte er ihn entkommen lassen, als ihn töten.

»Gut, ja, du hast's begriffen«, sagte Moranti, und als merkte der Vogel, daß Brogan es tatsächlich begriffen hatte, beruhigte er sich. »Gefällt's dir?«

»O ja«, sagte Brogan. »Es ist toll.«

Moranti schwieg einen Moment. Sein letzter Junge war

klein und schmächtig gewesen, den Vögeln sehr ähnlich. Bis heute hatte er keinen neuen, obwohl seit seinem Verschwinden tagein, tagaus Jungen in den Laden gekommen waren und nach einem Job gefragt hatten. Keiner war ihm für seine Zwecke geeignet erschienen, keiner bis zu diesem Moment. Jetzt sagte er: »Angenommen, ich bin einverstanden, wann könntest du anfangen?«

Brogan traute seinen Ohren kaum. »Anfangen?«

»Ich dachte, du suchst einen Samstagsjob?« sagte Moranti.

Brogan hielt ihm seine Hände hin, Moranti umschloß sie mit seinen, und der Junge ließ den Vogel so geschickt hinübergleiten, wie man sich das bei jemandem, der das erstemal mit so einem lebendigen, flatternden kleinen Wesen umging, nur wünschen konnte.

»Jetzt gleich, wenn's Ihnen recht ist.«

»Aber viel zahlen kann ich nicht«, warnte Moranti. »Drei Pfund pro Tag.«

»Ist mir recht«, sagte Brogan, und es war nicht gelogen. Er hätte sich auch mit weniger zufriedengegeben, vielleicht mit nichts, einzig um etwas zu tun zu haben, anstatt durch die Straßen zu stromern und nach einem Grund zu suchen, nur einem einzigen, warum er überhaupt wieder nach Hause gehen sollte.

»Gut, dann versuchen wir's miteinander. Am besten kommst du gleich mal mit.«

Er folgte Moranti aus dem Laden, der Boden unter seinen Füßen knirschte. Sand auf Beton, eine Sicherheitsvorkehrung, Überbleibsel aus einer Zeit, als der Boden hier glitschig gewesen war von Blut und Fischabfällen und Eis.

Brogan kannte sich recht gut aus in der Markthalle, hatte jedoch nie Anlaß gehabt, sie durch den Hinterausgang zu verlassen. Das Tor führte auf einen Schotterplatz hinaus, wo dicht an dicht die Fahrzeuge der Händler geparkt waren. Moranti steuerte auf einen Lieferwagen zu.

»Anschnallen«, befahl er, und fuhr schon rückwärts aus der Lücke, ehe Brogan die Tür zugeschlagen hatte.

Er lenkte den Wagen in eine Straße, auf der Brogan oft mit seiner Mutter gegangen war, als er noch so klein gewesen war, daß sie ihn an der Hand genommen hatte. Bei der Erinnerung bekam er ein Gefühl, als klaffe ein gähnendes Loch in seinem Magen. In ihm war eine Leere, und immer waren es die kleinen Dinge, die ihn das spüren ließen – ein Stück Stoff von einem ihrer selbstgeschneiderten Kleider, das er hinten im Schrank fand, die Umhängetasche, die an einem Haken im Flur hing. Darin lagen noch geliebte Andenken an seine ersten Lebensjahre – ein Holzknopf, ein Glücksbringer von einer Rassel, ein kleines Plastikspielzeug, das aus einem Knallbonbon herausgefallen war.

Zwei Jahre waren vergangen, und ihr Tod wurde ihm fast täglich durch Dinge zu Bewußtsein gebracht, deren er sich schämte. Wenn er in die Küche ging und die schmutzige Wäsche sah, die aus dem Wäschekorb quoll, mußte er an sie denken, und ebenso, wenn er erstaunt sein ungemachtes Bett sah.

In letzter Zeit erinnerte ihn auch die Stille, die das Haus einhüllte, an ihren Tod – eine Stille so gewaltig, daß das Plärren des Fernsehapparats und das Läuten des Telefons in ihr untergingen, eine Stille, in der er, den Teller auf den Knien, seine Mahlzeiten aß und jeden Bissen kaute, als wäre das auf seiner Gabel eine fremde Sprache.

Und auch jetzt mußte er an sie denken, als Moranti an dem Geschäft vorüberfuhr, wo sie Wolle gekauft hatte, um ihm einen Pullover zu stricken, eines der letzten Dinge, die sie getan hatte. Manchmal hielt er sich vor dem Spiegel das Vorderteil an die Brust und stellte sich vor, sie steckte die Schultern ab, um zu prüfen, ob die Größe stimmte. Bald würden seine Arme für die Ärmel zu lang sein. Es machte nichts. Der Pullover mit dem Zopfmuster und dem

Lebensbaum vorn in der Mitte würde nie zusammengenäht werden.

»Wohin fahren wir?« fragte Brogan, und Moranti klopfte leicht auf den kleinen Kadaver in seiner Jackentasche.

»Ich will mein Geld zurück«, sagte er. »Wir fahren zu Rolys Vogelgarten.«

Die Innenstadt wich dem leeren Gerippe einer Fabrik; die Mauern, die sie umgaben, waren mit Warntafeln vollgepflastert. Brogan las die Wörter ›Gefahr‹ und ›strafrechtliche Verfolgung‹, ehe er die Häuser musterte, die hier auf den Abbruch warteten. Sie sahen anders aus als die, an denen sie bisher vorbeigekommen waren. Hoch und aufrecht standen sie da, mit Treppen, die zu den mit Brettern vernagelten Haustüren hinaufführten; auf den Dächern fehlten Dachziegel, Regenrinnen und andere Metallteile hatte man abgerissen, um sie zu verschrotten.

Ein Streifen unbebauter, verwahrloster Grund trennte sie von einer Reihe ähnlicher Häuser, ihre großen Gärten waren verwildert, die Zäune und Mauern, die sie umgeben hatten, längst zusammengefallen.

Jemand hatte den Versuch gemacht, sein Grundstück mit einer Wellblechwand neu zu umzäunen. Einzigen Zugang bot ein behelfsmäßiges zweiflügeliges Tor, und von der Wellblechwand zum Dach hinauf schwang sich ein Netz aus Maschendraht. Es sah aus wie ein großer Käfig. Brogan hatte einmal etwas Ähnliches in einem Kaufhaus an einem Weihnachtsbaum hängen sehen und es mit seinen kleinen Händen untersucht, während seine Mutter geduldig gewartet hatte. »Was ist das, Mami?«

»Ein Spielzeug«, hatte sie erklärt, und Brogan hatte sich eine ganze Stadt aus lauter solchen Häusern vorgestellt, manche davon mit sorgfältig aufgemalten Gesichtern, die aus den sorgfältig aufgemalten Fenstern schauten.

Moranti kämpfte mit dem Tor und riß an der Kette, die

die beiden Flügel zusammenhielt, bis sie endlich direkt vor Brogans Füßen zu Boden fiel. Ohne sie aufzuheben, stieß Moranti das Tor auf, das mit seinen rauhen Kanten über den Boden schrammte.

Brogan folgte Moranti hinein und lief direkt in ein Nylonnetz, das von dem Maschendraht oben herabhing. Wie es ihm übers Gesicht strich, fühlte er sich an die Einfahrt in eine Geisterbahn erinnert und wich stolpernd zurück, als sich Schwärme von Finken jeglicher Form und Farbe panikartig in die Lüfte erhoben. Einige flüchteten sich in die Bäume, die im Garten standen, andere schwirrten himmelwärts, nur um von dem Drahtnetz aufgehalten zu werden. Mit ihren zarten Krallen klammerten sie sich kopfunter an den Draht und verdrehten die Hälse auf die unglaublichste Weise, um die Eindringlinge im Auge zu behalten.

Viele schienen einfach herabzustürzen, als sie sich vom Draht lösten, doch mitten im Fall schwangen sie sich wieder empor und schossen auf das Haus zu und durch die geöffneten Fenster in sein Inneres. Ein pflaumenfarbener Vogel flog vorüber, dessen von Grün bis Türkis schillernder Schweif so lang war wie Brogans Arm und im Flug vibrierte wie ein langes, dünnes Schilfrohr. Dann war er verschwunden, und Brogan, der sich in dem Gehege umsah, fand, es sähe genauso aus, wie er sich immer die Oberfläche des Mondes vorstellte.

Wo früher einmal Gras wuchs, war jetzt nur noch nackte Erde. Irgendwann einmal hatte man versucht, den Grund zu betonieren, aber der Beton war abgesunken, bevor er richtig hart war, und hatte kleine Krater gebildet, in denen sich das Regenwasser sammelte. Die meisten Pfützen waren nicht tiefer als ein paar Zentimeter, Körnerhülsen schwammen auf dem Wasser und bildeten, von leichten Wellen an die Ränder getrieben, eine dichte Dekke, die wie Schaum aussah.

Ein leuchtendroter Vogel, sein Rücken wie mit Sternen bestreut, stieß herab und landete sanft in einem der kleinen Tümpel. Nervös tauchte er seinen Schnabel ins Wasser, bevor er wieder aufflatterte, als hätte er nur den Jungen inspizieren wollen, um dann in die Bäume zurückzukehren und Bericht zu erstatten: Es ist nur ein Junge, ein sehr kleiner Junge, genau wie die anderen, die vor ihm hier waren.

Roly stand im Gehege, ein knabenhafter Mann, klein und dunkel, mit scheuen Bewegungen, als könnte er wie ein Reh jeden Moment Furcht bekommen und fliehen. Er tauchte seine Hand in einen Plastikbeutel, holte eine Hand voll Körner heraus und verstreute sie auf dem Boden, als Moranti rief: »Es geht um die Gouldamadine, die du mir verkauft hast.«

Die Hand am Futterbeutel, Körner vor ihm auf dem Boden, einen Zebrafinken mit gesprenkelten Schwingen wie das Fell eines Rehkitzes zu seinen Füßen, so stand Roly da. Es schien ihn Anstrengung zu kosten, die Wörter zu bilden, als er zu Moranti zurückrief: »W-was ist m-mit ihr?«

»Tot«, sagte Moranti.

»D-du solltest b-b-esser mit ihnen um-um-gehen.«

»Willst du mir damit sagen, ich wüßte nicht, wie ich meine Vögel zu versorgen habe?«

Roly hielt die Ecken des Futterbeutels zwischen Zeigefinger und Daumen, schwenkte den Beutel mehrmals herum und verknotete die Enden. Es erinnerte Brogan daran, wie seine Mutter immer sein Pausenbrot für die Schule eingepackt hatte; die Leere kehrte zurück und tat so weh wie ein Schlag in den Magen.

»B-bei F-finken muß man m-mit hoher Sterblichk-keit rechnen.«

»Ja, und sie ist noch höher, wenn einem kranke Vögel angedreht werden.«

»Ich hab dir einen g-gesunden V-vogel verkauft.«

»So gesund, daß er jetzt tot ist«, sagte Moranti.

Rolys Sprachstörung machte sich mit zunehmendem Ärger noch stärker bemerkbar. »W-w-as w-w-willst du?«

»Mein Geld zurück.«

Bei einem Nistkasten stand ein Karton, dessen feuchter Deckel nach innen eingesunken war, so daß man die Überreste mehrerer Finken sehen konnte. Die meisten waren Scarlets, ihr Gefieder so rot, als wäre jedem von ihnen der Hals durchbohrt worden.

»W-woher weiß ich, d-d-daß er t-tot ist?«

Moranti griff in die Tasche seines Gabardinejacketts, holte den Vogel heraus und gab ihn Roly, der ihn eingehend musterte, als könnte er so die Ursache seines Todes feststellen. Mit flinken Fingern wendete er das kleine, schon starre Geschöpf, das so federleicht war, daß er es mit Finger und Daumen herumdrehen konnte, in seiner Hand.

»Ich hab d-d-dir eine schw-schwarzk-köpfige Gouldamadine verkauft. D-die hier ist rot.«

»Du hast mir eine rote verkauft«, sagte Moranti.

»Schwarz«, entgegnete Roly, aber er griff in die hintere Tasche seiner Hose und zog Geld heraus. Er nahm eine Fünfzig-Pfund-Note aus dem Bündel Scheine, gab sie Moranti und warf den Kadaver in den Karton zu den Scarlets. Dann ging er auf Brogan zu, mit einem etwas nervösen Lächeln, als hätte er Angst, der Junge würde ihm den Rücken kehren. Brogan fiel eine kleine Unregelmäßigkeit an seiner Lippe auf, so geringfügig, daß man sie nur aus nächster Nähe bemerkte.

»M-magst du Finken?«

»Ich weiß nicht«, antwortete Brogan schüchtern. »Ich weiß nicht viel über sie.«

»Na ja«, sagte Roly etwas selbstsicherer, »g-ganz gleich, w-was du tust, hör nicht auf Mr. M-moranti. Jedesm-mal, wenn ich ihm einen Vogel verk-kaufe, bekkomm ich ihn in ein T-tuch gewickelt zurück.«

Die Bemerkung ärgerte Moranti. »Komm, wir gehen.« Doch als er sich zum Tor wandte, hob Roly plötzlich einen Arm und schnalzte mit den Fingern.

Augenblicklich gerieten die Vögel in größte Unruhe. Sie flogen nicht einfach davon, sondern begannen wie wild im Gehege herumzuflattern. Sie sausten kreuz und quer wie ein Schwarm schrecklicher Insekten, und Brogan schlug hastig die Hände vor das Gesicht, als einer ihm gegen die Wange prallte.

Moranti war schon am Tor. »Brogan!« rief er, aber der stand wie gebannt und wagte nicht, seine Hände vom Gesicht zu nehmen.

Roly schnalzte und schnalzte, bis er die Vögel zu wahrer Raserei aufgepeitscht hatte, dann schwang er seinen Arm, senkte ihn und öffnete seine Faust einen Spalt. Die Vögel beruhigten sich, und als Brogan sich traute, seine Hände wegzunehmen, sah er auf Rolys offener Hand einen Vogel. Zu benommen, um auch nur eine Bewegung zu machen, kauerte er dort und nahm nicht wahr, daß er frei war und jederzeit von Rolys Hand herunterhüpfen und zu Boden flattern oder in die Bäume hinaufschießen konnte. »Er g-gehört dir«, sagte Roly. »W-wenn du ihn haben willst.«

Brogan nahm den Vogel und hielt ihn in seinen Händen. Er spürte das Pochen des Herzens unter dem Gefieder.

»Ein T-Tigerfink«, sagte Roly, und obwohl es ein unscheinbarer brauner Vogel war, sein Gefieder langweilig im Vergleich zu dem vieler der anderen Finken, fand Brogan ihn wunderschön, ein zartes und geängstigtes kleines Geschöpf. Er hätte den Vogel gern wissen lassen, daß er ihn nicht lieber haben könnte – nicht einmal wenn er der pflaumenfarbene Vogel mit dem wunderbaren türkisgrünen Schweif gewesen wäre.

Moranti war schon hinausgegangen, und als Brogan

merkte, daß er allein war, geriet er in Panik und rannte auf das herabhängende Netz zu, doch als er darunter durchtauchte, rief Roly ihm nach: »D-du k-kannst jederzeit wiederkommen, w-wenn du m-magst.«

»Wozu?« fragte Brogan.

»Um die Vögel zu b-besuchen.«

Brogan schien unschlüssig, und eilig fügte Roly hinzu: »Ich sch-schenk dir noch einen V-vogel.«

Brogan hörte, wie Moranti den Motor anließ. »In Ordnung«, sagte er.

Und dann war er weg.

5

Die Durchsuchung von Byrnes Wohnung und Laden war reine Zeitverschwendung gewesen. Parker hatte es schon geahnt, aber man mußte es durchexerzieren, schon der Form halber, man konnte ja nie wissen, ob man nicht doch einmal Glück hatte: Byrne könnte einen Fehler gemacht, könnte irgendwo etwas liegengelassen haben, was bewies, daß Gary im Laden, in seinem Apartment, irgendwo auf dem kleinen Grundstück gewesen war. Aber es fand sich nichts.

Parker, von vornherein ohne allzu große Hoffnungen, hatte sich im Verlauf der Durchsuchung immer wieder gesagt, daß Byrne, wenn er wirklich etwas mit Garys Verschwinden zu tun hatte, bestimmt nicht so dumm wäre, irgend etwas Belastendes bei sich herumliegen zu lassen. Selbst wenn er völlig unschuldig war (was Parker bezweifelte), hätte er alles, was irgendwie mit Kindern zu tun hatte, verschwinden lassen, sobald er mitgekriegt hatte, daß ein Junge aus der Umgebung gesucht wurde. Und dank des großen Medieninteresses hatte Byrne zweifellos innerhalb von Stunden gewußt, daß Gary vermißt wurde.

Dennoch hatte Parker sich einen Durchsuchungsbefehl geholt und mit seinen Leuten das Haus auf den Kopf gestellt. »Vergeßt das Dach nicht«, hatte er gesagt, und nachdem naheliegende Verstecke wie der Wassertank und der Raum zwischen den Bodendielen und der Zimmerdecke von Byrnes Apartment inspiziert worden waren, hatten seine Leute gehorsam die Isolierung unter dem Dach herausgerissen und Dachziegel hochgehoben.

Danach hatte Parker, wie schon einmal, Befehl gegeben, den Kohlenbunker zu entfernen, und wieder hatte man das Stück Grund, auf dem er gestanden hatte, bis zu einer Tiefe von mehreren Metern ausgehoben. Er hatte damit gerechnet, daß sie nichts finden würden, und sie hatten auch nichts gefunden. Trotzdem hatte er danach seine Männer angewiesen, auch den Rest des Geländes bis zum Haus genauestens unter die Lupe zu nehmen, um festzustellen, ob die Erde in letzter Zeit aufgewühlt worden war. Sie hatten nichts entdeckt. »Steinhart«, hatte Warrender gesagt. »Und was tun wir jetzt?«

Parker, dem weniger Möglichkeiten offenstanden, als ihm lieb war, hatte mittlerweile mit Garys beiden Eltern gesprochen und beschlossen, einen öffentlichen Appell der Familie Maudsley über die Medien vorzubereiten. Er hegte keinerlei Verdacht, daß einer von ihnen Wissen zurückhielt, aber man durfte dennoch nichts versäumen, und er beabsichtigte, eine Art der psychologischen Begutachtung zu nutzen, die fünf Jahre zuvor, als Joseph Coyne verschwunden war, noch kaum eingesetzt worden war: Die Aufzeichnung des Appells würde wiederholt nicht nur vor sämtlichen Leuten seines Teams abgespielt werden, sondern vor Psychologen, die feststellen sollten, ob eines der Familienmitglieder mehr über Garys Verschwinden wußte, als es zugab.

Den Maudsleys war die Aussicht, sich den Fernsehkameras stellen zu müssen, gar nicht angenehm gewesen, und Parker hatte sich alle Mühe gegeben, sie zu beruhigen. »Es besteht wirklich kein Anlaß zur Sorge. Niemand legt es darauf an, Sie zu blamieren oder als die Schuldigen hinzustellen. Es ist ganz einfach ein Mittel, das ganze Land wissen zu lassen, daß Gary verschwunden ist. Man kann nie wissen, vielleicht meldet sich daraufhin jemand mit nützlichen Informationen, und das ist die Sache doch auf jeden Fall wert, meinen Sie nicht?«

Dem hatten die Maudsleys zugestimmt, aber der Gedanke an die Kameras machte ihnen immer noch zu schaffen. Dann aber hatte Garys Vater gesagt: »Was müssen wir tun?«

»Sie werden in einem großen Raum an einem langen Tisch sitzen«, erklärte Parker. »Auf dem Tisch stehen Mikrophone, und es werden natürlich Kameras und Reporter dasein. Aber ich bin selbstverständlich auch da und kümmere mich um Sie. Wenn also jemand eine Frage stellt, bei der Sie nicht wissen, wie Sie sie beantworten sollen, dann nicken Sie mir einfach zu, und ich antworte für Sie.«

So beschwichtigt, waren sie mit dem Plan einverstanden, und der Appell wurde aufgezeichnet. Er war während der Sechs-Uhr-Nachrichten am Abend zuvor gesendet worden, und jetzt hatte Parker seine Leute zusammengerufen, um sich das Band mit ihnen anzusehen.

Die Vorführung fand im Präsidium statt, und wenn der Raum nicht so klein gewesen wäre, hätten Parker und seine Mitarbeiter vielleicht den Eindruck gehabt, in einem Kino zu sein. Sie saßen im Halbrund in mehreren Reihen hintereinander, das Licht war gedämpft, und eine Spannung lag in der Luft, als erwarteten sie die Vorschau eines großen Kinofilms. Doch die Bilder auf der Leinwand waren nicht erfunden.

Gary Maudsleys Vater wirkte nervös. Parker bemühte sich, da nicht zuviel hineinzuinterpretieren – Nervosität war unter diesen Umständen zu erwarten: Nicht nur war sein Sohn verschwunden, sondern direkt vor ihm befanden sich Pressefotografen, Reporter und Kamerateams, die jedes seiner Worte aufzeichneten. Und als wäre das nicht schon schwierig genug für ihn, saß auch noch seine geschiedene Frau an seiner Seite. Obwohl die beiden sich alle Mühe gaben, vor der Presse als einiges Paar zu erscheinen, war leicht zu erkennen, daß ihre Beziehung alles andere als freundschaftlich war.

Immer wieder im Verlauf der Sendung warf Frances Maudsley ihrem geschiedenen Mann giftige Blicke zu, die ihm allein die Schuld am Verschwinden ihres Sohnes gaben. Es war nicht so, daß sie glaubte, er hätte Gary etwas angetan – das wußte Parker aus dem kurzen, erbitterten Was-fragen-Sie-mich-ich-war-in-Marokko-verdammt-noch-mal-Gespräch, das er wenige Stunden nach ihrer Ankunft in Heathrow in seinem Büro mit ihr geführt hatte –, aber sie fürchtete, von der Presse als Rabenmutter verteufelt zu werden, und versuchte deshalb, die Aufmerksamkeit von sich abzulenken, indem sie erklärte, daß Garys Vater viel mehr für seinen Sohn hätte tun können, als er je getan hatte.

Parker hatte sich den Hinweis verkniffen, daß Garys Vater wenigstens im Lande geblieben war und sich nicht einfach mit irgend jemandem, den er im Urlaub kennengelernt hatte, aus dem Staub gemacht hatte. Er hatte es sich auch verkniffen zu fragen, wie sie zu der dicken goldenen Rolex gekommen war – und Parker wußte, daß es keine nachgemachte war –, die sie an ihrem Handgelenk trug. »Arbeiten Sie in Marokko?« hatte er gefragt.

Sie hatte erklärt, sie bekomme keine Genehmigung, im übrigen sei ihr Freund vermögend, da habe sie es sowieso nicht nötig. Parkers ostentatives Schweigen hatte sie veranlaßt, zum Fenster hinauszuschauen, hinter dem sich das Panorama der Stadt ausbreitete.

Tagelanger Regen hatte das Grau der Häuser vertieft, und Parker konnte sehen, daß jegliche architektonische Kraft und Schönheit, die einige von Manchesters Bauten auszeichnete, an dieser Frau abprallte. Sie hatte gesagt: »Haben Sie nicht manchmal den Wunsch, einfach – in ein Flugzeug zu steigen und abzuhauen?«

»Wohin?« fragte Parker.

Ihre Stimme hatte beinahe einen weichen Klang bekommen. »Irgendwohin, wo es warm ist«, hatte sie gesagt. »Wo es nicht dauernd regnet.«

Parkers Blick folgte dem ihren zu den Wolken, die so tief hingen, daß man das Gefühl hatte, eine dichte Nebeldecke hätte sich über die Stadt gesenkt. Doch das hier war sein Zuhause, und auch ewiger Sonnenschein hätte ihn nicht dazu verlocken können, Manchester länger zu verlassen als zu einem vierzehntägigen Urlaub an irgendeinem Ort mit aussprechbarem Namen.

»Ich hätte ihn mitgenommen, wenn es möglich gewesen wäre«, sagte sie, »aber es ging nicht. Sie wissen ja, wie das ist mit Männern und Kindern, die von einem anderen sind – damit haben die nichts am Hut.«

»Manche schon«, sagte Parker, aber er hatte keinen Zweifel daran, daß ihr Freund nicht zu denen gehörte. Der hatte eine Frau mit Gepäck bestimmt ebensowenig gewollt wie Garys Stiefmutter seinen Vater mit einem Zwölfjährigen im Schlepptau.

»Ich liebe meinen Sohn«, hatte Frances hinzugefügt. »Wenn jemand was andres behauptet, lügt er.«

Niemand hatte ihr widersprochen, aber Parker fiel eine Postkarte ein, die Gary Maudsleys Großmutter ihm gezeigt hatte. ›Alles Gute zum Geburtstag, Gary. Du fehlst mir immer. Mama.‹

Beim Anblick dieser Karte hatte Parker sich vorzustellen versucht, wie ihm zumute gewesen wäre, wenn seine Mutter an seinem zwölften Geburtstag nicht dagewesen wäre. Ihm war klargeworden, daß manche Kinder die Kunst der Abspaltung aus reiner Notwendigkeit lernten.

Während er jetzt auf die Leinwand sah, schien ihm, daß Garys Mutter diejenige war, die die Realität ihrer Situation abspaltete. Ihr Sohn war spurlos verschwunden, und dennoch saß sie völlig unbewegt mit ausdruckslosem Gesicht da, damit beschäftigt, die Nagelhaut an ihren lakkierten Fingernägeln zurückzuschieben, während die Rolex im Licht der Scheinwerfer aussah wie eine Imitation.

Den Appell hatte Garys Vater für die Familie gesprochen. Beim Schneiden des Films hatte es irgendwelche Schwierigkeiten gegeben, und seine Lippen bewegten sich schon, ehe die Worte zu hören waren. Die Wirkung war verwirrend, besonders als bei: »Wenn jemand Gary gesehen hat oder weiß, wo er sich aufhalten könnte, bitte ... rufen Sie die Polizei an«, seine Stimme versagte.

Er hatte seine alte Mutter angesehen, als hoffte er, sie wäre in der Lage, etwas Originelleres vorzubringen, etwas, das jemanden aus der Öffentlichkeit veranlassen würde, sich mit Informationen zu melden, die er sonst vielleicht unterschlagen hätte, aber Garys Großmutter sagte nichts. Sie starrte die Leute vor sich an, Leute, die mit gezückten Stiften auf einen Kommentar warteten, den sie niemals abgeben würde, und senkte dann den Blick.

»Er ist erst zwölf«, sagte Garys Vater, und als sei ihm eben erst der Gedanke gekommen, daß Gary die Sendung vielleicht sah, fügte er hinzu: »Gary, wenn du das hörst, hab keine Angst ... Komm einfach nach Hause.«

Komm einfach nach Hause, dachte Parker. Wenn es nur so einfach wäre.

Er gab dem Beamten, der als Vorführer fungierte, ein Zeichen, und als das Licht wieder heller wurde, flog sein Blick über die Gesichter der Menschen, die er so gut kannte, mit denen er zusammenarbeitete, mit denen er befreundet war, die mit ihm zusammen ein Team bildeten. Er kannte ihre Lebensgeschichten, ihre Träume, ihre Wünsche und wußte, daß die meisten von ihnen, Männer wie Frauen, eigene Kinder hatten. Wie er bemühten sie sich mit vollem Engagement, Gary lebend wiederzufinden. Wie er hatten sie den Verdacht, daß Gary schon tot war.

6

Roger Hardman hatte zeit seines Lebens mit dem Land zu tun gehabt, und wenn auch diese besondere Aufgabe hier ihm neu war, das Land selbst war es nicht. Es war eine andere Gegend, das war alles, eine fremde Gegend, in der ihm die Bäume so fremd waren wie die Menschen, unter die er sich versetzt fand.

Sein neuer Arbeitgeber, der National Trust, hatte ihn beauftragt, alle ehemaligen öffentlichen Wege auf einem großen Besitz südlich von Manchester wieder zu erschließen. Dieser Besitz war dem Trust kürzlich von einem Mann namens Fenwick vermacht worden. Nach allem, was man hörte (und Hardman stützte sich dabei nur auf das, was die Leute ihm erzählten), hatte Fenwick als Geschäftsmann ein Vermögen angehäuft und sich später auf Colbourne House zurückgezogen, wo er seinen Lebensabend damit zubrachte, ein Einsiedlerdasein zu führen.

Hardman konnte ihm das nicht verübeln, aber er nahm ihm übel, daß er sämtliche bekannten öffentlichen Wege auf seinem Gelände gesperrt hatte. Während er sich jetzt auf einem früheren Reitweg vorwärtskämpfte, der nahezu völlig verwildert und zugewachsen war, sagte er sich, es sei wahrhaftig obszön, daß ein einzelner, der das nötige Geld hatte, sich ein fünfhundert Hektar großes Grundstück zu kaufen, alle anderen daran hindern konnte, sich seiner Schönheit zu erfreuen. Merkwürdig eigentlich, daß jemand, der zu seinen Lebzeiten alles daran gesetzt hatte, seine Mitmenschen von seinem Grund und Boden fernzuhalten, diesen dann ausgerechnet einer Institution vermachte, von der er wußte, daß sie das Land der Öffentlichkeit zugänglich machen würde. Vielleicht, dachte Hardman, hatte Fenwick das Gewissen geplagt, als es auf das Ende zugegangen war, und er hatte es beruhigen wollen, indem er sein Testament geändert hatte. Aber vielleicht wollte er auch nur seinen Besitz dem Zugriff entfernter und ungeliebter Verwandter entziehen.

Wie auch immer, zu Lebzeiten hatte Fenwick den größten Teil seines Grunds an benachbarte Bauern verpachtet, einzelne Fleckchen jedoch, wie dieses Waldstück, waren sich selbst überlassen geblieben. Es war erstaunlich, was aus einem Wald wurde, wenn sich keiner um ihn kümmerte: Hardman wußte besser als die meisten, daß er bis zur Undurchdringlichkeit verwildern konnte. Bäume erstickten im Unterholz, und Pfade wie dieser konnten im Nu zu unwegsamer Wildnis werden. Der Weg hatte früher einmal die Dörfer zu beiden Seiten des Besitzes miteinander verbunden, aber das war Generationen her. Die Dörfer gab es heute nicht mehr, und der Weg führte nirgendwohin.

Der Wald selbst war nicht besonders anziehend, fand Hardman. Kein Teich, in dem man fischen konnte, kein bemerkenswerter Ausblick, nur Bäume und Gestrüpp, die mit der Zeit so dicht geworden waren, daß es hier drinnen dunkel wie die Nacht war. Der Winter stand vor der Tür, aber viele der Bäume trugen noch ihr welkes Laub, und Hardman kam es vor, als hätten sie sich verschworen, das bißchen Licht, das aus dem düsteren Himmel herabfiel, abzuhalten.

Er hatte eine Sense bei sich, mit der er sich seinen Weg

bahnte. Er kam nur langsam vorwärts, spürte jetzt die Last seiner sechzig Jahre, doch er schwang das Gerät mit langsamem, leichtem Strich, ein erfahrener Mann und viel zu umsichtig, um sich zum Leichtsinn verleiten zu lassen. Er wußte, wie das lange, gebogene Blatt das Bein eines Menschen zurichten konnte; wie leicht man eine Arterie erwischen und in weniger als zwei Minuten tot sein konnte. Wenn ihm das hier passierte, würde niemand ihn finden, zumindest eine ganze Weile nicht und bestimmt nicht rechtzeitig. Sie würden vielleicht die Stelle finden, wo er den Draht durchgeschnitten hatte, um überhaupt an den Weg heranzukommen. Sie würden sehen, auf welchem Weg er sich durch das Unterholz geschlagen hatte, und dem Pfad folgen, nur um schließlich auf seine Leiche zu stoßen. Er fand nicht viel Gefallen an der Vorstellung.

Er stellte die Sense einen Moment ab, wischte sich die Stirn mit dem Handrücken und blickte in die Höhe. Der Stand der Sonne zeigte ihm, daß es Zeit für die Mittagspause war; von hier ab wand sich der Pfad nach Osten, was hieß, daß er etwa die halbe Strecke hinter sich hatte. Wenn er eine Stelle fände, wo er sich einen Moment setzen, einen Happen essen könnte ... aber es war nichts Geeignetes da, nur Bäume, Dunkelheit und, ein ganzes Stück abseits vom Weg auf der linken Seite, so etwas wie ein Baumhaus.

Er betastete den Boden, stellte fest, daß er feucht war, und überlegte sich, daß er die Arbeit mit etwas Glück in ungefähr einer Stunde erledigt haben würde. Das Mittagessen kann warten, sagte er sich und nahm die Sense auf, um weiterzumachen. Doch die Neugier ließ ihn innehalten. Wer mochte das Baumhaus gebaut haben?

Kinder, sagte er sich. Aber Fenwick war ohne Nachkommen gestorben, es mußte also von Kindern einer Familie gebaut worden sein, der dieser Besitz früher einmal gehört hatte. Colbourne House war repräsentativ genug, um einer Familie des niederen Landadels als Wohnsitz zu dienen, und zweifellos hatte es in seiner zweihundertjährigen Geschichte einige solcher Adelsfamilien kommen und gehen sehen. Trotzdem, so weit entfernt vom Park ein Baumhaus zu bauen, das war schon sonderbar. Er versuchte, sich die Kinder vorzustellen, die es errichtet hatten, sah sie in Kniehosen und diesen altmodischen Knopfstiefeln, ein Stück Spitze oder Samt an den weißen, schlanken Hälsen. Vor hundert Jahren hätte er kein Kind sein wollen, ob adelig oder nicht, und wenn er eines gewesen wäre, hätte er bestimmt kein Baumhaus in einem Wald gebaut, wo die Bäume so knorrig verwachsen waren, daß sie Kinderaugen leicht wie böse Geister erscheinen konnten.

Als er den Pfad verließ und näher kam, erkannte er, daß er sich getäuscht hatte. Was immer es sein mochte, dieses Ding, ein Baumhaus war es nicht. Form und Proportionen waren schwer auszumachen, da sie von wucherndem Efeu entstellt waren, der das Gebilde zugleich so wirksam mit dem Hintergrund verschmolz, daß er es vielleicht gar nicht gesehen hätte, wäre sein Blick nicht zufällig aus einem ganz bestimmten Winkel darauf gefallen.

Es stand auf Pfählen, die, entrindet und glatt gehobelt, in die Erde getrieben worden waren, um einen rechteckigen Unterbau zu bilden. Es sah aus wie eine Art Gerüst oder der Rahmen eines Himmelbetts. Doch der Boden des Dings befand sich nicht auf einer Ebene, die leichtes Einsteigen ermöglicht hätte, sondern auf Schulterhöhe. Efeu hatte ihn mit einem dicken grünen Polster überzogen; die Blätter bewegten sich sanft. Ein Vogel flatterte herab und schwebte im Gleitflug über die ganze Länge des grünen Lagers hinweg, ehe er in die Bäume hinaufflog, und vom leichten, lautlosen Wind getragen drang aus großer Entfernung das kurze Bellen eines Hundes herüber.

Mit dem Sensenblatt berührte er den Efeu. Die Spitze lüftete eine grüne Ranke, und mit einer nervösen, ruckartigen Bewegung riß er sie weg und sah, was sie verbarg.

Er wußte natürlich, daß das, was er da vor sich hatte, Gebeine waren, und da der Tod ihm nicht fremd war, war es auch nicht der Tod selbst, der ihm angst machte. Furcht flößte ihm ein, daß er mit seiner Sense etwas enthüllt hatte, das vom Bösen berührt war. Er schleuderte die Sense zu Boden. Er würde sie nie wieder aufheben – sie war besudelt, verflucht und könnte daher in sein Fleisch schneiden und ihm den vorzeitigen Tod bringen.

Armes kleines Ding, dachte er, denn obwohl er sofort von dem Gerüst zurücktrat, wußte er, daß es die Gebeine eines Kindes waren. Ob Junge oder Mädchen, wußte er nicht, aber es war ein Kind.

Er machte kehrt und rannte stolpernd den Weg entlang, getrieben von dem Gefühl, daß die Bäume immer näher zusammenrückten und er in Gefahr sei. Der Tod war an diesem Ort gewesen, hatte dort ein Kind heimgesucht und seine Überreste den Vögeln überlassen. Er rannte, als könnte das Ding auf dem Gerüst sich von seinem Lager erheben und ihm mit grinsend gefletschten Zähnen gebieten zurückzukommen, ihm mit kindlicher Stimme zurufen: Du wirst mich niemals vergessen. Den Rest deines Lebens wirst du dich jeden Tag daran erinnern, wie du mich gefunden hast, und die Erinnerung wird dich niemals loslassen, Roger Hardman, das verspreche ich dir …

7

Parker stand am Zugang zum Colbourne-Forst. Er war an der Stelle, wo Hardman den Draht durchschnitten hatte, abgesperrt und wurde von uniformierten Beamten bewacht, die wie Unglücksraben im Regen standen.

Es begann dunkel zu werden, und Parker schätzte, daß

das Team in spätestens einer Stunde Scheinwerfer würde aufstellen müssen. Es wäre weit besser, dachte er, wenn sie sich das Skelett ansehen und sich von der Situation ein Bild machen könnten, bevor überall Material herumstand, und wünschte, der Pathologe würde endlich kommen, damit sie an die Arbeit gehen konnten.

Die Nachricht von dem Fund hatte ihn innerhalb einer Stunde nach Hardmans Flucht aus dem Wald erreicht. Von der nächsten Telefonzelle aus hatte der Mann die Polizei angerufen, und als erster war ein Streifenwagen von einer der umliegenden Wachen vor Ort eingetroffen. Die Beamten hatten Hardman aufgefordert, ihnen den genauen Fundort des Skeletts zu zeigen, aber nichts hatte ihn dazu bewegen können, diesen Wald noch einmal zu betreten. »Gehen Sie einfach den Weg entlang«, hatte er gesagt. »Sie können es nicht verfehlen ...« Sie hatten seine Anweisung befolgt und schließlich das Bauwerk erreicht, das Hardman ihnen als ›Gerüst‹ beschrieben hatte. Einer von ihnen hatte den Efeu leicht angehoben, die Gebeine gesehen und war zum Wagen zurückgekehrt, um über Funk das Präsidium zu benachrichtigen.

Die Meldung war direkt in den Besprechungsraum durchgegeben worden, und der Mann, der sie entgegennahm, legte seine Hand über die Sprechmuschel des Telefons, ehe er Warrender zurief: »Neil, man hat die Überreste eines Kindes gefunden.«

»Wo?«

»Im Colbourne-Forst.«

»Ich such den Chef.«

Als man Parker die Nachricht überbrachte, war er in den Besprechungsraum gestürmt und hatte dem Mann am Telefon den Hörer beinahe aus der Hand gerissen. Auf seine kurzen, sachlichen Fragen hatte er erfahren, daß es sich bei dem Fund um ein Skelett handelte, und abschließend hatte er den Streifenbeamten Anweisung gegeben, den

Fundort abzusperren. Danach hatte er die Leute von der Spurensicherung und Sherringham, den Pathologen, direkt zum Colbourne-Forst beordert.

Als er und Warrender sich auf den Weg gemacht hatten, hatte Warrender gemeint: »Gary kann es nicht sein, Chef. Selbst wenn er tot ist, kann seine Leiche unmöglich so schnell verwest sein.«

Das war Parker bereits klar, aber Warrender erwähnte mit keinem Wort, was sie beide dachten: daß dies sehr wohl die Überreste von Joseph Coyne sein konnten.

Als sie in den stetig strömenden Regen hinausgetreten waren, hatte Parker an Frances Maudsleys Worte denken müssen: »Haben Sie nie den Wunsch, irgendwohin zu gehen, wo es warm ist und nicht dauernd regnet?« Und als er jetzt am Rand von Colbourne-Forst stand, konnte er ihre Gefühle nachempfinden. Wo auch immer diese warme Gegend sein mochte, Colbourne-Forst, wo die Äste der Bäume ineinandergriffen, als wollten sie Eindringlingen den Zugang verwehren, war endlos weit davon entfernt.

Am Zaun parkten zwei Minibusse. In ihnen warteten die Beamten der Spurensicherung auf Parkers Befehl, den Wald zu durchkämmen. Sie trugen Ölzeug über ihren dunkelblauen Overalls und wirkten alle kleinlaut und bedrückt. An der Natur des Funds da draußen, im Wald, gab es keinen Zweifel. Die Streifenbeamten hatten die Bestätigung geliefert. Binnen kurzem würden sie vor einem Skelett stehen. Keiner von ihnen geriet bei dem Gedanken in Furcht oder Panik, doch daß es sich der Beschreibung nach um die Überreste eines Kindes handelte, warf ein besonderes Licht auf die Sache.

Hardman stand an einen morschen Holzpfosten gelehnt und starrte in den Wald. Am Himmel hingen schwer die Wolken, aus denen sich der Regen in Strömen ergoß, aber er nahm das gar nicht wahr, sondern hielt seinen

Blick starr auf die Bäume gerichtet, bis Parker auf ihn zukam.

»Mr. Hardman?«

Er nickte.

»Das muß ein ganz schöner Schrecken gewesen sein. Wie fühlen Sie sich?«

Hardman sah ihn an. »Mir ist kalt«, antwortete er. »Sonst geht's mir ganz gut, alles in allem.«

»Können Sie mir kurz erzählen, wie Sie auf das Gerüst gestoßen sind?« fragte Parker, und Hardman fing an zu berichten.

Parker fragte: »Wären Sie bereit, uns hinzuführen?«

Hardman zuckte zusammen, als wäre der bloße Vorschlag, nochmals diesen Wald zu betreten, eine unmögliche Zumutung. Parker ließ es dabei bewenden; er wollte den Mann nicht zu etwas zwingen, was womöglich dazu führte, daß er ihm umkippte – bei alten Leuten konnte man nie wissen.

»Sie sollten bald ins Trockene kommen«, sagte er. »Wohnen Sie hier in der Nähe?«

»Ich hab ein Haus im Dorf gemietet«, antwortete Hardman.

»Da könnte einer meiner Leute Sie doch hinfahren«, meinte Parker, aber Hardmans Blick war schon wieder in die Bäume gerichtet.

»Mir geht's gut«, sagte er.

Dann fuhr ein Wagen vor, den Parker als den des Pathologen ausmachte. Er ging hin und sah, als Sherringham das Fenster herunterkurbelte, daß dieser mit Ölzeug und hohen Gummistiefeln, in die er seine schwarzen Hosenbeine gestopft hatte, gut gerüstet war für das Wetter.

»Wo ist die Leiche?« fragte Sherringham ohne Umschweife.

»Soviel ich weiß«, antwortete Parker, »etwas abseits von einem Reitweg im hinteren Drittel des Waldes.«

»Sie haben sie also noch nicht gesehen?«

»Nein«, antwortete Parker. »Wir sind selbst gerade erst gekommen.« Er wies auf die Männer in den Bussen. »Wir sind bereit.«

»Gut«, sagte Sherringham. Er nahm eine schwarze Ledertasche vom Beifahrersitz und stieg aus dem Wagen.

Als Parker voraus in Richtung Absperrung ging, kletterten die Beamten der Spurensicherung aus den beiden Bussen und zogen sich ihre Kapuzen über die Köpfe. Warrender, der in Parkers Limousine gewartet hatte, gesellte sich zu ihnen, und die Gruppe folgte Parker zu der Stelle, wo Hardman den Draht durchgeschnitten hatte.

Dort angelangt, blieb Parker stehen und blickte den Pfad entlang, soweit er sehen konnte. Gestrüpp und Dornenranken lagen auf dem plattgedrückten Farn zu beiden Seiten, weiter entfernt verschwand der Weg in der Dunkelheit. Beinahe war es so, als schlössen sich die Bäume zusammen, um sie abzuschrecken, dachte Parker und suchte zwischen den dicken alten Stämmen vergeblich nach einem Lichtstrahl. Hier war nur Finsternis, wo man hinsah, und die Gewißheit, daß sie, wenn sie den Pfad verließen, bald in dieser Finsternis verloren sein würden.

»Nicht gerade einladend«, bemerkte Warrender, und Parker fragte sich, ob die Leute vom National Trust bei ihrer Besichtigung des Landes ebenso empfunden hatten. Irgendeine der höheren Chargen hatte sich wahrscheinlich beim ersten Blick auf diesen Wald gesagt, daß es höchste Zeit sei, etwas zu unternehmen, um ihn zugänglich zu machen, zu lichten und von seiner unheimlichen, finster lauernden Aura zu befreien. Als Eigentümer eines solchen Waldes hatte man ja eine ähnliche Verantwortung, wie wenn einem eines jener Gewässer gehörte, denen Kinder nicht widerstehen konnten – so ein Teich etwa, der still und halb versteckt vom Schilf dalag und nur darauf wartete, daß ein kleiner Fuß sich zu weit vorwagte.

Hör auf, sagte er sich. Er war nicht der Mensch, der seiner Phantasie die Zügel schießen ließ – und solche Gedanken gehörten in die Köpfe von Kindern, nicht in die erwachsener Männer. Doch als er durch die Absperrung trat, blickte er zu Hardman zurück, der immer noch an dem morschen Pfosten lehnte und ihnen nachsah, und las in seiner Miene die Überzeugung, daß man keinen von ihnen je wiedersehen würde.

Sie gingen im Gänsemarsch und setzten vorsichtig einen Fuß vor den anderen, um nicht mögliche Spuren zu zerstören, die darüber Aufschluß geben konnten, wie die Leiche in den Wald gekommen war. Sie schien allerdings schon einige Zeit dort zu liegen, und wenn das zutraf, bestand kaum Hoffnung, daß noch irgendwelche Hinweise vorhanden sein würden. Aber man durfte nichts außer acht lassen.

Warrender hatte Hardman gefragt, wie groß der Wald sei, und erfuhr, er umfasse etwa zwanzig Hektar. Parker sagte das gar nichts. Er war ein Stadtmensch und hatte von den Ausmaßen eines Hektars wenig Vorstellung. Er wußte nur, daß der Wald alt war und aus riesigen, typisch englischen Bäumen bestand, wie die, in denen er in seiner Kindheit manchmal herumgeklettert war. Nicht dieses kurzlebige Fichtenzeug, das Parker gern als importierten Firlefanz abtat.

Diese Bäume hier hatten es in sich, und im Lauf Hunderter von Jahren waren ihre Stämme nicht nur immer dicker geworden, sondern hatten sich zu Gebilden mit verkrümmten Gliedern, schreiend aufgerissenen Mäulern und lauernden, rachsüchtigen Augen verwachsen.

Das Nachmittagslicht schwand jetzt schnell, und die Sicht wurde von Minute zu Minute schlechter, dennoch ermahnte Parker seine Leute, ihre Taschenlampen erst anzumachen, wenn es absolut notwendig war. Irgendwie hatte er das Gefühl, es sei wichtig, diesen Ort so zu sehen, wie vielleicht das Kind ihn vor seinem Tod gesehen hatte. Wer weiß, dachte Parker, das kann wichtig sein. Er wollte einen präzisen ersten Eindruck haben.

Es bestand natürlich die Möglichkeit, daß das Kind bei Nacht in den Wald geschafft worden war. Und ebensogut konnte Hardman sich irren, und dies war gar nicht das Skelett eines Kindes. Der Wald war so uralt, man konnte nicht wissen, wie lange die Gebeine hier schon gelegen hatten. Es war denkbar, daß die Überreste, die Hardman entdeckt hatte, die eines Erwachsenen waren, der zu einer Zeit getötet worden war, als die Menschen kleiner gewesen waren als heute. Wenig wahrscheinlich, gestand er sich ein, aber möglich war es, und in den abgelegenen kleinen Dörfern, wie es sie bis vor hundert Jahren noch gegeben hatte, war manchmal eine Art primitiver Gerechtigkeit geübt worden, höchst eigenartige und grausame Praktiken.

Er rief sich ins Gedächtnis, daß sie im Moment noch gar nicht wußten, ob sie es überhaupt mit Mord zu tun hatten. Aber die Wahrscheinlichkeit war gering, daß ein Mensch aus eigenem Antrieb tief in einen Wald ging, ein Gerüst errichtete, sich darauf niederlegte und auf den Tod durch Erfrieren oder Verhungern wartete. Darum war Parker fürs erste ziemlich sicher, daß sie die Überreste eines Menschen – ob Kind oder Erwachsener – finden würden, der ermordet worden war. Wann der Tod eingetreten war, würde nur der Pathologe beantworten können. Vielleicht würde Sherringham feststellen, daß die Gebeine schon ein Jahrhundert oder länger hier lagen; was Parkers Leute in der Gewißheit, daß damit eine Befragung von Haus zu Haus wegfallen würde, mit Erleichterung aufnehmen würden. Andererseits, wenn Sherringhams Untersuchung ergab, daß das Fleisch erst vor kurzem von den Knochen gefallen war, dann …

Merkwürdig eigentlich, dachte Parker, daß die Überreste Ermordeter fast unweigerlich eines Tages ans Licht kamen. Er hatte es oft erlebt: Mauern stürzten ein, Flüsse trockneten aus, Bäume stürzten um und hoben mit ihren Wurzeln Gebeine aus der Erde, bei denen sofort klar war, daß sie nicht von einem Tier stammten.

Gleichzeitig wußte er, daß es ungeheuer schwierig war, sich heimlich einer Leiche zu entledigen. England war ein kleines Land. Es war dicht besiedelt, und die Menschen kleiner und großer Städte trieb es in wachsender Zahl aufs Land hinaus. Sie suchten Ruhe und Frieden. Und was sie fanden, waren Zeugnisse des Todes: Geheimnisse, die viele Jahre lang von Erde, Fels und Bäumen gehütet worden waren.

Diese Bäume hier schienen geradezu versessen darauf, jegliches Geheimnis, das ihnen anvertraut war, zu bewahren, indem sie dafür sorgten, daß er und seine Leute in diesem Labyrinth kaum die Hand vor Augen sehen konnten. Immerhin der Weg, den Hardman freigeschlagen hatte, war beinahe so gut wie ein Faden, der sie direkt zum Fundort führte.

Gerade als Parker dieser Gedanke durch den Kopf ging, hörte der Weg plötzlich auf. Er musterte den Boden, um Spuren niedergetretenen Farns zu finden, entdeckte den Trampelpfad, den er gesucht hatte, und schaute, in der Hoffnung, das zu sehen, was ursprünglich Hardmans Aufmerksamkeit erregt hatte, angestrengt in die Dunkelheit. Er konnte nichts Ungewöhnliches erkennen, sah nur Wald, so dicht, daß alles Licht verschluckt wurde. Dann machte er die Konturen zweier Bäume aus, die in einigem Abstand nebeneinanderstanden. Zwischen ihnen war eine Art Brücke – es konnte das beschriebene Gerüst sein –, und als er näher kam, sah er auf dem Boden die Sense liegen, die Hardman weggeworfen hatte.

Gefolgt von seinen Leuten, ging er noch näher heran

und blieb vor dem Gerüst stehen. Der Efeu, den die Streifenbeamten gelüftet hatten, war wieder heruntergefallen, und Parker konnte nichts von dem sehen, was darunterlag. Er hob einen grünen Sproß an, spürte ihn kühl in seiner Hand und hatte plötzlich ein ganz seltsames Gefühl – als wollte die Pflanze sich um seine Finger schlingen.

Er riß einen Zweig ab, was unnötig war, aber er mußte sich vergewissern, daß es nur eine Pflanze war, die er jederzeit mit ihren Wurzeln aus dem Boden ziehen konnte. Und doch hatte er auch das Gefühl, daß sie, wenn er das tun würde, gleich wieder Wurzel fassen und kräftiger als zuvor emporwachsen würde. Er zog den Efeu von der Plattform und sah einen Schädel mit lückenlosem Gebiß. Ein Stück Stoff war um den Hals des Skeletts geknotet, aber was auch immer es einmal gewesen sein mochte, jetzt waren nur noch Reste da – genau wie von der Leiche. Die Rippen, das Becken, der Schädel selbst – alles war auffallend klein, und die Knochen sahen aus wie frisch modelliert, als wären sie aus Kunststoff, zu weiß, um echt zu sein. Hardman hatte sich nicht getäuscht, dachte Parker. Es waren die Gebeine eines Kindes.

Er ließ die Efeuranke los und drehte sich nach seinen Leuten um, und plötzlich hatte er das Gefühl, die Dunkelheit sei im Begriff, sie zu verschlingen. Er konnte das Weiße in ihren Augen sehen, konnte sie leise atmen hören, aber keiner sagte etwas, keiner rührte sich. Er fühlte sich völlig allein. Wenn das Joey ist, dachte er. Wenn das Byrnes Werk ist …

Wieder richtete er den Blick auf das Gerüst – die Gebeine vom Regen naß, der Schädel, als weinte er –, und er meinte eine kindliche Stimme zu hören, die sagte, nun habt ihr mich also gefunden.

8

Für Brogan war es ein guter Tag gewesen. Er hatte einen Job gefunden, und einen Vogel hatte er auch noch geschenkt bekommen.

Hals über Kopf war er aus dem Gehege gerannt, und nachdem er in den Lieferwagen gesprungen war, hatte er Moranti den Vogel gezeigt. »Ich nenn ihn Tiger.«

Moranti griff nach hinten und brachte eine kleine, rechteckige Schachtel zum Vorschein, vielleicht zehn Zentimeter lang und fünf Zentimeter breit. Brogan reichte ihm Tiger; er war zu nervös, um selbst zu versuchen, den Vogel in die Schachtel zu setzen.

Moranti nahm ihm den Vogel aus der Hand, schob ihn behutsam in die Schachtel und gab diese dann Brogan. In die Pappe waren Löcher gestanzt, und Brogan versuchte sich vorzustellen, wie es für den Vogel sein mußte, da drinnen eingesperrt zu sein. Dunkel würde es sein, überlegte er, und Tiger würde kleine Lichtpünktchen sehen, wie Sterne. Er würde es warm haben, weil er die Schachtel dicht an seinem Körper hielt, und er würde sich sicher fühlen, weil Brogan, jedesmal, wenn Mr. Moranti eine Kurve nahm, die Bewegung ausglich, um zu verhindern, daß der Vogel in der Schachtel herumgeworfen wurde.

Ab und zu spürte er, wie die Pappwände der Schachtel leise zitterten, wenn Tiger drinnen versuchte, mit seinen winzigen Krallen auf der glatten Fläche Halt zu finden, aber die meiste Zeit verhielt der Vogel sich still. Es war das erste Mal, daß Brogan ein Tier besaß, und er sprach durch die Löcher in der Pappe leise mit ihm, wobei Moranti, das merkte er wohl, ihn nachdenklich beobachtete.

Zurück im Basar, hatte Brogan den Vogel in einen Käfig setzen wollen, aber Moranti hatte gesagt, es wäre besser, ihn erst einmal in Ruhe zu lassen.

»Aber er hat nichts zu fressen.«

»Er würde sowieso nichts fressen, solange er sich nicht beruhigt hat«, erklärte Moranti. »Laß ihn jetzt erst mal in Ruhe, ja?« Er gab Brogan eine Dose. »Polier die Theke«, sagte er.

Als die Mittagszeit kam, hatte Brogan nicht nur die Theke poliert, sondern auch den Kasten mit dem ausgestopften Fuchs und die Parfumflaschen aus geschliffenem Glas.

Die seidenen Stoffbahnen, die die hintere Wand verhüllten, waren geradegezogen, und das Samtpolster des geschnitzten Holzstuhls war gründlich gebürstet. Dann kamen die Finken an die Reihe. Er hob sie aus ihren Käfigen und setzte sie in einen Behelfskäfig, während er den Sand erneuerte, frische Körner in die Futternäpfe tat und das Wasser auffüllte.

Manche Vögel waren so verängstigt, daß sie sich zitternd in seinen Händen zusammenkauerten. Andere pickten zornig nach ihm, und die Hiebe ihrer kleinen Schnäbel fühlten sich an wie Nadelstiche. Aber keiner entkam, und keiner wurde verletzt, und alle wanderten in ihre Käfige zurück, ohne daß ihnen ein Federchen gekrümmt worden war.

»Du bist ein guter Junge, Brogan ... wirklich ein guter Junge.«

Zum Mittagessen hatte es Sandwiches aus dem Lebensmittelladen gegeben. Sie hatten sich zum Essen auf den Weidenkorb gesetzt, und Moranti hatte dabei ständig seine Kunden im Auge behalten, ohne sie jedoch beim Stöbern zu stören. Die meisten waren Frauen, manche mit Kindern, die mit klebrigen Fingern alles anfaßten, was Brogan gerade poliert hatte. Nach der Mittagspause holte er sich einen Lappen und begann von neuem zu putzen, sah aber dabei immer wieder nach der Schachtel, in der sein Tigerfink saß. Und weil Moranti mit dem Jungen zufrieden war, ließ er sich erweichen und holte aus dem Hinterraum des Ladens einen Bambuskäfig. Er untersuchte ihn, um sich zu vergewissern, daß er sicher war, und reichte ihn dann Brogan. »Ein paar Stangen sind locker«, sagte er, »aber das werden wir gleich haben.« Und er zeigte Brogan, wie man den Raffiabast schlingen mußte, damit die Stangen hielten, und am Schluß die Enden sauber unterschob, damit es ordentlich aussah und alles fest saß.

Brogan putzte den Käfig mit einer besonderen Lösung, von der Moranti ihm versicherte, daß sie den Bambus nicht nur geschmeidig halten, sondern auch desinfizieren würde. Als alles erledigt war, sagte Moranti: »So, und jetzt setzen wir Tiger da rein.«

Die Schachtel mit dem Finken stand auf der Ladentheke neben der Kasse, und Brogan, der sich den ganzen Morgen nur gewünscht hatte, sie hochzuheben und vorsichtig zu schütteln und mit dem Vogel darin zu sprechen, zögerte jetzt. Er beugte sich zu der Schachtel hinunter, legte sein Ohr an die Pappe und hörte nichts. Er wußte nicht, was er tun würde, wenn Tiger tot war, und er hielt es für durchaus möglich, daß der Vogel, eingesperrt in Finsternis und bis zur Besinnungslosigkeit durchgerüttelt, vor Angst gestorben war.

»Komm her«, sagte Moranti. Er hob die Schachtel von der Theke, öffnete den Deckel und kippte den verängstigten Vogel in seine Hand. »Gar nichts dabei«, sagte er.

Seine Finger umschlossen den Vogel, so daß nichts mehr von ihm zu sehen war, dann machte er das Türchen des Bambuskäfigs auf, schob seine Hand ins Innere und öffnete sie.

Der Vogel war nicht mehr da.

Brogan schaute in den Käfig, konnte Tiger aber nirgends sehen. Er starrte Morantis Hände an. Sie waren leer.

Verzweifelt packte er die Pappschachtel und drehte sie herum. Aber er hatte den Vogel ja in Morantis Hand *gesehen*. Er konnte gar nicht in der Schachtel sitzen. Und trotzdem schaute er noch einmal hinein, um ganz sicherzugehen.

»Wo ist er?« fragte er. »Was haben Sie mit Tiger gemacht?«

Moranti spielte den Verwirrten und sah zur Glaskuppel hinauf, als erwartete er, den Tigerfinken oben am Glas flattern zu sehen. Dann aber bemerkte er, daß der Junge den Tränen nahe war.

»Er ist weg«, sagte Brogan, obwohl er es nicht glauben konnte. Doch dann sah er Moranti lächeln und schaute wieder in den Käfig. Der Tigerfink saß darin. Aber Brogan wußte genau, daß der Käfig einen Augenblick zuvor noch leer gewesen war. Er wußte, daß es ein Trick war, aber er hatte keine Ahnung, wie Moranti ihn bewerkstelligt hatte und warum. Einen Augenblick lang aber hatte er ein Gefühl des Verlusts gespürt, das so tief gewesen war wie der Schmerz beim Tod seiner Mutter. Seltsam, daß dieses Gefühl ihn aus dem Nichts überfallen konnte, ausgelöst von Ereignissen, die mit dem soviel größeren Verlust seiner Mutter überhaupt nicht zu vergleichen waren, aber gerade dadurch eine ungeheure Bedeutung bekamen.

»Das hätten Sie nicht tun sollen«, sagte er und wandte sich von dem Käfig ab.

»Brogan«, sagte Moranti, »was ist mit deinem Vogel?«

Aber der Junge hatte schon wieder zum Lappen gegriffen und rieb, Moranti den Rücken gekehrt, mit trotziger Bewegung die Theke ab. »Sie hätten ihm weh tun können«, sagte er.

»Ich weiß, was ich tu.«

»Tiger gehört mir.«

»Brogan – es tut mir leid.«

Den Rest des Tages beobachtete Moranti immer wieder, wie der Junge zu dem Käfig schaute, als fürchtete er, daß der Vogel wieder verschwunden sei. Das ist ein Kind, das vieles verloren hat, dachte Moranti und beschloß, dieses kleine Kunststück nie wieder zu machen. Er fand es schrecklich, daß der Junge den Vogel jetzt nicht mehr ansehen wollte.

»Willst du ihn nicht haben?«

»Nein.«

»Soll ich ihn verkaufen und dir das Geld geben?«

»Ist mir egal.«

»Willst du nicht mehr für mich arbeiten?«

Ein kurzes Zögern. »Das hab ich nicht gesagt.«

»Ich will aber keine Jungen, die sich nicht um einen Vogel kümmern, der auf sie angewiesen ist, Brogan.«

»Tiger ist nicht auf mich angewiesen.«

»Wer soll ihn denn sonst füttern?«

»Füttern Sie ihn doch.«

»Es ist dein Vogel. Warum sollte ich mich um ihn kümmern?«

Brogan drehte sich herum. »Sie hätten ihn töten können«, sagte er.

Das ist es also, dachte Moranti – der größte Verlust. Besser, nichts zu wollen, nichts zu lieben, wenn man es am Ende doch nur verlor.

»Ich habe sanfte Hände«, sagte er. »Ich kann mit den Vögeln umgehen.«

Jetzt ging Brogan doch zum Käfig und sah nach dem Finken.

Er fand ihn im Sand kauernd, das Gefieder leicht aufgeplustert. Sein Atem ging in schnellen, kurzen Stößen. »Sie haben ihm weh getan«, sagte Brogan.

»Ich bestimmt nicht«, sagte Moranti. »Ich tue Vögeln nie weh.« Aber Brogan mußte an den farbenprächtigen Vogel denken, wie er tot im Käfig lag. Moranti hatte die

Gouldamadine im Zug stehenlassen. Moranti war nicht zu trauen.

»Wo willst du ihn unterbringen?«

»In meinem Zimmer.«

»Und deine Eltern haben nichts dagegen?«

»Nein«, antwortete Brogan, der sich fragte, was seine Mutter zu dem Vogel gesagt hätte. Zuerst hätte sie ihm erklärt, er dürfe ihn nicht behalten; am Ende würde ja doch sie diejenige sein, die den Käfig saubermachen müsse. Dann hätte sie gesagt, er müsse seinen Vater fragen, und Brogans Proteste hätten ihr verraten, was für eine Reaktion Brogan von seinem Vater erwartete. Da hätte sie sich schließlich mit Brogan verbündet und ihm erlaubt, den Vogel heimlich zu behalten. »Stell ihn in dein Zimmer«, hätte sie gesagt. »Und sieh zu, daß dein Vater nichts merkt.«

Die Markthalle war im Begriff zu schließen. Schon hatte man das Licht in den pseudoviktorianischen Gaslampen heruntergedreht. Die Händler zogen die Läden an ihren Buden herunter, und Brogan, der seine Arbeit für diesen Tag getan hatte, sagte: »Ich muß nach Hause.«

»Hier.« Moranti griff in die Kasse. Er nahm fünf Pfund heraus, und Brogan, der sich erinnerte, daß sie sich auf drei geeinigt hatten, sagte, »Ich kann nicht rausgeben.«

Moranti, der immer noch ein schlechtes Gewissen hatte, erwiderte: »Behalt es. Du hast es verdient.«

Nachdem Brogan das Geld eingesteckt hatte, nahm er den Käfig. Der Tigerfink lag immer noch flach, mit ausgebreiteten Flügeln im Sand. »Ich glaub, er ist verletzt.«

»Er ist kerngesund«, widersprach Moranti. Als Brogan nun zur Tür ging, begann ein Diamantfink lethargisch mit den Flügeln gegen die Stangen seines Käfigs zu schlagen, dessen verschiedene Etagen mit Kinkerlitzchen vollgestopft waren; Moranti hatte sie dem Vogel zur Unterhaltung hineingehängt. Meistens ignorierte der Vogel sie, ja schien sie sogar zu meiden, und Brogan fragte sich, ob es überhaupt einen Sinn hatte, Finken Spielzeug in den Käfig zu hängen. Vielleicht regten diese Fremdkörper die Vögel ja auch nur auf, und bei dieser Überlegung überkam ihn wieder der Verdacht, daß Moranti in Wirklichkeit gar nicht viel über Finken wußte. Für ihn waren sie nur eine von vielen Kuriositäten, die sein Basar zu bieten hatte, und wenn sie starben wie die Gouldamadine, machte ihm das überhaupt nichts aus. Das einzige, was ihn interessierte, war, daß er sein Geld zurückbekam.

Brogan überlegte, ob er mit seinem Vogel zu einem Tierarzt gehen sollte, nur sicherheitshalber. Aber er kannte keine Tierärzte, und selbst wenn er das Geld für eine Untersuchung gehabt hätte, er war sich nicht sicher, daß ein Tierarzt sich überhaupt mit einem Finken abgeben würde. Er wartete an der Tür, während Moranti den Inhalt der Kasse in einen kleinen Beutel mit Schnur entleerte. Er war marineblau, eine kleine Ausgabe des Beutels, den seine Mutter ihm für seine Turnsachen gekauft hatte, als er noch in der Grundschule gewesen war. Wieder verspürte er diesen vertrauten Schmerz, als er sagte: »Haben Sie vielleicht Bücher?«

»Was für Bücher?«

»Über Finken.«

»Nein«, antwortete Moranti. »Was willst du denn mit Büchern?«

»Ich möcht mehr über Finken wissen.«

»Dann versuch's mal in der Bibliothek«, meinte Moranti.

»Jetzt?«

»Nein, jetzt ist sie geschlossen. Versuch's am Montag nach der Schule.« Er nahm ein großes Tuch, ging damit zu Brogan und breitete es über dem Käfig mit dem Vogel aus. »Damit er's warm hat«, sagte er, »und keine Angst kriegt.«

Brogan zupfte das Tuch zurecht und wollte gerade hinausgehen, als Moranti hinzufügte: »Roly kennt sich mit Finken aus.« Er zog die Schnur an dem marineblauen Beutel zusammen. »Wenn du mit Tiger Schwierigkeiten hast, dann frag Roly.«

Von der Markthalle aus ging er zu Fuß die drei Kilometer bis nach Hause, in einen Vorort, wo es manchmal aussah, als wäre die Uhr zurückgedreht worden. Die meisten Straßen, die durch die Reihenhaussiedlung führten, waren jetzt asphaltiert, aber es gab noch welche mit Kopfsteinpflaster, wo die Steine glatt abgeschliffen und die Bürgersteige schmal und voller Sprünge waren.

Vor einem Haus in der Mitte einer Reihe machte er halt; wie immer am Samstag stand ein Karton auf der Stufe vor der Haustür. Vor zwei Wochen hatte er den Deckel des Kartons geöffnet vorgefunden, aber nichts war angerührt gewesen. Brogan hatte sich vorgestellt, daß irgend jemand den Karton im Vorübergehen gesehen und aufgemacht hatte, um festzustellen, daß er nichts weiter enthielt als Lebensmittel. Die Tatsache, daß der Unbekannte, der zweifellos auf Beute aus gewesen war, nichts genommen hatte, konnte nur bedeuten, daß er Mitleid mit dem armen Kerl bekommen hatte, für den die Lebensmittel bestimmt waren; seitdem wollte Brogan am liebsten nichts mehr mit diesem Karton zu tun haben.

Er ließ ihn stehen, ging mit dem Käfig ins Haus und trug ihn gleich nach oben in sein Zimmer. Dann lief er wieder hinunter, um die Lebensmittel zu holen. Er schleppte den Karton in die Küche, wo billige Schränke aus Fichtenholz sich an der Wand zusammendrängten. Früher hatte dort einmal ein altmodisches Küchenbuffet mit offenen Fächern über einem Unterschrank gestanden. Seine Mutter hatte es von ihren Eltern, die Brogan nie gekannt hatte, geerbt. Es war etwas Trauriges gewesen an der Sorgfalt, mit der seine Mutter regelmäßig das Buffet poliert hatte, als könnte sie sich noch immer nicht ganz damit abfinden, daß sie in einem Reihenhäuschen gelandet war, und das kleine Haus auf dem Land, von dem sie vielleicht geträumt hatte, niemals Wirklichkeit werden würde; daß dies alles war, was sie erreicht hatte, alles, was sie je besitzen würde.

Das Küchenbuffet war verkauft worden. Brogan wußte nicht genau, warum, aber er erinnerte sich verschwommen, daß sein Vater damals arbeitslos gewesen war und auch noch andere Möbelstücke verkauft worden waren. Es hatte einmal eine Walnußvitrine gegeben, die vollgestopft gewesen war mit Porzellan, kleinen Täßchen und Untertellerchen mit Goldrand, kleinen, zerbrechlichen Porzellantieren, einer Ente, einem Hund, einem Füllen.

Jetzt stand an dem ehemaligen Platz der Vitrine eine Kommode, deren oberste Schublade randvoll war mit Rechnungen, Quittungen, Fotografien, was sich eben im alltäglichen Leben so anhäufte. In den unteren Schubladen war nur Krimskrams, Übriggebliebenes, wie man es aus der Wohnung eines Verstorbenen zusammenklaubt, der es den Hinterbliebenen überläßt, seine Besitztümer zu ordnen und sich zu wundern, warum dies oder jenes aufgehoben worden war.

Hier, in der Küche, war die Erinnerung an seine Mutter am lebendigsten. Wenn er die Tür im Rücken hatte, konnte er sich beinahe einbilden, es hätte sich nichts verändert, sie stünde, nur knapp außer Sicht, im Zimmer nebenan am Bügelbrett. Er konnte das mittlerweile so gut, daß er fast den Geruch der heißen, dampfenden Kleider wahrnahm, der durch das Haus zog, obwohl weder er noch sein Vater seit ihrem Tod auch nur ein Stück gebügelt hatten.

Aber es gab noch einen anderen Geruch, der eher abstoßend war: der Geruch, der sich in ein Haus einschleicht, wenn nur noch oberflächlich saubergemacht wird und

Ecken und Ritzen, Regale und Polstermöbel vernachlässigt werden. Brogan konnte nicht alles schaffen, und er tat sein Bestes, weil sie es so gewollt hätte.

Er stellte den Karton mit den Lebensmitteln auf die Arbeitsplatte, nahm Brot, Käse und Mayonnaise heraus und machte sich ein Brot. Seine Mutter hätte auf einer richtigen Mahlzeit bestanden, und vor zwei Jahren um diese Zeit hätte sie jetzt hier Gemüse geschnipselt, Fleisch gebraten oder eine Pastete aus dem Rohr gezogen. Nicht daß sie eine besonders tolle Köchin gewesen wäre. Langweiliges Essen, hatte sein Vater immer gesagt. Aber wie sie mit flinken Händen Zucker und Butter für die Füllung eines Kuchens geschlagen hatte, den es manchmal für ›Kinder, die brav aufessen‹ gegeben hatte, das war überhaupt nicht langweilig gewesen – »Hoppla, kleiner Frechdachs, Finger aus der Schüssel!«, aber er bekam immer die Gabel, an deren Zinken die süße, schwere Creme hing.

Er nahm das Brot mit in sein Zimmer hinauf. Die Tapete, die Vorhänge und die Bettbezüge waren mit einem Muster bedruckt, das eher zu einem kleinen Kind gepaßt hätte. Es fiel ihm nicht auf; er hatte das Zimmer nie anders gesehen, wenn auch auf einem Foto von ihm als Kleinkind zu sehen war, daß die Wände früher einmal himmelblau gewesen waren.

In einer Ecke stand ein billiger kleiner Toilettentisch, der besser in ein Mädchenzimmer gepaßt hätte, rosarot, die Platte mit einem plumpen Blumenmuster bemalt, mit zerkratztem Glas obendrauf, der Spiegel oval. Das Möbel war ein windiges, altes Ding, die Schublade vollgepackt mit Bonbonpapierchen, Ausschnitten aus Comic-Heften, Überbleibsel aus einer Zeit, als er, da er keine anderen Spielsachen hatte, Figuren aus dem *Dandy* ausgeschnitten, sie auf Pappe aufgeklebt und sich dazu Geschichten ausgedacht hatte.

Er setzte sich aufs Bett, den Käfig zu seinen Füßen, das

Brot in der Hand, und während er kaute, wiegte er sich sachte hin und her, ohne sich bewußt zu sein, daß er es tat, ohne sich bewußt zu sein, was er sah, während er zum Fenster hinausstarrte, zu den Häusern gegenüber mit ihren leeren quadratischen Fenstern und Stores, die alle Gelb- und Grautöne einer ungewaschenen Welt vereinten.

Er bückte sich und zog das Tuch vom Käfig. Tiger kauerte immer noch unten im Sand, zu verängstigt, um sich auf die Stange weiter oben zu setzen. Mit seinen kleinen, glänzenden Augen sah er voll furchtsamer Erwartung auf, und Brogan überlegte krampfhaft, wie er den Vogel trösten könnte. »Es wird alles wieder gut«, sagte er. »Ich hol mir ein Buch, und wenn da nicht drinsteht, wie man's richtig macht, dann geh ich mit dir zu Roly.«

Er sprach mit vollem Mund, die Worte nicht mehr als ein Nuscheln, während die Häuser gegenüber sich auflösten und sich in ein gigantisches Vogelgehege verwandelten, ein paradiesisches Chaos von Farben. »Roly«, wiederholte er.

9

Parker kam am folgenden Morgen um sieben ins Präsidium, um sich von den Männern auf den neuesten Stand bringen zu lassen, die die Nacht durchgearbeitet und sich nach besten Kräften um die praktischen Probleme gekümmert hatten, die Ermittlungen größeren Umfangs zu begleiten pflegten.

Julie Coyne hatte bereits angerufen, und Parker wußte, daß sie hier erscheinen würde, noch ehe der Tag um war. »Wenn sie kommt, dann versucht sie zu überreden, nach Hause zu gehen. Wenn sie das ablehnt, dann bringt sie in einen der Vernehmungsräume und sagt ihr, daß ich mit ihr spreche, sobald ich zurück bin.« Nachträglich fügte er hinzu: »Aber fragt mich nicht, wann das sein wird.«

Er nahm sich die Morgenzeitungen vor und überflog sie: Bei der Polizei, wo man stets mit der Befürchtung lebte, einer der Beamten könnte sich an irgendeinem Punkt einer Ermittlung dazu überreden lassen, Informationen zu verkaufen, verschaffte man sich gern einen Überblick darüber, was die Presse wußte, um gegebenenfalls herauszufinden, wie sie an die Fakten gekommen war.

Genau wie er vorausgesehen hatte, brachten sämtliche großen Zeitungen die Geschichte auf der ersten Seite, aber keine wußte Genaues. Es wurde kaum mehr berichtet, als daß die Überreste eines Kindes entdeckt worden waren. Die dürftigen Fakten, über die man verfügte, hatte man ergänzt durch das Gerücht, daß das Kind möglicherweise das Opfer eines Kultmordes sei.

Eine interessante Mutmaßung, fand Parker, der diese Möglichkeit selbst schon in Betracht gezogen hatte, und er nahm es der Presse nicht übel, daß sie sich sogleich auf diese Theorie gestürzt hatte. Es schien sich hier tatsächlich um einen Mord zu handeln, bei dem das Ritual des Tötens ebenso wichtig gewesen war wie die Tötung selbst – keine erfreuliche Vorstellung.

Sein Blick wanderte zu den Passagen, die seine Mitarbeiter mit Leuchtstift markiert hatten, aber er entdeckte nichts, worüber er sich hätte aufregen müssen. Die Medien hatten gebracht, daß die Überreste der Leiche skelettiert waren und auf einem Gerüst gelegen hatten; das hatten sie wahrscheinlich von Hardman. Es war zu erwarten gewesen, daß sie dem Mann, der den traurigen Fund gemacht hatte, so lange zusetzen würden, bis er ihnen sagte, was er wußte.

Als Warrender zum Dienst erschien, sagte Parker ihm, er solle in der Dienststelle die Stellung halten. Dem war das offenbar recht; er schien nicht das Gefühl zu haben, etwas zu verpassen. Parker hatte den Verdacht, daß Warrender, genau wie er selbst, überhaupt nicht auf den Colbourne-Forst versessen war. Er hatte gesehen, was es dort zu sehen gab, und es war etwas, das er so schnell nicht vergessen würde.

Aber Parker konnte sich den Luxus, Colbourne zu meiden, nicht leisten, und fuhr wenig später los. Auf dem M62 herrschte bereits ein Getümmel wie in der Innenstadt beim Ausverkauf. Eine Weile machte er das Schneckentempo von 20 Kilometern pro Stunde mit, dann bog er vom Motorway ab. Aber auch die Landstraßen, die zum Colbourne-Forst führten, waren bereits von Fahrzeugen verstopft. Uniformierte Beamte hatten die Straße abgesperrt und zwangen die Leute zur Umkehr, und als Parker bis auf wenige Meter an die Absperrung herangekommen war, sah er, daß es da ein ernstes Problem gab: Die Nachricht von dem Fund hatte sich in Windeseile verbreitet. Hunderte von Menschen hatten sich vor Ort eingefunden, und als er aus dem Wagen stieg, sah er einige den Zaun niederreißen und über die Felder laufen, die den Wald umgaben. Jemand hatte in weiser Voraussicht Verstärkung angefordert, und es waren viel mehr uniformierte Beamte da, als Parker normalerweise an einen Tatort beordert hätte. Auch berittene Polizei war zu Hilfe geholt worden, und die Beamten zu Pferd hatten sich an strategischen Punkten rund um den Wald postiert, um dafür zu sorgen, daß niemand auch nur bis zum Waldrand vordringen konnte.

Hardman lehnte wieder an dem morschen Pfosten, als hätte er diesen Platz die ganze Nacht nicht verlassen. Parker ging zu ihm, um ihm zu sagen, daß man seine Sense gefunden hatte und sie ihm zu gegebener Zeit zurückgeben würde, doch davon wollte Hardman nichts wissen.

»Die will ich nicht mehr haben«, sagte er. »Behalten Sie

sie – vergraben Sie sie meinetwegen. Oder besser noch, werfen Sie sie ins Feuer.«

Ein Mann von etwa Mitte bis Ende Fünfzig, nachlässig gekleidet, eine Spur verwahrlost, stand neben Hardman. Er hatte etwas an sich, das Parker veranlaßte, ihn sich genauer anzusehen, und der Mann drehte plötzlich den Kopf, als spürte er, daß jemand ihn beobachtete. Er hatte einen Ausdruck im Gesicht, dachte Parker, einen Blick in den Augen, in dem mehr lag als bloße Neugier: Er schien ehrlich aufgewühlt, als hätte das, was man im Wald gefunden hatte, eine besondere Bedeutung für ihn.

Parker war drauf und dran, ihn anzusprechen, ihn zu fragen, wer er sei, woher er komme, aber als ahnte der Mann das, machte er sich davon, und Parkers Aufmerksamkeit wurde durch die Presseleute abgelenkt, die Hardman entdeckt hatten.

Hardman ignorierte sie oder gab allenfalls einsilbige Antworten, während er seinen Blick weiter unverwandt auf den Wald gerichtet hatte. Einer der Fotografen würde sich mit einer Aufnahme dieses verwitterten Gesichts einen Preis holen, dachte Parker. Es waren genug da, es zu versuchen. Aber Hardman schien es nicht zu bemerken. Er sah einzig den Wald und irgendein geheimes Bild des Grauens, das ihn nicht losließ.

Parker, der hierhergekommen war, um den Abtransport der Gebeine zu überwachen, wurde am Waldrand von einem Team neuer Leute begrüßt. Sie brauchten keine Anweisungen von ihm. Sie verstanden sich auf ihre Arbeit, und Parker bemühte sich, ihnen nicht in die Quere zu kommen.

Sherringham wollte nicht nur das Skelett haben, sondern auch die Plattform, auf der es lag, und Parker sah zu, wie diese, zusammen mit einem großen Teil des Efeus, der sie überwuchert hatte, von den Pfählen gehebelt wurde.

Als das Gerüst zerlegt war, verlor der Ort viel von seiner Unheimlichkeit, und er fragte sich, wie die Presseleute reagieren würden, wenn sie Gelegenheit bekamen, ihn zu besichtigen. Es würde ihnen schwerfallen, eine Entsprechung zu dem Bild zu finden, das sie bereits von diesem Ort entworfen hatten. Er würde nicht viel anders aussehen als jeder andere Teil des Waldes, dichtstehende Bäume, dichtes Laub, und abgesehen von den Männern, die jeden Zentimeter Boden nach Spuren absuchten, würde kaum noch etwas anzeigen, warum er bei denen, die das Gerüst gesehen hatten, so heftige Emotionen geweckt hatte.

Die Beamten der Spurensicherung ließen die Plattform auf ein leichtes Transportgestell hinunter, das etwa einen Meter zwanzig breit und fast zwei Meter lang war und hinten und vorn Tragegriffe hatte. Man legte eine Plastikplane darüber, sicherte das Ganze mit Klebeband, und dann stellten sich die Männer auf ein Zeichen von Parker hin auf, hoben das Gestell an und trugen es wie eine Krankentrage den Weg hinunter.

Parker folgte ihnen schweigend und sah, als sie die Absperrung erreichten, wie die Männer angesichts der Menschenmenge, die sie erwartete, innehielten.

Beim Anblick der Plattform drängten jene, die am nächsten standen, vorwärts, aber noch ehe Parker einen Befehl brüllen konnte, bildeten die uniformierten Beamten eine Kette, und Parker dachte wieder mal, daß es echte Vorteile hatte, eine der besten Fußballmannschaften des Landes am Ort zu haben: Diese Männer hatten den Umgang mit Massen gelernt und wußten, wie man sie in Schach hielt.

Berittene Beamte kamen ihren Kollegen zu Hilfe und drängten die Gaffer zurück, doch der kleine Zug mit der Trage kam nur langsam und unter Schwierigkeiten voran auf seinem Weg zum Wagen. Bei jedem Schritt wurde er von der wogenden Menge bedrängt, und einmal wurden die Männer, die die Plattform trugen, von einer Gruppe junger Burschen ins Wanken gebracht, die den Kordon der Polizeibeamten durchbrochen hatte.

Parker, der die Gebeine des Kindes schon auf der Straße verstreut sah, brüllte erbost einen kurzen Satz, der sie erschrocken innehalten ließ: »Das ist ein Kind, Herrgott noch mal!«

Stille senkte sich über die Menge. Die Menschen traten nun endlich zurück, als die Trage in den Wagen gehoben wurde, und selbst nachdem die Türen geschlossen waren, blieb es noch eine ganze Weile mäuschenstill.

Hier gab es nun für Parker nichts mehr zu tun. Er wollte zur Dienststelle zurück und steuerte auf seinen Wagen zu. Was er von nun an unternehmen würde, hing großenteils davon ab, was Sherringham ihm über das Skelett würde sagen können. Doch ganz gleich, wie der Befund des Pathologen ausfallen würde, eines war gewiß: Dies waren nicht die Überreste von Gary Maudsley. Gary war noch irgendwo da draußen – und Parker war entschlossen, ihn zu finden.

10

Parker brauchte keine hellseherischen Fähigkeiten, um zu wissen, daß er bei seiner Rückkehr Joseph Coynes Mutter im Präsidium vorfinden würde. Warrender empfing ihn mit den Worten: »Sie haben Besuch, Chef. Mrs. Coyne. Ich habe sie mit einer Kollegin in eins der Vernehmungszimmer gesetzt.«

»Danke«, sagte Parker. »Ich gehe gleich zu ihr.«

Der Vernehmungsraum war gar nicht so unfreundlich. Seine Wände waren mit grobem Leinen bespannt, und die Möbel, wenn auch spärlich, so doch komfortabel. Einen

Nachteil hatte er allerdings, es gab keine Heizung, und es war kalt hier drin. Julie hatte ihren Mantel anbehalten, einen langen, beigefarbenen, der mit angegilbtem Lammfell gefüttert war. So einen Mantel hätte sie vor ein paar Jahren nie im Leben angezogen, dachte Parker, aber sie stellte sich längst nicht mehr so aufdringlich zur Schau wie früher. Alles an ihr schien gedämpft, ernst, nachdenklicher, als wollte sie sagen, gib ihn mir zurück, und ich werde ihm eine gute Mutter sein.

Und vielleicht wäre sie das wirklich, dachte Parker, sie hatte ja weiß Gott auf grausamste Weise lernen müssen, daß ihr Kind etwas Kostbares war und es ihre Pflicht war, ihm ein Vorbild und eine gute Mutter zu sein. Niemandem hätte er eine solche Lektion gewünscht, und sie hatte längst für ihre Schuld bezahlt: Sie war seit dem Verschwinden ihres Sohnes stark gealtert und sah viel älter aus als Anfang Dreißig. Aber nicht nur äußerlich hatte sie sich verändert; auch ihre Lebenseinstellung hatte eine Wandlung durchgemacht, und es fiel schwer, diese zurückhaltende, höfliche Frau mit der lauten, manchmal aggressiven Person in Verbindung zu bringen, die vor fünf Jahren auf der Wache erschienen war, um ihren Sohn als vermißt zu melden.

Bei seinem ersten Gespräch mit ihr hatte Parker im Wohnzimmer ihrer winzigen Drei-Zimmer-Wohnung gesessen, und sie hatte eine Zigarette nach der anderen geraucht, während er ihr seine Fragen gestellt hatte.

»Wie lange leben Sie und Ihr Mann schon hier, Mrs. Coyne?« hatte er begonnen.

»Zwei Jahre, und er ist nicht mein Mann.«

»Wie heißt er?«

»Chris.«

»Und weiter?«

»Chris Hill.«

»Wo ist er jetzt?«

»Unterwegs.«

»Wo?«

»Sagen Sie's mir.«

Sie hatte ihre wasserstoffblonde Haarmähne geschüttelt, deren Massen das kleine, hübsche Gesicht beinahe verschluckten. Die Geste hatte etwas von der Drohgebärde eines Tiers. »Warum fragen Sie mich das alles?«

»Ich muß es wissen«, antwortete Parker. »Wir wollen ihn doch finden, nicht wahr?«

Sie hatte sich beruhigt, aber zugänglicher war sie nicht geworden.

»Ist Ihr Lebensgefährte Joeys Vater?«

»Nein.«

»Und wo ist sein Vater?«

»Saudi.«

Parker hatte beinahe drei Tage gebraucht, um herauszubekommen, daß mit ›Saudi‹ das Gefängnis gemeint war, und als er ihr vorgeworfen hatte, seine Zeit zu vergeuden, hatte sie ihn mit großer Unschuldsmiene angesehen und behauptet, jeder wüßte, was ›Saudi‹ zu bedeuten hätte, was er denn überhaupt für ein Bulle sei, ob er überhaupt fähig sei, ihren Jungen zu finden, wenn er nicht mal wußte, wie die Leute hier redeten.

Der Ausdruck ›Saudi‹ war Parker tatsächlich neu, der trotz Mrs. Coynes Unterstellung ziemlich viel Ahnung vom hiesigen Slang hatte und auch von Frauen ihres Schlags, die sich einredeten, die ›Geschenke‹ von Männern, mit denen sie verkehrten, seien keine Bezahlung für sexuelle Gefälligkeiten; die sich niemals als Gelegenheitsprostituierte bezeichnet hätten; die ihre Kinder als Klotz am Bein empfanden; die sich mit Männern wie Christopher Hill einließen und sich von ihnen immer tiefer in ein Leben hineinziehen ließen, das morgen noch härter sein würde als heute.

Zunächst hatte Parker sich sehr eingehend mit Hill befaßt, aber als dann Byrne auf der Bildfläche erschienen war, hatte er ihn in Ruhe gelassen. Hill war zweifellos ziemlich erleichtert gewesen, nicht mehr zu Parkers Verdächtigen zu gehören, aber den Schaden, der in seiner Beziehung zu Julie entstanden war, hatte er nicht mehr beheben können: Allein die Tatsache, daß man ihn mehrmals verhört hatte, hatte bei ihr Zweifel geweckt, die sie nicht mehr loswerden konnte. Er hatte sie verlassen, aber ein großer Verlust war das nicht gewesen, fand Parker. Christopher Hill, ewig arbeitslos, ein kleiner Dieb, für die Polizei eher eine Plage als Anlaß zu Besorgnis, war zwar nicht so übel wie mancher andere, den sie hätte aufgabeln können, wenigstens hatte er sie nicht geprügelt oder bestohlen, aber eine Stütze war er ihr auch nicht gewesen.

Als Parker jetzt in den Vernehmungsraum trat, starrte sie bewegungslos in eine Tasse Tee, deren Inhalt längst kalt geworden war. Er wandte sich an die Beamtin, die bei ihr saß: »Maureen, könnten Sie frischen Tee besorgen?« Er zog sich einen Stuhl heran und fügte hinzu: »Bringen Sie gleich zwei Tassen.«

Julie Coyne hob den Kopf und sah ihn an. Ihr Haar war jetzt kürzer und hellbraun, seine natürliche Farbe. Sie hatte in der vergangenen Nacht nicht geschlafen. Parker sah es an der Mattigkeit ihrer Bewegungen, als sie den Arm über den Tisch streckte, seine Hand berührte und sagte: »Ist es Joey?«

»Ich weiß es nicht«, antwortete Parker. »Ich warte noch auf den Befund des ...«

»Aber ich weiß es«, unterbrach sie. »Es paßt.«

Er verstand nicht. »Was paßt?«

»Vor ein paar Monaten war ich bei einer Frau in einer spiritistischen Gesellschaft. Sie ist in Ordnung«, fügte sie hastig hinzu. »Sie hat schon mit der Polizei zusammengearbeitet.«

Parker konnte sich die Anzeige vorstellen, auf der letzten Seite in irgendeinem Lokalblatt. Da würde es heißen, daß diese Frau, wer immer sie war, irgendwann einmal mit der Polizei zusammengearbeitet habe, und das würde den Leuten, die zwanzig Pfund für so eine Sitzung nur mit Mühe aufbringen konnten, blindes Vertrauen einflößen.

»Sie hat gesagt, daß er jetzt glücklich ist, *in Frieden.*«

Parker schluckte diesen Euphemismus für den Tod nur mühsam. Am liebsten hätte er ihr gesagt, daß niemand, absolut niemand das Recht hatte zu unterstellen, daß ihr Sohn tot sei.

»Sie hat gesagt, er hätte viel gelitten, aber das ist jetzt vorbei.«

Sie war den Tränen nahe, und Parker wußte nicht, wie er es aushalten sollte. »Julie«, sagte er und nahm ihre Hand ein wenig fester. Wenn Maureen doch endlich mit dem Tee kommen würde!

»Sie hat gesagt, daß er an mich gedacht hat, als er gestorben ist, und daß er jetzt über mich wacht.«

Parker kämpfte gegen den Impuls, seine Hand zurückzuziehen und mit der Faust auf den Tisch zu schlagen. Sie spürte seine Spannung und entzog ihre Hand seiner wuterstarrten. »Hab ich was Falsches gesagt?«

»Sie hat Ihnen ja eine Menge erzählt«, versetzte Parker, »aber wo wir die Leiche finden, hat sie Ihnen nicht zufällig gesagt?«

Er hatte erwartet, daß diese Bemerkung sie zur Besinnung bringen würde; statt dessen leuchtete ihr Gesicht auf. »Doch, doch«, versicherte sie. »Sie hat immer gesagt, daß er in Bäume raufschaut und daß Vögel da sind ...«

»Aber den genauen Ort hat sie nicht angegeben?« sagte Parker. Das Eis in seiner Stimme war geschmolzen, die Wut einer tiefen Traurigkeit gewichen.

»Das konnte sie nicht«, antwortete Julie Coyne. »Die drüben im Jenseits dürfen so was nicht sagen.«

Schade, dachte Parker, das würde das Leben ungemein erleichtern. Wieder meldete sich der Zorn, und schroffer als beabsichtigt sagte er: »Wenn der Tote Joey ist, werden wir es bald wissen.«

Obwohl sie ihm gerade erst erklärt hatte, von Joeys Tod überzeugt zu sein, begann sie zu weinen. »Sagen Sie mir, daß er nicht tot ist, Mr. Parker. Sagen Sie mir, daß er's nicht ist.«

Maureen kam mit einem Tablett ins Zimmer, und Parker fühlte sich wie ein ausgemachter Feigling, als er aufstand, auf seinen leeren Stuhl wies und sagte: »Kümmern Sie sich um Mrs. Coyne, Maureen. Und lassen Sie sie dann von einem Streifenwagen nach Hause bringen.«

Er ging in den Korridor hinaus, stellte sich unter einen Lüftungsschacht, aus dem ihm kühle, trockene Luft ins Gesicht blies, und atmete tief. Wenn er ehrlich war, mußte er zugeben, daß er selbst hin und her gerissen war. Einerseits wünschte er, der Pathologe würde bestätigen, daß es sich bei dem Toten um Joseph Coyne handelte; fünf Jahre waren eine lange Zeit, und er brauchte den Anhaltspunkt, der ihm vielleicht helfen würde, einen zweiten Mord zu verhindern. Gleichzeitig jedoch wäre er überglücklich, zu erleben, wie Joseph Coyne, mittlerweile siebzehn, in die Wohnung seiner Mutter spazierte und sagte: Mama, ich bin wieder da.

11

In mancher Hinsicht ähnelte der Raum, wo Sherringham das Skelett untersuchte, einem Operationssaal. Der Tisch in der Mitte war aus rostfreiem Stahl, die Lampen darüber waren beweglich. Im Augenblick leuchteten sie auf die Plattform hinunter, die um einiges breiter war als der Tisch.

Sherringham hatte Anweisung gegeben, den Efeu möglichst unberührt zu lassen, und dies aus zweierlei Gründen: Erstens hielt der Efeu an einigen Stellen die Gebeine zusammen, und zweitens hielt er das Skelett auf der Plattform fest. Indem er dafür gesorgt hatte, daß der Efeu unversehrt blieb, war das Skelett in seiner Lage kaum verändert worden, und er sah es jetzt ziemlich genau so wie Hardman bei seiner Entdeckung.

Im Lauf der Jahre hatten sich die Efeuranken unter und über die Gebeine geschlängelt, hatten sie eingehüllt, sich in jede Ritze und jeden Spalt geschoben. Der Brustkorb war jetzt eine Höhle, die mit welkenden Blättern gefüllt war, die Rippen wirkten wächsern im grellen Schein der Lampen.

Teilweise war die Pflanze mit den Wurzeln ausgerissen worden, an denen noch Erdklumpen klebten, und lange Ranken hingen von der Plattform zum Boden des Labors hinunter. Es war, als suchten sie Halt auf dem sterilen, glänzenden Belag, dachte Sherringham. Er berührte den Efeu und fand ihn kalt wie die Hand einer Leiche, und obwohl es kaum Dinge gab, die zu berühren Sherringham sich scheute, war ihm der Kontakt mit dem Efeu unangenehm, und er zog seine Hand weg.

Das Skelett war bereits am Fundort fotografiert worden, jetzt aber, da er es im Labor hatte, fotografierte Sherringham es noch einmal aus jedem erdenklichen Winkel. Man würde die Aufnahmen später vergleichen, um festzustellen, ob die Gebeine ihre Lage verändert hatten, als die Plattform abmontiert worden war.

Er trat zum Kopfende des Tischs und sah sich den Schädel an. Es war deutlich zu sehen, wo die Knochen im Säuglingsalter zusammengewachsen waren. Die zahnärztlichen Unterlagen würden über das Alter des Kindes Aufschluß geben und auch darüber, ob es die Gebeine von Joseph Coyne waren.

Er ging um den Tisch herum und begann den Efeu abzutragen. Mit einem Instrument, das aussah wie eine Miniatur-Heckenschere, knipste er Ranken und Blätter ab. Sie fielen auf den Boden und blieben in losen Girlanden dort liegen, bis er sie mit seinen grünen Gummistiefeln achtlos zertrat. Nach einer Weile kam ein Assistent und fegte sie zusammen, damit Sherringham ungehindert weiterarbeiten konnte. Nach und nach zupfte er die Blätter, die im Innern des Brustkorbs wucherten und die Wirbelsäule umschlungen hielten, heraus.

Es war eine lange, mühevolle Arbeit, da er kein Knöchelchen verschieben wollte. Ein weniger gewissenhafter Mensch hätte den Efeu vielleicht mit einigen raschen Schnitten entfernt, doch Sherringham nahm sich die Zeit, arbeitete wenn nötig mit der Pinzette und reinigte die Knochen so säuberlich, wie die Zähne eines Raubtiers es getan hätten.

Dann war er endlich fertig. Leuchtend weiß unter den Scheinwerfern, die von oben herabschienen, lag das Skelett vor ihm. Er nahm seine Maße, untersuchte es und zeichnete seine Befunde mit Hilfe eines Mikrophons auf, das am Revers seines grünen Kittels befestigt war.

Er konzentrierte seine Aufmerksamkeit auf das Stück Stoff, das um den Hals lag, und stellte fest, daß es von einem Klettverschluß zusammengehalten wurde, den er aufriß, bevor seine Assistenten das Skelett hochhoben und auf einen anderen Tisch legten.

Den Stoffetzen, der noch dalag, nahm Sherringham in die Hand und sah ihn sich an. Es war eine Art kleiner Umhang aus einem Baumwollstoff. Der Klettverschluß war mit flüchtigen Stichen daran festgenäht, der Saum an einigen Stellen schief.

Er breitete den Umhang aus und fotografierte ihn, bevor er ein kleines Stück Stoff aus dem Saum herausschnitt. Er steckte es in einen sterilen Plastikbeutel, den er versiegelte und für das Labor etikettierte. Dort würde man den

Stoffrest analysieren, um festzustellen, um was für ein Material genau es sich handelte und woher es stammte. Möglicherweise war es ursprünglich schwarz gewesen – auch das würde er vom Labor erfahren, sobald der Farbstoff untersucht war –, jetzt jedoch war es grau in unterschiedlichen Schattierungen. Irgendwelche chemischen Reaktionen beim Verwesungsprozeß des Leichnams hatten die Farbe verbleichen lassen, doch ein Abdruck der Wirbelsäule und der Rippen war auf dem Stoff zurückgeblieben, Sherringham mußte an das Turiner Grabtuch denken.

Auch diese Befunde sprach er auf Band, machte sich dazu einige schriftliche Notizen und wandte seine Aufmerksamkeit dann der hölzernen Unterlage zu. Der Tote hatte auch auf ihr einen Abdruck hinterlassen; die Stelle, wo die Leiche gelegen hatte, war verfärbt, da das Holz nicht der Sonne ausgesetzt gewesen war. Der Ergebnis war eigenartig, als wäre ein Schatten des kleinen Toten zurückgeblieben, das Holz um ihn herum zum Kontrast gebleicht.

Sherringham nahm von jedem einzelnen der Holzbretter, aus denen die Plattform zusammengefügt war, kleine Proben, die er wiederum in Beuteln verpackte und für das Labor beschriftete. Er war ziemlich sicher, daß die Unterlage aus Eisenbahnschwellen, die der Länge nach in drei Teile zersägt worden waren, gezimmert war, aber es konnte nicht schaden die Meinung des Labors einzuholen, um was für eine Sorte von Holz es sich handelte, wie alt es war und woher es möglicherweise kam.

Er wandte sich wieder dem Skelett zu. Ohne weiches Gewebe gab es kaum Hinweise auf die Todesursache: Die Lunge hätte ihm verraten, ob das Kind erstickt war; andere Organe hätten es ihm ermöglicht, Proben zu entnehmen, um zu prüfen, ob Betäubungsmittel oder ein Gift den Tod herbeigeführt hatten.

Er war nicht glücklich bei dem Gedanken, Parker mitteilen zu müssen, daß eine eindeutige Feststellung der Todesursache zu diesem Zeitpunkt ausgeschlossen war. Möglichkeiten gab es viele. Er würde sie alle auflisten und konnte nur hoffen, daß diese oder jene sich durch Parkers Ermittlungen bestätigen würde. Eine allerdings war ihm sofort durch den Kopf geschossen, als er beim Entfernen des Efeus von den Gebeinen gesehen hatte, daß die Gliedmaßen vom Rumpf getrennt waren. Vielleicht, dachte Sherringham, war das Kind verblutet.

Parker würde wissen wollen, wie er auf diesen Gedanken kam, und Sherringham betrachtete jetzt noch einmal die Gebeine auf dem Tisch. Ohne die grünen Ranken lagen die Gliedmaßen flach auf der Plattform, an den großen Gelenken vom Rumpf abgetrennt.

Der Körper war zerstückelt worden.

12

Roly verließ den Markt, ging über die Straße zu einer Einkaufspassage und trat in eine Buchhandlung, in der er Byrne gleich entdeckte. Es war ihr üblicher Treffpunkt. Am ersten Dienstag jedes Monats trafen sie sich hier gewohnheitsmäßig und ohne vorherige Verabredung. Wenn einer von ihnen nicht erschien, nahm der andere einfach an, es sei etwas dazwischengekommen.

Byrne wartete an der gewohnten Stelle, vor einem Regal mit Büchern, die ihn interessierten. Biographien und Autobiographien – Tatsachenberichte, die ihn trösteten, wenn er entdeckte, daß andere ein noch traurigeres Leben geführt hatten als er.

Roly stellte sich neben ihn, zog ein Buch aus dem Regal und schlug es auf. Byrne sprach leise, als er sagte: »Ich hab Besuch gehabt. Parker. Er wollte wissen, ob ich Gary kenne.«

»Was hast du i-ihm gesagt?«

»Daß ich ihn nie gesehen habe.«

Roly blätterte um.

»Ich muß eine Weile verschwinden, raus aus Manchester, aber das kostet Geld«, fuhr Byrne fort. »Ich brauch die Kaution für eine Wohnung, Geld für die Miete, fürs Essen ... Ich kann mir das nicht leisten.«

Roly klappte das Buch zu, stellte es an seinen Platz zurück, nahm ein anderes heraus und schlug es auf.

»Ich hab gehofft, du könntest mir vielleicht aushelfen«, sagte Byrne.

»K-kann ich nicht«, antwortete Roly. »Ich hab k-kein G-geld.«

»Du mußt welches haben«, widersprach Byrne.

»W-wenn ich G-geld hätte, w-würde ich dann in so einer Br-bruchbude wie in der M-Mousade Road hausen?«

Das Argument war gut. Byrne konnte sich beim besten Willen nicht vorstellen, warum Roly so leben sollte, wenn er das Geld hatte, sich eine andere Wohnung zu leisten.

»Ich pack das nicht noch mal«, sagte Byrne verzweifelt. »Sie haben mich durch die Mangel gedreht, als Joey verschwunden ist. Ich weiß, was ich zu erwarten habe. Parker läßt mich monatelang nicht mehr aus den Klauen.«

»Ich k-kann nicht«, sagte Roly.

Eine Frau mit einem kleinen Jungen, den Roly auf fünf oder sechs schätzte, gesellte sich zu ihnen. Der Kleine blieb einen Moment bei seiner Mutter stehen, dann machte er sich davon, um an einem Computer in der Ecke mit den Kinderbüchern zu spielen. Er setzte sich direkt unter eine Glühbirne, ein silbern beschichtetes Ding, das auf sein blondes Haar herabschien. Er wirkte beinahe engelhaft, als wäre er vom Himmel gefallen, und er handhabte die Maus mit einer Sicherheit, die Roly nur bewundern konnte.

»Du mußt mir helfen«, flehte Byrne.

Roly klappte das Buch mit einem dumpfen Knall zu, der Klang eines heftigen Schlages, und als er es wieder ins Regal schob, wurde Byrne ein klein wenig lauter: »Leute wie wir sollten einander helfen.«

»Ich k-kann dir n-nicht helfen«, entgegnete Roly. »N-niemand kann dir helfen, Dougie – jedenfalls n-nicht, wenn Parker entschlossen ist.«

Byrnes Gedanken wanderten ein paar Jahre zurück. Er hatte einen Mann gekannt, der aus dem Gefängnis entlassen worden war, nachdem er eine Strafe wegen Kindesmißbrauchs abgesessen hatte. Die Polizei von Greater Manchester hatte ihn in ihrem Revier nicht mehr sehen wollen. Kurzerhand hatte man ihm die Unkosten bezahlt, ihn in einen anderen Teil des Landes abgeschoben und das ganze Problem anderen Leuten aufgehalst. Byrne, der wußte, wie es war, wenn man ständig schikaniert wurde, war ursprünglich entschlossen gewesen, seine heimischen Gefilde zu verteidigen. Er hatte überhaupt nicht daran gedacht, irgend jemandem das Leben zu erleichtern, indem er das Feld räumte, und er hatte längst beschlossen, daß er, wenn es wirklich dazu kommen sollte, sich keinesfalls dazu bewegen lassen würde, Manchester gegen seinen Willen zu verlassen. Aber Parker hatte gar nicht versucht, ihn zu einem Umzug zu bewegen. Im Gegenteil, er hatte ihm klar und deutlich gesagt, daß er ihn hier haben wollte, wo er ihn im Auge behalten konnte. Parker hoffte, daß er eines Tages die Beweise zusammenbringen würde, um ihn des Mordes an Joseph Coyne anzuklagen, und Byrne hatte den starken Verdacht, daß Parker diesen Tag näherkommen sah.

Er fühlte sich wie eine Antilope in finsterster Nacht, wenn sie nicht sehen konnte, was um sie herum vorging, und doch gewiß war, daß nur Schritte entfernt ein Raubtier im Gras lauerte. Nachts wachte er auf und glaubte

Parker zu riechen, seinen Atem auf seinem Gesicht zu spüren. Zum ersten Mal beneidete er den Mann, der in eine andere Gegend abgeschoben worden war, wünschte, man hätte ihn auch abgeschoben, und die Panik, die diese Gefühle bei ihm auslösten, verliehen ihm so etwas wie Mut. »Ich komm zu dir«, drohte er Roly. »Und Parker folgt mir bestimmt.«

Aber die Drohung schien keinerlei Eindruck zu machen, und Byrne wurde klar, daß er nichts ausrichten konnte, es sei denn, er würde Roly am Kragen packen und ihm so, ohne Rücksicht auf den Skandal im Laden, klarmachen, wie ernst es ihm war. In ohnmächtiger Wut stürmte er hinaus.

Als er weg war, richtete Roly seine Aufmerksamkeit auf den kleinen Jungen, der am Computer saß, während seine Mutter in den Regalen mit den Büchern über Astrologie, schmackhafte Küche und Sex stöberte. Ihr kleiner Sohn saß ganz allein und dirigierte mit seiner Maus Äpfel, Eulen und Gartentore, um eine Geschichte in die gewünschte Richtung voranzutreiben, und während Roly ihn beobachtete, dachte er, daß jeder den Kleinen entführen könnte, ohne daß seine Mutter etwas merkte. Jeder könnte ihn zur Tür locken, auf die Straße hinausbugsieren und in einen wartenden Wagen stoßen. Er wußte, wie leicht so etwas ging, wie achtlos Eltern waren, ohne sich dessen bewußt zu sein, wie einfach es war, sich diese Dummheit, die beinahe einer Komplizenschaft gleichkam, zunutze zu machen.

Ein Apfel fiel von einem Baum und klatschte blutrot auf den Boden. Ein hellbraunes Pferd zeigte sich auf fernen grünen Hügeln, und der Kleine steuerte es zu dem Apfel, als lockte er es zum Futtertrog. Ein Wurm schlängelte sich aus dem Apfel. Das Pferd verwandelte sich plötzlich in ein Reptil. Der kleine Junge ließ von dem Spiel ab, und Roly ließ von dem Kind ab, wohl wissend, daß die Überwachungskameras jeden seiner Schritte verfolgten.

13

Parker stand im Besprechungszimmer, an dessen Wänden ringsum Fotografien des Gerüsts aufgehängt waren, und hielt Lagebesprechung. Die Männer, die Byrne überwachten, hatten Parker berichtet, daß Byrne sich in einer Markthalle Entenleberpastete, schwarze Oliven und einen weichen Pfefferkäse gekauft hatte, und Parker mußte an die vielen Häftlinge denken, die bei ihrer Festnahme kaum ein Ei kochen konnten und sich im Gefängnis zu Meisterköchen gemausert hatten, da das Essen über lange Zeit eines der wenigen Vergnügen in ihrem Leben war.

Seine Leute hatten Byrne in eine Buchhandlung verfolgt, wo er sich mit einem Mann getroffen hatte, einem Kontaktmann, vermutete Parker. Im Lauf ihres Gesprächs war Byrne ziemlich in Erregung geraten und dann plötzlich aus dem Laden gestürmt, während der andere geblieben war und ein Kind beobachtet hatte, das an einem Computer spielte.

Parkers Männer hatten sich getrennt, der eine war Byrne gefolgt, der andere hatte sich seinem Kontaktmann an die Fersen geheftet. Byrne war nach Hause gegangen, der andere in eine Markthalle, wo Parkers Beamter ihn in der Menge aus den Augen verloren hatte. Der Beamte war in den Buchladen zurückgekehrt und hatte die Filme aus den Überwachungskameras verlangt, die sich Parker und sein Team aufmerksam ansahen.

Trotz der schlechten Qualität war zu sehen, daß Byrnes Kontaktmann ein Weißer zwischen Anfang und Mitte Dreißig war. Er war mittelgroß, mittelschlank, sein Haar dunkel und kurz.

Großartig, dachte Parker. Warum kamen einem diese Leute nicht mit ein paar Auffälligkeiten entgegen? fragte er sich frustriert. Schließlich gab es unzählige Männer, auf die diese Beschreibung paßte. Aber in diesem Job wurde einem eben nichts geschenkt.

Es gab eine scharfe Aufnahme vom Gesicht des Mannes, aber Parker, der die Gesichter einer ganzen Reihe von Pädophilen in der näheren Umgebung kannte, war es fremd.

Das hieß gar nichts, Parker wußte das. Pädophile gab es überall, und die meisten lebten und starben wahrscheinlich, ohne mit der Polizei je in Berührung zu kommen. Eines war jedoch sicher: Der Mann hatte nicht im Gespräch mit Byrne beobachtet werden wollen. Es war natürlich möglich, daß es sich um einen harmlosen Menschen handelte, der nicht in Gesellschaft eines überführten Kinderschänders gesehen werden wollte. Doch das glaubte Parker nicht. Männer, die sich an Kindern vergingen, waren Ausgestoßene. Die meisten Menschen wollten nichts mit ihnen zu tun haben. Daher war ein Verdacht gegen Byrnes Bekannten wahrscheinlich durchaus berechtigt, und es beunruhigte Parker, daß er nicht wußte, wer der Mann war. Er hatte sich vorgemacht, Byrne im Griff zu haben, genau zu wissen, was er tat und mit wem er verkehrte – offensichtlich ein Trugschluß. Aber wenn er die Mittel gehabt hätte, Männer wie Byrne vom Moment ihrer Entlassung aus der Haft bis zum Moment ihres Todes rund um die Uhr zu überwachen, wären Kinder wie Joey und Gary gar nicht erst verschwunden.

»Ich möchte wissen, wer der Kerl ist«, sagte er zu seinen Leuten. »Wenn Byrne sich wieder mit ihm trifft, dann schnappen wir ihn uns, sobald die beiden sich trennen.«

Ein Anruf von Sherringham unterbrach die Sitzung.

»Der Tote ist eindeutig identifiziert. Die zahnärztlichen Unterlagen haben bestätigt, daß es sich um Joseph Coyne handelt.«

Seltsam, dachte Parker, aber von dem Moment an, als

er die Gebeine das erste Mal gesehen hatte, war er irgendwie sicher gewesen, daß das tote Kind Joseph Coyne war, und dennoch war es ein Schock, seinen Verdacht bestätigt zu sehen.

Sherringham hatte nicht gewußt, welche Reaktion seine Nachricht auslösen würde, aber die Traurigkeit in Parkers Stimme, als dieser sagte: »Wie schrecklich für Julie«, überraschte ihn.

»Es kommt noch schlimmer«, sagte er. »Er ist zerstükkelt worden, möglicherweise noch vor seinem Tod.«

Parker wußte, daß seine Leute ihn beobachteten und daß seine Reaktion auf die Nachricht ihn verraten hatte. Einige aus dem Team hatten mit ihm zusammen Fälle bearbeitet, die so furchtbar gewesen waren, daß sogar die Presse nicht über alle Einzelheiten berichtet hatte; diese Leute kannten ihn und wußten, daß etwas Furchtbares kommen würde.

Nachdem Parker den Hörer aufgelegt hatte, informierte er seine Leute und zog sich dann aus dem Besprechungszimmer, in dem es totenstill geworden war, in sein Büro zurück. Er brauchte jetzt Zeit für sich, einen Platz, wo er ungestört nachdenken konnte, und er dachte über Byrne nach, während er auf die Stadt hinausblickte. Er hatte den Mann falsch eingeschätzt. Er war überzeugt gewesen, daß er Joseph Coyne entführt hatte, aber niemals hätte er ihm ein so abscheuliches Verbrechen zugetraut. Sein erster Impuls war, Byrne abholen zu lassen und ihm so lange zuzusetzen, bis er gestand. Es hatte einmal eine Zeit gegeben, da hätte Parker sich das vielleicht ungestraft leisten können. Die Zeiten hatten sich geändert. Leute wie Byrne hatten Rechte. Wenn Parker ihn mit Methoden zum Reden brachte, die heutzutage nicht mehr salonfähig waren, würde das Gericht die Klage gegen Byrne mit der Begründung abweisen, daß sein Geständnis erzwungen worden war. Da aber bisher lediglich Indizienbeweise gegen Byrne vorlagen, brauchte Parker ein Geständnis, und wenn er es auf die eine Weise nicht bekommen konnte, dann würde er es sich eben auf eine andere holen. Die Frage war nur, wie.

Er wußte, wenn er überhaupt eine Chance haben wollte, Byrne zu fassen, mußte er dessen Charakter verstehen lernen, herausbekommen, wo seine Schwächen lagen. Er erinnerte sich an einen Artikel, den er einmal in der *Police Review* gelesen hatte. Es war um einen Kriminalpsychologen gegangen, der Wesentliches zur Erstellung einer Datenbank von Täterprofilen beigesteuert hatte. Der Mann hatte kürzlich einen Aufsatz über Morde veröffentlicht, bei denen das Tötungsritual mit dem Töten selbst offenbar gleichbedeutend war. Parker fand, es könne keinesfalls schaden, sich einmal mit ihm zu unterhalten.

Er ging in die Polizeibibliothek drei Stockwerke tiefer und suchte das Heft mit dem Aufsatz heraus. Parker notierte die angegebene Telefonnummer, obwohl er sich im selben Moment fragte, ob er sich nicht an einen Strohhalm klammerte: Er kannte die widersprüchlichen Berichte über die Nützlichkeit von Kriminalpsychologie. Es gab zwar zutreffende Psychogramme von Verdächtigen, die der Polizei halfen, einen bestimmten Verbrecher zu überführen; es gab aber auch Fälle, in denen Psychologen die ganze Aufmerksamkeit auf den falschen Tätertyp gelenkt und damit die Ermittlungen in die Irre geführt hatten. Möglicherweise würde ein Kriminalpsychologe Parker auf den ersten Blick sagen können, daß er mit Byrne den falschen Mann im Visier hatte. Parker überdachte noch einmal, was er über Byrne wußte. Es war alles nur oberflächliches Wissen. Ein Kriminalpsychologe wäre vielleicht in der Lage, ihm Byrnes wahre Schwächen zu zeigen, und dann würde Parker ihn endlich knacken.

Er ging zurück ins Besprechungszimmer und sagte zu Warrender: »Rufen Sie diese Nummer an. Verlangen Sie Murray Hanson.«

Der Name sagte Warrender nichts, aber das Wort ›Kriminalpsychologe‹, das danebenstand, entlockte ihm ein ironisches Lächeln. Er wußte nicht viel über die Erstellung von Täterprofilen, außer daß die Idee aus Amerika stammte; das FBI hielt große Stücke auf die neue Lehre, die für Warrender nichts weiter als ein pseudowissenschaftliches Lotteriespiel war. Parker allerdings wollte er seine Meinung nicht unbedingt auf die Nase binden, darum antwortete er nur kurz: »In Ordnung, Sir.«

Hanson war gerade dabei, die Klinik zu verlassen, als seine Sekretärin ihm über die Sprechanlage mitteilte, daß ein Detective Superintendent Parker am Telefon sei.

Obwohl es erst kurz nach vier war, hatte der freitägliche Berufsverkehr diesen Vorort Londons bereits fest im Griff, und Hanson wußte, daß er dem Getümmel nicht entkommen konnte, ganz gleich, ob er den Anruf entgegennahm oder nicht. Er lehnte sich an einen der Heizkörper in dem Büro, das er mit einem Kollegen teilte, und spürte, wie langsam die Wärme durch den Stoff seines Mantels drang. In diesem alten und renovierungsbedürftigen Gebäude half die archaische Zentralheizung wenig, man mußte sich schon regelrecht an die Heizkörper drükken, um etwas von ihrer Wärme zu haben.

»Verbinden Sie«, sagte Hanson.

»Mr. Hanson?« sagte Parker.

»Am Apparat«, antwortete Hanson.

»Ich bin Superintendent bei der Kriminalpolizei Manchester. Ich habe Ihren Namen aus der *Police Review.*«

»Ja, für die habe ich verschiedene Artikel geschrieben«, bestätigte Hanson.

Der Stimme nach schätzte Parker den Mann auf Mitte bis Ende Dreißig. Relativ jung für jemanden, der sich auf seinem Gebiet offenkundig einen Namen gemacht hatte. Hanson war also zweifellos ein gescheiter Mann und engagiert dazu. Parker hörte in Hansons Aussprache einen leichten Manchester-Akzent, und aus dem Gefühl heraus, es hier mit jemandem zu tun zu haben, der aus der gleichen Gegend kam wie er, war er eine Spur weniger förmlich als sonst, als er bemerkte: »Ich hoffe, ich hab Sie nicht in einem ungünstigen Moment erwischt.«

»Einen Augenblick habe ich schon Zeit«, erwiderte Hanson und fragte dann, scharfsinnig, wie Parker fand: »Was war denn das für ein Artikel, der Sie interessiert?«

»Darin wurde erwähnt, daß Sie wesentlich zur Erstellung einer Datenbank von Täterprofilen beigetragen haben.«

Hanson erinnerte sich an den Artikel und auch daran, welch heftigen Widerhall er gefunden hatte: Gewisse höhere Stellen vertraten nämlich die Auffassung, daß die Verbrechen, die in Amerika verübt wurden, sich dem Typ nach ganz wesentlich von denen in Großbritannien unterschieden. Für sie war eine Datenbank von Täterprofilen nur eine interessante Spielerei, eine modische Marotte, die kurz Furore machen und dann wieder vergessen werden würde.

Parker fügte hinzu: »Außerdem wurde darin auf einen Aufsatz verwiesen, den Sie kürzlich veröffentlicht haben – über Fälle von Menschenopfern.«

»Oh, ich bin nur einer von vielen, die ähnliche Untersuchungen gemacht haben«, sagte Hanson.

Parker hätte nicht gedacht, daß diese Art von Mord so häufig vorkam, daß es viele eingehende Untersuchungen gebraucht hätte. »Das kann schon sein«, antwortete er, »aber Ihr Name ist im Moment der einzige, den ich habe, und darum würde ich mich gern einmal mit Ihnen zusammensetzen.«

Als Hanson darauf nichts sagte, fügte Parker hinzu: »Sie haben wahrscheinlich gehört, was gestern in Colbourne entdeckt wurde.«

»Ja, ich habe es heute morgen gelesen«, bestätigte Hanson.

»Ich leite die Ermittlungen.«

Hanson, der das bereits vermutet hatte, als Parker sich vorgestellt hatte, sagte: »Ich könnte Ihnen den Artikel schicken, wenn Sie glauben, er könnte Ihnen eine Hilfe sein.«

»Ich hatte eigentlich gehofft, Sie würden ...«

»Aber abgesehen davon ...«

Parker begann sich zu fragen, ob es nur sein Gefühl oder ob Hanson tatsächlich in Abwehrhaltung war. »Ich dachte, Sie könnten sich vielleicht einmal ansehen, was wir hier haben – eine Meinung dazu abgeben.«

»Sie sind in Manchester«, sagte Hanson.

Es war nicht nur sein Gefühl, stellte Parker fest, und sein Ton wurde schärfer, als er sagte: »Das sind mit dem Zug drei Stunden, gewiß nicht ...«

»Ich habe nicht vor, nach Manchester zu fahren.«

»Ja, aber unter den Umständen ...«

»Tut mir leid, aber ich bin im Augenblick stark eingespannt und habe wirklich nicht die Zeit ...«

»Also, Moment mal«, unterbrach Parker, doch Hanson ließ ihn nicht zu Wort kommen.

»Wenn Sie einen Moment am Apparat bleiben«, sagte er, »suche ich Ihnen den Namen eines Kollegen in Ihrer Gegend heraus. Es gibt genug Leute, die ...«

»Ich habe gehört, Sie seien der Experte«, warf Parker ein. »Oder war das eine Fehlinformation?«

Es fiel Hanson nicht ein, diesen Köder zu schlucken. Wenn Parker ihn zu dem Eingeständnis brachte, daß er auf seinem Gebiet eine Autorität war, würde es schwierig werden, ihn mit einem Kollegen abzuspeisen, der vielleicht kein so hohes Ansehen genoß. »Wie ich schon sagte, ich habe sehr viel zu tun.«

»Ich auch«, versetzte Parker.

»Ich fühle mit Ihnen«, sagte Hanson.

Parker wurde bewußt, was das für ein seltsames Gespräch war. Aus irgendeinem Grund – er hatte keine Ahnung, warum – stritten sie. Er war fast versucht, den Hörer auf die Gabel zu knallen, aber eine Mischung aus Professionalität, Neugier und Entschlossenheit, sich durchzusetzen, hinderte ihn daran. Er zwang sich zur Höflichkeit, als er sagte: »Sparen Sie sich Ihr Mitgefühl, Mr. Hanson. Sparen Sie es sich für die Angehörigen von Gary Maudsley.«

»Wer ist Gary Maudsley?«

»Ein zwölfjähriger Junge, der vor zwei Wochen verschwunden ist. Ich halte es für sehr wahrscheinlich, daß wir seine Überreste zu gegebener Zeit auf einem ähnlichen Gerüst finden werden.«

»Mr. Parker«, sagte Hanson, »ich habe nicht ...«

»Schwer zu sagen, wie viele andere kleine Jungen noch verschwinden werden, bevor wir ...«

»Ich sagte, ich habe nicht vor, nach Manchester zu kommen.«

Parker meinte, nicht recht gehört zu haben.

Hanson fügte hinzu: »Sie werden sich an jemand anderen wenden müssen.«

»Ich will aber niemand anderen.«

»Ich gebe Ihnen gern eine Liste mit Namen.«

»Ich will niemand anderen«, wiederholte Parker.

Hanson, der von dem Gespräch allmählich genug hatte, beschloß, es ohne weiteres Hin und Her zu beenden. »Dann kann ich Ihnen auch nicht helfen«, sagte er und legte auf.

Parker saß im Besprechungszimmer und starrte den Hörer an, den er immer noch in der Hand hielt.

»Was ist los?« fragte Warrender.

»Ich habe eben mit Hanson gesprochen.«

»Ah, und er hat den Fall für uns gelöst, wie?« meinte Warrender. »Wann holen wir den Killer ab? Oder will er erst mal mit ihm reden, damit er sich freiwillig stellt und wir uns das Benzin sparen können?«

Im ersten Moment war Parker wie vor den Kopf geschlagen gewesen. Jetzt war er zornig. Er knallte den Hörer auf, stand auf und drehte sich nach Warrender um. »Rufen Sie die Klinik zurück«, bellte er. »Verlangen Sie die Faxnummer.«

Sobald die Nummer auf seinem Schreibtisch lag, zog Parker sich einen Stuhl an einen der Computer und schrieb an Hanson. Mit dem Brief ging er zu einem der beiden Faxgeräte im Besprechungsraum, wählte die Nummer und sah bei der Übertragung zu.

Warrender wußte genau, wann man Parker Fragen stellen durfte und wann man besser den Mund hielt; er blieb auf Abstand. Er wußte nicht, was Parker in dem Fax geschrieben hatte; er war nur froh, daß es nicht an ihn gerichtet war.

Hanson wollte eben gehen, als seine Sekretärin aus der Tür ihres Büros rief: »Ich habe gerade ein Fax aus Manchester ...«

»Legen Sie's auf meinen Schreibtisch.«

Die Sekretärin hatte an der Klinik schon jede Menge Psychologen kommen und gehen sehen und sank schon lange vor keinem von ihnen mehr ehrfürchtig in die Knie. »Es ist von der Polizei, und es ist dringend«, sagte sie.

Hanson zögerte, aber nur einen Augenblick. Es gab Leute genug, die qualifiziert und zweifellos auch willens waren, Parker bei seinen Ermittlungen zu helfen. Hanson war qualifiziert, aber nicht willens. Er würde nicht nach Manchester reisen, und damit basta.

»Warten Sie einen Moment«, sagte er und machte kehrt, um noch einmal in sein Büro zu gehen.

»Wollen Sie das Fax nicht haben?«

»Nein.«

Er verschwand in seinem Zimmer und kam kurz darauf mit einer Liste wieder heraus, die er der Sekretärin brachte. »Schicken Sie ihm ein Fax mit einer Kopie dieser Liste«, sagte er. »Ich habe einige Namen angekreuzt. Das wird ihn hoffentlich glücklich machen.«

Die Sekretärin nahm die Liste und warf einen Blick darauf. »Und was ist mit dem Fax?«

»Legen Sie's ab«, antwortete Hanson und ging.

Nachdem er verschwunden war, las die Sekretärin Parkers Fax noch einmal durch. Sie sollte es ablegen, was sie auch tat, aber lieber hätte sie es Hanson auf den Schreibtisch gelegt. Parker hatte da einige Kommentare losgelassen, die er sehen sollte, fand sie. Sie hatte den Eindruck, daß Parker entschlossen war, die Sache weiterzuverfolgen, falls Hanson nicht reagierte. Außerdem machte sich Parker offensichtlich ein ganz falsches Bild von Hanson; ihr Chef war nicht arrogant, rechthaberisch oder ein Verhinderer. Sie fragte sich, was zwischen den beiden vorgefallen war, um solche Bemerkungen zu provozieren.

Der Parkplatz lag unterhalb von ihrem Büro. Sie sah Hanson, wie er ihn überquerte und dann in einen klapprigen alten Saab stieg. Der Mann war mindestens zwanzig Jahre zu jung für sie, und die einzigen Gefühle, die er bei ihr weckte, waren mütterlicher Natur: Ein gutaussehender Mann wie er sollte ein glückliches Familienleben führen und sich nicht in der Stadt herumtreiben und Frauen hinterherlaufen, die wahrscheinlich sowieso nichts taugten.

Ihr wurde bewußt, daß sie kaum etwas von ihm wußte, obwohl sie nun schon eine ganze Weile für ihn arbeitete. Niemals riefen ihn Frauen in der Klinik an, und wann immer sie ihn fragte, was er am Wochenende getrieben habe, pflegte er zu antworten, »Ach, nichts weiter.« Wenn jemand wie Parker sie um ein Persönlichkeitsprofil von Murray Hanson gebeten hätte, wäre es ihr äußerst schwergefallen, ihm mehr zu sagen, als daß er ein ruhiger Mensch war, zurückhaltend, bei Kollegen und Mitarbeitern allgemein beliebt. Das ähnelte so sehr dem Persönlichkeitsprofil eines Serienmörders, daß sie lächeln mußte: Das würde sie ihm erzählen müssen – er würde wahrscheinlich lachen.

Warrender nahm das Fax von der Klinik in Empfang und brachte es Parker, der wieder in sein Büro gegangen war.

Er stand am Fenster, eine Gewohnheit von ihm, und Warrender hätte gern gewußt, wo er mit seinen Gedanken war. Vermutlich bei dem Gerüst oder vielleicht auch bei Byrne. Oder bei seinem Zusammenstoß mit diesem Hanson.

Er schien völlig vertieft, und Warrender überlegte, ob er ihn einfach in Ruhe lassen sollte. Da drehte Parker sich herum und sah ihn. »Was gibt's denn?«

»Das ist gerade gekommen.«

Parker nahm das Fax und las es. Nicht Hanson hatte es geschrieben, sondern seine Sekretärin in seinem Auftrag. Es war nicht mehr als ein kurzes, höfliches Begleitschreiben zu einer Liste mit Namen von Leuten, die, wie es hieß, wahrscheinlich besser geeignet seien, Parker bei seinen Ermittlungen zu helfen. Auf sein eigenes Schreiben wurde keinerlei Bezug genommen. Er hatte den deutlichen Eindruck, daß Hanson es entweder nicht gelesen hatte oder seine Bemerkungen einer Erwiderung nicht für würdig hielt.

Die Haltung des Psychologen kam Parker unglaublich arrogant vor, und der Zorn, der sich gelegt hatte, seit er den Brief geschrieben hatte, flammte von neuem auf.

»Rufen Sie die Klinik an. Ich will mit ihm sprechen.«

Warrender ging hinaus. Augenblicke später begann das

Telefon auf Parkers Schreibtisch zu läuten, und Parker schnappte sich den Hörer. Er erwartete Hanson, aber es meldete sich die Sekretärin, die sich entschuldigte und erklärte, Hanson sei nicht mehr im Haus. Ihrer Stimme nach war sie im mittleren Alter. Und vorsichtig. Sie zumindest hatte das Fax gelesen, dachte Parker.

»Haben Sie eine Privatnummer?«

»Ja, aber die kann ich Ihnen nicht ...«

»Geben Sie sie mir.«

»Das darf ich leider ...«

»Sofort«, sagte Parker.

Er wartete, während sie die Nummer heraussuchte, und schrieb sie dann nach ihrem Diktat nieder. »Hat er Fax zu Hause?« fragte er.

»Ja«, sagte die Sekretärin und gab ihm auch diese Nummer, diesmal ohne daß er erst drängen mußte.

»Danke«, sagte Parker. Er legte auf und ging wieder hinüber in den Besprechungsraum, wo er die Fotografien von Joseph Coyne und Gary Maudsley vom schwarzen Brett nahm. Er gab sie Warrender. »Besorgen Sie mir Kopien dieser Aufnahmen – etwas, das ich faxen kann –, und legen Sie sie mir auf den Schreibtisch.«

Wenn Hanson glaubte, er könne sich auf einen ruhigen Freitag abend freuen, war er gewaltig auf dem Holzweg, dachte Parker.

Er hätte Hanson am liebsten sofort, wenn der nach Hause kam, mit dem überfallen, was er ihm zu sagen hatte, aber das ging nicht. Zuerst mußte er mit Julie Coyne reden und ihr sagen, daß das Skelett aus dem Wald das von ihrem Sohn war. Ihm graute vor dieser Aufgabe, und schon darum war es besser, sie so rasch wie möglich hinter sich zu bringen. Aber es gab noch einen zweiten dringenden Grund, weshalb das gleich erledigt werden mußte: Wenn er es bis zum Morgen aufschob und die Presse irgendwie von dem Befund des Pathologen Wind bekam, bevor er Gelegenheit hatte, mit Julie Coyne zu sprechen, würde er sich das niemals verzeihen.

Er machte sich auf die Suche nach der Kollegin, die Julie Coyne am Tag zuvor im Vernehmungsraum betreut hatte. Wenigstens, dachte er, würde Maureen dank ihrer jahrelangen Erfahrung wissen, was zu erwarten war, wenn es Julie Coyne erfuhr.

Von außen sah Julie Coynes Wohnung unverändert aus, eine Maisonette in einer sich ständig ausdehnenden Siedlung, keine drei Kilometer von dem Haus entfernt, in dem Gary Maudsley wohnte.

Innen jedoch war sie wie verwandelt – ähnlich wie Julie selbst, dachte Parker grimmig. Ein frischer Anstrich, neue Tapeten, Blumen auf dem Tisch, den sie schon für das Essen gedeckt hatte, das sie für sich allein kochen würde; statt der tristen, schweren Samtvorhänge hing leichter, heller Baumwollstoff an den Fenstern, der Teppich war neu und nicht wie früher voller Brandlöcher von heruntergefallenen Zigaretten, sogar der Heizstrahler im offenen Kamin war verschwunden; sie hatte Zentralheizung einbauen lassen. Früher hätte er sie gefragt, woher sie das Geld für all diese Dinge hatte. Jetzt nicht mehr. Er wußte, wo sie arbeitete, daß sie befördert worden war und nicht mehr im Phonotypistinnen-Saal saß. Er freute sich für sie. Und sie tat ihm leid, so unendlich leid, daß er nicht wußte, wie er es ihr sagen sollte, aber das brauchte er gar nicht.

»Er ist es«, sagte sie.

»Julie …«, begann Parker.

Er hatte mit solchen Situationen noch nie besonders gut umgehen können. Er kannte niemanden, der das konnte. Maureen schien mehr ihn als Julie zu einem Sessel zu führen, wartete, bis er sich gesetzt hatte, und legte ihm die Hand auf den Arm. Julie Coyne blieb stehen.

»Ich hab's von Anfang an gewußt«, sagte sie leichthin. »Die Frau in der spiritistischen ...«

Wie lange? dachte Parker. Wie lange wird es dauern, bis sie es begreift?

»Er ist jetzt glücklich«, erklärte Julie. Auf ihrem Gesicht lag das Licht, das durch die hellen Vorhänge fiel. »Er hat seinen Frieden.«

Unwillkürlich mußte er an Gary Maudsleys Großmutter denken. Sie hatte keinen Frieden gefunden. In diesem Augenblick stand sie wahrscheinlich am Fenster, wie Julie Coyne fünf Jahre lang am Fenster gestanden hatte, und wartete auf einen kleinen Jungen, der nicht nach Hause gekommen war.

14

Murray Hanson lebte mit einer Röntgenassistentin zusammen, nicht unbedingt ungewöhnlich für einen klinischen Psychologen. Eine Zeitlang waren ihre Arbeitszeiten unverträglich für ein normales soziales Leben gewesen, und so sehr wie die gegenseitige Anziehung hatten äußere Umstände sie zueinander geführt.

Im Augenblick stand sie in der Küche, im Rücken das Fenster, das auf einen Garten hinausging. Nur eine halbe Stunde Fahrt von der Londoner Innenstadt entfernt, konnten sie von Glück sagen, einen Garten zu haben. Was er verdiente, hätte für ein Haus mit Garten in einem der besseren Vororte Londons normalerweise nicht gereicht, aber er hatte gesucht, bis er dieses kleine Häuschen gefunden hatte. So klein es war, die Hypothekenzahlungen waren mörderisch, was allerdings auch daran lag, daß er es sich nicht nehmen ließ, alles allein zu bezahlen. Aber das Haus und der Garten gehörten ihm, und so sollte es bleiben.

Der Garten war größtenteils gepflastert, und es gab darin einen Steingarten, in dem eine Kröte sich häuslich niedergelassen hatte. Hanson fütterte sie mit Kellerasseln, wenn er welche finden konnte; er warf sie ihr zu, um dann fasziniert zuzusehen, mit welcher Geschwindigkeit die Zunge herausschnellte, um die Beute zu fangen.

Wenn er das Haus je verkaufen sollte, dann nur unter der Bedingung, daß der Kröte ein lebenslanges Bleiberecht auf dem Grundstück zugesichert wurde, und genau das wollte auch Jan, ein lebenslanges Bleiberecht auf seinem Grundstück – ein lebenslanges Bleiberecht in seinem Leben, um genau zu sein. Sie hatte erst neulich wieder darauf angespielt, und er konnte es ihr nicht verübeln. Nach zwei Jahren Zusammenleben würden die meisten Frauen das gleiche tun. Sie war dreißig, und wenn sie es auch nicht aussprach, um ihn nicht abzuschrecken, so war doch klar, daß sie Kinder wollte, Sicherheit, die Gewißheit, daß das Dach über ihrem Kopf genauso ihr gehörte wie ihm; die Gewißheit, daß er die Absicht hatte zu bleiben.

Er war mit den üblichen Ausreden gekommen, hatte seine katastrophale erste Ehe ins Feld geführt, doch er wußte, daß es nicht fair war, sie hinzuhalten. Die Zeit war reif für eine Entscheidung. Er mußte sich entweder in das Abenteuer wagen oder ihr offen sagen, daß er nicht bereit war, eine festere Bindung einzugehen.

Beziehungsprobleme waren nichts Ungewöhnliches – mit Leuten, die davon gebeutelt wurden, hatte er jeden Tag zu tun, genau wie mit Agoraphobikern, jugendlichen Straftätern und Perversen. Aber im Augenblick sprach sie nicht davon, wie es mit ihrer Beziehung ›weitergehen‹ solle. Sie stand am Fenster, und ihr helles Haar fiel lose auf ein Sweatshirt herab, das er, wenn er sich recht erinnerte, vor einigen Monaten eigentlich für sich gekauft hatte. Er hatte es noch kein einziges Mal getragen. Er war gar nicht dazu gekommen, es anzuziehen. Jedesmal, wenn er danach suchte, fand er es entweder in der Wäsche oder in ihrer Sporttasche oder um ihre zierlichen Schultern gelegt. Sie gefiel ihm damit, versunken in seiner weiten Fülle, er mochte gerade ihre Schmalheit, ihren zerbrechlich wirkenden Körper.

»Du hörst überhaupt nicht zu«, sagte sie. »Jemand namens Parker hat angerufen, kurz bevor du gekommen bist. Von der Polizei, glaube ich. Ich hab ihm gesagt, du müßtest jeden Moment zurück sein.« Sie sah den Ausdruck in Hansons Gesicht und fragte: »Was ist los?«

Noch ehe Hanson antworten konnte, hörte er das Telefon läuten. Er drehte sich um und ging hinaus, hinüber in ein großes Zimmer, das früher Waschküche und Vorratsraum gewesen war. Die Regale, die an den Wänden gehangen hatten, als Hanson das Haus gekauft hatte, waren herausgerissen worden, die Wände neu verputzt und tapeziert, der Fliesenboden mit zwei bunten Teppichen belegt.

Er drückte auf den Lichtschalter an der Wand, und die Lampe auf seinem Schreibtisch flammte auf. Ihr weiches Licht nahm den starren Konturen eines Computers etwas von ihrer Härte. Dieser Computer mit einem Internetanschluß war seine Verbindung mit Kriminalpsychologen in der ganzen Welt; eines Tages würde die Datenbank weltweit verfügbar sein.

Neben dem Computer stand ein Telefon mit Faxgerät, das jetzt lebendig wurde. Das Läuten wurde vom Summen des Geräts abgelöst, als ein Schreiben übertragen wurde.

Hanson wartete einen Moment, dann hob er das Papier am Rand an und sah den Briefkopf der Polizei von Greater Manchester. Er riß das Blatt heraus und las. Er wußte, daß Jan ihn beobachtete, und er wußte, daß sein Gesicht ihn verriet.

»Was ist los?« fragte sie noch einmal.

Ohne zu antworten legte er das Fax mit der beschriebenen Seite nach unten auf seinen Schreibtisch und wartete, während zwei weitere Blätter ausgedruckt wurden.

Auf dem ersten war die Fotografie eines kleinen Jungen. Die Kopie war nicht so gut, daß Hanson die Farbe seines Haars oder seiner Schuluniform erkennen konnte, aber sie gab zumindest sehr klar das lausbübische Lachen eines Kindes wieder, das voller Leben war.

Nicht mehr, dachte Hanson. Nicht mehr, wenn das Kind ein Opfer des Mörders geworden war, der den Jungen auf dem zweiten Foto auf einem Gerüst im Wald hatte sterben und verwesen lassen.

Jan stellte sich neben ihn und betrachtete die beiden Fotografien. »Warum bist du so wütend?«

Hanson schwieg. Der Mord an einem Kind war genug, um einen wütend zu machen, aber wenn er ehrlich war, galt seine Wut hauptsächlich Parker und der Art und Weise, wie dieser in sein Privatleben eingebrochen war.

Jan wollte wieder gehen und machte kehrt, aber in dem Moment begann das Telefon am Computer zu läuten.

Einen Moment lang war Hanson versucht, den Hörer nicht abzunehmen. Er wußte, wer das sein würde, und an seiner Haltung hatte sich nichts geändert: Er hatte eine Namensliste geschickt; Parker hatte die Wahl.

Der Anrufbeantworter schaltete sich ein, als Jan die Tür erreichte, und sie erkannte die Stimme des Anrufers.

»Hanson«, sagte Parker, »wenn Sie da sind, dann gehen Sie ran.«

Es war keine Bitte, sondern ein Befehl.

»Willst du nicht rangehen?« fragte Jan.

Hanson packte den Hörer. »Was wollen Sie noch?«

»Ich nehme an, Sie haben mein Fax gelesen.«

»Gerade eben«, antwortete Hanson.

»Na also«, sagte Parker. »Das kann doch nicht so schwer gewesen sein.«

Jan ging hinaus und schloß die Tür hinter sich.
»Von wem haben Sie meine Nummer?«
»Von Ihrer Sekretärin.«
»Sie hatte keine Befugnis ...«
»Sie hatte keine Wahl«, unterbrach Parker.

Hanson überlegte, wie er dieses Gespräch am besten beenden könnte und ob er Parkers Drohungen in gleicher Manier beantworten sollte. »Sie haben kein Recht, mich zu Hause zu belästigen und auf diese Art und Weise herumzukommandieren.«

»Mr. Hanson«, sagte Parker, und seine Stimme klang plötzlich sehr müde. »Ich hätte schon früher angerufen, aber ich war bei der Mutter von Joseph Coyne. Ich mußte ihr mitteilen, daß das, was wir auf dem Gerüst gefunden haben, die Überreste ihres Sohnes sind, und es war nicht schön, mit ansehen zu müssen, wie sie zusammenbrach.«

»Mr. Parker, ich ...«

»Und deshalb werden Sie nach Manchester kommen, und wenn ich Sie festnehmen und mit Gewalt herbringen lassen muß.«

»Das können Sie gar nicht.«

»Sie würden sich wundern«, versetzte Parker. »Ich könnte Sie festnehmen lassen, machen Sie sich da keine Illusionen ...«

»Sie haben überhaupt keinen Grund.«

»Ich würde schon einen finden.«

»Sie gehen zu weit.«

»Kann sein«, sagte Parker, »aber mich treibt die Verzweiflung.«

Er wirkte weniger verzweifelt als eisern entschlossen, fand Hanson. »Ich habe nicht vor, nach Manchester zu fahren.«

»Das sagten Sie bereits.«

»Darum habe ich Ihnen eine Liste mit Namen von Leuten geschickt, die ...«

»Die interessieren mich nicht. Ich will Sie.«

»Warum ausgerechnet mich?«

»Sie sind der Experte.«

»Jeder meiner Kollegen könnte ...«

»Ich will Sie«, wiederholte Parker. »Entweder Sie kommen, oder ich setze mich morgen in aller Frühe mit den Verantwortlichen Ihrer Standesvertretung in Verbindung und erkläre denen, daß Sie sich äußerst unprofessionell verhalten haben.«

»Damit haben Sie bereits in Ihrem Fax gedroht.«

»Und es ist mir ernst«, sagte Parker. »Also entscheiden Sie sich.«

Als Hanson in die Küche kam, sah er, daß Jan dabei war, sein Sweatshirt zusammenzulegen, um es in ihrer Sporttasche zu verstauen. »Was wollte denn die Polizei von dir?«

»Parker leitet die Ermittlungen im Fall eines vermißten Jungen, dessen Leiche jetzt im Colbourne-Forst gefunden wurde. Inzwischen wird ein zweiter Junge vermißt, und nun will Parker unbedingt, daß ich zu ihm komme und ihn unterstütze.«

»Und – fährst du hin?«

Sie drückte den Klettverschluß der Tasche zu und schwang sie über ihre Schulter, die zu zart schien, das Gewicht zu tragen.

»Mir wird wohl nichts andres übrigbleiben.«

»Wohin mußt du?«

»Nach Manchester.«

Sie erstarrte – nur ganz kurz, aber es entging ihm nicht.

»Wann?«

»Gleich morgen früh.«

Ihre Erstarrung löste sich, aber entspannt war sie nicht. Sie bewegte sich wie jemand, der sich bemüht, von einer Situation unberührt zu erscheinen, die er in Wahrheit zutiefst bedrohlich findet.

Sie würde ihn nicht fragen, ob er während seines Aufenthalts in Manchester mit seiner geschiedenen Frau Kontakt aufnehmen wollte, das wußte er. Seit sie zusammen waren, hatte sie sich nicht ein einziges Mal erniedrigt zu fragen, ob er Lorna noch liebte, und sie würde es auch nie tun. Zum Glück, dachte Hanson, denn er bezweifelte, daß sie imstande wäre, die Antwort zu ertragen.

»Manchester ist weit«, sagte sie leichthin, und augenblicklich erfaßte er die Doppeldeutigkeit der Bemerkung. Er brauchte nur Entfernung durch Zeit, die Vergangenheit durch die Gegenwart zu ersetzen. Lorna war gestern gewesen. Jan war heute, doch sie, die sich seiner Gefühle ihr gegenüber nicht sicher war, wußte eines mit Sicherheit: Selbst jetzt noch, nach all den Jahren, brauchte die Frau, die ihn wegen eines anderen verlassen hatte, nur mit den Fingern zu schnippen …

15

Hanson hatte Parker nicht nachgeben wollen, aber er hatte sich überlegt, daß es einfacher wäre, zu tun, was dieser von ihm verlangte, als sich vor einer mächtigen Standesvereinigung erklären zu müssen. Und noch etwas hatte er sich überlegt, etwas, das schon lange gärte. Es war an der Zeit, daß er selbst einmal die Ratschläge beherzigte, die er ständig anderen Leuten gab: Setzen Sie sich mit der Vergangenheit auseinander, geben Sie ihr den Platz, der ihr gebührt, und dann schauen Sie nach vorn und leben Sie Ihr Leben.

Er packte also ein paar Sachen, lud sie zusammen mit seinem Aktenkoffer in den Wagen und fuhr nach Manchester – um Parker einen Gefallen zu tun und um sich seiner Vergangenheit zu stellen, diesem Klotz am Bein, über den er jedesmal stolperte, wenn er für die Zukunft planen wollte.

Er wählte einen Weg, der ihn an seinem ehemaligen Gymnasium vorbeiführte, und er erinnerte sich lebhaft, wie er als Vierzehnjähriger in einem dieser Klassenzimmer gesessen und sich bemüht hatte, das Rätsel irgendeiner mathematischen Gleichung zu lösen. Leicht war es nicht gewesen. Draußen lagen, so weit das Auge reichte, die Sportplätze, und an jenem besonders langen, heißen Nachmittag hatte er das Klacken von Schlägern, die einen Ball treffen, das ins Zimmer gedrungen war, standhaft ignoriert, obwohl er dieses Spiel liebte. Schon damals nämlich war ihm klar gewesen, was für ein Glück er hatte: daß es für einen Jungen seiner Herkunft ein ungeheures Privileg war, die Chance zu bekommen, mit einem einzigen Riesenschritt die ärmlichen Verhältnisse seiner Kindheit hinter sich zu lassen. Deshalb hatte er, während die meisten seiner Klassenkameraden mit hitzefeuchten Gesichtern in den fast militärisch präzise aufgereihten Bänken vor sich hin träumten, den Kopf gesenkt und sich auf seine Arbeit konzentriert.

Er war ein Lieblingsschüler von Parris gewesen, einem Lehrer, dessen bescheiden zurückhaltende Art durch den langen Talar, der zu voluminös war für seine Gestalt, wirksam unterstrichen wurde. Er hatte Hanson und zwei anderen Jungen privaten Förderunterricht gegeben, ohne sich darum zu kümmern, daß die Eltern der Jungen ihn nicht dafür bezahlen konnten. Ihre schulischen Leistungen waren ihm Lohn genug gewesen für die Stunden, die er ihnen nach dem Unterricht geopfert hatte. Die Jungen hatten wenig von ihm gewußt, aber es schien auch kaum Wissenswertes zu geben: Seine Frau war Richterin am örtlichen Gericht, seine Söhne lebten im Ausland. Sie wußten, daß er seinen Garten liebte, und er schien ein Mann zu sein, der bestimmte Wertmaßstäbe hatte, nach diesen Maßstäben lebte und von seinen Schülern das gleiche erwartete. Er war kaum bemerkenswert. So wenig bemerkenswert, daß er nicht einmal zur Witzfigur taugte. Er war ganz einfach Parris.

Aber an jenem Tag im Juni war er nicht länger ›einfach Parris‹ geblieben, sondern zu etwas anderem geworden. Er war zur Legende geworden. Mit einer mythischen Tat hatte er dafür gesorgt, daß man sich an seinen Namen noch erinnern würde, wenn die Namen aller anderen Lehrer der Schule dem Gedächtnis der Schüler längst entfallen waren.

Draußen starrte ein Schlagmann aus der sechsten Klasse unglücklich einen Jungen an, der einmal ein Werfer von Landesligaformat werden sollte. Drinnen starrte Parris unglücklich in ein Klassenzimmer voller Schüler, die kurz vor der Jahresabschlußprüfung standen. Nur Minuten nachdem die Stunde begonnen hatte, kam der Direktor ins Klassenzimmer und führte Parris in den Korridor hinaus, wo vor der Tür zwei Männer warteten. Sie musterten die Jungen auf eine Art, die nahelegte, daß jeder von ihnen früher oder später möglicherweise ihre Aufmerksamkeit erregen würde und daher schon jetzt ins Auge gefaßt werden mußte. Die Jungen hatten die Männer angestarrt, als Parris ihnen still, beinahe unterwürfig, wie das seine Art war, lediglich zugenickt hatte, um ihnen dann den Korridor hinunter zu folgen.

Hanson hatte ihre leiser werdenden Schritte auf dem Fußboden gehört, der so auf Hochglanz poliert war, daß sich wahrscheinlich die Sohlen ihrer Schuhe darin gespiegelt hatten. Danach folgte der einsame Klang der Schritte des Direktors, der wenig später zurückkehrte, um die Klasse für den Rest der Stunde zu übernehmen. Er war bleich gewesen, angespannt, irgendwie von geringerem Format als Parris, den Hanson ehrfürchtig bewunderte.

Immer würde Parris für Hanson ein Mann bleiben, der Respekt verdiente, auch wenn er zwölf Jahre einer fünfzehnjährigen Haftstrafe im Gefängnis verbracht hatte, weil er seiner Frau, nachdem er ihr in ihrem schrecklich englischen Garten den Tee gebracht hatte, mit einem Hammer den Schädel zertrümmert hatte, als sie gerade die Tasse zum Mund führte.

Er hatte nie erklärt, warum er es getan hatte, und seit dem Moment, als er Zeuge seiner Verhaftung geworden war, trieb Hanson die Begierde zu erfahren, was Menschen veranlaßte zu töten.

16

Das Polizeipräsidium von Manchester sah noch ziemlich genau so aus, wie Hanson es in Erinnerung hatte, ein preisgekrönter Betonklotz von mehreren Stockwerken. Er ließ den Wagen auf dem Besucherparkplatz stehen, passierte die Sicherheitskontrolle und wartete am Empfang auf Parker, der ihn kurze Zeit später dort abholte.

Er entsprach im wesentlichen dem Bild, das Hanson sich von ihm gemacht hatte: ein intelligent aussehender Mann Anfang Vierzig, hinter dessen nüchtern-ernster Fassade Humor zu ahnen war. In Parkers Drohung am Telefon allerdings hatte kein Funken Humor gesteckt, und insgesamt hegte Hanson ihm gegenüber nicht gerade die freundschaftlichsten Gefühle.

»Hatten Sie eine gute Fahrt?« fragte Parker und streckte ihm die Hand entgegen, und Hanson bemühte sich, als er sie schüttelte, nichts von dem Widerstreben spüren zu lassen, das er empfand. Er wollte diese Geschichte nur möglichst schnell hinter sich bringen und wieder abreisen.

»Danke, ganz gut«, antwortete er.

Sie taxierten einander, wobei beide wußten, daß Parker diese Runde gewonnen hatte und Hanson nicht nur deswegen im Hintertreffen war, sondern auch weil Parker Heimvorteil hatte. Dann führte Parker ihn ins Gebäude.

Hanson hatte im Lauf der letzten Jahre eine ganze Reihe von Polizeidienststellen kennengelernt und war nicht beeindruckt. Der Bau war im Hinblick darauf konzipiert worden, daß er den Anforderungen einer Behörde genügen mußte, die für ein riesiges Gebiet zuständig war. Er war weitläufig, zweckmäßig und schmucklos, mit langen Korridoren, von denen Zimmer in unterschiedlicher Größe abgingen, alle mehr oder weniger gleich eingerichtet.

Er folgte Parker in einen Aufzug, der sie in die vierte Etage brachte, dann einen Korridor entlang, wo die Schlackensteinwände in einem unfreundlichen Grauton gestrichen waren. Er hätte zu einem Zellentrakt führen können, doch hinter der Tür, die Parker öffnete, befand sich ein großer Besprechungsraum. Hier war Parkers Team an der Arbeit. Die Wände waren allesamt mit Fotografien tapeziert, die das Gerüst aus jedem erdenklichen Winkel zeigten. Sie sahen aus wie ein einziger grüner Teppich, fand Hanson, Reklame für ein Erholungsgebiet in üppiger Waldlandschaft.

Während er sich die Fotografien ansah, beobachtete Parker ihn in der Hoffnung, daß sein Gesicht etwas darüber verraten würde, was ihm durch den Kopf ging, aber er entdeckte nichts. Hanson schien in mehr als einer Hinsicht ein Buch mit sieben Siegeln zu sein.

Hanson wußte nur zu gut, daß Parker auf eine Reaktion lauerte, und wandte sich von den Aufnahmen ab. Er dachte nicht daran, schon jetzt mit seinen Überlegungen herauszurücken, aber er konnte nicht verhindern, daß diese Überlegungen bei ihm Alarm auslösten. Der Mörder hatte das Gerüst in Vorbereitung eines Verbrechens gebaut, von dem er genau gewußt hatte, daß er es begehen würde, und das verhieß nichts Gutes.

»Was meinen Sie?« fragte Parker.

»Bizarr, aber nicht einmalig.«

Die Bemerkung machte Parker neugierig, und Hanson erläuterte: »Die Tibeter und einige Stämme der amerikanischen Ureinwohner pflegten ihre Toten auf ähnliche Weise zu bestatten.«

»Na ja, die Tibeter sind hier dünn gesät«, versetzte Parker schroff, »und ich kann nicht behaupten, daß wir viel Scherereien mit Apachen hätten.«

Hanson folgte ihm in ein Büro, das vom Besprechungsraum abging. Er registrierte die Einzelheiten mit einem Blick: die Fotografie der uniformierten Beamten über dem Aktenschrank, die peinliche Ordnung, das spärliche Mobiliar. Parker war entweder ein äußerst disziplinierter Mensch, oder er verfügte über ein Heer von Leuten, die den Papierkram erledigten. So, wie er den Mann bisher erlebt hatte, tippte Hanson auf das erstere.

»Ich würde Ihnen gern berichten, was wir bisher haben«, sagte Parker, und Hanson setzte sich, um sich nochmals anzuhören, was er großenteils schon aus den Presseberichten kannte. An einer Stelle unterbrach er, um sich verschiedenes näher erläutern zu lassen.

»Sie sagen, daß Joseph Coyne aus einer Wohnsiedlung verschwunden ist?«

»Ja, vor fünf Jahren, und sein Verschwinden hatte alle Merkmale einer Entführung«, bestätigte Parker. »Gary Maudsley ist aus derselben Siedlung verschwunden. Vor weniger als zwei Wochen.«

»Haben Sie einen Verdächtigen?«

»Douglas Byrne«, antwortete Parker. »Ein Pädophiler. Ich habe ihn eingehend vernommen, als Joseph verschwand, aber ohne die geringste Aussicht, ihn festzunageln.«

»Sie glauben aber, daß er den Jungen entführt hat.«

»Ja«, sagte Parker.

»Es ist nicht einfach, einen Menschen zu entführen. Das erfordert genaue Planung, Organisationstalent, ein gewisses Maß an Intelligenz, wenn man Erfolg haben will.« Er sah, daß Parker sich das durch den Kopf gehen ließ, und fügte hinzu: »Würden Sie sagen, daß Byrne über die erforderlichen Fähigkeiten verfügt?«

»Das ist schwer zu sagen. Er ist mit sechzehn von der Schule abgegangen und hat beinahe unmittelbar danach einen achtjährigen Jungen belästigt. Das brachte ihm eine Haftstrafe ein, deren ersten Teil er in einem Jugendgefängnis abgesessen hat. Nach seiner Entlassung standen ihm wegen seiner Vorstrafe nicht viele Arbeitsmöglichkeiten offen.«

»Und was tut er jetzt?«

»Er betreibt einen Videoladen.«

Parker hielt inne, um zu sehen, was für eine Reaktion diese Worte hervorrufen würden. Hanson lächelte resigniert.

Parker warf eine Akte auf den Tisch, auf deren dunkelblauem Deckel der Vermerk ›Eigentum des Chief Constable‹ stand. »Wenn Sie das hier gelesen haben, werden Sie soviel über Byrne wissen wie ich.«

»Wie sind Sie gerade auf ihn gekommen?« fragte Hanson, der nicht daran zweifelte, daß Parker in einer großen Stadt wie Manchester die freie Auswahl an Kandidaten hatte.

»Er wurde an dem Morgen, an dem Joseph verschwand, gesehen, wie er mit dem Jungen sprach. Er leugnete das. Er hat auch damals sein Vergehen so lange geleugnet, bis die Beweise so erdrückend waren, daß er einsehen mußte, daß weiteres Leugnen sinnlos wäre. Unglücklicherweise haben wir in diesem Fall keine Beweise, und er hat sicher nicht vor, irgend etwas zuzugeben.«

Hanson, dem klar war, daß man Byrnes Wohnung und Laden selbstverständlich durchsucht hatte, sagte: »Und was haben die Durchsuchungen erbracht?«

»Einige ziemlich harmlose Fotos von Kindern, nichts Pornographisches.«

Den meisten Pädophilen reichten schon die unschuldigsten Bilder, dachte Hanson, während Parker hinzufügte: »Wir fanden absolut nichts, um ihn mit Joseph Coyne in Verbindung zu bringen, und ich kann es mir nicht leisten, noch einmal so einen Reinfall zu erleben. Diesmal muß ich ihn kriegen.«

Hanson nahm die Akte zur Hand und blätterte sie durch. Sie war dürftiger, als er angesichts der Tatsache, daß Parker Byrne seit Jahren im Visier hatte, erwartet hätte. »Ich nehme an, das ist die gekürzte Version?«

»Sie finden da drin alles, was Sie brauchen. Wenn Sie sonst noch etwas wissen wollen, brauchen Sie nur zu fragen«, sagte Parker. »Wissen Sie übrigens schon, wo Sie wohnen, solange Sie hier sind?«

»In einer Pension, draußen, Richtung Bury.«

Parker griff in den Aktenschrank und zog eine Kassette heraus. »Gibt es da Fernseher und Video?«

»Keine Ahnung, aber ich kann mir sicher ein Gerät beschaffen. Warum?«

»Sehen Sie sich die mal an«, sagte Parker und gab ihm die Kassette. »Es ist eine Aufzeichnung des Appells, den Garys Angehörige an die Öffentlichkeit gerichtet haben.«

Hanson war klar, daß Parker die Aufnahme auch schon anderen Psychologen vorgeführt hatte, und daß es zwecklos wäre zu fragen, welche Schlußfolgerungen seine Kollegen aus dem Gesehenen gezogen hatten. Parker würde von ihm erwarten, daß er sich seine eigene Meinung darüber bildete, ob eventuell jemand unter den Angehörigen mit Garys Verschwinden zu tun hatte.

»Ich werde sie mir ansehen«, versprach er. »Wie lange

werden Ihre Leute für die Durchsuchung des Walds noch brauchen?«

»Der Wald ist gut zwanzig Hektar groß«, sagte Parker. »Und den Rest des Geländes, das zu dem Besitz gehört, dürfen wir auch nicht außer acht lassen – das sind noch mal ungefähr fünfhundert.«

Hanson wußte Bescheid. Er konnte sich vorstellen, was die akribische Suche allein an Leuten erfordern würde, an technischem Material, wieviel Zeit sie beanspruchen würde. Ein zweiter Junge war verschwunden, und wenn die Polizei eines nicht hatte, dann war es Zeit.

Er steckte die Videokassette zusammen mit der Akte über Byrne in seinen Aktenkoffer. »Sie könnten mir vielleicht einen Gefallen tun.«

»Ja?«

»Ich würde hier gern jemanden besuchen. Er lebte im Großraum Manchester, als ich noch zur Schule ging.«

Parker sagte nichts, und Hanson vermutete, daß er sich gerade eine passende Antwort überlegte, daß er schon genug um die Ohren hätte und sich nicht auch noch damit befassen könnte, Hanson die Adresse eines früheren Bekannten zu besorgen. »Sein Nachname war Parris«, sagte Hanson. »Sein Vorname Mallory.«

Er merkte sofort, daß Parker den Namen kannte, und es wunderte ihn nicht. Parris' Verbrechen hatte großes Aufsehen erregt.

»Das Verbrechen liegt lange zurück«, sagte Parker. »Es ist höchst unwahrscheinlich, daß wir eine aktuelle Adresse bei den Akten haben.«

Seltsam, dachte Hanson. Ihm schien es gar nicht so sehr lange her zu sein, daß er in diesem Klassenzimmer die Schulbank gedrückt hatte, aber Parker hatte natürlich recht: Es war ziemlich unwahrscheinlich, daß die Polizei- oder Gefängnisbehörden Parris' gegenwärtige Adresse würden liefern können.

»Ich nehme an, Ihr Interesse ist beruflicher Art?« fragte Parker noch.

»Nicht ausschließlich«, bekannte Hanson. »Er war mein Mathematiklehrer.«

»Aha, und Sie haben Ihre Prüfungen offensichtlich bestanden«, meinte Parker trocken.

»Man könnte sagen, daß ich ohne ihn nicht da wäre, wo ich heute bin.«

»Ich werd sehen, was ich tun kann.«

Deutlicher als das nachfolgende Schweigen verriet Hanson die Körpersprache Parkers, daß dieser fürs erste zufriedengestellt war, und er stand auf. Parker erhob sich ebenfalls und ließ es sich nicht nehmen, ihn durch das Labyrinth der Korridore zum Empfang hinunterzubegleiten.

Sie gingen wieder durch den Besprechungsraum, größer und heller als viele andere dieser Räume, die Hanson erlebt hatte. Das Läuten der Telefone und die vielen Beamten verbreiteten eine hektische Atmosphäre. Hinweise aus der Bevölkerung gingen ein, und im Vorübergehen hörte er einen uniformierten Beamten am Telefon detaillierte Angaben wiederholen, die er soeben von jemandem erhalten hatte, der behauptete, Gary auf einem Flug nach Süd-Irland gesehen zu haben. Der Beamte legte auf, sah Parker mit ironischem Blick an und sagte: »Das ist die vierte Maschine, in der er seit seinem Verschwinden gesehen worden ist.«

Normal, dachte Hanson. Er wandte sich Parker zu und sagte: »Was ist Ihnen das Wichtigste bei dieser Sache?«

»Wie meinen Sie das?«

»Nun, kommt es Ihnen darauf an, daß ihm das Handwerk gelegt und er verurteilt wird, um jedem als abschreckendes Beispiel zu dienen, der sich einbildet, ungestraft ein solches Verbrechen begehen zu können? Oder hängt eine Beförderung daran?«

Das Wort ›Beförderung‹ schien Parker wie ein Schlag ins Gesicht zu treffen. »Nichts hängt daran außer der Sicherheit anderer Kinder. Ich habe selbst zwei Söhne – ich weiß, wie mir zumute wäre, wenn einer von ihnen verschwinden würde.«

»Sie wollen ihn also hinter Gittern sehen«, sagte Hanson.

»Und ich möchte Gary Maudsley gesund und wohlbehalten wiederfinden.«

Ohne ein weiteres Wort wandte sich Hanson den Fotografien zu. Parker begriff augenblicklich. »Sie glauben, daß er tot ist«, sagte er.

Hanson, der das Gerüst gesehen hatte und vielleicht besser als Parker wußte, womit sie es hier zu tun hatten, antwortete nur: »Ich brauche mehr Informationen.«

»Wo möchten Sie anfangen?«

»In dem Wald«, sagte Hanson. »Zeigen Sie mir, wo das Skelett gefunden wurde.«

Auf dem Weg durch den Wald fiel Parker ein, daß er in der Nacht zuvor plötzlich aufgewacht war und seine Hand vor die Augen gehoben hatte, weil er geträumt hatte, er hielte eine Sense in der furchtverkrampften Faust.

In seinem Traum war er den Weg gegangen, den Hardman freigelegt hatte, allein. Jetzt hatte er Hanson zur Seite, und rundherum suchten uniformierte Beamte das Gelände unter den Bäumen ab. Insgesamt waren zweihundert Mann an der Arbeit, nicht alle hier: Einige waren auf Waldstücke in andere Teile des Besitzes beordert worden, wo das Unterholz ebenso dicht war und das Vorwärtskommen ebenso mühsam, Gesträuch und Dornengestrüpp an manchen Stellen mehr als kniehoch.

Auf freiem Gelände hätten die Männer sich in einer langen, geschlossenen Linie vorgearbeitet, hier aber stießen sie ständig auf Hindernisse, stolperten, stürzten, schimpfend und fluchend, wenn Dornen an ihren Kleidern rissen und Stachel sich ihnen ins Fleisch bohrten.

Hanson blickte nach oben und suchte mit den Augen die Baumwipfel ab, so wie die Männer um ihn herum auf dem Boden suchten. »Wohin führt dieser Weg?«

»Nirgends«, antwortete Parker. »Früher waren auf beiden Seiten des Besitzes mal Dörfer, aber das ist bestimmt hundert Jahre her.«

»Was ist aus ihnen geworden?«

»Die Familie, der das Land hier gehörte, hat die Einheimischen vertrieben und die Häuser abreißen lassen.«

»Hatte das einen besonderen Grund?«

»Ich glaube, sie hatten es nur satt, daß die Bauern ständig auf ihrem Besitz herumtrampelten.«

Heute könnten sie sich so etwas nicht leisten, dachte Hanson, und doch konnte er nicht umhin, eine Parallele zu ziehen zu der Ohnmacht der Bürger, die auch mit Protesten nicht verhindern konnten, daß eine Straße quer durch ihre Gärten gelegt wurde. Nichts hat sich verändert, sagte er sich. Die Schwachen, die Verletzlichen, die Machtlosen wurden unweigerlich in die Rolle der Opfer gedrängt, wurden aller menschlichen Würde beraubt, wie Waren behandelt – er sah sich um –, wurden ermordet.

»Da drüben«, sagte Parker und ging zu einem rechteckig abgesperrten Platz voraus, auf dem noch die Pfähle standen.

Die Plattform und die Gebeine waren weggeschafft worden, aber Hanson konnte sich vorstellen, daß der Brustkorb letztlich ebenso Beute des Efeus geworden war wie die Pfähle, die ihm den ersten Halt geboten hatten. Eine unheimliche Pflanze, der Efeu, dachte er, ein Hüter von Geheimnissen, der sich nicht an den Boden fesseln lassen wollte, eine dämonische Pflanze, die mit allen Mitteln zum Himmel strebte.

»Darf man es anfassen?« fragte er.

»Bitte«, sagte Parker, und als Hanson die Hand ausstreckte, um einen der Pfähle zu berühren, überfiel Parker plötzlich das Gefühl, daß sie beobachtet wurden. Er wußte, daß das absurd war – überall waren seine Leute. Jeden Moment konnten einer oder mehrere der Männer zwischen den Bäumen auftauchen, und alle hatten sie Wichtigeres zu tun, als Parker und Hanson zu beobachten. Und dennoch blieb das Gefühl. Es mußte etwas mit dem Ort selbst zu tun haben, sagte er sich, mit der Dunkelheit unter dem undurchdringlichen Laubdach, dem Dämmerlicht. Und gewiß auch damit, daß Parker sich in der Stadt weit mehr zu Hause fühlte. Orte wie dieser hier waren ihm fremd; sie weckten in ihm die atavistische Angst, von einem tödlichen Feind gejagt und zur Strecke gebracht zu werden.

Hanson spürte sein Unbehagen und schrieb es der Tatsache zu, daß Parkers Unterbewußtsein genau wußte, daß eine Gefahr für seine eigenen Kinder sich nicht leugnen ließ, solange der Mörder nicht gefaßt war. Und jeder von Parkers Leuten, der eigene Kinder hatte, würde mit dieser seelischen Belastung fertig werden müssen. Die Vorstellung faszinierte Hanson. Auf einer Ebene – immer vorausgesetzt, sie erkannten diese Furcht – würden sie versuchen, sie zu rationalisieren, indem sie sich sagten, daß der Mörder ja nicht einmal von der Existenz ihrer Kinder wußte; auf einer anderen Ebene aber würde es ihnen nicht gelingen, die Angst abzuschütteln, daß ihr Kind das nächste Opfer sein könnte.

Er sagte: »Sie erwähnten vorhin, daß der Junge ein besonderes Kleidungsstück angehabt hat.«

»Ja, einen Umhang«, antwortete Parker. »Er war um seinen Hals festgemacht. Mit einem Klettverschluß.«

»Wurde sonst noch etwas Außergewöhnliches vor Ort gefunden?«

Parker dachte an Hansons Artikel in der *Review*. »Sie

meinen, ob Zeichen an die Bäume gemalt waren, oder irgendwelche Götzenbilder oder so was da waren?«

»Ganz gleich«, antwortete Hanson.

»Nein, nichts.«

»Nur das Gerüst.«

»Das hört sich an, als wäre das Gerüst für sich nicht weiter bemerkenswert.«

»Doch, es ist bemerkenswert«, versicherte Hanson, »aber, wie ich schon sagte, nicht einmalig.«

Das Gefühl, beobachtet zu werden verstärkte sich, und Parker, der bisher gegen den Impuls gekämpft hatte, sich herumzudrehen und nachzusehen, gab ihm jetzt nach. Er sah einen Mann in Zivil, der offensichtlich nicht zur Polizei gehörte. Daß es ihm gelungen war, an seinen Leuten vorbeizukommen, beunruhigte Parker; weit mehr aber beunruhigte ihn, daß er den Mann schon einmal hier gesehen hatte. An dem Tag, an dem das Gerüst abtransportiert worden war, hatte er neben Hardman am Pfosten gestanden. Als Parker auf ihn zuging, verschwand der Fremde zwischen den Bäumen.

»Warten Sie mal«, rief Parker und folgte ihm. Er holte ihn leicht ein und packte ihn beim Arm.

Der Mann war etwa Mitte Fünfzig, das war Parker schon bei der ersten Begegnung aufgefallen. Er hatte dieselben etwas schäbigen Sachen an, aber er wirkte eher bedrückt als aggressiv. Parker ließ ein wenig lockerer. »Hier ist ein Verbrechen geschehen«, sagte er.

»Ich schau ja nur«, versetzte der Mann.

»Sie waren gestern auch schon hier.«

»Ich wohne nicht weit.«

»Wo?«

Er sagte, er heiße Gifford, und nannte eine Adresse in der näheren Umgebung, nur ein kurzes Stück mit dem Auto vom Dorf Colbourne entfernt.

Parker brachte ihn persönlich bis zum Waldrand und

beobachtete ihn, wie er auf einen kleinen offenen Lieferwagen zuging. Automatisch prägte er sich das Kennzeichen ein, und nachdem er sich vorgenommen hatte, Giffords Angaben zu überprüfen, kehrte er zu Hanson zurück, der am Fundort geblieben war.

»Gibt's ein Problem?« fragte Hanson.

»Ich bin mir nicht sicher«, antwortete Parker. »Ich hab den Mann gestern schon hier gesehen. Wir werden ihn überprüfen und sehen, ob hinter seinem Auftauchen mehr steckt als bloße Neugier.«

Hanson, der besser als die meisten wußte, welche Anziehungskraft solche schauerlichen Orte auf die Leute ausübten, fragte sich, ob die Erinnerung an den grauenvollen Fund in diesem Wald jemals aus dem Gedächtnis der Menschen hier weichen würde. Wahrscheinlich würden noch die Enkel jener, die zur Stelle gewesen waren, als man die Gebeine fortgebracht hatte, ihren Kindern verbieten, diesen Ort aufzusuchen, und um den Wald würden die üblichen Dorflegenden gesponnen werden. In vieler Hinsicht, dachte Hanson, wäre es wahrscheinlich gar nicht schlecht, wenn dieses Stück Land unter Beton begraben werden oder eine Schnellstraße alle Spuren zudecken würde.

»Also«, sagte Parker, »was meinen Sie?«

Hanson wandte sich wieder dem Platz zu, wo die Reste des Gerüsts standen. »Nichts hier deutet auf Götzenanbetung oder Satansverehrung hin«, sagte er. »Ich denke daher, Sie könnten recht haben. Es handelt sich um das Werk eines einzelnen, wahrscheinlich aus sexuellen Motiven. In Anbetracht des Alters des Jungen würde das darauf hindeuten, daß der Mörder ein Pädophiler ist.«

»Byrne«, sagte Parker prompt.

»Lassen Sie mich erst die Akten lesen. Und mich dann mit ihm reden. Wenn Byrne Ihr Mann ist, werde ich es herausfinden.«

Noch während Hanson sprach, lief vor seinem geistigen Auge eine Reihe von Bildern ab, die ihm zeigten, wie das Gerüst erbaut worden war, und er konnte sich des Gedankens nicht erwehren, daß Joseph seinem Mörder vielleicht sogar dabei geholfen hatte. Er versuchte vergeblich, den Dialog abzublocken, der wie eine Flut über ihn hereinbrach.

›Halt das mal, Joey – ja, genau, gut so.‹

›Was bauen wir?‹

›Ein Baumhaus – das wird unser geheimes Versteck vor der ganzen Welt.‹

›Ich verrat nichts.‹

Und dann war der Efeu gekommen, grün, heimtückisch, und hatte sich mit langen, tastenden Armen in die Höhe geschlängelt und den Leichnam zugedeckt wie ein großes Federbett. ›So‹, glaubte Hanson ihn sagen zu hören. ›So hast du's schön warm. Gut eingepackt für die Nacht.‹

Er bückte sich und hob eine Feder auf, deren Spitze in einem metallischen Blaugrün schillerte, das für ihn immer zu Libellen gehört hatte. Erstaunlich, dachte er, daß es auf den Britischen Inseln so farbenprächtige Vögel gab; man würde es nie für möglich halten. Die Spatzen, die er in der Ferne sehen konnte, waren, wenn auch sauberer als ihre Verwandten in der Stadt, nur braun; er wußte zwar, daß Buchfinken und Meisen in einem Aufblitzen unerwarteter Farben aus den Bäumen schießen konnten, aber er hätte nicht gedacht, daß unter den Vögeln Englands sich einer mit diesem lebhaften Türkis schmückte.

»Was haben Sie gefunden?« fragte Parker.

Er ließ die Feder los, und sie tanzte in der Luft wie die geflügelte Frucht eines Ahorns. Er sah zu, wie sie kreiselte und ihre Bahn zog – so langsam wie die arbeitenden Männer rundherum, aber unendlich viel anmutiger. Sie gehört hierher, dachte er. Mit der Zeit würde sie Teil der

Erde werden, von Laub bedeckt, um im Frühjahr aufgepickt und zum Nestbau verwendet zu werden, vielleicht von einem Vogel derselben Art.

»Nichts«, sagte er.

17

Parker hatte vorgeschlagen, sie sollten sich ein Pub suchen und dort einen Happen essen, aber nach der Fahrt aus London, der Besprechung und dem Besuch im Colbourne-Forst hatte Hanson nur noch den Wunsch, in die Pension zu verschwinden.

Parker hatte ihn gefragt, wo er wohnen werde, und Hanson hatte es ihm gesagt; aber er hatte nichts davon gesagt, daß das Grundstück, auf dem die Pension stand, einmal ihm und seiner geschiedenen Frau gehört hatte, und daß die Leute, denen sie es verkauft hatten, aus dem geräumigen Haus eine Pension gemacht hatten. Parker würde das kaum interessieren, sagte sich Hanson, wenn er es vielleicht auch merkwürdig finden würde, daß Hanson sein früheres Heim wiederaufsuchen wollte. Er fand es selbst merkwürdig und hatte nicht die Absicht, Jan etwas davon zu sagen.

Bury war mit dem Auto ungefähr zwanzig Minuten vom Präsidium entfernt, günstig für Hanson, der ziemlich sicher war, daß Parker ihn bei jeder bedeutsamen Neuigkeit zur Dienststelle beordern würde. Darauf war er vorbereitet; nicht vorbereitet war er auf die Flut verdrängter Erinnerungen, die über ihn hereinbrach, sobald er vor dem Haus anhielt.

Da seit dem Tag, an dem sie hier eingezogen waren, fast zwölf Jahre vergangen waren, überraschte es ihn, an welche Einzelheiten er sich noch erinnerte: an den Pulli mit V-Ausschnitt, den Lorna angehabt hatte, die cremefarbene Bluse, den marineblauen Rock, die goldenen Ohrclips, die sie von ihrer Mutter geerbt hatte.

Er hatte geglaubt, diese Erinnerungen ausrangiert zu haben, sortiert und für immer weggepackt, doch jetzt brachen sie mit Macht hervor, und er wünschte, er wäre nicht hergekommen.

Vorn sah alles wie immer aus, auch die hohen Hecken waren noch da, die das Grundstück umgaben und den unteren Räumen das Licht nahmen. Das Tor war weg. Er und Lorna hatten es stets geschlossen gehalten. Er konnte sich nicht mehr erinnern, warum. Die neuen Eigentümer hatten es ausgehängt und an den Steinpfosten mit den Scharnieren ein Schild aufgehängt: ›Zimmer frei‹.

Er fuhr um das Haus herum nach hinten, parkte, wo er immer geparkt hatte, und ging langsam nach vorn. Er ertappte sich dabei, daß er in seiner Tasche nach dem Schlüssel suchte, und drückte auf den Klingelknopf.

Er war gespannt, ob man ihn als den früheren Eigentümer erkennen würde, aber acht Jahre waren eine lange Zeit, und er und die Judds waren einander nur einmal begegnet. Lorna hatte die Einzelheiten des Verkaufs abgewickelt, die Preise für Teppiche, Vorhänge und den großen goldgerahmten Spiegel ausgehandelt. Das Zimmer, in dem der Spiegel damals gehangen hatte, diente jetzt wahrscheinlich als Frühstücksraum. Die neuen Besitzer würden sich sicher nicht an ihn erinnern, sagte er sich, und es schien ganz so, als hätte er recht. Als Mrs. Judd ihm öffnete, sah sie ihn an wie einen Fremden.

Aber er erkannte sie wieder. Jetzt, da sie vor ihm stand, dachte er, daß er sie überall erkannt hätte, aber das hatte weniger mit ihrer Vorliebe für graue, schlabberige Jogginganzüge zu tun als mit seinem eigenen Widerwillen bei der Vorstellung, daß jemand wie sie dieses Haus bewohnte, das er für eine Frau von Lornas Eleganz renoviert hatte.

Als sie damals verkauft hatten, hatte er Mrs. Judd schon gesehen, wie sie sämtliche Borde und Fensterbretter mit geschmacklosen Nippes vollpflasterte. Der Eindruck, den sie damals auf ihn gemacht hatte, war geblieben. Als er sich im Haus umsah, fand er seine Befürchtungen bestätigt.

Bei seiner telefonischen Bestellung hatte er sich als Mr. Franklin, Berater für Konferenzplanung, ausgegeben. Er hatte ausdrücklich um ein Zimmer mit Blick zur Straße gebeten, doch als sie ihn jetzt nach oben führte, sagte sie: »Die hinteren Zimmer sind ruhiger.«

»Mir wäre ein Zimmer nach vorne trotzdem lieber«, beharrte er. Aber als sie nachgab, und er den Raum betrat, der früher einmal sein und Lornas Schlafzimmer gewesen war, fragte er sich, ob das klug war, was er tat. Er konnte Lorna beinahe auf dem Bett sitzen sehen, das einmal ihr gemeinsames Ehebett gewesen war, in ihrem Gesicht diesen besonderen Ausdruck, den es bekam, wenn sie ihn verführen wollte. Wie viele andere Paare hatten seit dem Verkauf des Hauses in diesem Bett geschlafen? Wie viele einsame Gäste hatten Fremde mitgebracht wie Lorna am Ende? Er stellte sich eine endlose Schlange von Leuten vor, die in Bars, in Nachtlokalen oder bei solchen Tagungen, wie er sie angeblich plante, aufgelesen worden waren; Leute, die genau wie Lorna am Ende ihrer Ehe in einem One-night-Stand Trost suchten.

Bei der Aufteilung ihrer gemeinsamen Habe hatte sie vorgeschlagen, er solle das Bett nehmen, da es für ihre neue Wohnung viel zu groß sei. Und er hatte gesagt, sie solle es den Judds verkaufen, ganz gleich, was sie dafür bekommen würde. Die Judds hatten es genommen, und hier stand es nun – ein Denkmal für sein Scheitern als Mann.

Er ließ seinen Blick weiter durch das Zimmer wandern.

Kaum zu glauben, daß es so sehr an früher erinnerte, obwohl es ganz anders eingerichtet war. Der Toilettentisch war nicht mehr da, aber die Einbauschränke waren geblieben, und er mußte daran denken, wie er an jenem Tag, an dem Lorna ihn verlassen hatte, beim Heimkommen auf den ersten Blick gesehen hatte, daß alle ihre Schminksachen verschwunden waren. Das hatte gereicht. So etwas Unwichtiges, und doch hatte er sofort Bescheid gewußt. Und jetzt reichte die Erinnerung daran, daß er – genau wie damals – die Tür des Schranks öffnete und ins Innere starrte.

Eiskalter Zorn; das war seine erste Reaktion gewesen. Der Schmerz hatte sich später eingestellt, und wenn er sich in die Arbeit gestürzt hatte, um ihn zu betäuben, war das nichts Ungewöhnliches. Die meisten Menschen hätten das gleiche getan.

»Frühstück gibt es bis halb zehn«, bemerkte Mrs. Judd. »Danach räumen wir die Tische ab.«

»Ich bin spätestens um acht unten«, versicherte er.

»Und wie lange bleiben Sie?«

»Das läßt sich im Moment schwer sagen. Ein paar Tage, vielleicht auch länger.«

Er bezweifelte, daß sie das Zimmer brauchte. Sie hatte wahrscheinlich viel Wechsel, Gäste, die höchstens ein, zwei Nächte blieben, durchreisende Vertreter etwa und ähnliche Leute, vielleicht lockten die umliegenden Hügel ab und zu Wanderer an, aber Urlauber in dem Sinn gab es hier keine, und Geschäftsleute wohnten im allgemeinen lieber in Hotels nahe des Zentrums.

Auf einem Tablett stand neben einer Tasse und einer Zuckerdose, die mit Teebeuteln vollgestopft war, ein Wasserkessel. »Sie können sich jederzeit einen Tee machen«, sagte sie, und er bemerkte, daß der Wasserkessel außen von Kalkablagerungen stumpf und glanzlos war, das Geschirr grob und gelblich weiß.

Als er sah, daß im Zimmer kein Fernsehapparat stand, sagte er: »Ich muß mir ein Video anschauen – im Zusammenhang mit meiner Arbeit. Wäre es möglich, daß Sie mir einen Fernsehapparat und einen Videorecorder besorgen?«

»Wir haben Fernsehen und Video im Salon.«

»Na ja, der Film ist eigentlich nicht für die Öffentlichkeit bestimmt«, sagte Hanson und sah plötzlich Argwohn in ihrem Gesicht. Sie glaubt, es ist ein Pornofilm, dachte er und fragte sich, wie sie reagieren würde, wenn sie wüßte, was er sich manchmal im Rahmen seiner wissenschaftlichen Untersuchungen an Pornographie ansehen mußte.

Er packte den Stier bei den Hörnern. »Es ist nichts, was ich mir nicht auch in Gesellschaft ansehen würde«, sagte er, »aber aus gewissen Gründen, auf die ich hier nicht eingehen möchte, würde ich mir den Film lieber allein ansehen.«

Ihr Argwohn nahm zu. »Unsere Gäste können den Salon bis dreiundzwanzig Uhr benutzen«, sagte sie. »Danach wäre es uns recht, wenn sie sich in ihre Zimmer zurückziehen würden.«

Irgend etwas an ihm hatte sie mißtrauisch gemacht. Vielleicht kam ihr sein Gesicht doch irgendwie bekannt vor, oder irgend etwas an ihm wirkte unecht auf sie. Es war möglich, daß er, als er ihr seinen Namen und seinen Beruf genannt hatte, unwissentlich ein Signal ausgesandt hatte, das ihr Unterbewußtsein aufgefangen hatte. Ganz gleich, wie es sich verhielt, er flößte ihr jetzt aus Gründen, die sie selbst nicht recht definieren konnte, Unbehagen ein. Ihre Körpersprache verriet es ihm und ebenso ihr Ton, als sie fragte: »Brauchen Sie noch etwas?«

»Nichts, danke«, antwortete er.

Nachdem sie gegangen war, duschte er in dem Badezimmer, das ursprünglich einmal ein Ankleidezimmer gewesen war. Er selbst hatte es umgebaut, hatte dort an dem Abend, an dem Lorna ihn verlassen hatte, den Kopf unter das eiskalte Wasser gehalten.

Jetzt kam das Wasser nur in einem dünnen Strahl statt in einem Schwall. Der Duschkopf war völlig verkalkt. Hanson stellte die Temperatur ein, aber am Ende gab er auf und stellte sich unter das Rinnsal, das zuerst lauwarm herabtröpfelte, dann kalt.

Nachdem er sich umgezogen hatte, ging er nach unten. Den Aktenkoffer nahm er mit und ließ ihn keinen Moment aus den Augen, als er den Münzfernsprecher unter der Treppe benützte. Er wählte seine Nummer zu Haus und fand, daß seine Stimme eigenartig klang, als er, nachdem Jan sich gemeldet hatte, »Hallo« sagte.

Ihre Stimme hörte sich nervös an. »Hallo«, antwortete sie. »Wie war die Fahrt?«

»Ganz gut, danke«, sagte er – ein Echo der Antwort, die er Parker gegeben hatte.

»Ich hab mir Sorgen gemacht«, sagte sie. »Ich hatte gehofft, du würdest anrufen, sobald du angekommen bist.« Hanson merkte, daß sie sich bemühte, jeden kritischen Unterton zu vermeiden, obwohl sein gedankenloses Verhalten sie verletzt hatte.

»Das tut mir leid«, sagte er. »Ich hätte daran denken …«

»Ist ja nicht so schlimm.«

Doch, es *war* schlimm, genauso wie das Schweigen, das folgte.

»Wo wohnst du?«

»In einer Pension in Bury.«

»Gib mir die Nummer«, sagte Jan. »Dann ruf ich dich zurück.«

Dies war sein Haus gewesen, das Haus, das er mit Lorna bewohnt hatte. Er wollte ihr nicht die Nummer zu seiner Vergangenheit geben, auch wenn die Telefonnummer jetzt eine andere war. »Man kann hier nicht anrufen.«

»Wo kann ich dich dann erreichen?«

Nirgends im Moment, dachte Hanson. »Das kann ich jetzt schlecht sagen, aber ich ruf dich morgen auf jeden Fall an.«

»Wie lange bleibst du?«

»Das weiß ich noch nicht.«

»Wie ist die Besprechung gelaufen?«

»Ganz gut, aber ich kann jetzt nicht reden.«

Er wußte, daß er steif und hölzern klang, und hoffte, sie würde es seiner Befürchtung zuschreiben, ihr Gespräch könnte belauscht werden. »Tut mir leid«, sagte er.

»Was denn?«

Alles, dachte Hanson. Es tut mir leid, daß ich mich nicht festlegen kann. Es tut mir leid, daß ich alles verpfusche. Es tut mir leid, daß ich gesagt habe, daß ich dich liebe und es ernst gemeint habe und es trotzdem nicht auf die Reihe kriege.

In dem verzweifelten Bemühen ihn zu erreichen, sagte sie plötzlich: »Das Haus ist so leer ohne dich«, und das konnte er nachempfinden. Diese Pension mit ihren billigen Nippes, den windigen Möbeln und dem abgeschabten, vergilbten Lack, den er selbst vor zwölf Jahren aufgetragen hatte, war auch leer, ohne Lorna. Er hatte gewußt, daß das Haus ohne sie nicht mehr dasselbe sein, die Gefühle, die es weckte, nicht mehr dieselben sein konnten, und dennoch hatte er sich eingebildet, er würde damit fertig werden, würde, indem er hierherkam, endlich die Vergangenheit begraben können.

»Mir geht das Kleingeld aus«, sagte er, und Jan sagte gar nichts.

Er wünschte, er könnte seiner Stimme Wärme geben und etwas sagen, um die Kluft zu überbrücken, die sich zwischen ihnen aufgetan hatte, aber nichts fiel ihm ein, und dann wurde die Verbindung unterbrochen.

Einen Moment blieb er stehen, den Koffer zu seinen Füßen, den Hörer in der Hand, und versuchte sich vorzustellen, was sie jetzt tun würde, wie sie reagieren würde. Es war, als starrte er von draußen durch das Fenster des Hauses, in dem sie die letzten zwei Jahre gemeinsam gelebt hatten, und beobachtete eine Fremde, die aus der Küche ins Wohnzimmer ging, sich dann in einen Sessel fallen ließ, um darüber zu grübeln, was mit ihnen los war. Vielleicht würde sie Antworten finden. Wenn ja, dann ging es ihr besser als ihm. Im Augenblick war es ihm trotz seiner langen beruflichen Erfahrung unmöglich, zu analysieren, was er hier tat, warum er überhaupt hierher gekommen war. Er fragte sich, ob er, wenn ihn nicht diese Mordsache nach Manchester zurückgeführt hätte, überhaupt das Bedürfnis verspürt hätte zurückzukehren.

»Gibt es ein Problem, Mr. Franklin?«

Mrs. Judd stand an der Tür zum Wohnzimmer und sah ihn an. Nein, dachte er, nicht das Wohnzimmer: der Frühstücksraum. Kleine quadratische Tische hatten den Raum, in dem er und Lorna einen großen Teil ihrer gemeinsamen Stunden verbracht hatten, vollkommen verändert.

Er legte den Hörer auf. »Wir sind unterbrochen worden«, sagte er. »Ich versuch's später noch mal.«

Sie ging von der Tür weg ins Zimmer, und er hatte das Gefühl, daß sie ihn beobachtete. Er konnte die Patienten schon lange nicht mehr zählen, die mit allen typischen Anzeichen von Verfolgungswahn zu ihm zu kommen pflegten. ›Ich werde dauernd beobachtet, dauernd verdächtigt.‹ Seine tröstende Antwort war banal: ›Das geht vielen Menschen so, es muß nicht unbedingt stimmen ...‹

In diesem Fall stimmte es ganz entschieden. Er konnte sie nicht sehen, aber er spürte, daß sie da war, hinter der

Tür stand und in ihrem Gedächtnis nach Details kramte, die ihr sagen würden, wo sie ihn schon einmal gesehen hatte.

Er nahm den Aktenkoffer und ging in den Salon. Als er sah, daß er leer war, schloß er die Tür hinter sich und setzte sich in einen der Sessel vor dem Fernsehapparat. Er nahm den Koffer auf die Knie, drehte die Kombinationsschlösser und drückte auf die Schließen, die sich mit einem leisen Knacken öffneten.

Fast im selben Moment machte Mrs. Judd die Tür auf und kam ins Zimmer. Hanson drückte die Schließen wieder herunter. Sie sagte nichts, sondern überließ es ihm zu bemerken: »Sie sagten vorhin, ich könnte den Salon benützen.«

»Ich wollte Ihnen nur zeigen, wie das Videogerät funktioniert«, erwiderte sie.

Hanson sah sich das Gerät an, das simpel war, um nicht zu sagen primitiv. »Ach, das schaffe ich schon«, sagte er, doch sie ließ sich nicht abhalten. Sie ging zum Fernsehapparat, schaltete ihn ein und hielt ihm mit den Worten die Hand hin: »Wenn Sie mir die Kassette geben, lege ich sie Ihnen ein.«

Hanson machte den Koffer auf, nahm die Kassette heraus und gab sie ihr, nachdem er sich vergewissert hatte, daß nichts auf dem Gehäuse verriet, worum es sich handelte. Sie nahm die Kassette aus der Hülle, schob sie in das Gerät und drückte den Knopf mit der Aufschrift ›Video‹. Über den Bildschirm fegte ein Schneesturm, den Hanson ausgelöst hatte, indem er mit der Fernbedienung auf einen anderen Kanal geschaltet hatte.

Mrs. Judd ging zur Tür. Ihre Stimme war ausdruckslos, als sie fragte: »Wie lange, sagten Sie, wollen Sie bleiben?«

»Ich habe gar nichts gesagt«, antwortete Hanson. »Es kommt ganz darauf an, wie lange ich gebraucht werde.«

Als sie die Tür öffnete und hinausging, sagte sich Hanson, daß es die Dinge ungemein erleichtern würde, wenn er ihr alles erklärte, aber er hatte Mühe genug, sich selbst alles zu erklären, und keine Lust, dieser Frau sein Herz auszuschütten.

Er stand auf und ging zur Tür, um sicher zu sein, daß sie fest geschlossen war, dann suchte er mit der Fernbedienung den Kanal, über den das Video zu empfangen war.

Er sah sich das Band mehrere Male an und achtete genau auf das Verhalten von Garys Vater. Dennoch war es ihm unmöglich zu beurteilen, ob der Mann etwas über das Verschwinden seines Sohnes wußte, das er verschwieg. Um Vergleiche bezüglich der Körpersprache anstellen zu können, müßte er sich mit ihm in einer Umgebung unterhalten, die der Mann nicht als bedrohlich empfand. Dann würde er sich ein ungefähres Bild machen können, wie er in entspanntem Zustand reagierte und wie unter Anspannung, und vielleicht beurteilen können, ob er tatsächlich so niedergeschmettert war, wie er in dem Film wirkte. Eines war auf jeden Fall klar, Gary Maudsleys Vater war kein Dummkopf. Sein Sohn war keine hundert Meter von der Stelle entfernt verschwunden, wo Joseph Coyne mutmaßlich entführt worden war. Der Fernsehauftritt hatte fast eine ganze Woche nach Garys Verschwinden stattgefunden, und außer der Uhr, die ihm vom Arm gerissen worden war, hatte man noch keine Spur von ihm. Es sah nicht gut aus.

Noch einmal konzentrierte er sich auf den Ton des Mannes, auf die Worte, die er gewählt hatte, als er an die Zuschauer appelliert hatte, sich zu melden, falls einer von ihnen etwas beobachtet haben sollte. Er hörte beinahe Parkers: ›Na, was meinen Sie?‹

Seine Meinung war klar: Garys Vater hatte mit dem Verschwinden seines Sohnes nichts zu tun. Parker würde erleichtert sein. Für ihn war Byrne Garys Entführer, und er war überhaupt nicht scharf darauf, daß irgendein Psychologe Sand ins Getriebe streute, indem er ihm nahelegte, sicherheitshalber auch den Vater des Jungen in die Mangel zu nehmen.

Hanson schaltete den Fernsehapparat aus, spulte das Band zurück und schob es wieder in seinen Aktenkoffer, den er absperrte. Ein flüchtiger Blick auf die Uhr zeigte ihm, daß es nach neun war – sein Magen quälte ihn schon seit mindestens drei Stunden. Zeit, einen Happen zu essen und für heute Schluß zu machen, dachte Hanson.

Gerade als er zur Haustür hinaus wollte, erschien Mrs. Judd am Fuß der Treppe. »Sie gehen noch weg, Mr. Franklin?«

Hanson, der durchaus merkte, daß ihr Interesse ebensosehr seinem Aktenkoffer galt wie ihm selbst, umfaßte den Griff des Koffers fester. »Nur auf einen kurzen Spaziergang, Mrs. Judd.«

»Wir schließen um elf ab.«

»Bis dahin bin ich zurück«, versicherte er und ging zur Tür hinaus. Er folgte einem Weg, der einmal von niedrigen Büschen gesäumt gewesen war, und schlug die Richtung zu einer Ladenzeile ein, wo er und Lorna sich abends manchmal etwas zu essen geholt hatten, wenn sie beide keine Lust gehabt hatten zu kochen.

Er wollte sich nicht umdrehen, aber er konnte der Versuchung nicht widerstehen, und er sah, was er erwartet hatte: Mrs. Judd, die an einem der Erdgeschoßfenster stand und ihm nachschaute. Er konnte ihre Vorbehalte verstehen: Sie hatte offensichtlich ein besseres Gedächtnis für Gesichter, als er ihr zugetraut hatte. Nur sein Widerstreben, den Aktenkoffer auch nur einen Moment aus den Augen zu lassen, hatte einen einfachen Grund: Wenn die Akte wegkäme, würde die Polizei ihm kein zweites Mal hochsensible Informationen anvertrauen, und das zu Recht.

Hanson saß in seinem Saab, den er in einer Seitenstraße geparkt hatte, in sicherem Abstand von der nächsten Straßenlampe. Weiter vorn verdunkelte ein Hochhaus mit Eigentumswohnungen den wolkenlosen Nachthimmel, und in der siebten Etage ging ab und zu Lorna an einem Fenster vorbei. Sie war zu weit weg, als daß er ihre Gesichtszüge hätte klar erkennen können, aber das spielte keine Rolle. Die Frau mit der dunklen Haut und dem weichen dunklen Haar war Lorna. Unverkennbar.

Er hatte sich oft gewünscht zu sehen, wie sie lebte, und hatte es sich mit Hilfe von Plänen, die er sich von der Lokalbaubehörde hatte kommen lassen, vorstellen können. Die Wohnung war größer, als er gedacht hatte, ein dreißig Quadratmeter großes Wohnzimmer, zwei große Schlafzimmer und eine geräumige Küche. Er fand sie zu groß für eine Person, und er wußte, daß sie allein lebte; er wußte aber auch, daß sie häufig Gäste hatte, daß Freunde bei ihr übernachteten, daß sie auf eine gewisse Großzügigkeit Wert legte.

Er hatte das einmal Jan gegenüber erwähnt, die daraufhin gemeint hatte, er wisse ja unglaublich viel über seine geschiedene Frau, wenn man bedenke, daß er sie jahrelang nicht gesehen hatte. Und Hanson hatte geantwortet, sie hätten gemeinsame Freunde, er könne nichts dafür, wenn diese von Zeit zu Zeit beiläufige Bemerkungen darüber machten, wie es ihr ging, was sie tat, mit wem sie verkehrte. »Es interessiert mich eben, weiter nichts.«

»Es interessiert dich?« erwiderte Jan. »Ich würde es eher Besessenheit nennen.«

»Du hast von Besessenheit keine Ahnung«, sagte Hanson scherzhaft. »Das ist mein Gebiet.«

»Ja, das wird mir allmählich klar«, hatte sie leise gesagt, und als Hanson jetzt, während er Lorna beobachtete, daran dachte, mußte er zugeben, daß einem Außenstehenden sein Verhalten durchaus obsessiv erscheinen konnte. Aber das war es nicht. Er kannte den Unterschied und konnte mit Sicherheit sagen, daß es das nicht war. Er mußte es schließlich wissen: Er hatte unzähligen Patienten zu erklären versucht, daß es wichtig war, das eigene obsessive Verhalten zu erkennen und sich damit auseinanderzusetzen, wenn sie es loswerden wollten. Er war ganz einfach neugierig, weiter nichts.

Er machte sich Gedanken über die Wohnung und ob sie sich dort sicher fühlte. Die Sicherheitsvorkehrungen waren ganz ordentlich, aber als gut hätte er sie nicht bezeichnet: eine Sprechanlage von jeder Wohnung zur Haustür, regelmäßige Kontrollen durch einen Wachmann, die keinen Berufseinbrecher abgeschreckt hätten. Sogar Hanson hätte da hineinkommen können, wenn er es darauf angelegt hätte, und er erinnerte sich an eine Bemerkung einer seiner Patienten: »Ich wollte nur mal mit ihr reden, aber sie lehnte es ab, mit mir zu reden. Ich hatte nie die Möglichkeit, ihr zu sagen, was sie mir angetan hatte ... wie sehr ich gelitten habe.«

Wenige von uns setzen ihre Phantasien in die Tat um, dachte Hanson. Die meisten von uns haben zu große Angst davor, wohin das führen würde. Er hatte die Bemerkung im Licht dessen betrachtet, was sein Patient später getan hatte. »Ich wollte ihr doch nichts antun.« Und jetzt, während er hier saß und Lorna beobachtete, konnte er die Gefühle seines Patienten nachvollziehen, den plötzlichen Impuls, einzubrechen, seine geschiedene Frau zu packen und zu schütteln, ihr irgendwie klarzumachen, daß das, was sie getan hatte, seine Selbstachtung zerstört hatte. Ich könnte sie umbringen, dachte er.

18

Als Byrne in das Gehege trat, schwirrten die Vögel herum wie Insekten. Roly kam aus dem Schuppen, um zu sehen, wer gekommen war. Kaum hatte er Byrne gesehen, verschwand er wieder im Schuppen. Byrne ging zur Tür.

Als er hineinschaute, sah er unzählige Käfige, die in Reihen übereinander an den Wänden hingen, und in jeder Reihe befand sich eine andere Finkenart. Ein halbes Dutzend verschiedener Arten mußten da drin sein, einige Finken noch nicht ganz flügge, andere gerade dabei, ihre Flügel auszuprobieren, oder kurz davor, verkauft zu werden, ohne je zu erfahren, was Fliegen war. Er hätte gern gewußt, was an ihnen Roly so faszinierte. Für Byrne waren sie nichts weiter als Vögel, weder schön noch häßlich.

»Roly!« sagte er.

»Ich h-hab dir d-doch gesagt, d-du sollst nie hierher k-kommen.«

»Ich hatte keine Wahl.«

Roly hob einen Muskatfinken aus einem Käfig und hielt ihn in seiner hohlen Hand. Mit der anderen nahm er eine Pipette aus einem Becher und träufelte dem Vogel eine klebrige, glänzende Flüssigkeit in den gierig aufgerissenen Schnabel.

»Ich muß mit dir reden.«

»Ich hab z-zu tun.«

Er setzte den Muskatfinken wieder in seinen Käfig und griff in einen anderen, um zwei Jungvögel herauszunehmen, die gerade flügge geworden waren. Die setzte er in einen von mehreren kleinen Kartons, die aufgestapelt an der Tür standen, dann drängte er sich mit dem Karton an Byrne vorbei, und der folgte ihm zum Haus.

Hier in der Küche war jedes Stück, von den fleckigen

grünen Küchenschränken bis zu den dicken hölzernen Vorhangleisten über den Fenstern, mit Vogelmist verkrustet. Byrne würgte, als der unerwartete Gestank ihn traf. »Wahnsinn, Roly!«

Wie gebannt sah er zu, wie Roly die Vögel aus dem Karton in einen Schrank über dem Herd verfrachtete. »Was machst du da?«

»Frühstück.«

Im ersten Moment glaubte Byrne, er wollte die Fetzchen Leben mit ihrem kaum hörbaren Gepiepse essen, und es hätte ihn, ehrlich gesagt, nicht gewundert.

»D-die Hitze vom Herd h-hält den Schrank – die V-vvögel warm«, erklärte Roly, aber Byrne wurde seine Zweifel nicht los. Der Mann hatte etwas von einem Raubtier an sich: Er sah ihn vor sich, wie er die Vögel mitten im Flug schnappte und sie in seinem Mund, einem gähnenden Schlund, verschwinden ließ, lebendig verschlang. Hastig verdrängte er das Bild. In letzter Zeit ging schon wegen Parker dauernd die Phantasie mit ihm durch, da brauchte es nicht auch noch den durchgeknallten Roly.

Roly zündete den Gasherd an, und die Flammen schossen mit einem gedämpften Knall in die Höhe, den Byrne seit Jahren nicht mehr gehört hatte. Er hatte dieses Geräusch ebenso vergessen wie den Gasgeruch. Aber jetzt erinnerte er sich, und er sah sich als Kind, wie er seinem Vater zugesehen hatte, als dieser einen ähnlichen Herd mit einem Instrument, das wie ein Füller aussah, anmachte. Sosehr er selbst sich damit abgemüht hatte, ihm war es nie gelungen, das Ding anzuknipsen, da der Feuerstein bis zum Metall hinunter abgenutzt gewesen war. Doch sein Vater hatte es rausgehabt; er war der einzige im Haus gewesen, der mit dem Teil umgehen konnte.

»Neulich in der Buchhandlung«, sagte er.

»W-was?«

»Ich hab dir doch gesagt, daß Parker …«

»D-du hast g-gesagt, daß du G-geld brauchst«, unterbrach Roly.

»Okay, ich brauch Geld. Gib mir was, und ich hau ab.«

Roly schlug die Schranktür zu und wies mit einer Geste auf seine heruntergekommene Wohnstätte. »Ich k-kann nicht. Hab k-keins.«

»Du mußt welches haben«, widersprach Byrne.

Roly nahm eine Pfanne aus einem der unteren Schränke, stellte sie aufs Gas und sah zu, wie das hart gewordene Fett von einer früheren Mahlzeit schmolz. »W-willst du auch w-was?« fragte er Byrne, aber der antwortete nicht. Er wußte nicht, ob er Essen, das in dieser Pfanne zubereitet wurde, überhaupt hinunterbekommen würde.

Ein paar Minuten später ließ er Roly in der Küche zurück und ging in das hintere Zimmer. Er hatte selbst schon in den unmöglichsten Notunterkünften gehaust, er kannte Dreck und Verwahrlosung, dennoch blieb er, angeekelt von dem Schmutz und dem Gestank, erst einmal an der Tür stehen.

Schwärme von Finken schlugen mit zerbrechlichen Flügeln an das Fenster. Manchmal war kaum zu erkennen, welche draußen in der Voliere waren und welche im Zimmer. Das Fenster war jedenfalls einen Spalt geöffnet, und die Vögel konnten herein- und hinausfliegen, wie sie wollten.

Er holte ein paarmal tief Luft, ging hinein, setzte sich in einen Sessel und hatte dabei ein ganz eigentümliches Gefühl: als würde er sich in einem großen gläsernen Aquarium befinden und nicht im Zimmer eines Hauses, das praktisch eine Erweiterung des Vogelgartens war. Er kam sich vor wie ausgestellt, als würden die Menschen draußen ihre Gesichter an das Gitter drücken und hereinspähen, um sich an dem Schauspiel zweier abnormer Männer zu ergötzen, die in abnormen Verhältnissen leben. Er wußte, daß die anderen in all ihrer Borniertheit und ihrem mangelnden Einfühlungsvermögen Männer wie ihn und Roly so sahen.

Er dachte an die Bemerkungen der Polizisten, nachdem er verhaftet worden war, nur weil er ein Kind gestreichelt und seine Schönheit bewundert hatte – mehr war es nicht gewesen, Bewunderung, aber die Polizei hatte die Bewunderung in den Dreck gezogen und ihm das Gefühl vermittelt, ein widerwärtiges Schwein zu sein, und Byrne hatte ihnen nicht klarmachen können, daß er den Jungen doch mochte. Er hatte ihm das Gefühl geben wollen, angenommen zu sein, weiter nichts. Außerdem war der Junge ja gern mit ihm zusammengewesen, war gern berührt worden, hatte es schön gefunden, verdammt noch mal.

Byrne hatte ihm ein Spielemagazin gekauft – es landete dann vor Gericht als Beweisstück. Noch ein Beweisstück hatte es gegeben, die Staatsanwaltschaft hatte es als für ein Kind ›ungeeignet‹ beschrieben. ›Dieser Mann ist eine Gefahr für unsere Kinder‹. Diese Worte hatten Byrne die Jahre hindurch verfolgt. Wie die Polizei so etwas behaupten konnte, war ihm ein Rätsel. Er hatte dem Jungen zu essen gegeben, hatte ihm Sachen zum Anziehen gekauft, war für ihn dagewesen, und er war, entgegen den Behauptungen der Polizei, um seine Sicherheit besorgt gewesen, hatte ihn abends nach Hause gebracht, durch dunkle Straßen in ein Zuhause, wo keiner sich darum kümmerte, wo der Junge war. Und trotzdem hatte die Polizei ihn als Ungeheuer bezeichnet, und einer der Lebenslänglichen im Gefängnis, der offensichtlich der gleichen Meinung war, hatte ihm in der Toilette aufgelauert und ihm ein Stück Rohr in den Hintern gerammt. ›Na, was ist das für ein Gefühl, Dougie, du gemeiner Hund?‹

Von einem Lebenslänglichen als gemein beschimpft zu werden hatte Byrne verrückt gefunden, und er hatte gelacht, bis das Gelächter unter Schmerzen, Schock und Todesangst in Schreie der Qual umgeschlagen war. Ein Wärter war vorbeigekommen. Er hatte die Augen starr geradeaus gerichtet und seine Ohren den Schreien eines Kinderschänders verschlossen, der bekam, was er verdiente, und nachdem Byrne aus dem Gefängniskrankenhaus entlassen worden war, hatte er das Stück Rohr, in Geschenkpapier gewickelt, auf dem Boden seiner Zelle gefunden. An dem Päckchen hatte ein Zettel gehangen, der von allen Häftlingen im Trakt unterschrieben war, und man hatte ihn danach, zu seinem eigenen Schutz, in einer Einzelzelle untergebracht, wo er oft nah dran gewesen war, aus Protest seine eigenen Exkremente an die Wand zu schmieren. Er hatte es nie getan. Hätte er diesem Impuls nachgegeben, so hätte er ihnen damit nur den Beweis geliefert, daß er wirklich eine Bestie war, wo *sie* doch die Bestien waren! Er nicht, er war ein Mensch, der Kinder liebte, und keinem, absolut keinem würde er erlauben, ihn seiner Würde zu berauben.

Ein Vogel flog von einer Vorhangstange herunter und landete vor seinen Füßen. Byrne war erstaunt, wie zutraulich er war, wie zutraulich die meisten von ihnen waren. Manche ließen sich auf den Armlehnen des Sessels nieder, hüpften auf seine Hand, spazierten seinen Arm hinauf und versuchten, die Sommersprossen auf seiner bleichen Haut aufzupicken, als wären es Körner. Nachdem sie festgestellt hatten, daß er nicht weiter interessant war, flatterten sie davon, um ihn von der Vorhangstange aus zu beobachten oder ihren Schwanz zu heben und ein Klümpchen Kot neben ihn oder auf ihn fallen zu lassen.

Dreck in diesem Ausmaß war nicht bloß Verwahrlosung, er war eine Aussage, sagte sich Byrne. Im Gefängnis hätte er am liebsten seine eigenen Exkremente an die Wände geschmiert, war jedoch der Versuchung nicht erlegen. Vielleicht wollte Roly so, indem er seine Vögel alles vollkacken ließ, gegen eine Welt protestieren, von der er sich zurückgewiesen fühlte. Byrne wußte es nicht; er hatte nie ein besonderes Talent dafür besessen, dahinterzukommen, was in den Köpfen anderer vorging. Er wußte nur, daß Roly so ziemlich der irrste Typ war, dem er je begegnet war. Wenn er je im Knast landete, würde er wahrscheinlich in eine Anstalt verfrachtet werden, die diesem Haus ganz ähnlich war, nur daß die neue Umgebung sauberer sein würde und die Gesichter, die ihn von draußen anstarrten, wirklicher als die der Phantasiegaffer, deren Blicke Byrne zu spüren geglaubt hatte.

Roly kam mit zwei Tellern Gebrutzeltem herein und gab einen Byrne, der das Essen mißtrauisch beäugte. Der Schinken, die Würstchen und die Champignons sahen ganz ordentlich aus, aber so ein Ei hatte er noch nie gesehen. Es war kein Hühnerei, soviel war sicher, aber ein Finkenei konnte es auch nicht sein, dafür war es zu groß.

Er pikte mit der Gabel in den Dotter, ein dunkles, beinahe blutrotes Gelb, bei dessen Anblick es ihm fast den Magen umdrehte. Es rann wie Blutserum in das Fett hinein, und unfähig, davon zu essen, senkte Byrne sein Messer. »Das Ei«, sagte er. »Was ist das für ein Ei?«

»Ein Sch-sch-schwanenei.«

Byrne sah ein Bild vor sich, wie Roly ins Wasser watete und ein mächtiges, weißes, geisterhaftes Wesen sich vor ihm aufbäumte, als er zugriff, um das Nest zu plündern. Du verrückter Hund, dachte Byrne, aber um Roly nicht zu beleidigen, strich er etwas von dem Dotter auf das Brot und schnitt es in kleine Stückchen. Er schob eines in den Mund und stellte fest, daß das Eigelb intensiv und gar nicht so schlecht schmeckte. Es hatte mehr Eigengeschmack als ein Hühnerei, war sämiger und hatte ein Aroma, das lange im Mund zurückblieb.

Er aß alles auf, obwohl jeder Bissen schwerer zu schlucken war, das Fett ihm wie flüssiges Blei im Magen lag und der Nachgeschmack ihm Brechreiz verursachte. Dann stellte er den Teller auf den Boden und sah angewidert zu, wie zwei Finken sich um die Reste des Eis balgten. Es erschien ihm kannibalisch, wie sie in die Dotterreste hineinpickten, und am Ende konnte er nicht mehr hinschauen.

Roly stand auf und trug die Teller in die Küche. Byrne folgte ihm und sagte mit weinerlicher Stimme. »Wie schaut's aus, Roly?« Aber Roly, der mit seinen Jungvögeln beschäftigt war, schien ihn nicht zu hören.

Als ein Schwarm Finken durch die Tür schoß, hatte Byrne plötzlich genug. Es lag nicht nur an dem Essen, dem Dreck oder der leisen Ahnung, daß hier etwas nicht stimmte; es lag an diesen Vögeln, die überall herumschwirrten. Er schlug mit seinen weichen, weißen Händen nach ihnen und sagte: »Und wenn nun jemand Parker erzählt, daß Gary und Joseph regelmäßig hierhergekommen sind?«

»Ist das eine D-drohung?«

»Du läßt mir ja keine Wahl. Wenn ich Parker damit loswerden könnte, würde ich ihm sagen, daß die zwei Jungs hier waren.«

Er spürte, wie Roly nachdachte und einzuschätzen versuchte, wie hoch die Wahrscheinlichkeit war, daß Byrne reden würde, um seine Haut zu retten.

»W-wieviel Geld b-brauchst du überhaupt?« fragte Roly.

»Tausend, vielleicht auch mehr.«

»T-t-tausend?«

»Ich brauch ein Zimmer – und vergiß nicht die Kaution –, dann Essen, Strom …«

»T-t-tausend Pfund«, sagte Roly. »D-das ist eine M-menge Geld, Dougie.«

»Du kannst es dir leisten.«

»K-k-kann schon sein, aber ich kann's n-nicht einfach aus dem Ärmel sch-schütteln. D-du mußt mir Zeit g-geben.«

»Wie lang?«

»Zwei Tage«, antwortete Roly.

»Heute abend«, entgegnete Byrne. »Spätestens heut abend will ich's haben.«

Er musterte die Küche mit einem letzten ungläubigen Blick, dann ging er, und Roly sah ihm vom Fenster aus nach, als er durch das Gehege zum Tor hinaus lief.

Warrender fand Parker in der Kantine, und obwohl er ihn nicht gern beim Frühstück störte, zog er sich einen Stuhl heran, setzte sich und sagte: »Unsere Leute haben Byrne eben zu einem Haus in der Mousade Road verfolgt.«

Parker kannte die Gegend. Er war in der Zeit, als die Häuser noch bewohnt gewesen waren, oft genug dort Streife gefahren.

»Wissen wir, was er dort wollte?«

»Nein, aber wir wissen, daß ein Mann in dem Haus wohnt. Widerrechtlich.«

»Ich dachte, da wohnt kein Mensch mehr.«

»Offensichtlich doch.«

»Und wissen wir, wie der Mann heißt?«

»Barnes«, antwortete Warrender. »Roland Barnes.«

»Wie haben Sie das rausgekriegt?«

»Ich hab bei der Stadt angerufen«, erklärte Warrender, »und gefragt, ob sie was von Hausbesetzern in der Mousade Road wissen. Sie versuchen seit zwei Jahren, den Kerl rauszukriegen.«

Viel Glück, dachte Parker.

»Aber in ungefähr einer Woche wird er sowieso umziehen müssen, ob er will oder nicht.«

»Und wieso?«

»Die Häuser werden abgerissen.«

Parker konnte sich lebhaft vorstellen, wie die Beamten der Baubehörde mit einem Räumungsbefehl in der Tasche an die Tür des Hauses klopften, keine Reaktion erhalten und daraufhin mit Gewalt eindringen würden, um Roland Barnes hinauszubefördern. Danach würden sie dem Abbruchunternehmen grünes Licht geben, die schweren Geräte aufzufahren, die ganze Häuserreihen in Trümmerfelder verwandeln konnten. Das einzige, was von dem besetzten Haus bleiben würde, wäre ein Haufen Schutt und Steine, nachdem vorher alles, was irgendeinen Wert besaß, herausgerissen worden war, um als Schrott verkauft zu werden oder an Händler, die einen Riecher für ein gutes Geschäft hatten. Und das war kein Wunder, dachte Parker. Häuser wie die in der Roumelia und der Mousade Road hatten wahrscheinlich einiges an Marmorkaminen und Messingbeschlägen zu bieten.

»Was wollen Sie tun?« fragte Warrender.

Parker sah zwei Möglichkeiten: Er konnte Byrne festnehmen lassen und in die Zange nehmen, oder er konnte Barnes einen Besuch abstatten und danach mit neuen Erkenntnissen in der Hinterhand Byrne befragen. Er stocherte in einem bläßlichen Eigelb herum und sah zu, wie es auf dem kalten Teller gerann. »Ich seh mir den Mann mal an«, sagte er.

»Soll ich mitkommen?«

»Nein, übertreiben wir's erst mal nicht – ich schau mich um, und dann sehen wir weiter.«

19

Es war einige Jahre her, seit Brogan das letzte Mal in der Stadtbibliothek gewesen war, und dennoch erkannte er sofort den Teil des Raums wieder, wo die Kinderbücher standen. Die Mahagoniregale voller Bücher wirkten riesig neben dem niedrigen Tisch.

Als er sich umdrehte, sah er wieder seine Mutter an der Ausgabe stehen, ihr Regenmantel fleckig, die Stiefel ungeputzt. Der Bibliotheksausweis lag unförmig in ihrer Hand.

Da er keine Ahnung hatte, wie Bücher geordnet wurden, war es eine lange, mühselige Suche, bis er zu den Bänden vorstieß, die sich mit Käfigvögeln befaßten, von denen die meisten der Familie der Papageien gewidmet waren. Alle hatten große Farbtafeln, auf denen die verschiedenen Arten abgebildet waren. Er fand afrikanische Graupapageien, giftgrüne südamerikanische Amazonen, australische Aras mit feurigem Gefieder. Aber keines der Bilder berührte ihn übermäßig. Erst bei einer schlichten Tuschezeichnung in einem Buch mit dem Titel ›Finken der Welt‹ holte er tief Luft und hielt einen Moment den Atem an.

Er nahm das Buch mit zum Ausgabeschalter und fragte eine Frau mittleren Alters, die besser in ein Süßwarengeschäft gepaßt hätte als an diesen stillen, furchteinflößenden Ort: »Kann ich das mitnehmen?«

»Bist du Mitglied?«

Er spürte, wie ihm das Blut in die Wangen schoß. Er wollte ihr sagen, daß er wahrscheinlich Mitglied war, daß seine Mutter ihn sicher irgendwann einmal angemeldet hatte, aber er schaffte nicht einmal den Ansatz einer Erklärung. Er war überzeugt, es würde alles ganz falsch herauskommen, und sie würde ihm nicht glauben.

Er wandte sich ab, aber die Bibliothekarin rief ihn zurück und schwenkte ein Formular. »Nimm das mit nach Hause, und laß es von einem deiner Eltern unterschreiben.« Er nahm das Formular, und sie wies auf das Buch und fragte: »Soll ich es dir auf die Seite legen?«

Er bedankte sich verlegen. Als er das letzte Mal hier gewesen war, war alles viel einfacher gewesen. Welches von den bunten Büchern er hatte haben wollen, auf das hatte er einfach mit seinem kurzen Fingerchen gezeigt und »Meins« gesagt.

»Wie heißt du, mein Junge?«

»Healey«, antwortete Brogan, und noch während sie es niederschrieb, rannte er hinaus und wußte nicht, ob er den Mut aufbringen würde, noch einmal herzukommen, um sich das Buch abzuholen.

Als Elaine mit ihren beiden kleinen Kindern im Schlepptau die Haustür ihrer kleinen Doppelhaushälfte öffnete, warf ihn der starke Geruch des Parfums, das sie sich über ihr Kleid gespritzt hatte, beinahe um. Er hatte einmal dabei zugesehen, wie sie sich parfumierte – sie öffnete die Flasche und kippte das billige Eau de Cologne literweise auf ihr Kleid.

Sie sah nicht aus wie eine Sängerin, aber ihr Vater, der sie am Keyboard begleitete, behauptete, sie wäre eine. Brogan hatte sie einmal für ihren Auftritt zurechtgemacht gesehen, mit langem schwarzem, bis zur Hüfte geschlitztem Rock und einem glitzernden Oberteil, dessen dünne Träger in ihre breiten, fleischigen Schultern schnitten. Sie redeten vom Labour Club, als würde sie in der Royal Albert Hall auftreten, und sein Vater hatte einmal gemeint, er kenne einen Mann, der sie in eine Show mit dem Titel »Ein Star wird geboren« bringen könnte.

So, wie sie jetzt an der Tür stand, mit verschwitztem Haar, die eine Wange etwas verschmiert, sah sie nicht aus wie ein Star, weder geboren noch sonstwie. Sie war stärker geschminkt als sonst, aber das Make-up konnte nicht verbergen, daß sie die besten Jahre hinter sich hatte und nie wieder vierzig sein würde; daß ihre Haut und ihr Körper schlaff zu werden begannen. Und noch etwas konnte die Schminke nicht verbergen, einen Bluterguß, der schon ins Gelbliche überging. Der Farbe nach konnte Brogan ungefähr abschätzen, wann sie die Prügel bezogen hatte.

Als Kind hatte er gespürt, wie seine Mutter zusammengezuckt war, wenn er mit den Fingern sanft die Spuren des väterlichen Jähzorns berührt hatte. Meistens erschienen die Blutergüsse, kurz bevor ein Möbelstück verkauft wurde, und mit der Zeit war ihr Anblick für ihn stets mit einem bevorstehenden Verlust verbunden gewesen.

Während er überlegte, was in diesem Haus Elaine kürzlich verloren haben könnte, trat ihm plötzlich ein Bild vor Augen: die riesige Hand seines Vaters, wie sie ein Mobile aus Pappfiguren zerquetschte, die seine Mutter mit viel Liebe bemalt hatte. Manchmal konnte diese Hand aus dem Nichts hervorschießen, eine Hand, die ihn quer durch den Raum schleuderte in eine andere Welt, in der Sterne vor seinen Augen explodierten und er das Gefühl hatte, in einem irrwitzigen Trickfilm gefangen zu sein. Nur die Toms und Jerries dieser Welt sahen solche Sterne, aber sie standen immer gleich wieder auf, nachdem sie quer durch die Gegend geschleudert worden waren, und machten weiter wie zuvor. Brogan und seine Mutter mußten sich meistens ins Bett legen, bis die Übelkeit, die unweigerlich folgte, nachgelassen hatte.

Früher war seine Mutter zu ihm ans Bett gekommen, hatte ihm ihre kühlende Hand auf die Stirn gelegt und leise, beinahe flüsternd, gesagt: »Pst, Schatz, leise, sonst hört dein Dad dich.« Dann war Brogan still gewesen; die Angst davor, seinen Vater noch wütender zu machen, war größer gewesen als die, allein in dem kleinen, dunklen Zimmer zu liegen. Die Gesellschaft der Geister und Kobolde, die sich um sein Bett scharten, war bei weitem nicht so beängstigend wie die Vorstellung, daß sein Vater mit den Worten »Was soll dieses verdammte Geplärre?« hereinstürmte.

»Dad – ich hab nicht geweint ...«

Nie wieder würde seine Mutter kommen, um ihm zu sagen, er solle leise weinen, aber es war ein gewisser Trost, daß jetzt Elaine zusehen mußte, wie sie mit dem Jähzorn seines Vaters fertig wurde. Er fragte sich, wie ihr das gelang, musterte wieder den Bluterguß in ihrem Gesicht und kam zu dem Schluß, daß es gar nicht gelang.

»Ist er da?« fragte er.

»Ich hol ihn.«

Sie ließ die Tür halb offen. Der Flur dahinter war vom Boden bis zur Decke mit einem Sonnenblumenmuster tapeziert. Er hatte einmal etwas Ähnliches bei einem Schulausflug gesehen, eine Busladung Kinder, die mit offenen Mündern zu einem Bild mit Sonnenblumen in einer Vase hinaufstarrten. Er hatte das Bild ganz vergessen gehabt, aber jetzt erinnerte er sich wieder, auch daran, wie er nach Hause gekommen war und seine Mutter gefragt hatte: »Hast du was gesehen, das dir gefallen hat?«

Jetzt gefielen sie ihm nicht mehr, jetzt, wo sie als Tapete im Flur von Elaines Haus klebten. Es entwürdigte sie irgendwie, sie sahen eher wie Plastikblumen aus, nicht wie die Blumen, die er manchmal im Traum gesehen hatte.

Sein Vater kam zur Tür. Seine Lider waren schwer, er und Elaine hatten offenbar in der vergangenen Nacht gearbeitet. Brogan fragte sich, was sie verdient hatten. Zwanzig, vierzig Pfund – bar auf die Hand, am Sozialamt vorbei.

Brogan hielt ihm zwei braune Briefumschläge hin, die nach Amt aussahen. Sein Vater nahm sie gleichgültig und griff in die Hosentasche nach dem Bündel Scheine, das er immer dort stecken hatte. Er nahm einen Zehner, drückte ihn Brogan in die Hand und sagte: »Hast du das Essen gekriegt?«

Brogan nahm den Schein. »Ja. Danke.«

»Kommst du zurecht?«

»Ja.«

Als Brogan das Geld einschob, berührten seine Finger das Formular aus der Bibliothek. Er zog es heraus. »Kannst du mir das unterschreiben?«

Sein Vater nahm das Formular, kramte nach einem Kugelschreiber und drückte das Blatt an die Sonnenblumenwand. Er schrieb seinen Namen mit den langsamen, be-dächtigen Bewegungen eines Menschen, für den die Wörter auf dem Blatt keine Bedeutung hatten und die Buchstaben nur Zeichen waren, die er gelernt hatte, weil es sein mußte. Dann gab er Brogan das Formular zurück und sagte: »Ich komm vielleicht in ein, zwei Tagen mal vorbei und schau nach dir.«

Brogan faltete das Papier. Faltete es immer wieder, bis es ganz klein war, ganz sicher. ›Finken der Welt‹.

Als Brogan die Roumelia Road hinunterging, hörte er Geräusche, die er nicht einordnen konnte. Sie mischten sich mit dem Pfeifen des Windes, der durch die Häuser fegte, in den verlassenen Räumen kreiselte und durch Spalten und Ritzen im Glas, in den Ziegeln und Mauern wieder entwich.

An seiner Seite schwang sachte der Käfig, in dem der Tigerfink immer noch mit ausgebreiteten Schwingen im Sand kauerte. Brogan hatte viel aus dem Buch gelernt und wußte jetzt mehr über Tigers ursprüngliche Heimat, als irgendein Erdkundelehrer ihm hätte einbleuen können. Er wußte, womit man den Vogel füttern sollte, wo er am liebsten nistete, wie man ihn pflegen mußte, aber er wußte nicht, wie man ihn wieder gesund machen konnte – und Tiger war eindeutig krank.

Moranti hatte gesagt, daß Roly sich mit Finken auskannte, und Brogan hatte sich aus reiner Verzweiflung mit seinem Vogel auf den Weg gemacht, in der Hoffnung, daß Moranti recht hatte.

Auf dem leeren Grundstück standen zwei Fahrzeuge, ein Kipper und ein Lieferwagen, auf dem der Name einer Firma aus der Gegend geschrieben stand. Zwei Männer mit Mappen standen vor den Häusern, machten sich Aufzeichnungen, tauschten Bemerkungen, aber keiner beachtete Brogan, als er am Tor zu Rolys Gehege rüttelte. Er riß an der Kette, das die beiden Flügel zusammenhielt, und hörte überlaut ihr Klirren, das sich an den Rückfronten der Häuser brach. Das Geräusch der Kette machte ihn nervös, aber da er nicht wußte, wie er sich sonst bemerkbar machen sollte, rüttelte er von neuem daran, und sah gleich darauf, wie sie abgenommen wurde.

Das Tor ging auf, aber nur einen Spalt, und Brogan hielt den Käfig hoch. »Tiger ist krank.«

Roly machte das Tor ein Stück weiter auf, nahm ihm den Käfig ab und ging durch den Garten voraus zum Schuppen. Der Geruch der Vögel war stark, aber Brogan hatte sich schon daran gewöhnt, er kannte ihn ja von seiner Arbeit im Basar. In Morantis Laden mischte er sich mit anderen Gerüchen: dem Duft aus den Parfumflaschen, der muffigen Ausdünstung des ausgestopften Fuchses, dem süßlichen Firnisgeruch einer Lackdose.

»W-was fehlt ihm denn?«

»Mr. Moranti hat ihn zusammengequetscht.«

Roly stellte den Käfig auf einen Stuhl und griff hinein. Der Vogel wehrte sich nicht, als er ihn herausnahm und untersuchte.

»Ist es schlimm?« fragte Brogan.

»Ich w-weiß nicht g-genau«, antwortete Roly. Er drehte den Vogel in seinen Händen wie tags zuvor den Kadaver der Gouldamadine. »W-wann hat er zul-letzt gefressen?«

»Weiß ich nicht.«

Den Finken immer noch in der einen Hand, griff Roly zu einem Bord hinauf und nahm eine Pipette aus einem Becher. Er legte sie auf einen Tisch und hob eine Flasche von einem niedrigen Schrank, der an einer Wand stand. Er schraubte den Deckel auf und tauchte die Pipette in die Flüssigkeit.

»Was ist das?« fragte Brogan.

»Glukose«, antwortete Roly.

Er fütterte den Vogel mit winzigen Tröpfchen von der Flüssigkeit.

»Muß er sterben?«

»V-vielleicht«, sagte Roly. »Es ist b-b-besser, du läßt ihn erst mal b-b-bei mir.«

Die Angst, daß er Tiger würde zurücklassen müssen, hatte Brogan davon abgehalten, ihn früher zu Roly zu bringen. Er hatte befürchtet, Roly würde ihm den Vogel wegnehmen, weil er ihn für verantwortungslos hielt.

»Ich hab das nicht getan«, sagte er »Das war Mr. Moranti.«

»Ich weiß«, erwiderte Roly. »N-niemand macht dir einen V-vorwurf.«

»Er hat ihn aus der Schachtel gekippt und wollte ihn verschwinden lassen wie ein Zauberer.«

»Das tut er gern«, sagte Roly und lächelte, und Brogan wurde etwas leichter ums Herz.

»Was ist, wenn er stirbt?«

»D-dann schenk ich dir einen anderen.«

»Ich will aber keinen anderen«, erklärte Brogan. »Ich will Tiger.«

Er sah zu, wie Roly den Vogel in einen der Nistkästen setzte, und sagte: »Es tut mir so leid.«

»Es war nicht deine Sch-schuld.«

In einem der Nachbarkäfige brüteten zwei Zebrafinken. Ihr stumpfbraunes Gefieder hatte fast die gleiche Farbe wie der Sand, in den sie sich verängstigt hineindrückten. Sie sahen Brogan mit Augen an, die so klein waren, daß er sich kaum vorstellen konnte, daß dies wirklich Augen waren. Nicht einmal Insekten haben so winzige Augen, dachte er. »Sie passen viel besser auf Ihre Vögel auf als Mr. Moranti.«

»D-darum bleiben m-meine am Leben und seine n-nicht«, sagte Roly, griff mit einer Hand in einen Käfig und nahm eine Weißkopfnonne heraus. Er ließ sie in Brogans Hände gleiten und beobachtete, wie der Junge den Vogel sehr sanft streichelte. »W-was hat Moranti denn mit der Gouldamadine angestellt?«

Brogan dachte an die hohe Glaskuppel und die eiskalte Luft, die von dort oben eingedrungen war. »Er hat sie im Zug stehengelassen.«

»D-dacht ich mir sch-schon.«

»Aber jetzt haben sie das Dach gerichtet«, berichtete Brogan. »Viele von den Händlern haben sich beschwert, weil's reingeregnet hat.«

Roly nahm ihm den Vogel wieder ab und setzte ihn in den Käfig zurück.

»Ich b-bin froh, d-daß du wiedergekommen b-bist«, sagte er. »Ich m-mag dich, Brogan.«

»Ich mag Sie auch«, sagte Brogan, und Roly berührte leicht seine Wange, streichelte sie so zart, daß seine Fingerspitze sich wie eine Feder auf Brogans Haut anfühlte.

20

Parker hielt vor dem Tor zum Vogelgarten. Rechts lag das leere Grundstück. Er konnte sich an eine Zeit erinnern, als hier überall Häuser gestanden hatten, und er fand es merkwürdig, daß einige Häuserzeilen niedergerissen worden waren, während andere noch standen. Er konnte nur vermuten, daß die Stadt bei ihren Räumungsaktionen auf Schwierigkeiten gestoßen war. In manchen Fällen war es wahrscheinlich einfacher gewesen zu warten, bis die Mieter oder Eigentümer auszogen oder starben – die vielen vereinzelten Abrißgrundstücke zeugten davon, daß die Stadt jede sich bietende Gelegenheit ergriff, die Häuser abzureißen, ohne Entschädigung zahlen zu müssen.

Warrender hatte ihm berichtet, daß der Garten in eine Voliere umfunktioniert worden war, er war daher auf den Maschendraht vorbereitet, der sich vom Zaun zum Dach des Hauses spannte. Dennoch fand er das, was er sah, als er jetzt näher kam, äußerst merkwürdig; das Haus selbst schien Teil der riesigen Voliere zu sein. Er konnte sich beinahe vorstellen, wie die Zimmer oben aussahen. Sollte sich die Gelegenheit bieten, so würde er sie sich auf jeden Fall ansehen; sollte das nicht gehen, würde er sich damit zufriedengeben müssen, diesen Roland Barnes genauestens unter die Lupe zu nehmen.

Das Tor war mit einer Kette gesichert, aber nicht abgesperrt. Er zog die Kette durch, stieß das Tor auf und lief geradewegs in das Netz, das vom Maschendraht herabhing. Es flog ihm völlig unerwartet ins Gesicht und verfing sich in den Knöpfen seines Jacketts, als er sich befreien wollte. Einen Moment lang kam er sich vor wie ein zappelndes Insekt in einem Spinnennetz. Vor Ärger und unterdrückter Panik schlug er heftig gegen das Nylongewebe.

Sobald er frei war, tauchte er darunter hindurch in den Garten und blieb stehen, um sich alles genau anzusehen. Es gruselte ihn plötzlich. Er war kein Mensch, der sich leicht bange machen ließ. Es gab kaum eine finstere Gasse in Manchester, in die er sich als Polizist nicht irgendwann hatte hineinwagen müssen, und oft hatte in der Finsternis, die ihn dort einschloß, das Unbekannte gelauert, aber als er jetzt diesen Vogelgarten sah, spürte er, daß er es mit etwas Unbekanntem von anderer Art zu tun hatte.

Der Himmel über ihm war weit und klar, und die Bäume standen in großen Abständen voneinander, so daß er sehen konnte, was sich hinter ihnen befand, und doch ergriff ihn beinahe augenblicklich das Gefühl, daß er hier nie wieder herauskommen würde. Er wußte, daß er nur umzukehren, unter dem Netz hindurch zum Tor hinauszugehen brauchte, um hier wegzukommen. Aber das Gefühl blieb. Und als er eine Gestalt aus dem Schuppen treten sah, verstärkte es sich noch. Das war Byrnes Kontaktmann. Parker hätte es nicht beschwören können, aber der Mann sah dem auf dem Video aus der Buchhandlung sehr ähnlich.

»Roland Barnes?« sagte er.

Roly nahm einen Besen, der am Schuppen lehnte.

»Superintendent Parker, Kriminalpolizei«, sagte Parker und zeigte seinen Dienstausweis. »Ich ermittle im Fall eines verschwundenen ...« Ein kleiner Junge erschien an der Tür des Schuppens, und erschrocken brach Parker mitten im Satz ab. »... eines verschwundenen Jungen«, vollendete er.

Roly begann mit langsamen, systematischen Bewegungen das Gehege auszufegen.

»Ich werde Sie nicht lange stören«, sagte Parker. »Ich muß Sie nur einen Moment sprechen.«

Roly ignorierte ihn und fegte weiter; das Geräusch des Besens klang rhythmisch, aufdringlich, höhnisch.

»Mr. Barnes, würden Sie einen Moment aufhören zu kehren!«

Roly lehnte den Besen an eine Mauer, griff zu Kehrschaufel und Handfeger und machte weiter.

»Mr. Barnes, würden Sie damit aufhören!«

»Ich b-b-bin gleich f-fertig«, sagte Roly.

Parker verlor plötzlich die Geduld. »Sofort!« schrie er.

Die Vögel erhoben sich in Scharen, doch so schnell sie in die Höhe geflattert waren, ließen sie sich wieder nieder, und alles war still.

»Sofort«, wiederholte Parker ruhig.

Roly legte Kehrschaufel und Handfeger beiseite, und

Parker musterte den Jungen mit einem aufmerksamen Blick, ehe er zum Haus wies. »Drin.«

Sie traten in die Küche. Der Gestank nahm Parker fast den Atem. Es war der gleiche Geruch wie im Garten, nur war er hier viel stärker, und kein frischer Luftzug milderte ihn. Aber Parker bemühte sich, seinen Ekel nicht zu zeigen, als er sagte: »Das ist ja eine tolle Voliere da draußen.«

Roly ging schweigend voraus ins hintere Zimmer.

Parker musterte den Raum in all seinen Einzelheiten, den Möbeln, den offenen Fenstern, den Vögeln, den Vorhangstangen und den Türen. »Ich nehme an, Sie züchten sie.«

Roly nickte als Antwort.

»Verkaufen Sie sie auch?«

Wieder ein Nicken.

»An wen?« fragte Parker und trat ans Fenster, um frische Luft zu schnappen, die allerdings kaum angenehmer war.

»An alle m-möglichen L-leute«, antwortete Roly, und Parker vermutete, daß sein Widerstreben, mehr als das Nötigste zu sagen, auf seine Sprachstörung zurückzuführen war.

Draußen kam vorsichtig der Junge aus dem Schuppen. Schlich sich hinaus, dachte Parker. Er hätte gern gewußt, wer der Kleine war.

Als er sich vom Fenster abwandte, sah er Roly in der Küchentür stehen und ihn beobachten. Parker wußte nicht recht, was er von ihm halten sollte: Jeder, der in soviel Dreck lebte, hätte doch eigentlich selbst vor Dreck starren müssen. Aber dieser Mann nicht.

Parker zog ein Foto von Gary heraus und sagte: »Das ist Gary Maudsley, ein Junge aus der Umgebung, der vor zwei Wochen verschwunden ist.«

Roly nahm das Foto.

»Kennen Sie ihn?«

Roly schüttelte den Kopf und gab das Foto zurück.

Eine Bewegung draußen im Gehege erregte Parkers Aufmerksamkeit. Er wandte den Kopf und sah den Jungen wieder in den Schuppen gehen. »Wer ist der Kleine?« fragte er.

»W-weiß nicht«, antwortete Roly, und Parker hatte den Eindruck, daß es für ihn ein Kampf war, auch nur die einfachste Antwort herauszubringen. Der Mann tat ihm plötzlich leid, und er wurde etwas freundlicher. »Lassen Sie sich nur Zeit«, sagte er.

Roly fügte hinzu: »Er w-war plötzlich d-da und hat g-gefragt, ob er die V-vögel anschauen d-darf.«

»Das kommt sicher häufiger vor«, meinte Parker. »Daß Kinder hier aufkreuzen und sich die Vögel ansehen wollen.«

Roly nickte.

»Aber Gary war nicht hier.«

Wieder Kopfschütteln.

»Mr. Barnes«, sagte Parker, vom Fenster wegtretend, »kennen Sie einen Mann namens Douglas Byrne?«

»Ja.«

»Wann haben Sie ihn das letztemal gesprochen?«

»H-heute.«

»Und wo?«

»Hier.«

Parker hatte nicht erwartet, daß der Mann so offen sein würde. »Warum war er hier?«

»Er w-wollte G-geld leihen.«

»Wozu?«

»Hat er n-nicht g-gesagt.«

»Ist er ein Freund von Ihnen?«

»N-nicht richtig.«

»Wie kam er dann auf den Gedanken, daß Sie ihm Geld leihen würden?«

»Er b-brauchte es g-ganz dringend – hat's b-bei allen v-versucht, die er k-kennt.«

»Und woher kennen Sie ihn?«

Roly wies auf die Häuser gegenüber. »Er hat m-mal in einem l-leerst-stehenden Haus in d-der Roumelia Road g-gewohnt.«

Draußen im Gehege trat der Junge mit einem kleinen Plastikbeutel in der Hand aus dem Schuppen. Die Enden des Beutels waren verknotet, und Parker sah dem Jungen zu, wie er die Knoten öffnete, seine Hand in den Beutel tauchte und die Körner auf den Boden streute. Sehr geschickt war er nicht dabei, die Körner bildeten kleine Häufchen am Boden. Ein paar Vögel flatterten hinunter, aber die meisten blieben, von seinen hastigen, unsicheren Bewegungen verschreckt, in den Bäumen und beobachteten ihn.

»Und wann haben Sie Byrne davor – also abgesehen von heute – zuletzt gesehen?«

Die Antwort kam wie aus der Pistole geschossen. »V-vor ein p-paar Tagen.«

»Wo?«

»In einer B-buchhandlung«, sagte Roly. »Z-zufällig.«

War das die Wahrheit? fragte sich Parker. Oder war das Treffen vorher vereinbart gewesen? »Und wieso hat er Sie da nicht schon um Geld gebeten?«

»Hat er ja.«

»Und Sie haben abgelehnt.«

»I-ich hab k-kein G-geld«, sagte Roly. »I-ich hab g-gesagt, daß ich ihm n-nicht helfen k-kann.«

Einleuchtend, dachte Parker. Vielleicht hatte Byrne die Buchhandlung deshalb so abrupt verlassen. »Aber er hat Ihnen offensichtlich nicht geglaubt?«

»B-bitte?«

»Weshalb wäre er heute hergekommen, wenn er Ihnen geglaubt hätte – daß Sie kein Geld haben, meine ich.«

»I-ich w-weiß nicht.«

Der Junge kauerte sich vor einen Vogel und hielt ihm die offene Hand mit einem Häufchen Körner hin. Von hier aus konnte man von dem Vogel nur das sandfarbene Rückengefieder erkennen, aber Parker interessierte sich ohnehin mehr für den Jungen. »Na schön, wenn Ihnen noch irgendwas einfällt, was für mich von Interesse sein könnte, oder wenn Byrne wieder vorbeikommen sollte ...«

»D-dann m-meld ich mich«, sagte Roly.

Als Parker die Haustür öffnete, flog der Fink erschreckt davon, und Brogan verfolgte seinen Flug.

Parker ging zu ihm. »Du kennst dich ja anscheinend aus mit ihnen«, sagte er.

Der Fink war nur noch ein Punkt in einem der Bäume. »Sie haben Angst vor mir«, sagte Brogan. »Sie sind mich noch nicht gewöhnt.«

Er hatte eine helle Kinderstimme, in der eine Schwingung lag, die in Parker das Gefühl weckte, den Kleinen beschützen zu müssen. »Wie heißt du, mein Junge?«

»Brogan«, sagte er schüchtern.

»Und weiter?«

»Healey«, sagte Brogan.

»Und wo wohnst du?«

»In der Arpley Street.«

Mit einem warnenden Ton in der Stimme sagte Parker: »Du bist weit weg von zu Hause, Brogan.«

Die Bemerkung schien nicht anzukommen, und Parker überlegte, wie er den Jungen am besten von hier weglotsen konnte, um mit ihm alleine zu sprechen.

»Weißt du was«, sagte er, »Mr. Barnes hat im Moment einiges zu tun. Wie wär's, wenn ich dich nach Hause fahre, hm?«

Roly nickte ganz leicht, als wollte er sagen, daß Brogan Parkers Vorschlag annehmen solle.

»Okay«, sagte Brogan, und Parker nahm ihn mit hinaus, hob das Netz an, so daß sie beide darunter hindurchschlüpfen konnten, und zog das Tor hinter ihnen zu.

Brogan fand Parkers Auto enttäuschend. Es war das erste Mal, daß er ein Polizeiauto von innen sah, aber außer dem Funkgerät war da nichts, was es von einem anderen Pkw unterschieden hätte. Er hatte mehr erwartet.

»Schnall dich an«, sagte Parker, Brogan gehorchte und legte den Gurt an, während Parker den Motor anließ und auf die Roumelia Road bog.

Links zog das Abrißgrundstück vorüber. In den Wochen, seit Brogan es das erste Mal gesehen hatte, war dort eine dreiteilige Couchgarnitur abgestellt worden. Dahinter lag mit dem Fahrgestell nach oben das Wrack eines ausgebrannten Autos. Sitze und Lenkrad waren herausgerissen, das Metall war rußgeschwärzt.

»Kennst du Roly schon lange?« erkundigte sich Parker leichthin.

»Nein«, antwortete Brogan.

»Und woher kennst du ihn?«

»Von Mr. Moranti.«

»Mr. Moranti?«

»Ja, bei dem arbeite ich. In der Markthalle.«

»Du scheinst mir noch ein bißchen jung zu sein, um zu arbeiten«, meinte Parker.

»Nur samstags«, sagte Brogan.

»Ach so«, sagte Parker, der sich das schon gedacht hatte, es aber aus dem Mund des Jungen hatte hören wollen. »Na, hoffentlich bezahlt er dich ordentlich.«

»Drei Pfund am Tag«, sagte Brogan, und Parker hörte gerührt, welch kindlicher Stolz mitschwang.

»Nicht schlecht«, sagte er.

»Genau. Einer von meinen Freunden hat behauptet, er kriegt zwanzig, aber das glaub ich nicht.«

»Da hast du recht«, sagte Parker. »Nicht einmal ich kriege zwanzig Pfund am Tag.«

»Ehrlich nicht?«

»Ehrlich«, versicherte Parker. Wenn man Steuern, Versicherung und alles andere rechnete, was ihm von seinem Gehalt abgezogen wurde, war es nicht weit von der Wahrheit entfernt.

Er nahm eine Hand vom Lenkrad und zog das Foto von Gary Maudsley aus der Tasche. »Hast du den Jungen schon mal gesehen?« fragte er und gab Brogan die Aufnahme.

Brogan sah sie sich an. »Nein. Warum?«

»Er ist verschwunden«, sagte Parker.

»Ist er durchgebrannt?«

Lieber Gott, ich hoffe es von Herzen, dachte Parker. »Möglich«, antwortete er.

»Ist er ein Freund von Roly?«

Parker antwortete vorsichtig: »Roly hat gesagt, er kennt ihn nicht.«

»Und warum haben Sie Roly dann gefragt, ob er ihn gesehen hat?«

»Wir fragen überall herum«, erklärte Parker.

Brogan gab ihm das Foto zurück. »Und was glauben Sie, daß ihm passiert ist?« fragte er.

»Wir wissen es nicht«, antwortete Parker. »Genau das versuchen wir herauszubekommen.«

Sie kamen in ein Gebiet mit kleinen Werkstätten und Geschäften, die längst Pleite gemacht hatten. Die Höfe und Häuser waren leer und verwahrlost. Parker schwieg den Rest der Fahrt und hielt den Wagen schließlich vor dem Haus an, zu dem Brogan ihn geführt hatte.

Als er den Motor abschaltete, sah er Brogan an und sagte plötzlich sehr ernst: »Ich hab einen Sohn, der ungefähr in deinem Alter ist, und ich sag dir eines, Brogan, wenn der sich da unten in dem Garten rumtreiben würde, wär's mir gar nicht recht.«

»Warum nicht?«

Parker hatte Mühe, es dem Jungen zu erklären. Er konnte schließlich nicht einfach sagen, er hätte ›so ein Gefühl‹. Außerdem war er selbst noch nicht sicher, was ihn an Roly eigentlich beunruhigte. »Es ist für einen Jungen in deinem Alter nicht gut, sich mit wildfremden Männern anzufreunden. Verstehst du mich, Brogan? Verstehst du, was ich sagen will?«

Als Brogan aus dem Wagen stieg, fragte Parker: »Sind deine Eltern zu Hause?«

»Ich hab nur einen Vater.«

»Dein Vater also.«

»Was wollen Sie von meinem Vater?«

»Nur mal kurz mit ihm reden«, antwortete Parker und gab sich alle Mühe, dem Jungen keine Angst zu machen.

»Ich hab nichts angestellt.«

»Das hat auch niemand behauptet.«

»Er ist nicht da.«

»Wo ist er?« fragte Parker, aber Brogan antwortete nicht.

Er beschloß, den Jungen nicht zu drängen. Er würde wiederkommen, und er würde so lange nicht lockerlassen, bis er sich Brogans Vater angesehen hatte, und er würde ihn wissen lassen, daß man seinen Sohn in Rolys Vogelgarten aufgelesen hatte. Fürs erste verabschiedete er den Jungen mit der Bemerkung: »Es ist besser, du gehst nicht mehr zu Roly. Geh da nicht mehr hin.« Aber Brogan schlug nur die Wagentür zu. Auf dem Weg zum Haus zog er einen Schlüssel an einer Schnur aus seiner Tasche.

Parker fühlte sich plötzlich um Jahre zurückversetzt. Er stand wieder in Julie Coynes kleiner Wohnung und griff nach dem Schlüssel an der Schnur, den sie ihm mit den Worten reichte: »Das ist der Zweitschlüssel. Den anderen trägt Joey immer um den Hals.«

Noch unruhig vom Besuch der Fremden, schwirrten die Vögel in Schwärmen durch das Gehege. Oft blieben sie wochenlang ungestört, ohne einen anderen Menschen zu sehen als Roly, der nichts Beunruhigendes an sich hatte. Es sei denn er jagte sie, wie jetzt, mit einer Hand, die wie die Zunge einer Eidechse, die Fliegen fängt, blitzschnell zuschlug. Es war unglaublich anzusehen: die blitzartige Bewegung, routiniert und grausam zugleich, die Geschwindigkeit, mit der er einen Vogel mitten im Flug schnappen konnte, die sanfte Behutsamkeit, mit der er ihn einen Moment in der Hand hielt – und dann die Entscheidung. Manchmal ließ er das zu Tode geängstigte Geschöpf wieder frei. Manchmal, wie jetzt, brach er ihm das Genick und warf es in den Karton.

21

Als Parkers blauer Wagen vor dem Haus hielt, kam Mrs. Maudsley heraus, um ihn zu begrüßen. Es war, als hätte sie am Fenster gestanden und gewartet, dachte Parker und wünschte, er könnte ihr bessere Nachricht bringen als nur beschwichtigende Worte.

Sie sah schlecht aus; in den letzten zwei Wochen schien sie um Jahre gealtert.

»Nichts Neues«, sagte er und wußte, daß sie darüber ebenso enttäuscht wie erleichtert sein würde. Wenigstens war er nicht gekommen, um ihr zu sagen, daß Gary tot war.

»Joseph Coyne ist also gefunden worden?« sagte sie.

»Ja«, antwortete Parker.

»Und er ist es, ganz sicher?«

»Ja«, sagte Parker wieder. »Ganz sicher.«

Sie sah sehr abgehärmt aus, und er legte einen Arm um ihre Schultern. »Das heißt noch lange nicht, daß Gary tot ist, Mrs. Maudsley.«

»Warum sind Sie gekommen?«

»Ich wollte nur mal nach Ihnen sehen, wie es Ihnen geht.«

»Na schön, jetzt haben Sie's gesehen«, sagte sie.

»Ich weiß, daß es schwer ist.«

»Was *tun* Sie eigentlich?«

Alles, was in unserer Macht steht, dachte Parker, aber er sagte nur: »Gary hatte doch einen Vogel, oder nicht?«

Er folgte ihr ins Haus und wartete, während sie sich bückte, um mit einem Stück gefaltetem Papier das Gas anzuzünden. Das Gitter vor der Flamme wurde rußig, und das Papier zu Aschenflocken, die flüchtig in die Luft hinaufschwebten, ehe der Funke, der sie trug, erlosch.

»Ja, und?«

»Was für einen Vogel?«

Sie richtete sich auf. Die Füße unter den geschwollenen Knöcheln wirkten sehr klein. »Keine Ahnung«, antwortete sie. »Irgendwas Ausgefallenes.«

»Könnten Sie den Vogel beschreiben?«

»Klein war er, daran erinnere ich mich. Er konnte ihn in einer Hand verstecken. So.« Sie streckte ihre von der Arthrose verformte Hand aus und krümmte mühsam die Finger.

Parker sah, daß der Vogel sehr klein gewesen sein mußte. »Welche Farbe hatte er?« fragte er.

»Grün«, sagte sie.

»Nur grün?«

»Ja, grün von oben bis unten, wie ein Blatt. Sogar der Schnabel war grün.«

Parker war enttäuscht. Das klang nicht gerade exotisch.

»Wie so ein kleiner grüner Kanarienvogel«, fügte sie hinzu.

»Woher hatte er ihn?«

»Aus einem Tiergeschäft.«

»Wo?«

»In der Tib Street.«

Die Tib Street mit ihren vielen Tierhandlungen gab es nicht mehr. Parker versuchte behutsam, sie in die Gegenwart zu holen. »Sind Sie sicher?« sagte er. »Es kann nicht die Tib Street gewesen sein, Mrs. Maudsley. Er muß den Vogel woanders gekauft haben.«

»Ich wüßte nicht, wo sonst. Höchstens …«

»Ja?«

»Er hatte mal eine Zeitlang einen Job, unten in der Markthalle.«

Die Temperatur fiel schlagartig, zumindest schien es Parker so. Er fühlte sich wie in eiskaltes Wasser getaucht. »Wie lange ist das her?«

»Das war letztes Jahr Weihnachten. Dann ist er auf einmal nicht mehr hingegangen. Er hat gesagt, er hätte es satt, seine Samstage damit zu vertun, Vogelkäfige saubertzumachen.«

Sie ging zu einem niedrigen Tisch in die Ecke des Zimmers. Darauf stand ein Usambaraveilchen in dem tiefen Violett, das Parker immer an Meßgewänder erinnerte, und darunter lagen mehrere Zeitschriften durcheinander. Sie bückte sich, zog sie heraus und mit ihnen ein Buch, das sie Parker hinhielt. Er nahm es und schlug es auf. Es war ein Buch aus der Bibliothek, die Rückgabe lange überfällig.

»Ich hab ihm dauernd gesagt, er soll's zurückbringen, aber er hat's nie geschafft.« Ihre Stimme verriet ihr schlechtes Gewissen, und Parker, der fand, sie hätte Sorgen genug, beruhigte sie: »Ich hab auch ein Bibliotheksbuch zu Hause – ich hab's schon so lange, daß ich mein Haus verpfänden müßte, wenn ich's zurückbringen würde.«

Sie lächelte, aber sofort brach dieses Lächeln ab, als wäre ihr plötzlich eingefallen, daß ihr Enkel vermißt wurde, daß im Augenblick nichts komisch war, daß vielleicht nie wieder etwas komisch sein würde. Sie nahm ihm das Buch aus der Hand und blätterte darin herum, bis sie die Abbildung eines Vogels gefunden hatte, wie Gary einen gehabt hatte. »So einen«, sagte sie und gab Parker das Buch zurück.

Parker betrachtete die Abbildung. Sie zeigte einen grünen Finken.

»Eine Art Grünfink«, sagte Mrs. Maudsley. »Niedlicher kleiner Kerl.«

»Kann ich das Buch mitnehmen?« fragte Parker.

Sie hörte nicht zu; sie dachte an damals, als sie dem Jungen gesagt hatte, er solle das verdammte Piepsding wegbringen. »Was?«

»Ob ich das Buch mitnehmen kann.«

»Es gehört der Bibliothek.«

»Da machen Sie sich mal keine Sorgen – das erledige ich.«

Er ging hinaus und stieg in seinen Wagen. Mrs. Maudsley schloß die Tür und zog sich in der Annahme, daß Parker wegfahren würde, ins Haus zurück. Aber er fuhr nicht weg. Nicht gleich. Er blätterte in dem Buch, bis er die Seite mit der Abbildung des Finken fand. Unter dem Bild las er:

›Es gibt dreizehn verschiedene Arten von Darwinfinken, die sich hauptsächlich in der Form ihrer Schnäbel und in der Art ihrer Ernährung unterscheiden.‹

Er blätterte um und erfuhr, daß *Geospiza magnirostris* einen kräftigen Schnabel hatte, mit dem er die Körner zermalmte, während *Certhidea olivacea* den Schnabel eines insektenfressenden Vogels besaß.

Parker interessierte sich einen Dreck für *Geospiza magnirostris* und *Certhidea olivacea*; keiner von beiden war grün, keiner von beiden glich dem Vogel, den Gary Maudsley gehalten hatte. Gary hatte einen *Camarhynchus par-*

vulus gehabt, und Parker versuchte sich vorzustellen, wie er diesen lateinischen Zungenbrecher bewältigt hatte. Er hatte es wahrscheinlich gar nicht erst versucht. Vermutlich hatte er ihn einfach Grünfink genannt und es damit gut sein lassen.

Er schlug das Buch zu, ließ den Motor an und fuhr los. Während er die Straße hinauffuhr dachte er, daß Gary wahrscheinlich versucht hatte, sich den Vogel in seiner natürlichen Umgebung vorzustellen. Und daß es ihm wahrscheinlich nicht gelungen war. Wie Parker hatte Gary sicher nichts weiter über die Galapagos-Inseln gewußt, als daß sie, wie die Vögel, die dort lebten, ausgesprochen exotisch waren.

Parker drängte sich durch das Menschengewühl, das am späten Nachmittag in der Markthalle herrschte, und trat in den Basar, wo Moranti auf einem großen Weidenkorb saß. »Mr. Moranti?« sagte er.

Moranti stand auf. Parker war nicht der Typ von Leuten, die üblicherweise zu ihm in den Laden kamen, und er wußte instinktiv, daß dies kein potentieller Kunde war.

Parker zückte seinen Dienstausweis. »Superintendent Parker, Kriminalpolizei.«

Moranti beobachtete ihn mißtrauisch, während er sich im Basar umsah.

»Sie haben da ja ein großes Sortiment an Vögeln.« Er musterte die Käfige. »Woher beziehen Sie sie?«

Moranti antwortete erst, nachdem er einen Moment überlegt hatte. »Von überall.«

Scheinbar verblüfft über diese Auskunft, sagte Parker: »Wo überall?«

»Na, überall aus England eben«, sagte Moranti.

»Überall aus England?« wiederholte Parker, als hätte er soeben ein großes Geheimnis erfahren. »Man kann diese Vögel in unserem Klima züchten?«

»Man kann sie überall züchten, wenn man sich auskennt.«

»Es macht sicher einen Haufen Arbeit, sich um die vielen Vögel zu kümmern.«

»Manchmal, ja.«

»Hilft Ihnen jemand?«

»Samstags hilft ein Junge mit.«

Parker gab sich plötzlich nachdenklich, als wäre ihm diese Information neu und er müßte sie sich erst einmal durch den Kopf gehen lassen. »Ein Junge, aha.« Und dann sagte er, als hätte er Mühe, sich an Einzelheiten zu erinnern: »Warten Sie mal ... Hatten Sie nicht vor einiger Zeit so einen relativ kleinen Jungen mit hellbraunen Haaren hier?«

Er konnte nicht sagen, ob Moranti es plötzlich mit der Angst zu tun bekam oder nur verunsichert war, weil er nicht wußte, wohin dieses Gespräch führte. »Doch«, gab er zu.

»Wie hieß er?«

Morantis Stimme war kaum vernehmbar. »Gary Maudsley.«

»Wissen Sie, daß Gary vor zwei Wochen spurlos verschwunden ist?«

Die Stimme wurde noch leiser. »Ja.«

»Aber Sie haben sich nicht mit der Polizei in Verbindung gesetzt.«

»Nein.«

»Warum nicht?«

»Ich hab das nicht für wichtig gehalten.«

Während Parker das noch verdaute, begannen zwei der Vögel sich mit schrillem Geschrei zu zanken und dabei zornig mit den Flügeln gegen die Käfigstangen zu schlagen. »Sie haben es nicht für wichtig gehalten?« wiederholte er.

»Nicht für relevant«, sagte Moranti.

»Relevant für wen?« fragte Parker.
»Für die Polizei.«
»Ich verstehe«, sagte Parker. Er sah in einen der Käfige, in dem ein Vogel mit roten Flügeln vorsichtig auf seiner Stange entlang hüpfte. Parker wies auf den Käfig und sagte: »Meinem Sohn würde so ein Vogel wahrscheinlich gefallen ...« Er wandte sich von dem Käfig ab und sah Moranti mit kühlem, fragendem Blick an. »Wieviel kostet er?«
Moranti, der genau wußte, daß Parker nicht die geringste Absicht hatte, einen Vogel zu kaufen, ihn jedoch unter Umständen in ernste Schwierigkeiten bringen konnte, antwortete nicht. Er ahnte schon, was als nächstes kommen würde. Parker sagte: »Hat bei Ihnen mal ein Junge namens Joseph Coyne gearbeitet?«
Moranti streichelte die Innenfläche seiner einen Hand mit den Fingern der anderen, als würde er einen Finken halten, dessen Gefieder er glättete.
»Mr. Moranti!« sagte Parker.
Die Finger hörten nicht auf zu streicheln.
»Hat Joseph Coyne bei Ihnen gearbeitet?«
Der unsichtbare Fink wurde jetzt von den Fingern gerupft. Parker stellte sich vor, wie die Federn zu Boden schwebten. »Kaufen Sie auch Vögel von Roland Barnes?«
Morantis Schweigen war Antwort genug, und Parker machte weiter. »Haben Sie Gary und Joseph mal in Rolys Gehege mitgenommen?«
»Nein«, sagte Moranti.
»Ganz sicher nicht?«
»Ich nehm meine Jungs nie mit zu Roly.«
»Warum nicht?«
»Weil ich sie hier brauche. Sie müssen auf den Laden aufpassen. Den Einkauf mache ich, nicht irgendein Junge, der mir samstags aushilft.«
Einer der Vögel attackierte die Wand seines Käfigs. Sein

Schnabel war kurz und kräftig, es hätte Parker nicht überrascht, wenn eine der Bambusstangen gesplittert wäre.

»Wen haben Sie zur Zeit als Aushilfe?«

»Einen Jungen namens Brogan«, antwortete Moranti, und wieder hatte Parker das Gefühl, als wäre die Temperatur plötzlich gefallen, als wäre schlagartig der Sommer dem Winter gewichen.

»Tja«, sagte Parker, und sein Ton war so kalt wie die Luft, die ihn trug, »dann wollen wir hoffen, daß dieser neue Junge nicht auch einfach – verschwindet, oder?«

»Was soll das heißen?«

Parker antwortete nicht. Er warf einen letzten Blick auf die Vögel, mit einer Miene, als sähe er weit mehr, als für das bloße Auge erkennbar war, dann verließ er den Basar.

Parker stellte den Wagen in einer Seitenstraße ab, wo er außer Sicht war, ehe er mit Warrender zu Byrnes Laden ging. Doch der war geschlossen.

Die Straßenlampen waren schon eingeschaltet, eine von ihnen warf ein gelbliches Licht auf Parkers Jackett, als er gegen die Tür trommelte. Im Zimmer über dem Laden blieb alles still, aber Parker hatte auch nicht erwartet, daß Byrne freundlicherweise genau dann ans Fenster kommen würde, wenn er ihn gern gesehen hätte. Dennoch hatte er das Gefühl, daß Byrne nicht bloß Verstecken spielte; er war wirklich nicht da.

Sie gingen um das Haus herum und fanden das Tor offen. Parker stieß es auf, sah Byrnes Lieferwagen und, direkt davor, den Kohlenbunker. Jedesmal zog dieser Bunker ihn magisch an, er wußte nicht, warum. Er hatte ihn bereits abgesucht und nichts gefunden; trotzdem nahm er ihn sich jetzt wieder vor.

Die gleiche glitzernde Schwärze. Die gleichen rußigen Wände.

»Was meinen Sie?« fragte Warrender.

»Er ist von hier, hier geboren und hier aufgewachsen. Er kennt jeden Winkel – weiß der Himmel, wo er ist.«

»Ich werd mal seine Angehörigen überprüfen.«

Parker kannte Byrnes Geschichte besser als die Warrenders und wußte, daß selbst seine nächsten Verwandten ihn nach seiner Verurteilung aus ihrem Leben gestrichen hatten. »Sparen Sie sich die Mühe«, sagte er.

Er machte den Deckel des Bunkers zu und zog sich dabei an der rissigen Kante einen Spreißel ein. Während er ihn herauszog und den Blutstropfen aufsog, der aus der Wunde quoll, dachte er daran, was er heute früh draußen in dem Vogelgarten gesehen hatte, und sagte sich, es sei gescheiter, seine Leute auf Roland Barnes anzusetzen als auf Douglas Byrne. »Byrne ist untergetaucht«, sagte er. »Er wird schon wieder auftauchen.«

22

Parkers Schlaf war von Träumen unterbrochen worden, in denen er seinen jüngeren Sohn in Rolys Garten gefunden hatte. Solche Träume waren nichts Neues. Seit er bei der Polizei war, hatte er immer wieder von Familienmitgliedern als Opfern von Verbrechen geträumt, und da er wußte, daß andere Beamte das gleiche unangenehme Phänomen erlebten, nahm er an, daß das normal sei. Dennoch wünschte er, es gäbe eine Technik, um dem ein Ende zu machen, und beschloß, einmal mit Hanson darüber zu sprechen. Im Moment jedoch wollte er sich vom Zweck ihres Zusammentreffens nicht ablenken lassen: Hanson hatte inzwischen Gelegenheit gehabt, sich Byrnes Akte anzusehen, und Parker war gespannt, seine Meinung zu hören.

Er holte ihn unten ab und machte auf dem Weg zu seinem Büro ein wenig Konversation, obwohl ihm das unter den Umständen schwerfiel. »Und – haben Sie die Pension ohne Probleme gefunden?«

»Ja.«

»Zufrieden?«

»Ja.«

»Gut«, sagte Parker abrupt, und Hanson merkte, daß Parkers Fragen reine Höflichkeit gewesen waren. In Wirklichkeit wäre es ihm ziemlich egal gewesen, wenn Hanson unter einer Eisenbahnbrücke geschlafen hätte. Hauptsache, er hatte die Akte gelesen und würde einige hilfreiche Beobachtungen zu den Ermittlungen beisteuern können. Auf Parkers Aufforderung hin zog Hanson sich einen Sessel heran, und Parker kam, wie erwartet, sofort zur Sache.

»Also, wie sieht's aus?«

»Schwer zu sagen«, antwortete Hanson. »Ich habe Byrnes Akte gelesen, aber ich habe nicht mit ihm gesprochen, und selbst wenn – Sie wissen, daß die Kriminalpsychologie keine exakte Wissenschaft ist und ...«

»Was meinen Sie, ist Byrne unser Mann oder nicht?« unterbrach Parker schroff, und alles, was Hanson hatte sagen wollen, löste sich in Luft auf.

Er hatte gehofft, Parker auf seine Schlußfolgerungen vorbereiten zu können, weil er sicher war, daß sie dem Superintendenten nicht gefallen würden. Er hatte zunächst erklären wollen, daß er die Vernehmungsprotokolle im Hinblick auf Byrnes Charakter gelesen hatte. Alles, was er erkennen konnte, war ein verängstigter Mann, der eisern an seiner Geschichte festgehalten hatte: Er kenne Joey nicht, auch wenn er zugeben mußte, daß der Junge ihn am Morgen seines Verschwindens nach der Uhrzeit gefragt hatte. Byrne behauptete steif und fest, das sei reiner Zufall gewesen, und ein Gericht hätte wahrscheinlich diese Möglichkeit grundsätzlich eingeräumt. Eine alte, kurzsichtige

Frau hatte ausgesagt, sie habe gesehen, wie ein Junge, auf den Josephs Beschreibung passen *könnte*, in einen Lieferwagen gezerrt worden war, auf den die Beschreibung von Byrnes Fahrzeug passen *könnte*, aber *niemand* hatte beobachtet, daß Gary Maudsley in ein ähnliches Fahrzeug verfrachtet worden war.

Zwar hatte Byrne niemand angeben können, der sein Alibi bestätigen konnte, am Nachmittag von Garys Verschwinden in seinem Laden gewesen zu sein, aber der Junge war auch nicht in der Nähe des Ladens gesehen worden. Es gab also kaum einen Hinweis, um Parkers Vermutung zu stützen, Byrne habe bei der mutmaßlichen Entführung von Joseph Coyne die Hand im Spiel gehabt – eine reine Mutmaßung also.

Danach hatte Hanson auf das Material zu sprechen kommen wollen, das auf Informationen jüngeren Datums basierte. Seit Gary Maudsleys Verschwinden war Byrne rund um die Uhr überwacht worden, und die Polizei hatte einwandfrei nachweisen können, daß er vor ein paar Tagen in die alte Markthalle in der Stadtmitte gegangen war und danach in eine Buchhandlung, wo er einen Mann getroffen hatte. In der Buchhandlung war ein kleiner Junge gewesen, dessen Mutter sich nicht um ihn gekümmert hatte, so daß Byrne alle Gelegenheit gehabt hätte, sich an das Kind heranzumachen. Aber Byrne hatte diese Gelegenheit nicht genutzt. Soweit bekannt war, hatte er nach seiner Verurteilung keine weitere Straftat begangen, und angesichts von Byrnes erstem Fehltritt war Hanson zu der Überzeugung gelangt, daß der Mann trotz seines schwerwiegenden Vergehens nicht in die Kategorie gefährlicher Täter gehörte. Byrne hatte der Versuchung nachgegeben, ein Kind zu mißbrauchen, allerdings ohne es zu penetrieren, und er hatte nichts unternommen, um sicherzugehen, daß das Kind nicht verraten konnte, was er ihm angetan hatte.

»Ich warte«, sagte Parker.

Hanson beschloß, sich gar nicht erst die Mühe zu machen, seine Meinung zu verteidigen oder Parker von ihrer Stichhaltigkeit zu überzeugen. Er wollte diese Sitzung nur hinter sich bringen, um seine Koffer packen und für immer aus Manchester verschwinden zu können.

»Es gibt da einige Dinge, die wir nicht wissen«, sagte er. »Zum Beispiel, ob Joseph tatsächlich entführt oder sexuell mißbraucht wurde, aber wir nehmen es an.«

»Manchmal bleibt einem nichts anderes übrig, als sich auf Vermutungen zu stützen«, entgegnete Parker.

»Das soll keine Kritik sein, das ist eine Feststellung. Festzustellen ist ferner, daß wir im Augenblick nicht wissen, ob Gary Maudsley ein zweites Opfer ist.«

»Gut, und weiter«, sagte Parker ungeduldig.

»Wenn wir an diesen Vermutungen festhalten«, fuhr Hanson fort, »haben Sie es mit einer wahren Bestie zu tun, einer Person mit einer Geschichte sadistisch geprägter Sexualdelikte.«

»Den Rest brauchen Sie mir nicht zu erzählen«, sagte Parker. »Herkunft, Milieu, Rollenvorbilder, die Möglichkeit, daß der Mann als Kind selbst mißbraucht wurde, vielleicht sogar Vererbung – all diese Faktoren haben dazu beigetragen, den Mann zu dem zu machen, was er ist. Er ist jetzt Mitte bis Ende Dreißig, lebt allein ...«

»Sehr gut«, sagte Hanson.

»Und jetzt sagen Sie mir was, was ich nicht weiß«, verlangte Parker, und Hanson stellte sich gerade resigniert auf einen Sie-können-mir-doch-gar-nichts-erzählen-Vortrag ein, als Parker fortfuhr: »Ich bin seit fast vierzehn Jahren bei der Polizei. Ich habe nicht das erste Mal mit einem Verbrechen zu tun, das von einem Menschen begangen wurde, der offensichtlich unfähig ist, sich in andere Menschen einzufühlen, und der überhaupt kein Gewissen hat – einem Psychopathen.«

»Womit wir bei Byrne wären«, sagte Hanson und fragte sich, wie Parker reagieren würde. »Byrne ist kein Psychopath. Er ist nicht einmal gefährlich.«

»Versuchen Sie mal, das den Eltern des Jungen beizubringen, den er mißbraucht hat.«

»Er ist kein *Killer*«, sagte Hanson. »Sie suchen einen Killer, und Sie suchen jemanden, dem es eine perverse Lust bereitet hat, dieses Gerüst zu bauen; für den das Ritual des Tötens mindestens ebenso große Bedeutung besitzt wie der Akt selbst.«

»Ist das Ihre Meinung als Fachmann?« fragte Parker. »Sie sagen, Byrne ist kein Killer?«

»Es ist höchst unwahrscheinlich«, erwiderte Hanson. »Gewiß, er ist pädophil, und bei der Pädophilie geht es wie bei der Vergewaltigung um Macht und nicht um Sex, aber Byrne gelüstet es nicht nach dem, was viele als höchste Macht betrachten – die Macht, einem anderen Menschen das Leben zu nehmen. Im Gegenteil, er scheint in der Lage zu sein, sich mit Bildern von Kindern zufriedenzugeben, die Sie selbst als harmlos beschrieben haben. Denken Sie darüber mal nach.«

Parker dachte darüber nach. Er dachte auch an den Garten, die Vögel, den Jungen, der bei Roly gewesen war. Byrne hatte ihn immer angeekelt, aber unheimlich war er ihm nie gewesen. Dieses Vogelgehege hatte Grauen bei ihm ausgelöst und einen Traum heraufbeschworen, in dem sein jüngster Sohn tot auf einem Gerüst gelegen hatte.

»Ich hatte einen Traum«, sagte er.

Hanson spürte die feine Veränderung, die mit Parker vorgegangen war. »Es ist nicht leicht, sich mit einem solchen Fall befassen zu müssen.«

Parker sah auf. Seine Augen waren blutunterlaufen vom stundenlangen Starren in die Dunkelheit nach dem Erwachen. »Und Sie? Wovon träumen Sie nachts?«

Von den einfachen Dingen, dachte Hanson, von einem Haus, einer Frau, einem Kind – aber das Kind ist niemals meines, und das Haus ist im Begriff einzustürzen. Er hatte erwartet, daß Parker sich wie ein Wilder wehren, seine Position verteidigen und versuchen würde, ihm klarzumachen, daß er nicht nahezu fünf Jahre daran gehängt hatte, gegen jemanden zu ermitteln, nur um dann hören zu müssen, daß es sinnlos gewesen sei. Aber Parker tat nichts dergleichen.

»Diese Macht«, sagte Parker, »diese Begierde, über andere Lebewesen Macht auszuüben ...« Er dachte an die Vögel, so klein, so wehrlos, und stand langsam auf. Hanson erhob sich mit ihm wie auf geheimen Befehl. »Kommen Sie mit«, sagte Parker. »Ich möchte Ihnen was zeigen.«

Von ihrem Aussichtspunkt auf dem Abrißgrundstück hatten Parker und Hanson freien Blick auf das Tor zu Rolys Garten. Die Kette, die die beiden Torflügel zusammenhielt, war glanzlos, ihre Glieder begannen zu einem tiefen Blutrot zu oxidieren.

Sie standen bei dem ausgebrannten Autowrack. Einziger Farbspritzer in der tristen Umgebung war das beinahe gewalttätige Gelb der riesigen Bauschuttcontainer, und nicht weit von der Stelle, wo sie standen, suchte ein halbverhungerter Vogel vergeblich nach Futter.

Parker hatte zwar genug Phantasie, aber ihm fehlten die Worte, um anschaulich zu beschreiben, was er in diesem Gehege empfunden hatte; dennoch war seine Schilderung so lebhaft, daß Hanson mehr als nur einen vagen Eindruck davon bekam, was sich hinter diesem Tor befand. Auch über den Basar sprach er und die Verbindung, die er zwischen Moranti, Byrne und Roly sah. »Gary hat in der Markthalle gearbeitet. Brogan arbeitet jetzt dort. Byrne wurde gesehen, wie er vor seinem Treffen mit Roly in der Buchhandlung in die Markthalle ging, und einer meiner Leute folgte Roly nach der Zusammenkunft mit Byrne wiederum in die Markthalle.«

Parkers Bericht über Moranti und seinen Basar machte Hanson neugierig. Und er beunruhigte ihn; Moranti hatte zwar geleugnet, Joseph Coyne und Gary Maudsley zu Roly mitgenommen zu haben, aber er hatte unzweifelhaft Brogan dorthin mitgenommen. Es war daher wahrscheinlich, daß er auch die anderen beiden Jungen dorthin gebracht hatte.

»Lauter merkwürdige Zufälle, finden Sie nicht?«

»Doch«, antwortete Parker, »und bei unserer Arbeit halten wir nicht viel von Zufällen.«

Hanson beobachtete den Vogel, dessen Gefieder stumpf und zerrupft war. Er sah nicht so aus, als wäre er dem Basar oder der Voliere entflogen. Irgendwo, dachte Hanson, war ein Vogel mit einem prächtigen türkisfarbenen Gefieder gewesen. Eine Feder daraus war im Colbourne-Forst gelandet, und er hatte ihre Bedeutsamkeit nicht erkannt. Er erzählte Parker davon, der sagte: »Da liegen doch bestimmt massenhaft Federn rum.«

»Aber nicht solche«, entgegnete Hanson, und als er sie beschrieb, sah Parker die Feder plötzlich vor sich, wie sie sacht zu Boden schwebte.

Einen Moment schwiegen sie beide. Dann sagte Parker, verärgert über sich selbst: »Ich habe gestern meine Leute von Byrne abgezogen.«

»War das klug?«

»Meine Möglichkeiten sind nicht unbegrenzt, Hanson. Ich fand, die Männer, die ich derzeit zur Verfügung habe, wären besser eingesetzt, wenn sie den Garten überwachten.«

»Ich sehe aber niemanden.«

»Kann schon sein«, versetzte Parker und ließ seinen Blick zur Roumelia Road mit ihren verbretterten Fenstern und Türen hinüberschweifen, anstatt weitere Erklärungen zu geben.

»Ich an Ihrer Stelle«, sagte Hanson, »würde ihn ab sofort wieder überwachen lassen. Er hat Sie zu Roly geführt. Ich vermute, daß er, selbst wenn er nicht der Mörder ist, irgendwie mit dem Tod des Jungen zu tun hat, und wer weiß, wohin er Sie noch führt.«

Wie um sich selbst zu beruhigen, sagte Parker: »In weniger als vierundzwanzig Stunden kann nichts allzu Drastisches passiert sein. Sonst wüßte ich das.«

Hanson, dem haufenweise Dinge einfielen, die in weniger als vierundzwanzig Sekunden passieren konnten, verkniff sich den Hinweis, daß Byrne alles mögliche angestellt haben konnte: Er konnte zum Beispiel getürmt sein, ohne daß Parker es gemerkt hatte. Aber Parker wurde offensichtlich klar, daß es ein Fehler gewesen war, seine Leute von Byrne abzuziehen.

»Schade«, bemerkte Hanson, »daß Ihre Leute, als sie Byrne in die Markthalle gehen sahen, nicht beobachtet haben, ob er im Basar war.«

»Vielleicht war er gar nicht dort. Vielleicht hatten er und Roly mit Moranti vereinbart, ihn wie zufällig in einer der Imbißbuden zu treffen.«

»Wozu?«

»Sie sind der Kriminalpsychologe«, sagte Parker. »Wozu sollten sie sich treffen wollen?«

Hanson ersparte ihm eine Beschreibung des Netzwerks, das Pädophile aufbauten, um sich gegenseitig zu helfen und Informationen und obszönes Material auszutauschen. Er sagte: »Was haben Sie jetzt vor?«

Der Vogel hatte seinen ganzen Mut zusammengerafft und scharrte nun nur ein paar Schritte von ihren Füßen entfernt im Boden.

Sie brauchten kaum aufzusehen, um das Tor zum Garten in Sicht zu haben, und Parker antwortete: »Ich werde alle Maßnahmen treffen, um das Gelände gründlich durchsuchen zu lassen.«

»Wie lange wird das dauern?«

»Zwei Tage.«

»Warum so lange?«

»Haben Sie eine Ahnung!« sagte Parker. »Zuerst muß ich mir die Genehmigung meiner Vorgesetzten holen, dann muß ein Plan erstellt werden, die nötigen richterlichen Verfügungen müssen eingeholt und die Stadt muß informiert werden – ihr gehört schließlich das Grundstück.«

Aus dieser Richtung erwartete Hanson keine Probleme. Die Stadt würde keinen Grund haben, der Polizei den Zugang zum Garten zu verweigern, und Roly würde als Hausbesetzer nicht das Recht haben, der Polizei den Zutritt zu verwehren.

»Einen derartigen Einsatz zu organisieren braucht Zeit«, fuhr Parker fort, »und wir können da drin nicht zu lange rummachen – die Häuser hier werden abgerissen, alle miteinander. Nächste Woche um diese Zeit wird es die Mousade Road schon nicht mehr geben. Und die Straßen rundherum auch nicht.« Während er sprach, sah Hanson ein einziges riesiges Ödland vor sich. »Ein Einkaufszentrum«, sagte Parker. »Das soll hier anscheinend gebaut werden.«

Der ausgehungerte Vogel flatterte mit müdem Flügelschlag auf die Kante eines Containers hinauf und schien mehr hinein zu fallen als zu fliegen. Hanson sagte: »Durchsuchen Sie das Gehege, unbedingt, aber wenn Roly wirklich Ihr Mann ist und Sie nach den Überresten weiterer Kinder suchen, dann verschwenden Sie dort Ihre Zeit.«

Davon wollte Parker nichts hören. »Ach, was!«

»Die Art und Weise, wie er diesen Jungen getötet hat, hatte einen ganz bestimmten Sinn. Und er hatte einen ganz bestimmten Grund, die Überreste auf einem Gerüst liegenzulassen. Sie haben selbst erkannt, daß der Mord rituelle Elemente aufweist. Nur deshalb haben Sie sich ja an mich gewandt.«

»Worauf wollen Sie hinaus?«

»Ich will damit sagen, daß es höchst unwahrscheinlich ist, daß er einige seiner Opfer auf einem Gerüst im Wald aufbahrt, nur um andere in einem Haus oder dessen Nähe zu begraben. Das ist mit seiner Persönlichkeit und mit seinen Motiven nicht vereinbar.«

»Soll ich dann vielleicht sämtliche Wälder Englands abklappern und warten bis er mit ein paar Pfählen und 'ner Eisenbahnschwelle anrückt?«

»Ich habe nicht gesagt, daß es keine Methoden gibt, die wir ...«

»Ich werde dieses Haus samt Grundstück durchsuchen«, sagte Parker, und Hanson wußte, daß jeder Versuch, ihn umzustimmen, sinnlos war.

»Na schön. Aber finden werden Sie nichts.«

»Das werden wir ja sehen«, sagte Parker.

Er mußte seinen Plan dem Assistant Chief Constable unterbreiten, weil er die Absicht hatte, ein Radargerät zur Bodenabtastung anzufordern, und das würde teuer werden. Er fand diese Ausgabe jedoch gerechtfertigt: Ein solches Gerät würde feststellen können, was sich unter der Erde, den Fußböden und hinter den Wänden befand, und seinen Beamten damit wertvolle Hinweise liefern, auf welche Stellen sie sich konzentrieren mußten. Er hatte es erst ein paarmal im Einsatz gesehen und mit den ständig wechselnden Bildern auf dem Monitor, als eine Sonde die Erde oder eine Wand abtastete, nichts anfangen können.

Der Umgang mit einem solchen Gerät war mehr eine Kunst als ein Handwerk, aber das war kein Grund, darauf zu verzichten, fand Parker. Eigentlich müßte es bei Bedarf jederzeit zu seiner Verfügung stehen. Wenn es nach ihm gegangen wäre, hätte er so ein Ding in seinem Büro gehabt, tatsächlich aber gab es nur zwei Firmen in England, die dieses hochentwickelte Gerät anbieten konnten.

Assistant Chief Constable Chalker, in voller Uniform, hielt sich für seine gut fünfzig Jahre besser, als Parker sich selbst in diesem Alter zutraute. Sein Haar war fast ganz weiß, das Gesicht bemerkenswert frisch und glatt – ein Mann also, der für seine Jahre ausgesprochen gut in Form war. Klug, seines Ranges würdig und würdig auch des Respekts, den seine Leute ihm entgegenbrachten.

Er ließ sich durch den Kopf gehen, was Parker ihm berichtet hatte, und stellte dann einige Fragen. »Gibt es Hinweise darauf, daß Gary Maudsley oder Joseph Coyne den Garten besucht haben?«

»Direkte nicht, Sir, aber wir haben allen Grund zu der Annahme ...«

»Und Roland Barnes ist unseren Unterlagen zufolge niemals wegen eines Sexualdelikts an einem Minderjährigen verurteilt worden?«

»Nein, Sir.«

»Und der Junge, den Sie dort gesehen haben?«

»Brogan«, sagte Parker.

»Sie haben noch keine Gelegenheit gehabt, mit seinem Vater zu sprechen?«

»Ich habe eine meiner Mitarbeiterinnen zu ihm nach Hause geschickt. Healey war nicht da. Sie hat sich aber mit einigen Nachbarn unterhalten. Die glauben, daß er gar nicht mehr dort wohnt, sondern seinen Sohn völlig sich selbst überläßt.«

»Haben Sie Schritte unternommen, diesen Healey ausfindig zu machen?«

»Warrender hat herausgefunden, daß er Arbeitslosenunterstützung kassiert. Wenn er sich das nächste Mal meldet, folgen wir ihm, dann werden wir bald wissen, wo er wohnt.«

Chalker hüllte sich einen Moment in Schweigen. Er überlegt, dachte Parker und hoffte, er würde zu dem gleichen Schluß gelangen wie er selbst: daß dieses Haus samt dem Vogelgarten durchsucht werden mußte, und zwar mit aller Gründlichkeit.

»Hanson glaubt nicht, daß eine Durchsuchung etwas bringen wird«, sagte Chalker schließlich.

»Er kann sich irren«, entgegnete Parker. »Können wir das riskieren?«

Chalker, der an die Kosten einer Durchsuchung solchen Ausmaßes dachte, sagte: »Es wäre ein sehr umfangreiches und kostspieliges Unternehmen«, und Parker, der Häuser wie das, in dem Roly lebte, kannte, mußte ihm recht geben. Selbst ohne das Innere besichtigt zu haben, konnte er sich die vier Stockwerke mit ihren vielen Räumen lebhaft vorstellen. Man würde den Keller auseinandernehmen und die Wände untersuchen müssen. Man würde die Bodendielen herausreißen müssen. Alkoven, Speisekammern, Treppenschächte – ein endloses Unterfangen.

»Das bestreite ich nicht«, sagte er, »aber woher wollen wir wissen, daß das Haus nicht ein Massengrab ist? Wir können es einfach nicht riskieren, daß die Abbruchmannschaften anrücken und dann einen Haufen Skelette entdecken. Wenn herauskäme, daß wir einen Verdacht hatten, aber auf eine gründliche Untersuchung wegen der Kosten verzichtet haben ...«

»Das ist mir klar«, sagte Chalker, »aber Tatsache ist, daß Sie Hanson hinzugezogen haben, und Hanson ist der Meinung, daß wir in dem Haus nichts von Interesse finden werden.«

»Er kann sich irren«, sagte Parker wieder.

»Trotzdem kann ich die Durchsuchung in diesem Ausmaß nicht genehmigen«, entgegnete Chalker. »Nicht aufgrund dessen, was Sie mir heute vorgelegt haben.«

Es war die Antwort, die Parker befürchtet hatte, und er wünschte, Chalker hätte das Haus und das Gehege mit eigenen Augen gesehen.

»Durchsuchen Sie Haus und Grundstück auf jeden Fall, aber begnügen Sie sich mit den Mitteln, die Sie bereits zur Verfügung haben.«

Damit, vermutete Parker, meinte er die Leute in seinem Team. Jedem einzelnen von ihnen hätte er jederzeit sein Leben anvertraut, aber sie hatten nun mal keine Röntgenaugen, keiner von ihnen konnte durch Wände, Böden oder festgestampftes Erdreich sehen.

Als wüßte Chalker, was Parker durch den Kopf ging, sagte er: »Zu meiner Zeit hatten wir nichts weiter als ein Team geschulter Leute. Und wir haben oft genug erreicht, was wir wollten.«

Parker, der wußte, daß den Statistiken zufolge die Zahl der Serienmörder in den letzten dreißig Jahren zugenommen hatte, wußte auch, daß in Wahrheit die Polizei heute einfach wirkungsvoller arbeitete. Das war zum Teil der modernen Technik zu verdanken, deren Einsatz Chalker ihm soeben verweigert hatte. »Zu Ihrer Zeit«, sagte er, »haben viele Mörder ungestraft gemordet.«

»Das will ich nicht gehört haben«, versetzte Chalker, und Parker stand auf und ging, ohne darauf zu warten, in Gnaden entlassen zu werden.

Als er das Präsidium verließ, fuhr er nicht nach Hause, sondern zu einem Park, in dem er seit fast dreißig Jahren nicht mehr gewesen war. Er wußte nicht recht, warum er dorthin fuhr, aber er setzte sich auf eine Bank und sah einigen Kindern zu, die sich auf einem alten, halb verfallenen Karussell amüsierten. Die Holzleisten waren teilweise morsch, und das Getriebe knirschte, als sie anschoben, um das Karussell in Schwung zu bringen. Früher war es vielleicht einmal blau gewesen, aber die Farbe war längst verwittert, und es paßte jetzt zu den rostigen Schaukeln und der Rutschbahn.

Die Kinder schienen ihm zu jung zu sein, um zu dieser

Tageszeit noch draußen zu spielen, etwa im gleichen Alter wie Joseph Coyne und Gary Maudsley, als sie verschwunden waren. Er beobachtete ihr Spiel mit neuen Augen. Manchmal sahen sie fast wie Teenager aus. Und dann wieder so, als gehörten sie hierher, als hielten sie an den Resten einer Kindheit fest, die wohl größtenteils so hart gewesen war wie seine eigene.

Einige Zeit später schwangen sie sich auf ihre Fahrräder und sausten durch die Dunkelheit davon – keine Lichter, keine Strahler –, eine Gruppe Kinder, die die Bürgersteige hinauf und hinunter holperten, ohne daran zu denken, daß sie für die Autofahrer kaum zu sehen waren.

Er stand von der Bank auf, merkte, daß er fröstelte von dem feuchten Holz, und machte sich auf den Heimweg. Er nahm einen Umweg, vorbei an dem Haus, in dem er aufgewachsen war.

Es kränkte ihn zu sehen, daß die schlichte Haustür durch etwas Aufwendigeres ersetzt worden war, und dachte erstaunt, was für eine Macht ein ehemaliges Zuhause doch auf einen Menschen ausüben konnte. Es war dem Haus nicht unähnlich, in dem Brogan wohnte, drei Zimmer mit einem Bad, nachträglich von seinen Eltern eingebaut, die daraufhin in den Ruf gerieten, ›sich für was Besseres zu halten‹.

Aber er war hier glücklich gewesen, das war der Unterschied. Seine Eltern hatten ihn geliebt. Er wußte nicht, wo Brogans Vater sich herumtrieb, aber er wußte, daß er nicht bei seinem Sohn war – jedenfalls nicht oft. Parker hatte den Eindruck, daß für Healey, wo immer er sein mochte, die Vaterpflichten nicht mehr als ein Lippenbekenntnis waren, und das war keine Liebe, das war nicht genug.

Bei weitem nicht genug.

23

Das Dach der alten Markthalle war repariert worden, eine neue Glasscheibe glänzte hoch oben in der Kuppel wie ein Edelstein zwischen Talmi. Ungehindert von Staub schien die Sonne durch sie hindurch und warf einen klaren Lichtstrahl auf die Stände und Buden unten. Als Brogan in den Basar kam, saß Moranti, wie meistens, auf dem Korb. Sobald er ihn sah, wußte er, daß etwas geschehen war. »Mr. Moranti?« sagte er.

Moranti stand auf. »Brogan, du kannst hier nicht mehr arbeiten.«

Er kramte in der Tasche seines Jacketts, zog eine Fünf-Pfund-Note heraus und gab sie Brogan. »Du bist ein guter Junge, Brogan«, sagte er. »Ein braver Junge, aber jetzt gehst du besser.«

»Aber was hab ich denn falsch gemacht?«

»Nichts«, antwortete Moranti. »Die Polizei war bei mir. Sie haben gesagt, daß ich gegen das Gesetz verstoße – du bist zu jung, um hier im Laden zu arbeiten.«

»Gar nicht wahr.«

Moranti betrachtete die Kinderhände, die so behutsam mit den Vögeln umzugehen wußten. »Es tut mir wirklich leid, Brogan. Aber du mußt gehen.«

Brogan drängte sich an ihm vorbei, und als er schon aus dem Laden war, sagte Moranti noch: »Geh nicht wieder zu Roly.« Aber Brogan hörte ihn gar nicht. Parker hatte ihn um seinen Job gebracht, das war alles, woran er denken konnte.

Nachdem er die Markthalle verlassen hatte, ging er über die Straße zum Bahnhof und nahm einen Bus, der in die Gegend fuhr, wo Roly wohnte. Auf der Fahrt schaute er zum Fenster hinaus in eine Umgebung, die immer unfreundlicher wurde, je näher sie dem Vorort kamen, und ihm fielen Dinge auf, die er vorher gar nicht bemerkt hatte: Die Bäume verloren ihre Blätter, und die wenigen einheimischen Vögel, die geblieben waren, um dem Winter zu trotzen, plusterten gegen die Kälte ihr dünnes Gefieder auf, so daß sie dick und rund aussahen, obwohl sie nichts zu fressen hatten und sie unter ihrem Federkleid nur Haut und Knochen waren. Er mußte an ein Gedicht denken, das seine Mutter einmal aus einer Zeitschrift ausgeschnitten und auf eine Karte geklebt hatte. Sie hatte sie auf ein Bord des alten Küchenschranks gestellt, und als sein Vater das Gedicht gesehen hatte, hatte er gesagt: »Was ist denn das für ein Mist?« Aber er hatte die Karte nicht kaputtgemacht, wie er ihr Leben kaputtgemacht hatte; er hatte bloß die ersten Zeilen des Gedichts gelesen, und die Karte dann wieder auf das Bord geworfen. Da hatte sie eine Zeitlang gelegen, und seine Mutter hatte sie erst nach dem Abendessen wieder aufgestellt, als sein Vater weggegangen war.

Brogan hatte verstanden, warum sein Vater gelacht hatte; die süßlich-sentimentalen Worte konnten einen Mann wie ihn nicht anrühren oder in irgendeiner Weise trösten. Nach dem Tod seiner Mutter hatte Brogan in der Schublade nach dem Gedicht gesucht, weil er wußte, daß sie es dort versteckt hatte, nachdem der Küchenschrank verkauft worden war. Er hatte es nicht finden können, und es hatte plötzlich eine Bedeutung gewonnen, die in keinem Verhältnis zu seinem Inhalt stand. Sie hatte sich die Mühe gemacht, es auszuschneiden und aufzukleben, es monatelang aufzubewahren, und als er jetzt daran dachte, erinnerte er sich an sie. So vieles wollte er ihr erzählen, von Roly, von den Finken, und so vieles würde er ihr verschweigen wollen, von seinem Vater und Elaine.

Er stieg aus dem Bus, und als er Minuten später das leere Grundstück überquerte, zog er seine dünne Jacke fester um die Schultern, als könnte sie ihn vor einer Kälte schützen, die von innen kam. Die Leere in ihm kam nicht allein daher, daß er nichts Ordentliches aß. Sie hatte mit seinem Verlangen zu tun, gehalten zu werden. Aber er wußte, als er über die Straße zum Gehege ging und am Tor rüttelte, daß Roly ihn halten würde. Roly würde ihm mit sanften Händen das Haar zausen. Nichts an diesen Händen war massig oder bedrohlich. Sie schlugen nicht aus heiterem Himmel zu, um für irgendeine kleine Dummheit zu strafen. Roly brüllte nie und brauchte nie harte Worte. Von Roly bekam er Wärme und Trost und das Gefühl, willkommen zu sein, das ihn immer wieder hierherzog.

In dem Moment, als das Tor aufging, merkte er, daß auch hier etwas nicht stimmte. Es war beinahe so, als wollte Roly ihn nicht hereinlassen, und er fragte sich, ob Parker auch mit ihm gesprochen hatte.

»Was ist los?« fragte er. »Was ist passiert?«

Roly zog ihn in das Gehege und machte das Tor hinter ihm zu. »Ich h-habe schlechte N-nachrichten«, sagte er und führte Brogan am Schuppen vorbei in die Küche.

»Was denn?« fragte Brogan. Er sah sich um und erwartete beinahe, daß Parker auftauchen würde, um ihn streng zu fragen, warum er wieder zu Roly gegangen war, obwohl er es ihm ausdrücklich verboten hatte.

Roly nahm einen Schuhkarton von einem Bord, stellte ihn auf die Abtropfplatte der Spüle und hob langsam den Deckel. »I-ich hab m-mein Bestes getan«, sagte er.

Brogan schaute auf Tiger hinunter. Er sah so klein aus, sein Gefieder glanzlos und verklebt. Roly hatte ihn auf ein Polster aus Watte gelegt.

»Können wir ihn begraben?« fragte Brogan mit leiser Stimme und nahm den Karton, um gemeinsam mit Roly ins Gehege hinauszugehen.

Roly ließ Brogan die Stelle aussuchen, ein Fleckchen an

der Wellblechwand, wo das Metall sich von dem stützenden Holzrahmen gelöst hatte, und kauerte sich neben Brogan nieder, der mit den Händen eine kleine Grube aushob, in die der Schuhkarton hineinpaßte. Aber im letzten Moment sagte Brogan: »Ich will ihn nicht in dem Karton begraben.«

»W-wie dann?« fragte Roly, und Brogan griff in den Karton hinein, um den Vogel herauszunehmen. Aber als er ihn hochhob, lösten sich in seinen Händen die Flügel vom Körper, und er hätte Tiger vor Schreck beinahe fallen lassen. »Seine Flügel«, sagte er.

Roly erklärte es ihm. »S-so ist er f-frei. Verstehst du mich, Brogan? Ich m-mußte ihn b-befreien.«

Brogan, der es nicht verstand, starrte auf das geronnene Blut, dort, wo die Flügel aus dem Rumpf gerissen worden waren.

»Das ist er nicht«, sagte Roly. »D-das, was d-du da in der H-hand hast, ist n-nicht er. D-das ist nur das, w-was übrig ist.«

Brogan wiegte den Vogel einen Moment lang, dann legte er ihn in das Grab, die Schwingen neben den Rumpf mit dem dünnen, verdrehten Hals. Bis jetzt hatte er es geschafft, die Tränen zurückzuhalten. Aber nun strömten sie ihm über das Gesicht, und Roly zog ihn an sich. »Moranti hat ihn getötet«, sagte Brogan.

»Er w-wollte es n-nicht«, sagte Roly.

Er ließ den Jungen eine Zeitlang weinen, dann führte er ihn in die Küche zurück, wo er den Schrank über dem Herd öffnete. Das Innere war in einen mit Maschendraht ausgeschlagenen Vogelkäfig verwandelt worden, und wenn Brogan auch die Vögel in dem Schrank nicht sehen konnte, so konnte er sie doch hören. Als Roly hineingriff und einen herausholte, fragte er mit einer Stimme, die noch belegt war von den gerade vergossenen Tränen. »Warum halten Sie sie da drinnen eingesperrt?«

»Sie g-gewöhnen sich sch-schneller ein, wenn m-man sie eine W-weile im Dunklen einsperrt.«

Roly senkte seine Arme, dann öffnete er die Hände, und Brogan starrte den Vogel an wie ein kostbares Juwel. In dieser tristen, vor Schmutz starrenden Umgebung erschien er wie ein Paradiesvogel, die schillernden Blau- und Grüntöne seines Rückens wie handgemalt.

»N-nur eine Laune der N-natur sch-schafft solche Sch-schönheit. Manchmal d-denke ich, daß sie unser einziger B-beweis sind, daß es einen G-gott gibt.«

Brogan formte seine Hände zu einer kleinen Schale, und Roly ließ den Vogel hineingleiten. »D-das Geheimnis – das Geheimnis bei den Gouldamadinen ist, d-daß man sie zutraulich m-machen muß, s-sobald sie Federn bekommen«, sagte Roly, und Brogan streichelte den Rücken des Vogels mit einer Fingerspitze. Der schien sich ganz wohl zu fühlen.

»Möchtest du ihn haben?« fragte Roly.

Brogan, der sich nichts mehr wünschte, als diesen Vogel behalten zu dürfen, drückte ihn nur behutsam an sich.

»Er gehört dir«, sagte Roly.

24

Warrender machte sich auf zum Empfang, als gemeldet wurde, daß eine Mrs. Palmer hier sei und im Zusammenhang mit dem Fall Gary Maudsley Superintendent Parker zu sprechen wünsche.

Sie saß auf einer gepolsterten Bank, die sich die Wand entlang rund um den Empfangsraum zog, und sie war jünger, als er erwartet hatte. Mit ihrem Namen hatte er mehr eine Matrone mittleren Alters verbunden. Eines Tages würde sie sicher auch so aussehen, mit schlaffem Kinn, dick, nachlässig gekleidet. Jetzt jedoch war sie zierlich, schlank und eingeschüchtert von der fremden Umgebung.

»Mrs. Palmer?« sagte er.

Sie stand auf, als er sie ansprach, und Warrender nahm sie beiseite. »Sie wollten uns etwas melden?«

Sie kramte in ihrer Handtasche und zog ein abgerissenes Stück von einem Uhrarmband heraus. Warrender nahm es und musterte es. Im ersten Moment hatte er keine Ahnung, was er damit sollte, dann aber dämmerte es ihm, daß es das fehlende Stück von Garys Uhrarmband war.

»Woher haben Sie das?«

»Von unserem Nathan.«

»Nathan?«

»Mein Sohn. Nathan. Er hat mit Gary getauscht. Er hat ihm eine CD gegeben, und Gary hat ihm dafür die Uhr gegeben.«

Der Name Nathan Palmer kam Warrender irgendwie bekannt vor, und dann fiel ihm der Junge ein, den er an dem Tag, an dem Gary vermißt gemeldet worden war, oben am Ende der Straße gesehen hatte.

Er rieb den Kunststoff zwischen seinen Fingern. Er war weich, ausgeleiert, und an der Stelle, wo er gerissen war, war das Grau heller, fast weiß. »Wie ist das Band gerissen?«

»Er hat mit einem anderen Jungen aus seiner Klasse gerauft. Der hat ihn am Arm gepackt.«

»Wo war das?«

Ihre Stimme klang jetzt ängstlich. »Oben an der Straße, in der Gary wohnt.«

»Ist schon in Ordnung«, sagte Warrender. »Regen Sie sich nicht auf.«

»Ich weiß, ich hätt mich gleich melden sollen.«

Erst da wurde Warrender klar, daß sie die ganze Zeit von der Uhr gewußt hatte. Wenn die Uhr nicht Gary vom

Arm gerissen worden war, dann war er vielleicht gar nicht entführt worden. Vielleicht war er dann von ganz woanders verschwunden. »Wie lange haben Sie das Band denn schon, Mrs. Palmer?«

Sie antwortete nicht, und er sagte: »Es ist in Ordnung. Sie können es mir ruhig sagen.«

»Seit Wochen«, sagte sie.

»Und warum haben Sie sich nicht gemeldet?«

»Ich wollte ja, aber ich hab's immer wieder rausgeschoben.«

Warrender kannte das. Es kam vor, daß jemand wichtige Informationen jahrelang für sich behielt, weil er nicht in irgend etwas hineingezogen werden wollte und das vor sich selbst damit rechtfertigte, daß das, was er wußte, ja sowieso nicht wichtig sei. Manchmal schaffte ein neuerliches Medieninteresse es, solche Leute davon zu überzeugen, daß es ihre Pflicht war, sich zu melden; daß sonst womöglich jemand, der ein schweres Verbrechen begangen hatte, ungeschoren davonkommen würde.

»Es ist schon in Ordnung«, sagte er wieder. »Sie haben es ja jetzt wiedergutgemacht.«

Sie schien den Tränen nahe, als er fragte: »Wie alt ist Nathan?«

»Zwölf.«

Daß sie schon einen zwölfjährigen Sohn hatte, fand Warrender unglaublich, und während sie auf eine Reaktion von ihm wartete, überlegte er, wie alt sie gewesen sein konnte, als Nathan geboren wurde. Er sagte: »Waren er und Gary viel zusammen?«

»Nein«, antwortete sie sofort.

Es war eine Lüge, das war Warrender gleich klar. »Sind Sie da ganz sicher? Das könnte nämlich wichtig sein – noch wichtiger als die Uhr.«

Jetzt wurde sie unsicher. »Ich weiß nicht, aber ich möcht nicht, daß er vernommen wird. Er ist …«

»Ich weiß«, sagte Warrender, »er ist noch ein kleiner Junge – aber er kann uns vielleicht sagen, ob Gary ihm was darüber erzählt hat, wo er gern hinging und wen er so traf.«

»Ich frage ihn«, sagte sie.

»Nein«, entgegnete Warrender freundlich. »Das werden wir tun.«

Warrender ging mit seinen Neuigkeiten sofort zu Parker, der hätte Nathan am liebsten selbst vernommen; doch die Meldung, daß man Brogan auf dem Weg zu Rolys Gehege gesehen hatte, veranlaßte ihn, das Hanson zu überlassen, während er in die Arpley Street fuhr, um dort auf Brogan zu warten.

Hanson war einverstanden gewesen. So konnte er einmal zeigen, was mit der richtigen Technik alles möglich war. Er hatte vorgeschlagen, man solle ihn allein mit Nathan sprechen lassen, und dies am besten in dessen eigenen vier Wänden. Nun saß er im Wohnzimmer der Familie Palmer mit Blick auf die St. Michaelskirche. Ihre Spitze, ein postmoderner Metallstachel, der sich tief in den Himmel hineinbohrte, wuchs aus einem gelben Backsteinturm, dessen Schatten über den Hof und die provisorischen Containerbauten einer Schule fiel, die nicht für den heutigen Andrang von Schülern ausgelegt war.

»Nathan«, sagte er, und der Junge sah seine Mutter an. »Weißt du, wer ich bin?«

Der Junge schüttelte den Kopf.

»Ich bin nicht von der Polizei«, sagte Hanson, »und ich bin nicht hier, um dir Schwierigkeiten zu machen.«

Nathan musterte ihn und machte ein Gesicht, als glaubte er ihm nicht recht. Er war, dachte Hanson, so ziemlich wie die meisten Jungen seines Alters – die Beine dünn, die Knie wie das Gesicht übergroß, ein Hinweis darauf, daß er sich zu einem dieser hochaufgeschossenen, schlaksigen jungen Männer entwickeln würde, deren ganze Energie in einigen Jahren in das Wachstum geht. Aber im Augenblick war Nathan Palmer nur ein kleiner Zwölfjähriger, und Hanson bemühte sich, behutsam mit ihm umzugehen.

»Aber wir haben ein Problem, Nathan«, fuhr er fort. »Wir suchen einen Freund von dir, Gary.«

Bei der Erwähnung des Namens wandte Nathan sich entschieden ab und schaute zum Fenster hinaus, als fände er den Kirchturm plötzlich äußerst interessant.

»Und wir haben nicht viel Erfolg bei unserer Suche.«

Nathan hatte seinen Blick fest auf den Schatten des Turms geheftet, als hoffte er, mit etwas Glück würde er über die Straße wandern und alles ausblenden, was mit ihm im Augenblick passierte.

»Ist das deine Schule?« fragte Hanson.

Er nickte.

»Da hast du's ja nicht weit.«

Nathan starrte weiter auf den Schatten. »Kommt er überhaupt wieder?«

Das war das Erstaunliche bei Kindern, dachte Hanson. Man konnte nie vorhersagen, wie sie reagieren würden. Nathan hätte die nächsten zwei Stunden damit herumbringen können, von der Schule zu erzählen, von seinen Freunden, seiner Familie, seinen Hobbys – von allem möglichen, nur nicht von Gary. Statt dessen war er ohne Umschweife zur Sache gekommen, und Hanson sah darin insgesamt ein gutes Zeichen.

»Das wissen wir nicht«, sagte er, »aber wir versuchen, ihn zu finden, und darum müssen wir wissen, wie er überhaupt verschwunden ist. Darum ist die Uhr für uns wichtig.«

»Was hat die Uhr damit zu tun?«

»Wir dachten, jemand hätte sie ihm vom Arm gerissen. Jetzt, wo wir wissen, daß es nicht so war, können wir das vergessen und müssen versuchen herauszubekommen, wo Gary an dem Tag, an dem er verschwunden ist, hingegangen ist.«

»Das weiß ich doch nicht«, sagte Nathan. Es klang abwehrend, als hätte er Angst, Hanson könnte glauben, er wüßte, wo Gary gewesen war, und sagte es nicht.

»Nein, natürlich nicht«, sagte Hanson beschwichtigend. »Niemand glaubt, daß du weißt, wo er ist oder so was, aber wir hoffen, du kannst uns sagen, wo er sein *könnte.*«

»Woher soll ich das wissen?«

Hanson erklärte es so einfach, wie er nur konnte: »Paß mal auf, Nathan, wenn wir rausbekommen wollen, wo Gary ist, müssen wir soviel wie möglich darüber wissen, wen er gekannt hat und wo er gern hingegangen ist. Das können auch geheime Verstecke sein – von denen vielleicht nur wenige seiner Freunde gewußt haben.«

Zumindest hörte der Junge zu und hatte bei dem Wort ›geheim‹ nicht gleich geleugnet, daß er und Gary solche Geheimnisse miteinander gehabt hatten. Hanson hatte oft erlebt, daß jemand sich augenblicklich auf dieses Wort gestürzt und bestritten hatte, irgendein Geheimnis zu haben. Wir alle haben Geheimnisse, dachte Hanson, er brauchte selbst nur an die Pension zu denken, seine Gründe, dorthin zu fahren, die Wahrscheinlichkeit, daß sein Geheimnis sehr bald ans Licht kommen würde.

»Ich weiß, daß du mich wahrscheinlich ziemlich alt findest«, sagte er, »aber so lange ist es noch gar nicht her, daß ich selbst zwölf war.«

Nathan wandte den Blick vom Schatten des Kirchturms und sah Hanson an. Seine Miene verriet, daß es ihm beinahe unmöglich war, sich vorzustellen, daß dieser Mann jemals zwölf Jahre alt gewesen war.

»Und ich erinnere mich – ich erinnere mich am deutlichsten daran, daß ich manchmal einfach irgendwohin gegangen bin, wovon meine Eltern nichts wußten. Und weißt du, warum sie nichts wußten?«

Nathan schüttelte den Kopf.

»Weil ich es ihnen nicht gesagt habe. Und weißt du, warum?«

Wieder schüttelte der Junge den Kopf.

»Weil ich wußte, daß sie's mir nicht erlaubt hätten.«

Er ließ dem Jungen Zeit, das aufzunehmen, ehe er hinzufügte: »Genauso war's mit Menschen – wenn ich Freunde hatte, die meinen Eltern nicht paßten, hab ich sie nicht mit nach Hause genommen. Und soll ich dir mal was sagen?«

So leise, daß Hanson es kaum hörte, sagte Nathan: »Was?«

»Das ist total in Ordnung«, sagte Hanson. »Es ist völlig normal. Kein Mensch kann jemals erwarten, daß ein anderer ihm alles über sich selbst sagt. Wir haben alle unsere Geheimnisse, und wir haben alle das Recht, sie für uns zu behalten.«

Nathan schien da nicht so sicher zu sein, doch Hanson sprach einfach weiter: »Der Haken ist nur, daß wir jetzt ein ziemliches Problem haben, Nathan, weil Gary verschwunden ist, und wir keine Ahnung haben, was ihm zugestoßen ist.«

Er bemerkte, wie Nathans Mutter ihrem Sohn fest die Hand drückte, als könnte sie mitfühlen, was Garys Eltern durchmachen mußten. Wahrscheinlich dankt sie ihrem Schöpfer, daß es die Maudsleys getroffen hat und nicht sie, dachte Hanson, und vermutlich hat sie deswegen ein schlechtes Gewissen. »Wenn so etwas passiert«, sagte er zu Nathan, »wenn jemand spurlos verschwindet, meine ich, dann muß man mit den Geheimnissen rausrücken, denn davon kann es abhängen, ob der Betreffende lebend wiedergefunden wird – oder tot.«

Er wollte dem Kleinen keine Angst einjagen, aber er

mußte ihm klarmachen, daß es sich hier um eine ernste Angelegenheit handelte. »Wenn ihr beide, du und Gary, also irgendwo gewesen seid, wovon deine Mutter nichts weiß, mußt du es jetzt sagen.«

Das hatte er nicht gut gemacht. »Ich meine«, fügte er hinzu, »ich bin sicher, Gary würde wollen, daß du es sagst. Ich denke, er würde sagen: ›Ist schon okay, Nathan, du darfst es sagen, ich würd's an deiner Stelle auch tun.‹ Was meinst du?«

»Nat«, sagte Nathan. »Gary hat mich immer Nat genannt.«

»Wenn wir jemanden mögen«, sagte Hanson, »wirklich mögen, geben wir ihm oft einen Spitznamen. Wenn Gary dich Nat genannt hat, bedeutet das, daß er dich sehr gemocht hat. Für ihn bist du sein Freund. Stimmt das, Nat? Bist du sein Freund?«

Der Junge reagierte nicht.

»Magst du ihn so, daß du alles tun würdest, um ihn zu finden?«

Das hatte ins Schwarze getroffen. Hanson sah es an körperlichen Zeichen, dem plötzlichen Herabfallen der Schultern, dem Blick zum Fenster hinaus auf die Kirche und den Schatten des Turms, der über die Container im Schulhof fiel.

Nathan schien es keine fünf Minuten her zu sein, daß er und Gary sich dahinter versteckt hatten, um zu rauchen. Nathan, der den Freund eine Zeitlang kaum gesehen hatte, fragte: »Wo warst'n du die ganze Zeit?«

»Ich hab gearbeitet«, sagte Gary.

»Hey, das ist gut. Wo?«

»Unten in der Markthalle.«

»Bei wem?«

»Moranti.«

Und während Nathan eine dicke Rauchwolke in die Luft geblasen hatte, hatte Gary gesagt: »Er hat mich zu so 'nem irren Vogelgarten mitgenommen.« Dann hatte er geschwiegen, als wäre er unsicher, ob er davon erzählen sollte. Nathan, dem es so oder so schnuppe gewesen war, hatte ihn in Ruhe gelassen. »Vögel sind da, massenhaft«, hatte Gary gesagt. »So was hast du noch nie gesehen.« Und am folgenden Wochenende hatte er ihn mitgenommen, um ihm den Garten zu zeigen.

Von Anfang an hatte Nathan gespürt, daß da etwas nicht stimmte. Er war zu Tode erschrocken, als ihm das Netz ins Gesicht gefallen war, er war zu Tode erschrocken über die Vögel, die in Scharen aufflatterten, als wollten sie angreifen. »Und wo ist jetzt dieser Roly?« hatte er gefragt, aber Gary hatte nicht geantwortet.

Es war dämmerig geworden, die Luft kühl, und die Schatten im Garten wurden immer länger. Wieder und wieder hatte Gary nach Roly gerufen, und Nathan hatte gefunden, daß das Echo hier auf eine Art und Weise widerhallte, wie das in einem solchen Hof eigentlich gar nicht möglich war. Garys Stimme war vom Wind davongetragen worden, der ihnen kalt durch alle Glieder fuhr, aber Roly hatte sich nicht blicken lassen, und Nathan war immer unheimlicher geworden.

»Schau sie dir an«, sagte Gary. »Die sind doch toll, oder?« Aber auch wenn Gary die Finken toll nannte, hatte Nathan gleich gesehen, daß sie nicht alle schön waren: Manche waren richtig dämonisch, mit dunklem Gefieder und lauernden Augen. Er hatte einen Karton gesehen, der bei einem Schuppen stand, und war hingegangen. Der vom Regen durchweichte Deckel war nach innen geklappt. Drin lagen tote Finken. Scharlachrote, hatte Gary gesagt. Ihre Federn waren so rot gewesen, als hätte man ihnen allen die Hälse durchbohrt, und er war entsetzt zurückgewichen, die Hand auf dem Mund. Der Gestank war bestialisch gewesen.

»Es sind doch nur Vögel«, hatte Gary gesagt.

»Schon, aber wie sind sie gestorben?«

»Das Wetter«, hatte Gary geantwortet. »Die vertragen die Kälte nicht.« Aber Nathan hatte das Gefühl, diese winzigen roten Dinger sähen aus wie gewaltsam entzweigebrochen. Er hatte nach oben gesehen und an einem Fenster eine Gestalt erblickt, die heruntergeschaut hatte. Da war er vollends in Panik geraten und zum Tor gerannt, und Gary hatte ihm nachgerufen: »Hey, Nat, wo läufst du denn hin?«

Er wußte es selbst nicht, und es war ihm auch egal. Er wußte nur, daß dieser Garten und alles, was dazugehörte, gefährlich war.

»Was ist?« fragte Hanson, aber nicht ihm wandte Nathan sich zu, sondern seiner Mutter. Leise sagte er: »Weißt du, du hast doch immer gesagt, daß ich nicht rauchen soll.«

Sie drückte ihm die Hand.

»Gary hat geraucht«, sagte er, »und er hat mir eine Zigarette gegeben.«

Sie drückte wieder.

Endlich! dachte Hanson. Dieses Geständnis würde vielleicht der Stein sein, der alles ins Rollen brachte, die Bestätigung von Parkers Verdacht, daß Gary Maudsley in Rolys Gehege gewesen war. Er lächelte den Jungen an und sagte: »Ich hab geraucht wie ein Schlot, als ich zwölf war …« Und Nathan sprach sich alles von der Seele, was auf ihm gelastet hatte, seit er in der Zeitung ein Foto von Gary gesehen hatte. ›Haben Sie diesen Jungen gesehen?‹ hatte daruntergestanden, und Nathan, der ihn in letzter Zeit nicht gesehen hatte, hatte gedacht, nein, aber ich weiß, wo er hingegangen ist …

25

Parker war rechtzeitig da, um zu sehen, wie Brogan oben an der Straße um die Ecke bog. Der Junge trug eine Pappschachtel, die gerade die richtige Größe für einen Finken hatte.

Er beobachtete, wie er den Schlüssel hervorzog, der an einer Schnur um seinen Hals hing, und als Brogan ihn ins Schloß steckte, konnte Parker sich einer Phantasie nicht erwehren: Er sah Roly, wie er diese Schnur um seine Hand wickelte und den Jungen mit beinahe beiläufiger Leichtigkeit erdrosselte.

Er stieg aus dem Wagen und rief: »Brogan!«

Der Junge drehte sich herum, aber er sagte kein Wort, und Parker überbrückte die Kluft mit den Worten: »Woher hast du denn den Vogel?«

Die Lüge kam schnell und überzeugend: »Den hat mir Moranti geschenkt.«

»Das war aber nett von ihm«, sagte Parker trocken, obwohl er wußte, daß das dem Jungen entging. Brogan drehte den Schlüssel im Schloß und öffnete die Haustür. Es hatte etwas besonders Kindliches, wie er ins Haus schlüpfte und Parker die Tür vor der Nase zuschlagen wollte, als könnte er ihn so einfach verschwinden lassen. Es erinnerte Parker daran, wie sein Ältester Verstecken gespielt hatte, als er noch ganz klein gewesen war. Parker pflegte bis zehn zu zählen, aber anstatt sich zu verstecken, drehte ihm der Kleine nur den Rücken zu und war überzeugt, daß nun, da sein Vater für ihn unsichtbar war, auch er für seinen Vater unsichtbar wäre. Parker hatte mitgespielt, so getan, als durchsuchte er das ganze Haus – aber in diesem Moment war er nicht in Stimmung, Verstecken zu spielen. Er schob seinen Fuß in den Türspalt. »Kann ich kurz reinkommen?«

»Warum?«

»Ich würde gern mal mit deinem Vater sprechen.«

»Der ist nicht da.«

»Dann warte ich.«

»Er kommt aber erst heut abend wieder.«

»Das macht nichts«, sagte Parker und drängte sich behutsam in den Flur. Er wußte, daß Brogan keine andere Wahl hatte, als ihn hereinzulassen.

Er schloß die Tür und folgte Brogan in ein nach hinten gelegenes Zimmer, wo der Junge die Pappschachtel auf einen Tisch voller Geschirr stellte.

»Wo warst du heute?«

»Ich hab gearbeitet.«

»Ich dachte, du arbeitest nur samstags.«

»Mr. Moranti war krank. Da hab ich mich um den Laden gekümmert.«

»Du solltest in der Schule sein.«

»Ich konnt ihn doch nicht im Stich lassen.«

»Woher hast du gewußt, daß er krank ist?«

»Er hat angerufen.«

Parker, der versucht hatte, Brogans Vater telefonisch zu erreichen, wußte, daß das Telefon der Healeys gesperrt war, aber er sagte nichts. »Na ja, es war nett von dir, daß du ihm ausgeholfen hast – wenn's bei dem einen Mal bleibt.« Er lächelte, aber Brogan erwiderte das Lächeln nicht.

»Setz dich einen Moment, Brogan. Ich beiß nicht.«

Brogan schob sich um die Couch herum und setzte sich in den einzigen Sessel im Zimmer. Parker zeigte auf eine Fotografie auf dem Kaminsims. »Ist das deine Mutter?«

Die Frage kam unerwartet, und Brogan nickte nur.

»Wo ist sie?«

»Tot.«

Parker hätte sich ohrfeigen können. »Tut mir leid«, sagte er.

»Macht ja nichts«, sagte Brogan. »Sie konnten's ja nicht wissen.«

»Es muß ganz schön schwer sein für deinen Vater, dich allein großzuziehen.«

Darauf gab Brogan keine Antwort, und Parker fügte hinzu: »Manchmal braucht ein Junge eine Mutter genausosehr wie einen Vater. Sie fehlt dir wohl sehr?«

»Sie ist schon ewig tot.«

»Wie lange?«

»Zwei Jahre.«

»Das muß dir vorkommen wie eine sehr, sehr lange Zeit.«

Er betrachtete den Jungen und fragte sich, was ihm durch den Kopf ging. Sein Gesicht, als er das Foto angesehen hatte – Parker hatte an sich halten müssen, um ihn nicht in den Arm zu nehmen und zu versuchen, seine Welt wieder in Ordnung zu bringen. Aber er konnte seine Welt nicht in Ordnung bringen. Niemand konnte das. Die Welt dieses Jungen hätte man höchstens in Ordnung bringen können, wenn man ihm seine Mutter hätte wiedergeben können und die Art von Geborgenheit, wie Parker sie seinen beiden Söhnen zu geben versuchte.

»Was wollen Sie?« fragte Brogan schroff.

Parker hörte ein Kratzen aus der Pappschachtel. »Ich wollte nur mit deinem Vater sprechen.«

»Der kommt erst ganz spät heim.«

Parker war stark versucht zu erwidern, daß er sehr wohl wußte, daß der Vater überhaupt nicht kommen würde, weil er nicht hier wohnte, aber er widerstand dem Impuls und sagte statt dessen: »Schade. Ich hätte gern mit ihm geredet.«

»Über was?«

Vorsichtig antwortete Parker: »Über Roly und den Vogelgarten. Ich wollte ihm sagen, daß ich dich neulich dort getroffen habe.«

»Ist da vielleicht was dabei?«

»Wie oft warst du inzwischen dort?«

Mit schlechtem Gewissen, obwohl er gar nicht wußte, warum eigentlich, antwortete Brogan: »Ein paarmal. Wieso?«

»Was gibt's denn da so Verlockendes?«

»Warum ich hingeh, meinen Sie?«

»So ungefähr.«

Brogan schwieg wieder, und Parker ließ ihm Zeit.

»Mir gefällt's.«

»Was gefällt dir?« fragte Parker.

»Die Vögel. Roly hat mir eine Gouldamadine geschenkt. Haben Sie schon mal eine gesehen?«

»Nein, ich glaube nicht«, sagte Parker, und Brogan ging zum Tisch und hob die Pappschachtel hoch. »Ich bring ihn jetzt in mein Zimmer, und da muß ich ihm helfen, sich einzugewöhnen. Drum müssen Sie jetzt gehen.«

Er öffnete die Tür, als erwartete er, daß Parker widerspruchslos das Feld räumen würde, doch der sagte, als er aufstand: »Ich geh mit dir rauf.«

»Das geht nicht.«

»Ich möchte deinen Vogel gern mal sehen.«

»Ich mag's nicht, wenn jemand in mein Zimmer kommt.«

Das konnte Parker verstehen. Auch er hatte in Brogans Alter alle Erwachsenen aus seinem Zimmer verbannen wollen und hatte dabei sein Reich manchmal ziemlich wild verteidigt.

Es ging ihm nicht darum, in Brogans Privatsphäre einzudringen, aber er wollte gern sehen, was für Poster in seinem Zimmer hingen, wenn überhaupt. Poster konnten einem etwas über die Sexualität der Jugendlichen sagen, wenn Parker auch immer wieder feststellte, daß die Methode oft nicht so zuverlässig war, wie man sich das wünschte. Vor sechs Monaten zum Beispiel war er überzeugt gewesen, daß sein Ältester auf dem besten Weg sei, die nächste Lily Savage zu werden.

»Weißt du was«, sagte er, »sobald sich der Vogel in seinem neuen Zuhause eingewöhnt hat, gehe ich, ich versprech's.«

Brogan nahm den Vorschlag an. »Also gut«, sagte er.

Parker folgte ihm die Treppe hinauf in ein Zimmer, das nach vorn hinaus lag, und gleich als er eintrat, fiel ihm auf, daß die Einrichtung überhaupt nicht für einen Jungen in Brogans Alter paßte. Die Tapete mit den Rennautos wäre für einen Vierjährigen geeignet gewesen, und Poster, CDs oder andere Dinge, mit denen sich Jungen in Brogans Alter gern umgaben, fehlten völlig. Er hatte gehofft, den Jungen in ein Gespräch zu ziehen und mit Fragen nach seiner Lieblings-Band, seinen Freunden, danach, was für Sport er mochte, mehr über ihn zu erfahren, aber es gab nichts in dem Zimmer, woran er hätte anknüpfen können.

Er sah Brogan zu, wie er den Vogel aus der Pappschachtel hob und in einer Hand hielt, während er sich am Draht der Käfigtür zu schaffen machte. Der Käfig war nicht zu vergleichen mit den vielstöckigen Bambusgehäusen, die Parker in Morantis Basar gesehen hatte. Es war ein billiges Ding, in dem schon viele Vögel gehaust hatten.

Ihm fiel auf, daß keinerlei Spielzeug an den Stangen hing, und er erinnerte sich, daß auch der Käfig in Garys Zimmer nichts von den Dingen enthalten hatte, von denen er immer geglaubt hatte, sie gehörten zur Vogelhaltung. Vielleicht sahen Finken sich nicht im Spiegel an, vielleicht brauchten sie das Kalzium aus der Sepiaschale nicht. Parker hatte keine Ahnung, und es interessierte ihn auch nicht.

Brogan setzte den Vogel in den Käfig, und sobald Parker das Tier sah, erinnerte es ihn an ähnliche Vögel in der Voliere. Damals war er mit anderem beschäftigt gewesen und hatte sich nicht die Zeit genommen, sie näher zu betrachten. Jetzt, da er eine Gouldamadine aus nächster Nähe sah, war er verblüfft: Der Vogel hatte so leuchtende Farben, daß er beinahe wie fluoreszierend wirkte.

»Das ist ein wunderschöner Vogel, Brogan. Aber sind die nicht schwierig zu halten?«

»Sie sterben leicht. Mr. Moranti kauft sie manchmal, aber bei ihm leben sie nie länger als einen Tag.«

Jetzt, da der Junge sich das zweite Mal verplappert hatte, hakte Parker ein. »Und den hat Roly dir geschenkt?«

Brogan blickte erschrocken auf. »Ich hab ihn nicht gestohlen.«

»Das habe ich auch nie angenommen. Es wundert mich nur. Wie kommt Roly dazu, dir so einen Vogel zu schenken?«

»Er mag mich.«

Parker überlegte, wie er seine nächste Frage am besten formulieren sollte. Eine indirekte Art, sie zu stellen, schien es nicht zu geben. »Er ist dir doch nicht ...« Er brach ab. Nein, so ging das nicht, das wußte er. »Und er tut nichts, was dich irgendwie stört?«

»Was zum Beispiel?« fragte Brogan.

»Ach, ich weiß auch nicht – irgendwas, das du nicht magst.«

Brogan fummelte am Schloß der Käfigtür. »Es ist besser, wenn Sie jetzt gehen«, sagte er. »Wenn mein Dad kommt und sieht, daß jemand von der Polizei im Haus ist, krieg ich Riesenärger.«

Er hob den Käfig hoch und stellte ihn auf den hellrosa gestrichenen Toilettentisch. Der Vogel sah sich im Spiegel und hüpfte so nah an sein Spiegelbild heran, wie die Käfigstangen es erlaubten.

»Brogan«, sagte Parker, »dein Vater kommt doch gar nicht nach Hause.«

»Doch, er kommt – er...«

»Nein, er kommt nicht«, sagte Parker, »und ich möchte, daß du jetzt mit mir ins Präsidium fährst. Nur damit ich dir ein paar Fotos zeigen kann. Tust du das, Brogan? Ja? Kommst du mit mir ins Präsidium? Du brauchst keine Angst zu haben.«

Aber der Junge war in heller Panik. »Ich weiß genau, was Sie denken, Mr. Parker.«

Das bezweifelte Parker, aber er sagte es nicht.

Brogan schrie ihn zornig an: »Roly klaut keine Sachen, damit er das Futter für seine Vögel bezahlen kann!«

Erleichtert lächelte Parker plötzlich. »Das denke ich auch gar nicht.« Er schüttelte den Kopf. »Nein, das denke ich wirklich nicht.«

Brogan hatte nie zuvor eine Polizeidienststelle von innen gesehen. Er wurde in einen Vernehmungsraum geführt, wo eine Frau, die Parker Maureen nannte, ihm Kekse und etwas zu trinken brachte.

»Setz dich«, sagte Parker, und Brogan, der sich allmählich beruhigte, setzte sich.

»Nimm dir einen Keks.« Parker wies auf den Teller.

Brogan nahm einen Keks und biß hinein. Parker nahm inzwischen zwei Fotografien aus einem Hefter und legte sie auf den Tisch. »Sieh sie dir genau an, Brogan«, sagte er. »Kennst du einen von ihnen?«

Brogan betrachtete die Aufnahmen, und Parker bemerkte, daß sein Blick einen Moment an der von Gary hängenblieb.

»Das ist das Foto, das Sie mir im Auto gezeigt haben.«

»Richtig«, bestätigte Parker. »Weißt du, wer der andere Junge ist?«

»Nein.«

»Joseph Coyne«, sagte Parker. »Er und Gary haben auch einmal für Mr. Moranti gearbeitet – genau wie du.«

Brogan biß wieder von seinem Keks ab und kaute darauf herum, als läge er strohtrocken in seinem Mund.

»Er hat sie mit Roly bekannt gemacht«, fuhr Parker fort. »Und dann sind sie verschwunden.«

Weil er den Mund voller Krümel hatte, nuschelte Brogan: »Aber da kann doch Roly nichts dafür.«

»Brogan«, sagte Parker behutsam, »Joey ist *tot*, und Gary vielleicht auch.«

Er sah, daß die Bemerkung angekommen war, und zeigte wieder auf die Fotos. »Hast du Roly oder Moranti mal von diesen Jungen sprechen gehört?«

»Nein«, antwortete Brogan.

»Platz nicht gleich mit dem erstbesten heraus, was dir in den Kopf kommt – denk nach!«

Brogan schob den Teller mit den Keksen weg. »Sie haben's auf Roly abgesehen. Er weiß doch nicht, wo sie sind.«

Parker wechselte einen Blick mit Maureen und wandte sich dann wieder Brogan zu. »Wo ist dein Vater, Brogan?«

»Zu Hause.«

»Da ist er nie.«

»Woher wollen Sie das wissen?«

»Ich hab mehrmals angerufen.«

»Er ist viel unterwegs.«

»Schläft er zu Hause?«

»Ja.«

»Lüg mich nicht an, Brogan.«

Er sah, daß der Junge jetzt in ängstliche Erregung geriet. Wahrscheinlich stellte er sich alle möglichen schrecklichen Dinge vor. Es war gut möglich, daß sein Vater ihm eingebleut hatte, keinem Menschen zu verraten, daß er die meiste Zeit nicht zu Hause lebte. ›Die stecken dich ins Heim, halt also die Klappe ...‹

»Niemand will dir oder deinem Vater Schwierigkeiten machen, Brogan, aber jemand muß sich um dich kümmern.«

»Ich kann mich selbst um mich kümmern.«

»Wo ist er, Brogan?«

Er sagte nichts mehr, genau wie Parker gefürchtet hatte.

»Ich sag dir was – du bleibst hier im Präsidium, bis wir deinen Vater gefunden haben.«

Von Brogan kam jetzt gar nichts mehr. Aber er war den Tränen nah.

»Überleg es dir, Brogan. Auf diesem Tisch liegen zwei Fotografien. Es könnten leicht drei sein.«

Die Tränen begannen zu fließen. »Er arbeitet«, sagte Brogan. »Nicht immer, nur manchmal – und das Sozialamt weiß nichts davon.«

»Wo arbeitet er?«

»Er bringt mich um, wenn er erfährt, daß ich ...«

»Wo?«

»Bei Stockton.«

»Der Drahtflechterei?«

Brogan nickte, und Parker wurde jetzt wieder weicher. »Ich fahr hin und rede mit ihm«, sagte er. Er stand auf. »Und während ich weg bin, wird sich hier jemand mit dir unterhalten. Er ist nicht von der Polizei, du brauchst also überhaupt keine Angst zu haben, aber er wird dir verschiedene Fragen stellen, um zu sehen, wie du über gewisse Dinge denkst. Okay?«

Brogan, der immer noch die Fotos anstarrte, nickte nur, dann ging Parker hinaus und rief Hanson an.

26

Sobald Hanson im Präsidium ankam, führte Parker ihn durch einen Korridor im Erdgeschoß zu dem Vernehmungszimmer, in dem Brogan saß. Zunächst sah Hanson sich darin um.

In vieler Hinsicht glich der Raum all den anderen, in denen er Häftlinge befragt hatte, als er die Datenbank zusammengestellt hatte, und er fragte sich, ob Parker eine Ahnung hatte, wie bedrohlich eine solche Umgebung auf einen Zwölfjährigen wirken konnte. Klein, eng, fensterlos – da konnte man sich dem Gefühl gar nicht entziehen, daß die Sache ernst war. Dann überlegte er, ob Parker den Raum vielleicht absichtlich gewählt hatte. Bisher hatte Brogan alle seine Ermahnungen in den Wind geschlagen, und es war durchaus möglich, daß Parker die Wut gepackt hatte oder die Verzweiflung, oder auch beides.

Er sah zu dem Jungen hinüber, der an dem Tisch, der ihm bis zur Brust hinauf reichte, um so zierlicher wirkte. In den Kinderhänden hielt er einen angebissenen Keks, und neben dem Teller stand unberührt ein Plastikbecher mit Orangensaft.

»Brogan«, sagte er, und der Junge sah ihn an, furchtsam, ja verwirrt.

Hanson zog einen Stuhl seitlich an den Tisch, so daß dieser zwischen ihm und dem Jungen keine Barriere bildete, setzte sich und sagte: »Kann ich auch einen Keks haben?«

Brogan schob ihm den Teller hin, und Hanson nahm einen und biß hinein. Er war frisch und knusprig. »Nicht schlecht«, meinte er, »aber meine Mutter hat viel bessere gebacken.«

Brogan legte seinen Keks auf den Tisch.

»Und deine Mama, Brogan? Sie hat sicher auch bessere gemacht, hm?«

»Sie hat keine Kekse gebacken«, sagte Brogan, und Hanson, der entschlossen war, an jede Antwort anzuknüpfen, die der Junge gab, fragte: »Was hat sie dann gebacken?«

»Kuchen«, antwortete Brogan.

»Möchtest du lieber ein Stück Kuchen als diese Kekse?«

Brogan zuckte mit den Achseln. »Ist mir egal.«

»Bist du nicht hungrig?« fragte Hanson.

»Ist mir einfach egal.«

Hanson wandte sich an Maureen. »Sie könnten wohl nicht in die Kantine runterlaufen und sehen, ob die da Kuchen haben?« Nachdem sie, samt ihrer Uniform, verschwunden war, sagte er: »Meine Mutter ist gestorben, als ich noch ein Kind war.«

Brogan griff nach dem Saft.

»Ich war allerdings älter als du. Siebzehn. Also eigentlich kein richtiges Kind mehr. Aber das bist du ja auch nicht mehr.«

Er läßt mich nicht an sich heran, dachte Hanson. Oder vielleicht ließ er auch die Qual nicht an sich heran, die ihm dieses Gespräch, dieses Zimmer, seine Unfähigkeit, mit der Situation fertig zu werden, bereitete. »Wenn jemand stirbt, jemand, der uns so wichtig ist wie unsere Mutter, werden wir ganz schnell erwachsen. So war es jedenfalls bei mir.«

Brogan, der es in diesem Licht nie betrachtet hatte, trank einen Schluck Saft.

»Aber im Grunde«, fuhr Hanson fort, »spielt es gar keine Rolle, wie alt man ist. Man könnte fünfzig sein, und es wäre nicht anders. Man wäre genauso traurig, wenn die Mutter stirbt. Du ...« Brogan stellte den Plastikbecher hin. Er vermied es, Hanson anzusehen. »Du mußt ungefähr elf gewesen sein, als deine Mama starb.«

»Zehn«, sagte Brogan. »Ich war zehn.«

»Und jetzt bist du zwölf«, sagte Hanson, »aber es wird nicht leichter, nicht wahr?«

Er wollte den Jungen nicht zum Weinen bringen, aber er hatte das Gefühl, daß Brogan es gebraucht hatte, seinen Tränen endlich freien Lauf zu lassen. Er weinte wie ein viel kleineres Kind, die Hände zu Fäusten geballt, die er gegen seine Augen drückte. In solchen Momenten haßte Hanson seine Arbeit beinahe.

Er ließ ihn eine gute Weile weinen – so lange jedenfalls, bis Maureen wieder mit einem kleinen glasierten Törtchen aus der Kantine zurückkam. Als Brogan sich ein wenig beruhigt hatte, sagte Hanson: »Wenigstens hast du einen Freund gefunden.«

Brogan starrte mit blassem Gesicht auf das Törtchen. »Mr. Parker mag Roly nicht.«

»Nein, aber du magst ihn – und du würdest ihn nicht mögen, wenn du nicht allen Grund dazu hättest.«

Das klang nach Zustimmung, und Brogan erwiderte: »Roly ist immer so nett zu mir. Sie sollten mal den Garten sehen.«

Hanson dachte flüchtig daran, wie er auf diesem Abrißgrundstück gestanden und Parker ihm beschrieben hatte, was sich hinter dem Tor befand. Er sagte: »Aber es kann sein, daß du dort nicht sicher bist.«

»Das hat sich doch Mr. Parker nur ausgedacht.«

»Wir wissen, daß Gary und Joseph dort waren.«

»Dafür kann Roly doch nichts.«

»Vielleicht nicht«, sagte Hanson beschwichtigend. »Aber Mr. Parker muß solche Dinge überprüfen, und solange er nicht sicher ist, daß dir dort keine Gefahr droht, wäre es ihm lieber, du würdest nicht mehr hingehen.«

Er konnte sich beinahe denken, was Brogan jetzt durch den Kopf ging. Einerseits würde er wahrscheinlich die Logik des Arguments erkennen. Andererseits würde er automatisch für Roly in die Bresche springen wollen, und wenn auch nur, um sich selbst zu überzeugen, daß Roly wirklich sein Freund war. Er sagte: »Ich kann Mr. Parker ehrlich gesagt verstehen, aber ich kann auch verstehen, daß du nicht einsiehst, warum du da nicht mehr hingehen sollst. Schließlich ist Roly so ziemlich dein einziger Freund im Moment, und er hat ja nie etwas getan, was dir unangenehm war.«

Er meinte, in der Art, wie Brogan ganz kurz wegschaute, etwas Verräterisches zu sehen, und fügte vorsichtig hinzu: »So ist es doch, nicht wahr, Brogan? Er hat in den paar

Wochen, die du ihn kennst, nie etwas getan, das dir nicht gefallen hat?«

»Nein«, antwortete Brogan, aber er mußte doch an den Moment zurückdenken, als Roly ihm die Gouldamadine geschenkt hatte.

»Er gehört dir«, hatte Roly gesagt, und dann hatte er ihn geküßt, nicht auf die Lippen, sondern auf die Augen.

Brogan war zurückgewichen, nicht erschrocken, sondern sanft, mehr verwirrt als furchtsam, und Roly hatte gesagt: »D-du solltest dein G-gesicht sehen – wie ein k-kleiner scharlachroter Fink.«

Brogan hatte sich an den Hals gegriffen, als wäre Blut auf seiner Brust.

»Das hätten Sie nicht tun sollen. Sie hätten mich nicht so küssen sollen.«

»I-ich dachte, w-wir wären Freunde?«

»Ja«, sagte Brogan, »aber lassen Sie meine Augen in Ruh.«

Hanson beobachtete ihn, wie er mit dem Törtchen herumspielte. »Brogan?« sagte er, aber Brogan drückte seinen Finger in die Glasur: zwei traurige Augen, eine Kirsche als Nase und ein Lächeln, das ganz verzerrt aussah.

27

In den letzten Jahren hatten die Berichte der Lokalpresse den Eindruck vermittelt, die Firma Stockton stünde am Rand des Ruins, aber als Parker unter der für ihn geöffneten Schranke hindurchgefahren war, konnte er keine Anzeichen des Niedergangs entdecken. Er war nicht hergekommen, um nachzuforschen, wie Healey es schaffte, das Sozialamt zu hintergehen. Er wollte ihm einzig klarmachen, daß sein Sohn in Gefahr war.

Die großen Hallen aus Fertigteilen, die die alten viktorianischen Bauten abgelöst hatten, waren voller Leute, von denen die meisten an Maschinen arbeiteten, die Drähte und Drahtseile unterschiedlicher Stärken produzierten. Ein Vorarbeiter brachte Parker zu einer der Hallen, zeigte ihm Healey und ging wieder.

Healey stand am Fließband. Drähte glitten an ihm vorüber wie Stränge von Seidenfäden. Er machte die richtigen Bewegungen, aber er arbeitete völlig mechanisch und war mit seinen Gedanken woanders. Parker vermutete, daß er schon seit Jahren dieselbe Arbeit machte. Er schien dafür gebaut mit seinen langen, muskulösen Armen. Dem Gesicht fehlte jede Spur von Humor, und Parker sagte sich, daß Brogan offenbar seiner Mutter nachschlug. Er sah plötzlich eine junge, zierliche Frau vor sich, mit blassem Gesicht und großen Augen, und Händen, die denen eines Kindes glichen, klein und zart.

Er ging zu Healey hinüber und konnte den Lärm der Maschinen kaum übertönen. »Mr. Healey?« schrie er und holte seinen Dienstausweis heraus.

Healey sagte gar nichts. Er wußte aus Erfahrung, daß man bei diesem Höllenlärm kein Gespräch führen konnte. Mit einem heftigen Nicken wies er zu einer Tür am Ende der Halle, und Parker folgte ihm nach draußen.

Sie traten in den bitterkalten Wind hinaus. Healey griff sofort nach seinen Zigaretten; eine Reflexhandlung, dachte Parker. Vielleicht hatte er gar keine Lust zu rauchen, aber die jahrelange Gewohnheit, jede sich bietende Gelegenheit zu nutzen, ließ seine Hand zur Tasche seines Overalls wandern, in der immer eine Schachtel Zigaretten steckte. Er bot Parker eine Zigarette an, doch der lehnte ab und beobachtete, während Healey die seine anzündete, einen Gabelstapler, der einen Turm Kisten balancierte.

»Worum geht's?« fragte Healey, und Parker merkte gleich, daß der Mann kein Freund der Polizei war. Sein Gesicht war ihm nicht vertraut, aber es hätte Parker nicht gewundert, wenn Healey vorbestraft gewesen wäre. Er würde es überprüfen.

»Sie haben einen Sohn – Brogan.«

»Was ist mit ihm?«

Parker hatte nicht die Absicht, gleich mit der Tür ins Haus zu fallen und Healey zu erklären, daß sein Sohn gegenwärtig im Präsidium war und vernommen wurde. Er wollte Schritt für Schritt vorgehen und sagte deshalb zunächst: »Ich hab ihn neulich im Wagen mit nach Hause genommen.«

Mißtrauisch und abwehrend versetzte Healey: »Von wo?«

»Von Rolys Garten.«

»Nie davon gehört.«

»Ich auch nicht, bis ich hingefahren bin, um in einem Fall, in dem ich ermittle, ein paar Nachforschungen anzustellen.«

»Was für ein Fall?«

Jetzt wird es heikel, dachte Parker. Nichts hätte er lieber getan, als dem Mann zu sagen, daß er über das Verschwinden zweier kleiner Jungen ermittelte, daß ein amtsbekannter Pädophiler ihn zu Rolys Gehege geführt hatte, und ihm – Parker – nach einem Blick auf das Grundstück klar gewesen war, daß Roly genauer unter die Lupe genommen werden mußte; aber das konnte er alles nicht sagen, wenn er nicht ein Disziplinarverfahren an den Hals bekommen wollte. Würde er in der Öffentlichkeit herumposaunen, daß er Roly in Zusammenhang mit dem Verschwinden der Kinder vernommen hatte, so hätte Roly einen triftigen Grund sich zu beschweren.

»Ich bin leider nicht berechtigt, Ihnen das zu sagen«, antwortete er.

»Und wo liegt das Problem?« fragte Healey.

Parker hatte keine Ahnung, wie er dem Mann erklären sollte, was an Roland Barnes und dem Vogelgarten ihn so mißtrauisch gemacht hatte, daß es ihn hierher getrieben hatte.

Schließlich sagte er: »Roly lebt auf einem widerrechtlich besetzten Grundstück. An das Haus ist hinten eine riesige Voliere angebaut.« Er gab den Worten zusätzlich Gewicht, indem er hinzufügte: »Der richtige Ort, um Kinder in Brogans Alter anzulocken.«

»Brogan interessiert sich nicht für Vögel, soviel ich weiß.«

Healey hatte nicht verstanden, und Parker überlegte, wie er deutlicher werden könnte, ohne zu eindeutig zu werden. »Dieser Roly lebt allein dort, Roland Barnes ist sein Name.«

»Sagt mir nichts«, versetzte Healey.

Parker mühte sich weiter. »Ich mußte ihn im Rahmen meiner Ermittlungen befragen.«

»Was sind das für Ermittlungen?«

»Das darf ich Ihnen nicht sagen.«

»Was hat Brogan da zu suchen gehabt?«

»Das weiß ich nicht.«

Healey zündete sich am Stummel der alten Zigarette eine neue an und sagte: »Hören Sie, Mr. ...«

»Parker«, sagte Parker.

»Worauf wollen Sie eigentlich raus?«

»Auf gar nichts. Ich lasse Sie nur wissen, daß Ihr Sohn mit jemandem Umgang hat, auf den ich derzeit ein Auge habe.«

»Was hat der Kerl denn angestellt?«

»Nichts, soviel wir wissen.«

»Er ist doch nicht einer von diesen ...« Parker überließ

es ihm, die Worte zu finden, und Healey fuhr fort: »Ich meine, er hat den Jungen doch nicht angefaßt, Sie wissen schon?«

Nichts wünschte Parker mehr, als dem Mann klipp und klar zu sagen, was er dachte, aber das ging nicht. »Das will ich nicht unterstellen. Ich sagte nur, daß wir ihn im Augenblick beobachten.«

»Klaut er? Geht's darum?«

Wieder antwortete Parker, »Wie ich Ihnen schon erklärt habe, ich darf nichts sagen. Wir beobachten ihn, das ist alles.«

»Also – er hat, soweit Sie wissen, nichts angestellt, er gefällt Ihnen nur nicht. Ist es so?«

Parker verlor langsam die Geduld. Er konnte nicht glauben, daß Healey nicht wenigstens eine leise Ahnung davon hatte, was er ihm durch die Blume sagen wollte. Niemand konnte derart begriffsstutzig sein. Nein, Healey war etwas anderes, er war schlicht und einfach unkooperativ.

»Mr. Healey«, sagte er, »ich habe hier große Mühe – helfen Sie mir. Ich bin durch gesetzliche Vorschriften gebunden und kann Ihnen nicht sagen, welcher Art unsere Besorgnisse sind, weil wir keine Beweise für unseren Verdacht haben. Nach allem, was wir wissen, könnte Roland Barnes die Mutter Teresa von Manchester sein, aber solange der Papst es nicht bestätigt hat, wollte ich lieber auf Nummer Sicher gehen und dafür sorgen, daß Sie wissen, daß Brogan auf seinem Grundstück gesehen wurde.«

»Hört sich an, als hätten Sie den Mann auf dem Kieker.«

Parker riß die Geduld. »Richtig, Mr. Healey, ich habe nichts Besseres zu tun, als mir ständig zu überlegen, wen ich als nächsten aufs Korn nehme – das ist das Schlimme, wenn man bei der Polizei ist, man dreht den ganzen Tag Däumchen.«

Manchmal, sagte sich Parker, wirkte ein wenig Ärger

Wunder, und er war erleichtert, als Healey sagte: »Na schön, wenn Sie's beruhigt, red ich später mit ihm.«

»Gut«, erwiderte Parker, »aber später reicht nicht. Sie müssen jetzt mit ihm reden.«

»Ich bin bei der Arbeit.«

»Und Sie kassieren Unterstützung.«

Was daraufhin mit Healey geschah, freute Parker diebisch. Einerseits war der Mann wütend, daß Parker Bescheid wußte, andererseits war er plötzlich sehr vorsichtig. Parker meinte, beinahe so etwas wie Respekt herauszuhören, als Healey sagte: »Wo ist Brogan denn jetzt?«

»Im Präsidium«, antwortete Parker. Er lächelte. »Ich nehm Sie mit, wenn Sie möchten.«

Healey warf die Zigarette zu Boden und trat sie aus, als wünschte er, er hätte Parker unter seinem Absatz, aber er folgte ihm, wenn auch widerstrebend, zum Wagen.

Parker führte Healey gleich in den Vernehmungsraum, in dem Brogan saß. Er sah, daß der Junge geweint hatte, und er tat ihm wirklich leid, aber Hanson schien alles gut unter Kontrolle zu haben. Als sie eintraten, hatte er dem Jungen tröstend den Arm um die Schultern gelegt und sprach beruhigend auf ihn ein.

»Was zum Teufel ist hier los?« fragte Healey.

»Mr. Healey!« sagte Parker mit einem warnenden Unterton, doch der Blick, den Healey seinem Sohn zuwarf, sagte klar, daß es zu Hause Ärger geben würde. »Ihr Sohn ist ein bißchen durcheinander«, sagte er. »Vielleicht könnten Sie ...« Aber davon wollte Healey nichts wissen.

Er machte einen Schritt auf Hanson zu. »Hände weg von dem Jungen.«

»Ich bin kein Polizist«, sagte Hanson. »Ich versuche nur zu helfen.«

»Nehmen Sie Ihre beschissenen Pfoten weg!«

Brogan fuhr zurück, als sein Vater noch einen Schritt

näher kam, doch da faßte Parker Healey schon beim Arm und hielt ihn zurück. »Regen Sie sich ab«, sagte er. »Kein Mensch will Brogan was antun.«

Healey schüttelte seine Hand ab und packte seinen Sohn. »Du kommst jetzt sofort mit nach Hause.«

Für heute hatte Parker restlos genug von Healey. Er riß ihn von Brogan weg, der sich an Hanson klammerte wie an einen Rettungsanker, schob ihn zur Tür hinaus und stieß ihn im Korridor gegen die Wand. »Was zum Teufel soll das heißen?«

»Sie machen mir keine angst.«

»Dann geht's Ihnen besser als mir«, entgegnete Parker, »Sie mir nämlich schon.« Er packte Healey am Kragen und schüttelte ihn so, daß sein Kopf gegen die Wand schlug. »Leute wie Sie sind dran schuld, daß Leute wie ich nachts wachliegen – weil Sie und Ihresgleichen das Wort Fürsorgepflicht überhaupt nicht zu kennen scheinen. Sie machen mir angst, weil Sie, sobald Sie hier draußen sind, genauso weitermachen wie bisher. Ihnen ist das alles *scheiß*egal!«

Healey atmete heftig, jeder Muskel in seinem Körper war angespannt. Es war klar, daß er am liebsten zugeschlagen hätte, und Parker ließ ein wenig lockerer. »Na los doch«, sagte er. »Versuchen Sie's.« Aber Healey hatte nicht den Mut, und Parker, dem bewußt war, daß hier rundherum überall Leute waren, darunter auch Verdächtige, konnte es sich nicht leisten, das Spiel weiter zu treiben. Er ließ es dabei bewenden.

Dennoch drohte Healey ihm mit erhobenem Zeigefinger. »Ich will mit Ihrem Vorgesetzten sprechen.«

»Und was wollen Sie ihm erzählen?« fragte Parker. »Daß Sie Ihren kleinen Sohn einfach sich selbst überlassen haben?«

Schuldbewußtsein, Furcht, Verleugnung – vielleicht war es eine Kombination dieser Dinge, die Healey dazu brachte zu sagen: »Ich bin für ihn da.«

»Sie leben nicht mit Brogan zusammen.«

»So ein Quatsch – wo soll ich denn sonst leben?«

»Sagen Sie's mir.«

»Ich kümmere mich um meinen Sohn.«

»Das glaube ich nicht«, widersprach Parker. »Was sind Sie eigentlich für ein Vater?«

»Was soll die Frage?«

»Sie lassen ihn allein – er ist zwölf Jahre alt, Mr. Healey. Und Sie lassen ihn allein.«

»In seinem Alter hab ich schon einen Lohn nach Hause gebracht.«

»Sie haben ihn *nach Hause* gebracht. Ich nehme an, zu Hause war jemand, um ihn in Empfang zu nehmen – eine Mutter, ein Vater. Sie glauben, wenn der Junge nur ein Dach über dem Kopf hat, reicht das schon.«

»Das geht Sie überhaupt nichts an«, sagte Healey, doch Parker wiederholte: »Sie leben nicht mit Brogan zusammen.«

»Tu ich doch«, beharrte Healey, und daran erkannte Parker, daß er genau wußte, daß das, was er tat, nicht in Ordnung war.

»Sie wissen, daß das gesetzwidrig ist«, sagte Parker. »Ich könnte Sie ganz schön reinreiten. Ich könnte Brogan in ein Heim bringen lassen.«

»Ich kümmere mich um ihn«, behauptete Healey.

»Neulich hat eine meiner Mitarbeiterinnen versucht, Sie zu Hause zu erreichen«, entgegnete Parker. »Vor der Haustür stand ein Karton. Sie hat ihn aufgemacht. Ein paar Lebensmittel waren drin. Meinen Sie das, Mr. Healey, wenn Sie behaupten, für Ihren Sohn dazusein und sich um ihn zu kümmern?«

»Ich geb ihm Geld. Ihm fehlt nichts.«

»Er verhungert nicht, nein, falls Sie das meinen, aber ich würde nicht sagen, daß ihm nichts fehlt. Na ja, das Jugendamt wird sich zweifellos ein Bild von seinen familiären Verhältnissen machen und dann eine entsprechende Entscheidung treffen.«

»Sie Mistkerl!« zischte Healey. »Woher nehmen Sie das Recht ...«

Parker, der wußte, daß er nichts weiter tun konnte, als das Jugendamt zu informieren und zu hoffen, daß es einschreiten würde, sagte: »Mir bleibt leider nichts andres übrig, als Brogan jetzt mit Ihnen nach Hause gehen zu lassen. Glauben Sie mir, wenn ich die Wahl hätte, würde ich das verhindern – aber das sage ich Ihnen, wenn Sie ihm auch nur ein Härchen krümmen oder auch nur eine einzige Nacht außer Haus verbringen, werden Sie Ihr blaues Wunder erleben. Haben Sie mich verstanden?«

Healey schien verstanden zu haben.

»Wo wohnen Sie?« hakte Parker nach, und Healey erkannte plötzlich, daß er nicht lockerlassen würde. »Anton Close«, sagte er. »Nummer neun.«

»Na also«, sagte Parker. »Das war doch nicht so schwer, oder?«

»Hören Sie, ich zieh wieder zu Brogan«, sagte Healey, aber es klang sehr widerwillig, und Parker versetzte: »Tun Sie das, und sehen Sie zu, daß Sie bleiben. Ihren Job können Sie übrigens vergessen, ich werd mich mit Stockton in Verbindung setzen – und denen dort sagen, daß Sie abgeworben worden sind.«

»Sie Mistkerl«, sagte Healey wieder.

»Ich tu das nicht, um Ihnen Schwierigkeiten zu machen«, erklärte Parker. »Ich tu es, damit Sie zu Hause sein und auf Ihren Sohn aufpassen können, damit er nicht wieder in diesen Vogelgarten geht.«

»Sie haben mir immer noch nicht gesagt, was daran so schlimm ist.«

Parker durfte nicht einmal andeuten, daß Brogan möglicherweise in Gefahr war, wenn er nicht Roland Barnes' Rechte verletzen wollte. »Ich kann es nicht«, antwortete er.

Zum erstenmal, seit Parker ihn ins Präsidium gebracht hatte, wurde Healey etwas zugänglicher. »Was ist denn nur los?«

»Halten Sie ihn von dem Vogelgarten fern«, sagte Parker. »Haben Sie verstanden?«

Healey hatte endlich verstanden.

Brogan stieg aus dem Streifenwagen und fragte sich, was auf ihn zukommen würde, sobald der Wagen weggefahren war. Sein Vater hatte auf der ganzen Heimfahrt nicht ein Wort gesagt, und als er im Flur auf den Lichtschalter drückte und das Haus dunkel blieb, machte Brogan sich auf alles gefaßt.

»Was ist denn hier los?« sagte Healey.

»Sie haben den Strom gesperrt.«

»Wann?«

»Vor zwei Tagen.«

»Wieso?«

»Die Rechnung ist nicht bezahlt worden.«

»Wann ist denn die letzte Mahnung gekommen?«

»Schon vor einer Ewigkeit.«

»Du hast mir keinen Ton gesagt.«

»Doch – ich habe sie dir gebracht.«

»Ach, Herrgott noch mal«, sagte Healey. »Gut, ich bring das in Ordnung.«

Er ging in die Küche und kramte in einem Schrank nach Kerzen, fand einige und zündete eine an. Die Wände sahen aus, als wären sie voller Narben, jede kleinste Unebenheit trat scharf hervor.

Er öffnete den Kühlschrank, nahm zwei Pasteten heraus und legte sie auf ein Blech, das er ins Rohr schob, ohne daran zu denken, daß der Strom abgeschaltet war. Er fluchte, als der Herd nicht heiß wurde, nahm die Pasteten wieder heraus, legte sie auf zwei Teller und gab einen Brogan. »Kriegst du das Ding kalt runter?«

Sie setzten sich ins Nebenzimmer, stellten die Kerze auf den Kaminsims, und hielten zum Essen ihre Teller auf den Knien.

»Sag mal, dieser Vogelgarten ...«, begann Healey.

»Was denn?«

»Was läuft da?«

»Nichts.«

»Warum gehst du da hin?«

»Weil ich die Vögel anschauen will.«

»Ist das alles?«

»Warum soll ich sonst hingehen?«

Das wußte Healey nicht, aber wenn er auch für die Polizei nicht viel übrig hatte, so glaubte er doch, daß Parker nicht umsonst so ein Theater machte. »Was ist das eigentlich für ein Kerl?«

»Welcher Kerl?«

»Dieser Roly«, sagte Healey. »Wer denn sonst?«

»Weiß nicht«, sagte Brogan. »Mr. Parker vielleicht.«

»Treib's nicht zu weit«, sagte Healey ruhig. »Du weißt genau, wen ich meine.«

»Er ist in Ordnung«, sagte Brogan.

»Was will er von dir?«

»Gar nichts.«

»Er – er ...« Healey suchte krampfhaft nach den Worten, das auszudrücken, was er am meisten fürchtete, »er betatscht dich doch nicht oder so was ...«

»Er züchtet Finken«, sagte Brogan. »Er gibt mir Geld dafür, daß ich die Käfige saubermache.«

»Und das ist alles?«

»Das ist alles«, sagte Brogan.

Healey kaute die trockene Pastete, deren Teig ihm an den Zähnen klebte, und sagte: »Du gehst mir da nicht mehr hin.«

»Mr. Parker versteht gar nichts.«

»Das ist mir egal. Ich hab keine Lust, mir von Parker die Hölle heiß machen zu lassen. Also laß es bleiben.«

Er hatte zornige Proteste erwartet, doch er erntete nur einen Blick stummen Trotzes. Aber anstatt loszubrüllen, bemühte er sich ausnahmsweise, den Standpunkt seines Sohnes zu sehen. »Du fühlst dich wahrscheinlich einsam hier, wo du soviel allein bist.«

»Es ist so still«, sagte Brogan und sah automatisch zum Bild seiner Mutter.

Healey beugte sich vor und nahm es vom Kaminsims. Er betrachtete es, als sähe er es zum erstenmal. »Sie war gut zu mir«, sagte er.

Brogan hatte das schon früher erlebt, diese plötzlichen Anwandlungen von Sentimentalität, die einem Wutausbruch wie dem zuvor im Polizeipräsidium folgten.

»Deine Mutter war eine Träumerin. Sie wollte so viel vom Leben – mehr als ich ihr geben konnte.«

Aber sie hat sich nie beklagt, dachte Brogan. Sie hatte gewußt, daß es keinen Sinn hatte, seinen Vater zu kritisieren, sie hatte gewußt, was ihr dann blühen würde.

»Am Anfang haben wir alle unsere Träume. Wir erwarten vielleicht nicht, daß wir die Welt verändern können – die meisten von uns jedenfalls nicht –, wie erwarten nur, daß unser Leben irgendwie anders sein wird.« Er stellte die Fotografie wieder an ihren Platz. »Ich hab sie sehr lieb gehabt.«

Brogan sah ihn plötzlich, wie er seine Mutter packte und durch ein Zimmer wirbelte, das zum Glücklichsein, zum Tanzen, zum Verzeihen viel zu klein war. Dennoch hatte sie gelacht wie ein junges Mädchen, und er hatte ihr Gesicht mit seinen großen Händen umfaßt und es geküßt. In diesem Moment war Brogan eifersüchtig gewesen – ganz unsinnig eigentlich, aber das Gefühl war beinahe so quälend gewesen wie der Schmerz über ihren Tod, so als würde ihm ein Teil seiner Mutter gestohlen.

»Tja, ich werd wohl wieder nach Hause kommen müssen«, sagte Healey. »Ich geh später mal rüber zu Elaine – sag ihr Bescheid, was los ist.«

Brogan, der gar nicht sicher war, daß er seinen Vater in seiner Nähe haben wollte, sagte nichts.

»Ich erzähl ihr, was passiert ist, und frag sie, ob sie mit zu uns zieht.«

Brogan schnitt die Pastete auf, langsam und mit Nachdruck, als wären seine Hände kalt oder das Messer stumpf oder beides.

»Es wird sich ja kaum was ändern, aber du bist dann nicht mehr so allein.«

Brogan kaute auf der Füllung herum, die mehr Knorpel und Fett als Fleisch war.

»Na, was sagst du?« fragte Healey.

Brogan hörte auf zu kauen. »Sie ist nicht meine Mama.«

»Das behauptet ja auch keiner.«

Brogan sprang auf. Der Teller fiel krachend zu Boden. Er rannte zur Tür. »Du hast meine Mama umgebracht!«

»Brogan ...«

»Du hast sie umgebracht, du hast sie umgebracht – und das sag ich jetzt Mr. Parker ...«

»Untersteh dich, einfach wegzurennen, wenn ich mit dir rede. Untersteh dich – Brogan!«

Als Brogan ins Haus zurückkam, war die Kerze aus und sein Vater weg. Er zündete die Kerze wieder an und sah, daß sein Vater ihm einen Zettel hingelegt hatte. Die Wörter ›Elaine‹ und ›komm später wieder‹ waren die einzigen, die er entziffern konnte. Während er den Zettel las, trat er die Überreste der Pastete, die von seinem Teller gefallen war, in den Teppich. Sein Vater hatte sie absichtlich liegenlassen. ›Du hast sie runtergeschmissen, du machst den Dreck wieder weg.‹ Früher einmal hätte Brogan es getan.

Jetzt ließ er alles liegen, wie es war. Das hier war nicht mehr sein Zuhause. Indem sein Vater Elaine ins Haus holte, würde er alle Erinnerung an seine Mutter vertreiben. Und dann würde es nichts mehr geben, was Brogan hier hielt.

Er versuchte sich vorzustellen, wie das Zimmer aussehen würde, wenn Elaine und ihre Kinder hier einzogen. Die Kommode, die seine Mutter immer genauso liebevoll gepflegt hatte wie den alten Küchenschrank, würde bald voller Kratzer sein, mit Malkreiden verschmiert, oben voller Ringe von Bechern, die ohne Untersatz hingestellt worden waren.

Er nahm den Kerzenstummel mit in sein Zimmer hinauf und stellte ihn auf den Toilettentisch. Das Wachs tröpfelte herab und bildete milchige mondfarbene Pfützen auf der Platte, und das Zimmer war von einem gelblichen Licht erhellt, das zuckte und tanzte und flackerte. Er griff in den Käfig und holte die Gouldamadine heraus. Als er sie freiließ, flog sie, instinktiv Höhe und Sicherheit suchend, direkt zu der Leiste hinauf, die sich unter der Zimmerdecke rund um die Wände zog.

Seiner Mutter hätte der Vogel gefallen, sagte er sich. Seine Mutter hätte ihm Filzstifte gekauft, damit er ihn hätte malen können. Sie hätte jedes seiner Bilder an der Küchentür aufgehängt und hätte gesagt, seine Zeichnungen wären schön, auch wenn sie es gar nicht gewesen wären.

Er ging zum Fenster und sah hinüber zu den Häusern gegenüber; die Vorhänge in den Fenstern waren alle schon zugezogen. Er kannte seinen Vater gut genug, um zu wissen, daß Widerspruch keinen Sinn gehabt hätte: Ganz gleich, was Brogan davon hielt, sein Vater würde später, wenn er mit Elaine gesprochen hatte, zurückkommen, und sie würde mit ihren Kindern hier einziehen.

Er zog die Vorhänge zu, aber auf der einen Seite klemmten die Haken in der Schiene. Er zog und riß, bis ein Teil der Stoffbahn herabfiel und verstaubt und unordentlich im Fenster hing. Da riß er den Vorhang ganz herunter und ließ das Fenster nackt und bloß.

Der Vogel hockte oben auf der Leiste und beobachtete Brogan, wie er den Vorhang aus der Schiene riß. Der Junge schleuderte ihn auf die Bücher, die ihm gehörten, solange er denken konnte. Sie waren voll bunter Bilder, die Wörter darunter waren in fetten Großbuchstaben gedruckt. Sie lagen auf einem Haufen auf dem Boden und über ihnen Fetzen der Tapete, die Brogan jetzt von den Wänden riß. Der Putz darunter war grau, rissig und bröckelte an vielen Stellen ab. Das Haus war alt, die Wände waren an manchen Stellen feucht, die Tapete ließ sich sehr leicht lösen.

Brogan arbeitete wie ein Berserker mit nacktem Oberkörper, der vom Schweiß glänzte. Als der letzte Streifen Tapete abgerissen war, stürzte er sich haßerfüllt auf den rosafarbenen Toilettentisch, leerte die Schubladen, kippte die ausgeschnittenen Comics auf den Haufen Bücher und Tapetenfetzen und warf die kleinen Gipsfiguren dazu, die er selbst gemacht hatte.

Er stopfte den ganzen Abfall in schwarze Müllsäcke und schleppte sie nach unten. Der Vogel begleitete ihn und flog hoch über seinem Kopf, als er zur Hintertür lief.

Brogan scheuchte ihn in die Küche, wo er sich auf einem der Hängeschränke niederließ und in den Hof hinausstarrte, der so ganz anders aussah als der Garten, in dem er geboren war. Hier gab es keine schlanken Bäume, nur einen Streifen Beton, der vielleicht dreieinhalb Meter breit und halb so lang war.

Der Vogel schaute durch das Fenster zu, wie Brogan den Inhalt der Säcke mitten im Hof auskippte, ein Streichholz anzündete und den Abfallhaufen in Brand setzte. Die Tapete, die trocken und brüchig war, fing sofort Feuer, und während Brogan zusah, wie seine Kindheit sich in Asche verwandelte, beschloß er, dieses Haus für immer zu verlassen. Roly hatte gesagt, er wäre bei ihm jederzeit willkommen. Er würde seine Gouldamadine mitnehmen und fortgehen.

Nachdem er sich entschieden hatte, trieb er den Vogel in sein Zimmer zurück, blies die Kerze aus und ging hinaus. Er schloß die Tür hinter sich und ließ den Vogel in der Dunkelheit zurück. Ein wenig später kam er wieder und schloß die Tür des Käfigs. Die Gouldamadine, die er mit Futter hineingelockt hatte, hockte unten im Sand, als Brogan den Käfig nahm und zur Haustür hinausging, um bei Roly Zuflucht zu suchen.

28

Die Dunkelheit machte die Roumelia Road nicht anheimelnder. Die Straßenlaternen, die einmal die Bürgersteige beleuchtet hatten, waren abmontiert, und die Häuser hoben sich schwarz und massig von einem noch schwärzeren Himmel ab.

Auf Höhe des Abrißgrundstücks stand ein Lieferwagen. Er erinnerte Brogan an ein Spielzeugauto, das seine Mutter ihm einmal gekauft hatte, als seine Hände noch zu klein gewesen waren, um es richtig zu halten. Er hatte es über den Küchenboden geschubst und zugesehen, wie blitzschnell seine Räder sich drehten, und er hatte es zwischen ihren Füßen hindurchgefädelt, während sie den alten Küchenschrank geputzt hatte.

Das Tor zum Garten war geschlossen, die Kette vorgelegt, aber er wußte, daß Roly da war. Ihm war nicht klar, woher er das wußte, bis er an die Vögel dachte und merkte, wie ruhig sie waren. Einige saßen in den Bäumen und beobachteten ihn, als er in den Garten trat und an die Küchentür klopfte.

In der Küche wurde Licht gemacht. Roly öffnete die Tür. Er warf nur einen Blick auf Brogan, dann streckte er den Arm aus und zog den Jungen ins Haus, ohne ein Wort zu sagen. Danach drückte er die Tür zu und schob den Riegel vor.

Minuten später verließ er mit Brogan zusammen das Haus. Nachdem er das Tor mit der Kette gesichert hatte, gingen die beiden über das leere Grundstück und verschwanden zwischen den Häusern. Die Männer, die das Gehege beobachteten, benachrichtigten über Funk das Präsidium.

Die Nachricht wurde sofort im Besprechungszimmer gemeldet, und Parker, der dienstfrei hatte, wurde zu Hause angerufen. Man berichtete ihm, daß Brogan mit Roly zusammen das Grundstück verlassen hatte und mit ihm über das leere Grundstück bis dicht an das Haus gekommen war, in dem Parkers Leute saßen. Dann aber hatte Roly den Jungen in eine der vielen kleinen Gassen geführt, die das, was von der Roumelia Road noch übrig war, von anderen leerstehenden Häusern trennten.

Man hatte versucht, den beiden zu folgen, doch Roly, der offiziell kein Fahrzeug besaß, hatte vor einer Reihe von Garagen haltgemacht, die schon lange nicht mehr benutzt wurden.

Die Beamten, die den beiden gefolgt waren, waren zu Fuß gewesen. Roly war mit dem Jungen in eine der Garagen gegangen und war mit ihm in einem alten, verbeulten Escort weggefahren. Kurz, Parkers Männer hatten die beiden aus den Augen verloren. Parker war entsetzt, als er das hörte, konnte sich jedoch besser zügeln als früher am Abend Healey.

Immerhin aber hatte Healey bei der Polizei angerufen,

um Brogans Verschwinden zu melden, und Parker fuhr zunächst in die Arpley Street.

Healey saß auf der Couch, neben ihm auf dem Boden stand ein Six-pack Bier, und die Rauchschwaden, die das Zimmer einhüllten, zeugten von seiner Besorgnis.

»Ich bring den Jungen um«, sagte Healey.

Worauf Parker mehr zu sich als zu Healey sagte: »Das wird vielleicht gar nicht mehr nötig sein.«

»Was soll das heißen?« fragte Healey sofort.

»Nichts, Mr. Healey – nur so eine Floskel«, antwortete Parker, aber Healey ließ sich damit nicht abspeisen.

»Was geht hier eigentlich vor?« fragte er.

Parker hätte nichts lieber getan, als ihm die Wahrheit zu sagen, aber das konnte er immer noch nicht riskieren. Healey könnte ihn nicht nur in ernste Schwierigkeiten bringen, wenn er Parkers Mutmaßungen irgendwo ausplauderte; er hatte Healeys Jähzorn gerade am eigenen Leib erfahren und hatte Angst, daß er völlig durchdrehen würde, wenn er herausfand, was sie für Befürchtungen hatten. Parker sagte: »Wenn Brogan zurückkommt, möchte ich Ihre Genehmigung, ihn ärztlich untersuchen zu lassen.«

Healey wurde augenblicklich wütend: »Wozu das denn?«

»Alkohol, Drogen, eine Untersuchung allgemeiner Art«, antwortete Parker beschwichtigend. »Sind Sie damit einverstanden?«

So dumm, dachte Parker, konnte Healey doch nicht sein. Er mußte wissen, was es mit einer solchen Untersuchung auf sich hatte. Aber der Mann schien nur die Worte ›Alkohol‹ und ›Drogen‹ zu hören, aber die Möglichkeit, daß das Ergebnis einer solchen Untersuchung ihn vielleicht vor weit schlimmere Tatsachen stellen würde, zu ignorieren.

»Wenn Sie es für nötig halten«, sagte Healey.

»Das tue ich«, versetzte Parker.

Er ließ einen Beamten im Haus zurück, vor allem um sicherzugehen, daß er benachrichtigt werden würde, wenn Brogan *nicht* nach Hause käme – das war seine größte Angst, daß Brogan spurlos verschwinden und irgendwann jemand durch Zufall seine Überreste entdecken würde, so wie bei Joseph Coyne.

Er sagte Healey, daß er am folgenden Morgen bei ihm vorbeikommen würde, dann fuhr er nach Hause. Er wußte, daß er im Moment nicht mehr tun konnte: Alle Streifenwagen fahndeten nach Rolys Escort. Und in dieser Nacht träumte er von dem Auto, wie es eine Straße hinunter zu einem Wald fuhr. Er selbst war ein hilfloser Beobachter und konnte nur zusehen, wie Brogan auf ein Gerüst gelegt wurde. ›Was ist denn das für ein Spiel, das wir da spielen, Roly? Was ist, wenn jemand kommt?‹

Am folgenden Morgen wurde er von seiner Frau wachgerüttelt, die sagte: »Ein Anruf aus dem Präsidium.«

Parker griff nach dem Telefon auf dem Nachttisch. »Brogan ist wieder da«, sagte man ihm.

Mit Parkers Warnung im Ohr und einem von Parkers Beamten im Haus, hatte es Healey irgendwie geschafft, seine Wut zu zügeln, als Brogan morgens um sieben die Haustür aufgesperrt hatte.

Der Junge schien überrascht, seinen Vater zu Hause vorzufinden, jedenfalls überraschter als über die Anwesenheit des Polizisten.

Der Beamte hatte sofort von Brogans Rückkehr Meldung gemacht, hatte dem Jungen jedoch keine Fragen gestellt. Auch Healey nicht, zu gut waren ihm Parkers letzte Worte im Gedächtnis: »Wenn er heimkommt – und hoffen wir, daß er kommt –, dann überlassen Sie ihn mir.«

Roly war, das hatten die Beamten beobachtet, in sein Haus zurückgekehrt, und Parker war sehr versucht, ihn sofort festnehmen zu lassen, aber er hatte Pläne mit Roly, und dazu gehörte nicht, ihn wissen zu lassen, daß er überwacht wurde. Vermutlich argwöhnte Roly es, aber mit Sicherheit wußte er es nicht, und Parker wollte ihn auf jeden Fall im Auge behalten, um ihn an dem Morgen, wenn sie mit der Durchsuchung des Gartens begannen, verhaften zu können. Wenn er jetzt irgend etwas täte, um ihn aufzuschrecken, würde Roly womöglich türmen, und das wollte er auf keinen Fall riskieren.

Parker befahl seinem Beamten, Brogan ins Präsidium zu bringen. Das Gespräch fand im selben Vernehmungsraum statt wie das am Vortag mit Hanson.

Hanson hielt sich im Hintergrund. Eigentlich hatte er selbst mit Brogan sprechen wollen, aber damit war Parker nicht einverstanden gewesen. Immerhin nahm er sich Hanson insofern zum Vorbild, als er sich neben den Jungen setzte und so vermied, daß der Tisch wie eine Barriere zwischen ihnen stand.

»Na, wo bist du gewesen?« fragte er freundlich.

»In Rolys Garten.«

»Und warum bist du da hingegangen?«

»Ich wollte zu Roly.«

Parker bemühte sich, so mit dem Jungen zu sprechen, wie seiner Meinung nach ein erfahrener Polizeibeamter mit seinem eigenen Sohn sprechen würde, falls der mal eine Dummheit gemacht haben sollte, aber das war nicht einfach: Er stand unter großem Druck und wollte nichts lieber, als dem Jungen in aller Deutlichkeit klarmachen, wie sehr die Sorge um ihn, die Suche nach ihm, die Angst um ihn sie alle – Healey, ihn und alle in seinem Team – mitgenommen hatte.

»Wir haben uns Sorgen gemacht«, sagte er vorsichtig.

»Wieso?«

»Wir wußten nicht, wo du bist.«

»Mir ist doch nichts passiert.«

Parker, der selbst sah, daß Brogan nichts passiert war,

erwiderte: »Aber das konnten wir nicht wissen, Brogan. Dir hätte sehr leicht etwas passiert sein können.«

»Ist es aber nicht«, sagte Brogan.

»Wo wart ihr?«

»Nirgends.«

»Irgendwohin müßt ihr doch gefahren sein.«

Dieser Logik konnte sich Brogan nicht entziehen. »Okay«, antwortete er. »Wir haben irgendwo draußen auf dem Land an der Straße geparkt.«

»Wo auf dem Land?«

»Weiß ich nicht«, sagte Brogan, dem es auf der Fahrt vorgekommen war, als würden die Vororte mit der Dunkelheit verschmelzen. Häuser waren Bäumen gewichen, statt Straßen waren nur noch Hecken zu sehen gewesen.

»Ihr scheint ziemlich weit außerhalb der Stadt gewesen zu sein.«

»Ja, die Fahrt war ganz schön lang«, bestätigte Brogan.

»Und als ihr da wart, was ist da passiert?«

»Nichts«, antwortete Brogan. »Wir haben im Auto gesessen, sonst nichts.«

»Im Auto?«

»Ja.«

»Die ganze Nacht?«

»Ja.«

»Ist dir da nicht kalt gewesen?«

»Doch, ein bißchen schon.«

»Und langweilig?«

»Auch ein bißchen.«

»Was habt ihr denn die ganze Nacht gemacht?«

»Nichts«, antwortete Brogan wieder. »Wir haben nur dagesessen.«

»Vorn oder hinten?« fragte Parker.

Brogan schien die Frage nicht zu verstehen.

»Habt ihr vorn im Auto gesessen oder hinten?« sagte Parker.

»Beides«, antwortete Brogan. »Ich mein – erst haben wir vorn gesessen, dann sind wir hinten rein.«

»Und warum seid ihr hinten rein?«

»Roly hat gesagt, da wär's bequemer.«

Das glaub ich gern, dachte Parker. Er sah Hanson an, der kaum merklich den Kopf schüttelte, als wollte er sagen, fragen Sie nicht – jetzt noch nicht. Eine Antwort werden Sie sowieso nicht bekommen, und Sie werden ihn nur in die Defensive drängen.

»Warum bist du eigentlich zu Roly gegangen?«

»Ich hab mich mit meinem Vater gestritten«, sagte Brogan. »Und Roly hat mal gesagt, daß ich bei ihm wohnen könnte, wenn ich will. Also bin ich hingefahren.«

»Und was hast du mit deinem Vogel gemacht?«

»Den hab ich mitgenommen.«

»Wo ist er jetzt?«

»Im Gehege. Ich hoffe, es geht ihm gut.«

»Warum sollte es ihm nicht gutgehen?«

»Man kann doch nie wissen«, erklärte Brogan.

Nein, dachte Parker. Man kann nie wissen. Mütter sterben. Väter hauen ab. In der Welt, in der Brogan lebte, war alles möglich. Er sagte: »Ich bin sicher, daß es deinem Vogel gutgeht. Aber warum hast du ihn dort gelassen?«

Brogan witterte eine List. »Wie meinen Sie das?«

»Du hättest ihn doch nicht dort gelassen, wenn du nicht vorhättest, da wieder hinzugehen, und ich dachte, du hättest mir versprochen, du würdest nicht mehr zu Roly gehen.«

»Das hab ich nie versprochen.«

Parker hätte ihm gern eins hinter die Ohren gegeben, aber er sagte nur: »Das ist wahr. Versprochen hast du mir nie, daß du nicht mehr zu Roly gehen würdest. Aber ich hatte gehofft, du würdest es dir nach allem, was ich gesagt habe, genau überlegen, ehe du wieder hingehst.«

»Ich hab nichts verbrochen«, sagte Brogan.

Parker sprach auch für Hanson, als er erwiderte: »Das behauptet auch niemand. Wir sind nur um dich besorgt.«

Hanson schaltete sich in das Gespräch ein und kam auf Brogans vorherige Bemerkung zurück. »Du hast deinen Vogel im Garten gelassen und hast gesagt, du hoffst, daß es ihm dort gutgeht. Was genau hast du damit gemeint?«

»Genau das, was ich gesagt hab«, erklärte Brogan. »Ich hoff, es geht ihm gut.«

»Warum sollte es ihm denn nicht gutgehen?«

»Tiger ist es auch nicht gutgegangen«, antwortete Brogan. »Aber das war nicht Rolys Schuld.«

Es war das erste Mal, daß Parker von Tigers Existenz hörte. »Wer ist Tiger?«

»Ein Tigerfink, den Roly mir geschenkt hat, als Mr. Moranti mich das erste Mal ins Gehege mitgenommen hat.«

»Ach so«, sagte Parker und lächelte.

Das Lächeln verschwand, als Brogan hinzufügte: »Er ist gestorben.«

Sein Ton, der sagte, es wäre ja egal, ihn könnte sowieso nichts mehr berühren, entging Parker nicht. »Und wie ist er gestorben?«

»Mr. Moranti hat ihn zerdrückt«, sagte Brogan. »Ich hab ihn dann zu Roly gebracht, weil ich gedacht hab, der könnte ihm helfen.«

»Aber das konnte er nicht«, sagte Parker leise.

»Wir haben ihn in einen Schuhkarton gelegt und rausgebracht«, sagte Brogan. Sein Gesicht war ohne Ausdruck, als er Parker ansah. »Seine Flügel sind einfach abgefallen.«

Hanson versuchte, sich die Szene vorzustellen. »Ihr habt ihn in einen Schuhkarton gelegt und hinausgetragen, und dann sind seine Flügel abgefallen? Wie meinst du das?«

»Ich hab ihn aus dem Schuhkarton rausgenommen. Er

hat auf Watte gelegen. Ich wollte ihn nicht in einem Schuhkarton begraben, das hätt ich irgendwie furchtbar gefunden.«

Hanson sah plötzlich den Jungen vor sich, wie er am Grab seiner Mutter stand, während der Sarg hinuntergelassen wurde, und verzweifelt wünschte, sie da herausreißen zu können, um sie wieder ins Leben zurückzuholen.

»Ich hab ihn aus der Schachtel rausgenommen«, sagte Brogan, »und da sind seine Flügel einfach runtergefallen.«

»Wie war dir denn da zumute, als das passierte?«

»Weiß nicht«, sagte Brogan. »War doch sowieso egal. Tiger war ja schon tot. Roly hat gesagt, er hat ihm die Flügel abschneiden müssen, sonst wär der Vogel für immer da drinnen gefangen gewesen.«

Hanson stand auf und kauerte sich vor dem Jungen nieder. »Was denkst du, was er damit gemeint hat?«

»Weiß nicht«, antwortete Brogan. »Tiger war tot. Da war doch sowieso alles egal.«

Das war es eben nicht, dachte Hanson. Ganz im Gegenteil. Der Junge war vom Tod des Vogels so heftig erschüttert gewesen, daß er den Schmerz darüber verdrängt hatte, um ihn nur ja nicht fühlen zu müssen, und das in einem Maß, daß er es nicht einmal merkwürdig gefunden hatte, den Vogel zerstückelt zu sehen.

»Und danach?« fragte Hanson.

»Dann sind wir ins Haus gegangen, und Roly hat mir Goldie geschenkt.«

»Die Gouldamadine«, warf Parker ein.

»Ich nenn ihn Goldie.«

»Ja, das ist ein guter Name für ihn«, sagte Parker freundlich, und Brogan lächelte ein klein wenig.

»Hoffentlich geht's ihm gut«, wiederholte er.

»Sicher«, beruhigte Hanson ihn. »Wenn du möchtest, fährt Mr. Parker bestimmt noch einmal in den Garten und holt ihn dir, damit du ihn bei dir haben kannst.«

»Daheim, bei meinem Dad?«

»Nein«, antwortete Hanson. »Du wirst jetzt erst einmal eine Weile nicht bei deinem Dad wohnen.« Er sagte nicht, daß Brogan vielleicht überhaupt nicht mehr zu seinem Vater zurückkehren würde, obwohl er es für ziemlich wahrscheinlich hielt, daß die Dinge sich so entwickeln würden, wenn die Behörden sich ein klares Bild von Brogans familiären Verhältnissen gemacht hatten.

»Wohin komm ich denn?«

»Das wissen wir noch nicht genau«, gab Parker zu. »So wie's aussieht, kommst du in eine andere Familie, bis dein Vater alles ein bißchen besser auf die Reihe kriegt.«

»Bis er mich nicht mehr schlägt, meinen Sie?«

Hanson und Parker sahen sich kurz an. Sie kannten sie beide, diese Geschichten, aber das machte es nicht einfacher.

»Schlägt er dich viel?« fragte Parker.

»Nur wenn ich's verdien – meistens, wenn ich ihn wütend mach.«

Wütend war jetzt Hanson. Healey hatte seinem Sohn in einem solchen Ausmaß die Selbstachtung genommen, daß dieser glaubte, die Mißhandlungen zu verdienen, die er von seinem Vater erfuhr. »Niemand hat das Recht, einen anderen Menschen zu schlagen.«

»Mr. Parker hat aber meinen Dad auch geschlagen«, sagte Brogan prompt. »Stimmt's, Mr. Parker?«

Parker suchte krampfhaft nach einer passenden Ausrede, fand aber keine. Schließlich rettete Hanson ihn aus seiner mißlichen Lage, indem er sagte: »Und hat er dich gestern abend auch geschlagen?«

»Nein, das hat er sich nicht getraut. Ich glaub, er hat Angst vor Mr. Parker.«

Darüber mußte Parker grinsen.

Brogan fügte hinzu: »Er hat gesagt, daß er zu Elaine rübergeht und sie fragt, ob sie zu uns ins Haus zieht. Aber das halt ich nicht aus, wenn sie in unserem Haus wohnt. Sie ist nicht meine Mutter.«

»Ich glaube«, meinte Parker, »ihm war nicht klar, daß du das so aufnehmen würdest.«

»Auf ihn sollten Sie losgehen, nicht auf Roly.«

»Warum?« fragte Parker.

»Er hat sie umgebracht.«

»Wen hat er umgebracht?«

»Meine Mama.«

Hanson nahm seine Hand von Brogans Schulter. »Brogan«, sagte er, »was meinst du damit?«

»Er hat sie umgebracht«, wiederholte der Junge. »Er hat meine Mama totgeschlagen.«

Nachdem jemand vom Jugendamt Brogan abgeholt hatte, setzten sich Hanson und Parker in Parkers Büro. »War es wirklich nötig, das Jugendamt einzuschalten?« fragte Hanson.

»Was bleibt uns denn anderes übrig?« entgegnete Parker. »Bei seinem Vater können wir uns nicht darauf verlassen, daß er ihn von Barnes fernhält. Ich kann mich nicht einmal darauf verlassen, daß meine eigenen Leute ihn nicht aus den Augen verlieren.« Zornig und frustriert fügte er hinzu: »Von Byrne haben wir weder was gesehen noch gehört, seit ich das Überwachungsteam abgezogen habe – weiß der Himmel, wo er sich rumtreibt und was er tut.«

»Wann wurde er eigentlich zuletzt gesehen?«

»Wir wissen, daß er nach Hause gefahren ist, nachdem er den Garten verlassen hatte. Aber das ist auch alles.«

»Seither ist er nicht mehr aufgetaucht?«

»Wie ich schon sagte.«

»Sie werden die Fährte schon wieder aufnehmen«, meinte Hanson.

»Ich hoffe es«, sagte Parker. »Aber so, wie's ausschaut, kann er auch außer Landes sein.«

»Na, dann wäre er wenigstens für Brogan keine Bedrohung.«

»Nein, aber für andere ist er eine ...«

Dem konnte man nicht widersprechen, und Hanson versuchte es auch gar nicht.

Parker sagte: »Ich habe Brogans Vater um die Erlaubnis gebeten, den Jungen ärztlich untersuchen zu lassen.«

»Und – war er einverstanden?«

»Ja, obwohl ich nicht überzeugt bin, daß ihm wirklich klar ist, was ich da von ihm verlangt habe.«

Hanson hatte schwere Bedenken: Ob Brogan von Roly mißbraucht worden war, konnten sie einzig feststellen, indem sie die Intimsphäre des Jungen verletzten, ihn entwürdigten und ihn so einer anderen Form des Mißbrauchs aussetzten. »Ich bin froh, daß ich nicht Ihren Job habe«, sagte Hanson. »Das muß so ziemlich das Schwerste sein, was es gibt.«

»Da täuschen Sie sich«, versetzte Parker. »Vater zu sein ist schwerer.«

Seine Worte erinnerten Hanson schmerzlich an etwas, das seine Frau ihm eines Tages gesagt hatte: »Ich bin schwanger.« Aber sie war nicht lange schwanger gewesen. Außerdem war das Kind, das sie abgetrieben hatte, nicht von ihm gewesen.

»Das kann ich nicht beurteilen«, sagte er.

»Glauben Sie's mir einfach«, sagte Parker.

Als Brogan das letztemal beim Arzt gewesen war, hatte seine Mutter ihn begleitet. Jetzt hatte eine Sozialarbeiterin, die er gerade mal ein paar Stunden kannte, ihn hergebracht. Sie war überfreundlich und lächelte entschlossen.

Sie ging mit ihm in das Sprechzimmer, das sich verändert hatte, seit er es zuletzt gesehen hatte. Die weißen Schränke an den Wänden waren noch dieselben, aber das Handwaschbecken und der Spiegel waren neu, und der alte beige-braune Paravent, hinter dem die Liege stand, war einem neuen, weißen gewichen.

Dr. Freeman war unverändert bis auf die weißen Turnschuhe, die er jetzt statt der früheren zwiegenähten Straßenschuhe trug. Brogan hatte so ähnliche Turnschuhe einmal in einem Dokumentarfilm über Drogendealer gesehen. Der Arzt saß an einem Schreibtisch, der schmaler war, als Brogan in Erinnerung hatte, die Papiere darauf waren ordentlich gestapelt.

Bei der Vorstellung von Dr. Freeman als Dealer mußte Brogan unwillkürlich lächeln, und Freeman legte dieses Lächeln falsch aus. »Wie geht es dir, Brogan?«

Brogan antwortete nicht, sondern sah die Sozialarbeiterin an, als müßte er sie um Erlaubnis bitten. »Alles in allem geht es ihm gut«, sagte sie, und Brogan mußte an seinen letzten Besuch hier denken. Damals hatte Dr. Freeman ihm mit einer kleinen Taschenlampe in die Ohren geleuchtet und dann ein Rezept für ein mildes Antibiotikum ausgestellt. Danach hatte er seine Mutter gefragt, wie es zu Hause ginge. »Alles in allem ganz gut«, hatte sie auf ihre scheue Art geantwortet und dabei eine Hand auf ihre Wange gelegt, als wäre der letzte Bluterguß noch da.

Freeman, dem klar war, wie schwierig die gegenwärtige Situation war, bemühte sich, sie Brogan so leicht wie möglich zu machen. »Ich habe eigentlich erwartet, daß dein Vater mitkommen würde.«

Die Sozialarbeiterin antwortete für Brogan. »Er wollte ihn nicht dabeihaben.«

Freeman sah Brogan an. »Ist das wahr?«

»Weiß nicht«, antwortete Brogan.

»Na ja«, sagte Freeman, »wie dem auch sei, es tut mir leid, daß ich dir das alles zumuten muß.«

»Was müssen Sie mir zumuten?«

Freemans Lächeln verschwand. »Hat dir denn niemand gesagt, warum du hier bist?«

»Sie haben gesagt, daß ich untersucht werden soll.«

»Und haben sie dir erklärt, was für eine Untersuchung das ist?«

»Nein, wieso?«

Freeman wandte sich der Sozialarbeiterin zu. »Vielleicht könnten Sie uns einen Moment allein lassen.«

»Ich habe Anweisung zu bleiben.«

»Aber ich möchte mit Brogan allein sprechen. Danach können Sie wieder reinkommen.«

Ehe sie hinausging, nahm sie ihre geflochtene Tasche mit Troddeln daran, an deren Henkel ein Schlüsselbund mit einem Delphinanhänger festgeklemmt war.

Freeman wartete, bis sie die Tür hinter sich geschlossen hatte, bevor er sagte: »Brogan, bevor ich jetzt mit der Untersuchung anfange, werd ich dir genau erklären, worum es dabei geht. Und wenn du klar verstanden hast, was ich tun werde und warum ich es tun werde, kannst du mir sagen, ob du überhaupt damit einverstanden bist.«

Brogan hörte dem Arzt aufmerksam zu, aber er sagte nichts.

»Hast du alles verstanden, Brogan?«

Brogan nickte.

»Und bist du immer noch mit der Untersuchung einverstanden?«

In diesem Moment ging die Tür auf, und ehe Brogan etwas sagen konnte, kam die Sozialarbeiterin wieder ins Sprechzimmer. Sie hielt einen blaßgrünen Umschlag in der Hand. Brogan schien es eine merkwürdige Farbe für einen Briefumschlag zu sein, und er mußte ihn dauernd ansehen, selbst nachdem sie ihn Freeman gegeben hatte.

»Das ist die schriftliche Genehmigung des Vaters. Wenn das nicht reicht, können wir eine gerichtliche Verfügung erwirken.«

Freeman zog den Brief aus dem Umschlag. Das, was darin stand, war mit Maschine geschrieben, und Healeys

Unterschrift war wenig mehr als ein ungelenkes Gekritzel. Brogan fragte sich, ob sein Vater überhaupt gewußt hatte, wozu er da seine Zustimmung gab.

Freeman las den Brief durch und gab ihn der Sozialarbeiterin zurück. »Es tut mir leid«, sagte er zu Brogan. »Du hast leider keine Wahl.«

29

Parker und Warrender fuhren zu Moranti hinaus. Der wohnte in einem modernen Einfamilienhaus mitten in einer größeren Siedlung. Parker schätzte, daß es ungefähr den Wert seines eigenen Hauses hatte, und das war weiß Gott kein Vermögen, dennoch konnte er sich nicht vorstellen, daß der Basar soviel abwarf, und fragte sich, woher Moranti das Geld für das Haus hatte.

Er klopfte an die Tür und schaute nach oben. Die Vorhänge waren fest zugezogen. Gleich nach seinem Klopfen jedoch gerieten sie in Bewegung und wurden zurückgezogen.

Er hielt seinen Dienstausweis hoch, und Mrs. Moranti trat vom Fenster weg, um ihrem Mann Platz zu machen. Der starrte Parker und Warrender einen Moment lang an, als wären sie Gespenster, dann verschwand auch er vom Fenster.

Sobald er Moranti in sicherem Gewahrsam hatte, wollte Parker das Haus und den Basar von oben bis unten durchsuchen lassen, obwohl ihm eine Bemerkung Hansons seither im Kopf herumging und er inzwischen selbst ziemlich sicher war, daß er dort genausowenig pornographisches Material finden würde wie zuvor bei Byrne. »Pädophile«, hatte Hanson gesagt, »mieten häufig Räume unter falschem Namen und bewahren ihr Material dort auf, besonders wenn es sich um harten Stoff handelt.«

Die meisten Händler aus der Markthalle lagerten einen Teil ihrer Bestände außerhalb. Parker plante, während der Durchsuchung des Basars einige dieser Leute von seinen Beamten befragen zu lassen, um möglicherweise herauszubekommen, ob Moranti irgendwo anders einen Lagerraum hatte, von dem sie wußten.

Mrs. Moranti öffnete ihnen die Tür, während ihr Mann hinter ihr noch dabei war, sich hastig einen Morgenrock überzuziehen. Aber Parker wandte sich gleich an Moranti selbst, hielt ihm seinen Dienstausweis unter die Nase und sagte: »Ziehen Sie sich an, Mr. Moranti. Ich nehme Sie mit aufs Präsidium.«

Einen Moment lang war Moranti wie vom Donner gerührt, und seine Frau begann, in irgendeiner fremden europäischen Sprache mit rasender Geschwindigkeit auf Parker einzureden.

Dann sagte Moranti in einem Englisch mit starkem Akzent und in erschrockenem Ton: »Was hab ich denn getan?«

Irgend etwas an der Art, wie er das sagte, verriet Parker, daß er eine solche Szene schon früher erlebt hatte, und plötzlich konnte er sich Moranti als kleinen Jungen vorstellen, der sich hinter seinen Eltern versteckte, als fremde Männer in ihre Wohnung eindrangen, um sie mitzunehmen.

Mrs. Moranti flehte ihren Mann an, doch etwas zu tun, doch wenn Moranti etwas aus der Vergangenheit gelernt hatte, dann das, daß Widerstand zwecklos war.

»Etta«, sagte er, und Parker war nicht sicher, ob das ihr Name war oder ein Wort der Beruhigung.

»Gehen Sie sich jetzt anziehen«, wiederholte er, und Warrender stellte sich an seine Seite.

Sie drängten sich in Morantis Haus, und Warrender ging durch den Flur nach hinten, um Moranti den Weg abschneiden zu können, falls dieser auf die Idee kommen sollte zu fliehen. Weit wäre er allerdings sowieso nicht gekommen. Parkers Leute waren über das ganze Grundstück verteilt. Moranti hatte keine Chance.

Als Parker auf dem Weg zu dem Vernehmungsraum war, in dem Moranti festgehalten wurde, kam Warrender ihm nach.

»Das Jugendamt hat gerade angerufen – Brogan ist abgehauen.«

»Von wo?«

»Aus der Arztpraxis.«

»Ist er untersucht worden?«

»Ja.«

»Na, wenigstens etwas.« Parker brauchte nicht groß zu überlegen, wohin Brogan geflohen war. »Er ist garantiert auf dem Weg zu Barnes – da werden wir ihn gleich wieder haben.«

Er sah sich die neuesten Informationen an, die Warrender über Healey zusammengetragen hatte. Healey war der Polizei bekannt, aber nicht aus den Gründen, an die Parker gedacht hatte: Mehr als ein dutzendmal hatte er seine Frau krankenhausreif geprügelt, war aber deswegen nie vor Gericht gelandet. Brogans Mutter hatte es abgelehnt, Anzeige zu erstatten.

»Woran ist sie gestorben?«

»Sie ist offenbar die Treppe runtergefallen.«

Sie sahen einander an.

»Sie hat das Krankenhaus auf eigene Verantwortung verlassen. Zu Hause ist sie dann an inneren Blutungen gestorben.«

Parker fragte sich, was sich in Brogans Kopf abgespielt hatte. Vielleicht war seine Mutter wirklich die Treppe hinuntergestürzt. Vielleicht auch nicht. Ganz gleich, Brogan gab eindeutig seinem Vater die Schuld an ihrem Tod.

Er ging in den Vernehmungsraum. Moranti hockte auf der äußersten Stuhlkante. »So, Mr. Moranti«, sagte er.

Moranti wollte aufstehen, war jedoch, alt wie er war, vom langen Sitzen in gespannter Haltung fast zur Unbeweglichkeit erstarrt.

»Bitte behalten Sie Platz«, sagte Parker und zog sich ihm gegenüber einen Stuhl an den Tisch.

Morantis Stimme klang furchtsam, als er sagte: »Mein Laden ...«

»Machen Sie sich mal um Ihren Laden keine Sorgen«, versetzte Parker. »Da sind im Augenblick meine Leute, und die Vögel werden fürs erste nicht verhungern.«

»Was tun Ihre Leute in meinem Laden?«

»Sie durchsuchen ihn«, antwortete Parker und legte einen Durchsuchungsbefehl auf den Tisch.

Moranti würdigte ihn keines Blickes.

»Als ich das letztemal bei Ihnen im Laden war«, fuhr Parker fort, »haben Sie zugegeben, daß Gary eine Zeitlang bei Ihnen gearbeitet hat.«

»Ja, und?« entgegnete Moranti. »Bei mir haben im Lauf der Jahre viele Jungs gearbeitet.«

»Aber nicht alle sind spurlos verschwunden«, sagte Parker. »Ich habe Sie damals gefragt, ob Sie Gary mal zu Roly mitgenommen haben.«

»Und ich hab Ihnen gesagt«, versetzte Moranti, »daß ich die Jungs nie mit ins Gehege nehme. Ich bezahl sie dafür, daß sie die Käfige saubermachen und auf den Laden aufpassen. Wenn ich weg muß, bleiben sie dort und kümmern sich um die Kunden.«

Parker war gespannt, wie Moranti reagieren würde, wenn er hörte, was Nathan ausgesagt hatte. Er legte Garys Akte auf den Tisch und nahm das Bibliotheksbuch heraus, schlug es auf der Seite auf, wo der Fink abgebildet war, den Gary gehalten hatte, und sagte: »Verkaufen Sie auch solche Vögel?«

Moranti nahm das Buch, sah sich die Abbildung an und gab es zurück. »Nein.«

»Nie?«

»Nein.«

»Warum nicht?«

»Wer will denn schon so einen simplen grünen Vogel? Jedenfalls nicht die Leute, die bei mir kaufen. Die wollen bunte Vögel, aus exotischen Ländern.«

»Dieser Vogel stammt aus einem exotischen Land«, sagte Parker.

Moranti zuckte mit den Achseln. »Besonders schön ist er trotzdem nicht.«

»Schon möglich«, stimmte Parker zu. »Aber es ist ein exotischer Fink.«

»Glauben Sie wirklich? Da bin ich anderer Meinung. Solche Vögel gibt's bei mir nicht zu kaufen.«

»Bei wem dann?« fragte Parker.

»Keine Ahnung«, antwortete Moranti. »Ich wüßte niemanden.«

»Aber es muß jemanden geben, der solche Vögel verkauft«, beharrte Parker. »Überlegen Sie.«

Moranti überlegte gehorsam und sagte schließlich: »So einen Vogel würde sich nur ein echter Kenner halten, jemand, der viele verschiedene Arten haben will.«

»Jemand wie Roly?« fragte Parker.

»Kann sein, ich weiß es nicht.«

»Sie haben in Rolys Gehege nie so einen Finken gesehen?«

Wieder zuckte Moranti mit den Achseln, und die Gebärde hatte etwas seltsam Dramatisches. »Da sind so viele Vögel! Woher soll ich das wissen? Da gibt es bestimmt eine Menge Vögel, die ich nie gesehen habe.«

Das konnte Parker ihm glauben. »Mr. Moranti«, sagte

er. »Gary hatte so einen grünen Finken. Zu Hause, in einem Käfig.«

Moranti ging augenblicklich in Abwehrhaltung. »Von mir hat er ihn nicht gehabt!«

»Von wem dann?«

Moranti schwieg, den Blick auf die Abbildung in dem Buch gerichtet, das jetzt verkehrt herum vor ihm lag. Parker ließ ihn einen Augenblick das Bild betrachten, dann begann er wieder zu sprechen, und sein Ton ließ keinen Zweifel daran, daß er sich seiner Sache völlig sicher war.

»Wir können beweisen«, sagte er, »daß Sie Gary ins Gehege mitgenommen haben. Wir können ferner beweisen, daß Sie Brogan Healey mit Roly bekannt gemacht haben.«

Im ersten Moment sagte Moranti gar nichts, dann begann er zu weinen.

»Wann haben Sie Gary zum erstenmal zu Roly mitgenommen?«

Morantis Antwort war kaum hörbar. »Letztes Weihnachten. Ich hab gute Geschäfte gemacht, viele Vögel verkauft.« Er wischte sich das Gesicht mit dem Ärmel seines Gabardinejacketts. »Komm, hab ich zu Gary gesagt ... Wir kaufen noch mehr Vögel.«

»Und da haben Sie ihn mit Roly bekannt gemacht.«

Moranti antwortete nicht. Zuviel Angst, dachte Parker. »Mr. Moranti«, sagte er. »Haben Sie Joseph Coyne gekannt?«

Moranti war keines Wortes mehr fähig. Er drückte seine Augen zu, als könnte er so die Tränenflut eindämmen.

Parker versuchte es noch einmal. »Mr. Moranti!«

»Ja«, flüsterte der alte Mann.

»Hat er bei Ihnen gearbeitet?«

»Ja.«

»Wie lange?«

»Nicht lang«, antwortete Moranti. »Joey ... der konnte mit den Vögeln nicht umgehen. Er hat sie immer so gehalten ...« Moranti hob seine Hand und machte eine Faust. »Er hat sie verletzt. Ich hab zu ihm gesagt: ›Joey, so hat das keinen Sinn, du mußt dir eine andere Arbeit suchen‹.«

»Da haben Sie ihm gezahlt, was Sie ihm noch geschuldet haben, und dann ist er gegangen«, sagte Parker, aber Moranti reagierte nicht.

»Mr. Moranti?«

Moranti schüttelte den Kopf. »Ich hab ihm nichts mehr bezahlt, nein ... er ...«

Parker vollendete den Satz für ihn. »Joey ist verschwunden.«

Morantis Hände flatterten nervös, als versuchte er, einen Finken festzuhalten, der nicht festgehalten werden wollte.

»Und als dann auch Gary verschwand, fanden Sie es da nicht merkwürdig, daß zwei von den Jungen, die bei Ihnen gearbeitet hatten ...?«

»Ja, ein bißchen, vielleicht.«

»Ein bißchen?« wiederholte Parker. »Ich hätte das mehr als ein bißchen merkwürdig gefunden. Ich hätte die Polizei benachrichtigt. Es sei denn, natürlich, ich hätte etwas zu verbergen gehabt.«

Moranti öffnete die Augen, und die Tränen flossen wieder ungehindert. »Im Lauf der Jahre haben so viele Jungs bei mir gearbeitet. Sie kommen und gehen. Nur Joseph und Gary sind verschwunden.«

»Wie viele von ihnen haben Sie zu Roly mitgenommen?«

»Die meisten. Alle. Ich weiß es nicht mehr.«

Parker schlug Gary Maudsleys Akte auf. Darin lag ein Zettel mit Informationen, die einer seiner Leute über Moranti zusammengetragen hatte. Er legte das Blatt auf den Tisch.

»Wann sind Sie nach England gekommen, Mr. Moranti?«

Parker konnte die Stimme des Mannes kaum hören, als dieser antwortete.

»Neunzehnhundertneununddreißig.«

»Und warum sind Sie hierhergekommen?«

»Meine Familie hatte Angst vor Verfolgung.«

Einleuchtend, dachte Parker, und Moranti fügte hinzu: »Wir waren das, was man so fahrendes Volk nennt – Zirkusleute. Keine große Attraktion. Eher eine kleine Nummer.«

»Und wovon haben Sie dann gelebt, als Sie nach England kamen?«

»Ich hab einen Laden aufgemacht«, antwortete Moranti.

»Den Basar?«

»Nein, ich hab mit Gebrauchtmöbeln gehandelt.«

Das war so weit entfernt von dem phantasievollen Basar, daß es Parker schwerfiel, sich das vorzustellen. Moranti, der zu erraten schien, was er dachte, sagte: »Eines Tages hab ich dann ein ziemlich kurioses Stück verkauft, einen Messingaschenbecher, der aus dem Gehäuse einer Granate gemacht war. Da hab ich angefangen, mehr solche Dinge zu sammeln, und hab schnell gemerkt, daß man mit so was mehr Geld machen konnte als mit gebrauchten Möbeln.«

»Und so ist der Basar entstanden«, stellte Parker trocken fest.

»Es ist alles ganz legal – Ihre Leute finden bestimmt keine gestohlenen Waren bei mir.«

»Danach suchen wir auch nicht.«

»Wonach suchen Sie dann?«

»Nach einem Beweis, daß Sie Roly kleine Jungen zugeführt haben.«

Moranti warf mit plötzlicher heftiger Bewegung beide

Arme in die Luft, und der imaginäre Vogel klatschte an die Zimmerwand. »Ich will einen Anwalt«, sagte er.

»Sehr klug«, meinte Parker.

30

Nachdem Moranti in den Zellentrakt hinuntergebracht worden war, meldete Warrender Parker, daß Gifford, der Mann, der ihnen im Colbourne-Forst aufgefallen war, als er sich in der Nähe des Gerüsts herumgetrieben hatte, zur Vernehmung aufs Präsidium gebracht worden war. Die von ihm angegebene Adresse hatte nicht gestimmt, und Parker, der sich das Kennzeichen von Giffords kleinem offenen Lieferwagen notiert hatte, hatte daraufhin einen seiner Leute beauftragt, festzustellen, wer der Mann war und wo er seinen Wohnsitz hatte.

Wenig später hatte sich herausgestellt, daß der Mann zwar tatsächlich Gifford hieß, jedoch in Crowthorne in Berkshire lebte. Parker, der sich nicht vorstellen konnte, daß jemand aus reiner Sensationslust eine so weite Fahrt auf sich nehmen würde, hatte Gifford ausfindig machen und ins Präsidium bringen lassen.

Als Parker jetzt in den Vernehmungsraum trat, unterzog er den Mann noch einmal einer eingehenden Musterung. Gifford, dessen Gesicht von lebenslanger Arbeit im Freien wettergegerbt war, mußte etwa Mitte Fünfzig sein. Er konnte Parker nicht in die Augen sehen, und der hatte den Eindruck, daß Gifford es inzwischen wohl ziemlich bereute, den Colbourne-Forst überhaupt betreten zu haben.

Er brauchte gut zehn Minuten, um aus Gifford herauszubringen, daß er Vorarbeiter bei einem Straßenbauunternehmen gewesen und aus persönlichem Interesse nach Colbourne gekommen war, weil er früher einmal an einer Straße in der Nähe des Colbourne-Forsts mit gebaut hatte.

»Welche Straße war das?« fragte Parker.

»Die Umgehungsstraße bei Bickley.«

Parker kannte den Namen, ohne zu wissen, woher. »Bickley«, wiederholte er.

»Das ist direkt am Rand des Geländes, das zu Colbourne gehört.«

Jetzt wußte Parker Bescheid – ein Streifen dichtbewaldetes Land, der auf einigen der älteren Karten, die der National Trust zu Verfügung gestellt hatte, eingetragen war. Er hatte früher einmal den Colbourne-Forst von einem anderen Stück Land getrennt, das in Privatbesitz war.

»Hat nicht das Umweltministerium diesen Wald aufgekauft?« fragte er.

»Doch, das ist richtig«, bestätigte Gifford.

Parker wünschte, er hätte den Unterlagen, die sie vom National Trust erhalten hatten, mehr Aufmerksamkeit geschenkt. Unter der Fülle von Informationsmaterial, das er angefordert hatte, befanden sich auch Papiere über den Kauf des Bickley-Forsts. Das Waldstück war etwa zu der Zeit, als Fenwick Colbourne House erstanden hatte, vom Umweltministerium erworben worden.

Gifford sagte: »Das Ministerium wollte eine Umgehungsstraße bauen, um den Verkehr vom Ortszentrum abzuziehen, aber sie wurde erst acht Jahre später gebaut.«

»Und wie kam das?« fragte Parker.

»Fenwick hat sich dagegen gewehrt«, erklärte Gifford. »Er wollte keine große Straße direkt am Rand seines Besitzes.«

»Aber Bickley gehörte doch nicht ihm«, wandte Parker ein. »Wie konnte er den Bau blockieren?«

»Er hat den Leuten vom National Trust versprochen, er

würde ihnen seinen ganzen Besitz vermachen, wenn sie auf das Ministerium Druck ausübten, die Führung der geplanten Straße zu verhindern. Das haben sie zwar nicht geschafft, aber sie konnten den Baubeginn immerhin viele Jahre hinauszögern.«

»Und wie haben sie das fertiggebracht?«

»Sie haben gesagt, daß das Waldstück aus sehr alten, geschützten Bäumen besteht. Aber das klappte natürlich nicht ewig, und als Fenwick dann erfuhr, daß die Straße doch gebaut werden würde, drohte er damit, eine besonders militante Gruppe von Naturschützern mobilzumachen.«

»Und hat er das auch getan?«

»Nein«, antwortete Gifford.

»Warum nicht?«

»Keine Ahnung«, sagte Gifford, aber Parker glaubte, die Antwort auch so zu kennen: Fenwick war ein Einsiedler gewesen. Hätte er militante Naturschützer mobilisiert, so hätte er damit einen Aufmarsch unwillkommener Gäste auf seinem Grundstück provoziert, die das Feld voraussichtlich lange Zeit nicht geräumt hätten.

»Fahren Sie fort«, sagte Parker.

»Ich hab den Trupp geleitet, der die Bäume fällen mußte. Wir bekamen den Auftrag, in den Wald zu gehen und schon mal anzufangen, und das haben wir getan.«

»Und?«

Gifford dachte an den Tag zurück, an dem er und seine Leute zum Bickley-Forst ausgerückt waren, gut gerüstet mit schwerem Gerät, das Bäume samt Wurzeln aus der Erde reißen, sie wenn nötig zu Konfetti zerkleinern, alle Spuren von Wachstum beseitigen und eine gleichmäßig ebene Fläche schaffen konnte, auf der der Schotteruntergrund für Beton und Asphalt gelegt werden würde. Sie hatten damit gerechnet, bei ihrer Ankunft von Demonstranten empfangen zu werden, die ihnen ernste Probleme bereiten wollten – von solchen, die die Erfahrung gemacht hatten, daß gewalttätiges Eingreifen die Rodung alter Wälder zumindest hinauszögern konnte, und die sich zweifellos nicht mit einer Sitzblockade begnügen würden. Aber es war nicht ein einziger Demonstrant dagewesen.

Gifford starrte in seinen Plastikbecher. »Ich sollte das vielleicht nicht sagen ...«

»Es geht um Mord«, erinnerte Parker ihn sanft. »Alles, was Sie uns sagen können ...«

»Wir haben damals ein Gerüst gefunden«, sagte Gifford.

Parker, der bis jetzt gestanden hatte, setzte sich. Es blieb einen Moment ganz still, dann schwenkte Gifford den Rest seines Kaffees im Becher und kippte ihn hinunter, als wäre es der Schnaps, den er jetzt zweifellos gern gehabt hätte. Der Becher machte ein leises Geräusch, als Gifford ihn auf den Tisch stellte.

»Ich wollte mir das Gerüst anschauen«, sagte er. »Ich wollte sehen, ob es genauso aussah.«

»Aber es war nicht mehr da«, sagte Parker.

»Nein, ich weiß – und selbst wenn, wäre ich ja doch nicht nahe genug rangekommen.«

»Warum haben Sie sich nicht gemeldet?« fragte Parker.

»Ich wollte ja ...«, antwortete Gifford, »aber ...«

Parker, der ihn nicht in die Defensive drängen wollte, machte eine beschwichtigende Handbewegung. »Es ist nicht so wichtig – Sie sind ja jetzt hier.« Er wählte seine Worte mit Sorgfalt. »Sie sprechen von einem Gerüst. Tun Sie das, weil die Presse es so bezeichnet hat?«

»Nein, weil sie so ausgesehen haben.«

»Sie?« fragte Parker.

»Es waren mehrere.«

Parkers beschwichtigende Geste erstarrte einen Augenblick, und dann sah er sich selbst zu, wie seine Hand auf den Tisch hinuntersank wie die Feder, die aus Hansons

Fingern zu Boden getaumelt war. Auch Gifford konnte er sehen, aber wie durch eine Art Teleskop. Er wirkte klein und sehr weit weg.

»Die Überreste auf diesen Gerüsten waren größtenteils nichts weiter als Lumpen und Knochen. Aber bei einem …« Gifford schwieg, als würde ihn die Erinnerung daran sein Leben lang verfolgen. »Es sah aus wie etwas aus einem Film.«

Parker, der aus eigener Anschauung wußte, wie ein teilweise verwester menschlicher Körper aussah, konnte sich gut in Gifford hineinversetzen und fragte sich, ob Gifford von ähnlichen Träumen heimgesucht worden war wie jene seiner Männer, die das Skelett im Colbourne-Forst gesehen hatten, und ob auch er in der Nacht aus dem Schlaf hochgeschreckt war, um bei seiner Frau Beruhigung zu suchen, die sich selbst bei bestem Willen die Bilder, die ihn bedrängten, nicht einmal annähernd vorstellen konnte.

»Was haben Sie getan, als Sie das Gerüst fanden?«

»Ich hab meinem Chef Bescheid gesagt.«

»Wer war das?«

»Pierce«, antwortete Gifford, »von Pierce und Newman.«

Parker kannte das Unternehmen, der Name war ein Begriff. Er sagte: »War Pierce denn vor Ort?«

»Nein«, antwortete Gifford. »Er war in London.«

»Und was hat er unternommen?«

»Er ist nach Bickley runtergekommen, hat sich die Gerüste angesehen und die Polizei verständigt.«

»Das Gebiet fällt in meine Zuständigkeit«, sagte Parker, »und ich war schon vor acht Jahren bei der Kriminalpolizei. Wenn damals etwas in der Art in Bickley oder Colbourne gefunden worden wäre, hätte ich das erfahren.«

Gifford starrte in seinen Becher. »Das kann ich nicht beurteilen«, murmelte er.

»Verlassen Sie sich darauf«, sagte Parker ruhig. Gifford sprang plötzlich auf, und der leere Plastikbecher segelte, weggefegt von seinem Ungestüm, zu Boden.

»Wir haben danach ein paar Tage freibekommen, und man hat uns gesagt, wir sollten uns von dem Gebiet fernhalten, solange die Polizei dort zu tun hätte. Als wir später die Arbeit wieder aufgenommen haben, waren die Gerüste weg. Wir haben danach nie wieder was von ihnen gehört, und uns wurde gesagt, wenn wir unsere Arbeit behalten wollten, sollten wir den Mund halten und zusehen, daß der Wald möglichst schnell abgeholzt wird.«

»Aber warum?«

»Der Chef wollte nicht, daß es Verzögerungen gibt.«

Parker stand auf und trat neben Gifford ans Fenster, durch dessen Maschendrahtgitter sie einen Hof und die Gebäude gegenüber sehen konnten.

»Wie viele Leute waren in Ihrem Trupp?«

»So um die zwanzig«, antwortete Gifford.

»Und alle haben brav den Mund gehalten?«

»Na ja, die Leute haben's vielleicht ihren Familien erzählt – ich weiß es nicht. Ich hab jedenfalls nie ein Wort gesagt, nicht mal zu meiner Frau.«

Parker konnte kaum glauben, daß die Presse keinen Wind von dieser Geschichte bekommen hatte, wenn sie wirklich stimmte. »Ich soll Ihnen allen Ernstes glauben ...«

»Man hat uns erzählt, die Gebeine wären nicht echt gewesen, sondern aus Plastik, daß Demonstranten sich das ausgedacht hätten, um erst mal einen Arbeitsstopp zu erreichen, bis sie sich organisieren und an die Bäume ketten könnten.«

»Und Sie alle haben das geschluckt?« fragte Parker.

»Hören Sie, Mr. Parker, vor acht Jahren hat das Baugewerbe noch schlechter dagestanden als heute. Wir hätten damals fast alles getan, um unseren Arbeitsplatz nicht zu verlieren. Wir hatten den Auftrag, einen Wald abzuholzen, und wir wußten, daß wir danach mindestens noch sechs Monate länger Arbeit haben würden, weil diese Straße gebaut werden mußte, und unsere Firma den Auftrag praktisch schon in der Tasche hatte. Unter solchen Umständen glaubt man fast alles, was einem gesagt wird.« Er machte eine Pause, dann fügte er hinzu: »Weil man es glauben will.«

Das konnte Parker verstehen. Doch was, fragte er sich, hatte die Verantwortlichen dazu getrieben, klammheimlich in den Wald einzudringen, die Gerüste mit den Überresten menschlicher Leichen ausfindig zu machen und verschwinden zu lassen? Wohl nur die Gewißheit, daß das ganze Gebiet für die Dauer einer gründlichen Durchsuchung abgeriegelt worden wäre, wenn man die Polizei alarmiert hätte. Die Medien wären aufmerksam geworden, es hätte wahrscheinlich einen Riesenrummel gegeben, der gerade für die Art von Demonstranten, deren Auftauchen Giffords Chef so sehr fürchtete, ein Geschenk des Himmels gewesen wäre.

Die Vorstellung, daß irgendein Geschäftsmann sich angemaßt hatte, die entdeckten Leichen wegschaffen und anderswo begraben oder auch einfach vernichten zu lassen, empörte Parker, aber er wußte schließlich, wozu die Mächtigen und Reichen fähig waren, wenn es darum ging, den Erfolg ihrer Pläne zu sichern. Er konnte sich vorstellen, was für ein Typ von Mensch Giffords Chef war – einer, der ganz unten angefangen und sich rücksichtslos nach oben gekämpft hatte und sich nicht von ein paar Knochen um die Chance auf einen Riesengewinn bringen ließ.

»Was für ein Mensch war Ihr Chef?«

»Na, gut Kirschen essen war nicht mit ihm«, antwortete Gifford.

Mit einer gewissen Befriedigung darüber, den Mann

richtig eingeschätzt zu haben, sagte Parker: »Wo ist er zu erreichen?«

Gifford lächelte auf eine Art, die Parker nicht gleich verstand. »Er war jünger als ich«, sagte er. »Aber Gesundheit läßt sich nicht kaufen, Mr. Parker.«

Nein, dachte Parker, und Anstand auch nicht. »Was ist mit den Männern, mit denen Sie damals zusammengearbeitet haben? Wären Sie bereit, mir ihre Namen zu nennen?«

»An alle kann ich mich nicht erinnern, aber ein paar weiß ich noch.«

Ein paar reichen, dachte Parker und überlegte, wie hoch die Wahrscheinlichkeit war, die damals entdeckten menschlichen Überreste wiederzufinden. Die Hoffnung war gering. Männer wie Giffords Chef bewegten sich nicht selten am Rande der Legalität. Dieser Mann hätte sicher nicht die geringsten Skrupel gehabt, die entdeckten Gebeine an irgendeiner von einem Dutzend Baustellen landauf, landab einbetonieren zu lassen.

»Um noch einmal auf die Gebeine zurückzukommen«, sagte Parker. »Waren es die Überreste von Kindern?«

Gifford fiel ein Bild ein, von dem er geglaubt hatte, er hätte es mit reiner Willenskraft für immer aus seinem Gedächtnis gelöscht, und mußte jetzt einsehen, daß sein Wille schwächer war, als er gedacht hatte. Er sah Parker mit einem Blick an, der ahnen ließ, daß der Anblick ihn all die Jahre verfolgt hatte.

»Ich bin froh, daß ich es endlich los bin«, sagte er. »Daß ich mit jemandem drüber reden konnte.«

»Und es war richtig so«, sagte Parker.

31

Als Hanson in Colbourne ankam, erwartete ihn Parker schon auf der anderen Seite des Waldes. In der Ferne konnte er das Rauschen des Verkehrs hören, die monotone Untermalung von Parkers Worten, während dieser ihn auf den neuesten Stand brachte.

»Die Straße, an der wir hier stehen, war früher der Bickley-Forst.«

Von dem Wald war nichts mehr übrig. Die Straße vor ihnen war der Zubringer zu einer Schnellstraße. Hanson hörte schweigend zu, während Parker ihm sein Gespräch mit Gifford schilderte und schließlich mit der Bemerkung schloß: »Wir werden wohl nie erfahren, was sich in diesem Wald abgespielt hat.«

»Nein, aber wir können es uns denken«, erwiderte Hanson. Vorn donnerte der Verkehr vorbei, die Autos brausten ungehindert über das Stück Land, auf dem, so stellte sich Hanson vor, die Jungen um ihr Leben gelaufen waren. Er sah beinahe, wie sich die aufgeregte Neugier in ihren Gesichtern in tödliches Entsetzen verwandelte, als ihnen klar wurde, daß dies kein Spiel war. Sie waren nicht hier, um ein geheimes Versteck zu erforschen. Sie waren hier, um zu sterben, und sie hatten in diesen letzten Momenten zweifellos um ihr Leben gekämpft. Aber wohin hätten sie laufen können? Damals hatte es keine Straße gegeben, nur einen Wirrwarr von Reit- und Fußwegen, die völlig verwildert waren, und Bäume, die so dicht standen, daß sie nicht sehen konnten, wohin sie liefen. Der Mörder hatte das Gebiet zweifellos gut gekannt, jedes ihrer Manöver vorausgesehen und sie mit Leichtigkeit eingefangen.

»Aber warum?« fragte Parker. »Ich kann überhaupt nicht verstehen, was einem daran Spaß machen soll.«

»Wir alle sind zu solchem Verhalten fähig. Zum Glück geben sich die meisten von uns mit milderen Formen zufrieden.«

Parker konnte das unmöglich akzeptieren. »Ich weiß nicht, mit was für Leuten Sie es zu tun haben«, entgegnete er, »ich kann Ihnen nur sagen, daß ich nicht einen einzigen normalen Menschen kenne, der sich derartigen Phantasien hingibt oder sie gar noch in die Tat umsetzt.«

»Wirklich?« sagte Hanson. »Wie viele Männer kennen Sie, die einer Frau nachstellen – einzig in der Absicht, eine Eroberung zu machen? Sie interessieren sich nicht für die Person. Sie haben gar kein Interesse daran, sie kennenzulernen. Das Aufregende für sie ist allein die Jagd. Manchmal machen sie sogar genau an der Stelle einen Rückzieher, wo es eigentlich zum Geschlechtsverkehr kommen müßte – der ja angeblich der Zweck der Übung war. Die Eroberung ist gemacht. Ende des Spiels.«

Es fiel Parker schwer, das, was er als ziemlich normales männliches Verhalten betrachtete, mit dem, was sich seiner Vorstellung nach in diesem Wald abgespielt hatte, gleichzusetzen. Aber ehe er das aussprechen konnte, sagte Hanson: »Von Sherringham wissen wir, daß die Leiche zerstückelt war.«

Das wußte Parker, und er hatte auch nicht vergessen, daß die Zergliederung Sherringhams Ansicht nach möglicherweise noch vor Eintritt des Todes vorgenommen worden war.

Hanson fügte hinzu: »Haben Sie, als Sie klein waren, nie einem Schmetterling die Flügel ausgerissen?«

»Das weiß ich nicht mehr«, antwortete Parker. »Wenn ich das getan hab, hab ich's abgelegt. Ich kann mich nicht erinnern, jemals so etwas getan zu haben – wenn doch, dann sicher nur, weil ich zu jung war, um die Grausamkeit zu erkennen.«

»Genau«, bestätigte Hanson. »Aber wenn Sie sagen, daß Sie dieses Verhalten abgelegt haben, dann heißt das, daß Sie mit zunehmender emotionaler Reife gelernt haben, sich in andere Geschöpfe einzufühlen. Sie begannen zu verstehen, daß auch sie Schmerz empfinden, daß sie Rechte haben, daß sie ihren eigenen Wert besitzen und nicht nur Ihrem Vergnügen dienen. Der Mann, der Joseph Coyne zerstückelt hat, hat diesen Reifungsprozeß nicht durchgemacht. Er reißt immer noch Schmetterlingen die Flügel aus.«

»Aber die Schmetterlinge sind kleine Jungen«, sagte Parker leise, »und in diesem besonderen Fall wäre es angebrachter zu sagen, daß er Vögeln die Flügel ausreißt.«

Parker holte eine Karte heraus, auf der noch der ehemalige Bickley-Forst eingezeichnet war. Er tippte mit dem Zeigefinger darauf. »Da gab es früher einmal einen Fußweg, der von dem Wald, in dem Josephs Skelett gefunden wurde, zum Bickley-Forst führte«, sagte er.

Hanson sah sich das Gebiet an und suchte nach einem Hinweis, daß der Weg sich vielleicht irgendwo gabelte und zu einer Landstraße führte. Er fand aber nichts, was darauf schließen ließ, daß derjenige, der das Material für die Gerüste und die Leichen in den Bickley-Forst geschafft hatte, aus der Richtung von Colbourne House gekommen sein mußte.

»Ich möchte Ihnen noch etwas zeigen«, sagte Parker und ging mit Hanson zum Wagen zurück.

Parker nahm die Schnellstraße, fuhr jedoch schon an der nächsten Ausfahrt ab und nahm den Weg zurück zu dem alten Herrenhaus.

Presse und Fernsehen hatten schon einige Tage zuvor das Feld geräumt, doch das Haus, das jetzt leerstand, wurde von zwei einsamen Polizeibeamten bewacht. Sie ließen Parker passieren, der Hanson um das Haus herum nach hinten führte, in einen von einer Mauer umgebenen Garten.

Auf einem Kiesweg gelangten sie zu einem jener kleinen Arbeiterhäuschen, die daran erinnerten, daß das Leben eines Landarbeiters um die Jahrhundertwende alles andere als einfach oder romantisch gewesen war. Die Tür war niedrig, die Fenster über und neben ihr waren winzig, die Mauern schief und krumm unter der Last der Jahre.

Parker ging Hanson voraus nach hinten in einen Garten, der früher vielleicht einmal eine magere kleine Gemüseernte abgeworfen hatte, und sagte: »Unseren Ermittlungen zufolge hatte Fenwick eine Art Faktotum, einen Mann, der im Winter das Holz gehackt hat, gebrochene Rohre geflickt hat, dafür sorgte, daß die Grenzzäune des Besitzes immer in gutem Zustand waren. Er hat ihm nichts dafür bezahlt, aber er hat ihm das Haus hier zur Verfügung gestellt.«

Hanson betrachtete es. Die Fenster, so klein, sahen aus wie schwarze Augen.

»Der Mann war mit Unterbrechungen mehrere Jahre hier. Er kam und ging, wie er wollte, mal war er da, dann war er plötzlich wieder weg. Fenwick hat das offenbar nicht gestört.«

Eines der kleinen schwarzen Fenster stand weit offen, ein Lineal war zwischen Rahmen und Fensterflügel geklemmt.

»Wollen Sie mal reinschauen?« fragte Parker, und Hanson folgte ihm ins Haus.

Es roch etwas muffig, aber das war alles. Dennoch hielt Hanson unwillkürlich die Luft an, in Erwartung eines Gestanks, der nicht vorhanden war. Wände, Böden, sämtliche vorhandenen Flächen waren mit Vogelkot bedeckt, und noch während Hanson an das mit Hilfe eines Lineals offengehaltene obere Fenster dachte, sagte Parker: »Es sind nur Indizien. Dieses Fenster steht wahrscheinlich seit

Jahren offen. Hier gibt's alles, Ratten, Vögel, Mäuse – was Sie sich vorstellen können.«

Ich kann es mir vorstellen, dachte Hanson. Er sagte: »Wann sind Ihre Leute auf dieses Haus gestoßen?«

»An dem Tag, an dem die Gebeine aus dem Colbourne-Forst weggebracht wurden.«

»Und wieso höre ich heute zum erstenmal davon?«

»Ich habe gerade erst erfahren, daß es für unseren Fall möglicherweise relevant ist«, antwortete Parker. »Sehen Sie, ich verlasse mich auf die Berichte meiner Leute. Die Männer, die das Gebiet hier abgesucht haben, berichteten mir lediglich, daß sie hinten im Park des Herrenhauses ein Arbeiterhaus durchsucht hätten, daß es leerstehe und sie nichts von Interesse darin gefunden hätten. Ich habe da keine Verbindung zu Roly gesehen. Erst als die Männer, die dieses Haus durchsucht hatten, von dem Vogelgarten hörten, erkannten sie, daß da eine Verbindung bestehen könnte, und informierten mich.«

»Und wie kamen Sie darauf, daß es eine Verbindung geben könnte?«

Statt einer Antwort öffnete Parker einen Küchenschrank, der innen ganz mit Maschendraht ausgeschlagen war.

»Tja, alte Gewohnheiten ändern sich nicht so leicht«, sagte Hanson leise.

»Ändern sie sich denn überhaupt?« fragte Parker.

»Selten«, bekannte Hanson. »In späteren Jahren nimmt die Libido häufig ab und mit ihr die Begierde, die sexuellen Handlungen zu praktizieren, mit der sich die individuellen Bedürfnisse stillen lassen.«

»Es gibt also Hoffnung«, sagte Parker. »Man kann sich verändern?«

Hanson antwortete: »Die Sexualität und die sexuellen Präferenzen eines Menschen werden von vielen komplexen Faktoren bestimmt, und das schon sehr früh im Leben. Menschen, bei denen sich in dieser Zeit Perversionen entwickeln, können diese nie mehr ablegen. Bestenfalls kann man hoffen, daß sie mit Hilfe von Therapie lernen, ihren Trieb zu zügeln.«

»Bei wie vielen gelingt das?«

»Bei sehr wenigen.«

Parker schloß den Schrank.

»Sehen Sie dieses Haus heute zum erstenmal?« fragte Hanson.

»Nein, zum zweitenmal«, antwortete Parker. »Ich hab mich schon umgesehen, bevor Sie kamen. Was meinen Sie?«

»Ich denke, Ihre Männer hatten recht mit ihrem Verdacht«, sagte Hanson. »Wann durchsuchen Sie den Garten?«

»Morgen«, sagte Parker.

»Brauchen Sie mich da?«

»Es wäre mir lieber, wenn Sie sich im Hintergrund halten.«

»Das dachte ich mir schon«, meinte Hanson. Er wußte aus Erfahrung, daß die Polizei bei einer Operation von solchem Ausmaß nicht den geringsten Wert auf die Anwesenheit von Laien legte. »Sie können mich über mein Handy erreichen, wenn Sie mich brauchen.«

»Das hört sich nicht so an, als rechneten Sie damit.«

»Meiner Ansicht nach verschwenden Sie Ihre Zeit«, sagte Hanson.

»Ja, das sagen Sie mir immer wieder«, meinte Parker und fügte hinzu: »Nun, wir werden ja bald Gewißheit haben.«

32

Parker ließ seine Männer in Lieferwagen zurück, die am oberen Ende der Straße geparkt waren. In den Overalls, die sie über ihrer normalen Kleidung trugen, waren sie nicht als Polizeibeamte zu erkennen, und die Lieferwagen, in denen sie saßen, waren dunkelblau, nicht gekennzeichnet und hatten fensterlose Seitenwände.

Alles war so, wie Parker es in Erinnerung hatte, und dennoch traf ihn diese Atmosphäre von Verfall und Trostlosigkeit wieder mit voller Kraft, als er die Roumelia Road hinunterging. Nach dem Regen am Vortag tröpfelte jetzt Wasser von den Dächern, die Häuser sahen aus, als weinten sie, und die zugenagelten Fenster gaben ihnen den Ausdruck hilfloser Fassungslosigkeit eines kürzlich Erblindeten.

Er ging zum Tor und stellte fest, daß die Kette vorgelegt war. Auf seinen Wink erschienen Warrender und zwei uniformierte Beamte wie aus dem Nichts und begleiteten ihn zur vorderen Tür des Hauses.

Die Häuser gegenüber standen blind und leer, und Parker sah sich das, was von der Mousade Road geblieben war, noch einmal aufmerksam an. Die ehemals eleganten Ladenfronten waren schlimm heruntergekommen und die Namen der früheren Eigentümer fast ganz von den Schildern abgeblättert, so daß kaum noch zu erkennen war, was einige dieser Geschäfte einmal verkauft oder wem sie gehört hatten.

Sie erinnerten Parker an die Inschriften auf alten Denkmälern. Dieser hochgehaltene Besitz, diese Geschäfte, die einst einen ganzen Lebensstil repräsentiert hatten und die Einkommensquelle eines Standes gewesen waren, dessen Existenz er sich heute kaum noch vorstellen konnte, waren für immer dahin. Er empfand den Verlust, als er an die Tür des abbruchreifen Hauses klopfte.

Möbel gab es da drin kaum. Parker brauchte nicht erst hineinzusehen, um das zu wissen. Sein Klopfen hätte bei Teppichen, tapezierten Wänden, Vorhängen an den Fenstern nicht widergehallt.

Seine Männer standen hinter ihm in Bereitschaft, als Roly die Tür öffnete, und in dem Moment, als er sie ihnen vor der Nase wieder zuschlagen wollte, drängten sie sich an ihm vorbei in einen Flur, der genauso kahl war, wie Parker ihn sich vorgestellt hatte.

»Roland Barnes«, sagte Parker, und Roly spie ihm ins Gesicht, als er ihm, da er eine Festnahme nicht hätte begründen können, mitteilte, er solle im Zusammenhang mit dem Verschwinden von Joseph Coyne und Gary Maudsley vernommen werden.

Parker hätte Roly nicht zwingen können, ins Präsidium zu kommen, wenn dieser sich geweigert hätte. Er war deshalb erleichtert, als der Mann zu der Einsicht gelangte, daß weiterer Widerstand zwecklos wäre. Zwei von Parkers Leuten brachten ihn hinaus, und nachdem Parker gesehen hatte, wie er in einem Streifenwagen weggefahren wurde, ging er, gefolgt von Warrender, durch den Flur in die Küche, wo er als erstes den Wasserhahn aufdrehte und sich mit kaltem Wasser das Gesicht wusch. Warrender sah sich währenddessen um, entsetzt und angewidert von soviel Dreck und Verwahrlosung. Um sie her stürmten jetzt Männer das Haus, rissen die Bretter herunter, die die Fenster verdunkelten, ließen Licht in Räume, deren Wände seit langem kein Sonnenstrahl mehr erwärmt hatte.

»Ist Ihnen nicht gut?« fragte Warrender.

Parker hob beschwichtigend die Hand, mit der er den Wasserhahn aufgedreht hatte, und merkte, daß sie völlig fettverschmiert war. Hier gab es nichts, womit er sie hätte abwischen können. »Gehen Sie doch mal zu einem der

Wagen, Neil, und besorgen Sie mir irgendwas, womit ich mich saubermachen kann.«

Parker ließ das Wasser laufen und suchte in der Küche nach den Schlüsseln zu dem Vorhängeschloß, mit dem das Tor gesichert war. Er hätte nichts dagegen gehabt, das Tor einzureißen, wenn es nicht anders ging, aber ihm war klar, daß dann der Maschendraht, der zum Dach hinaufgespannt war, herabfallen und die Vögel entkommen würden. Er war kein grausamer Mensch, und er wußte, wenn er auch von Vogelhaltung wenig Ahnung hatte, daß diese exotischen Finken in Freiheit wahrscheinlich nicht überleben würden.

Warrender kam mit einem Lappen aus dem Auto zurück. »Er könnte sauberer sein«, meinte er, aber Parker nahm ihn dankbar an.

»Auf jeden Fall besser als alles, was hier rumliegt.«

Er hielt den Lappen unter das laufende Wasser, machte seine Hände damit sauber, drehte dann den Hahn damit zu und warf ihn schließlich in einen Eimer, der nach Müll aussah.

»Wo fangen wir an?« fragte Warrender.

»Wir sehen uns jetzt erst einmal im Haus um, um uns ein Bild von der räumlichen Aufteilung zu machen, und dann entscheiden wir, wo uns die Aussichten am besten erscheinen.«

Er begann mit dem Raum, der zur Straße hinaus lag. Er war leer. Die hohe Decke schmückte verschnörkelter Stuck, und an der einen Wand war ein großer offener Kamin. Die Steinplatte davor war herausgerissen, und Parker fragte sich, ob sie vielleicht aus Marmor gewesen war. Wenn ja, so war sie gestohlen worden, genau wie das Schutzgitter, das früher sicher einmal hier gestanden hatte.

Dieser große offene Kamin, dachte Parker, war gewiß einst der Sammelpunkt der Familie gewesen, die hier gelebt hatte. Er konnte die Menschen beinahe sehen, wie sie im Halbkreis um das offene Feuer saßen, Samtvorhänge an den Fenstern, eine letzte Tasse Tee, dann zu Bett. Jetzt war dort, wo früher einmal das Feuer gelodert hatte, nur noch eine rußgeschwärzte Höhle, und an den nackten Wänden brach sich der Klang seiner und Warrenders vorsichtiger Schritte auf den Dielen, deren Tragfähigkeit die beiden Männer nicht trauten.

Sie gingen aus dem Zimmer Richtung Treppe. Schon während sie hinaufstiegen, begannen aus den oberen Räumen Vögel herabzuflattern, und Warrender fand es schauderhaft, wie sie wenige Zentimeter von seinem Gesicht entfernt an ihm vorbeischossen. Er konnte nichts Schönes an ihnen entdecken und hielt sie eher für Ungeziefer. Selbst wenn sie lilablaßblau gewesen wären – sie gehörten einfach nicht hierher. Er fand sie makaber.

Das vordere Zimmer war unbenützt und leer, der Boden so kahl wie der des unteren Zimmers, aber das Fenster war nicht mit Brettern vernagelt. Irgendwann war es neu verglast worden, und Parker brauchte einen Moment, um sich darüber klarzuwerden, was an den Vögeln, die gegen die Scheibe zu flattern schienen, so sonderbar war.

Sein erster Eindruck war, daß da zwei Finken platt ans Glas gedrückt waren. Wie angeklebt, dachte Parker. Und dann: nein, nicht angeklebt, sondern festgehalten. Er ging näher hin. Sie waren zwischen zwei Glasscheiben, einer Art Doppelfenster, gefangen.

Diese Vögel sind nicht freiwillig in dieses gläserne Grab geflogen, dachte Parker, sie sind eingeglast worden. Augenblicklich kam ihm ein Bild von Roly in den Sinn, wie dieser sich von hinten an sie angeschlichen hatte, während sie gegen das Glas geflattert waren und nicht begriffen hatten, daß sie hier nicht einfach in die Freiheit hinausfliegen konnten. Es konnte nur so gewesen sein, daß er dann eine zweite Glasplatte von hinten gegen die Vögel gedrückt und sie so festgehalten hatte. Danach hatte er vermutlich mit Werkzeugen, die er am Fenster bereitgelegt hatte, diese zweite Glasscheibe befestigt. Parker sah ihn beinahe vor sich, wie er mit Kitt, Holz, Nägeln und dergleichen hantierte, um die Vögel einzusargen.

Er fragte sich, wie lange es gedauert hatte, bis sie endlich gestorben waren, und wieviel länger, bis sie nur noch Federn und Knochen waren. Es wunderte ihn, daß, obwohl kaum noch etwas von ihnen da war, das Gefieder intakt erhalten war. Sie sahen aus wie gefiederte Skelette, im Flug erstarrt, mit fleischlosen Schädeln.

Von hier aus gingen sie in ein Badezimmer, das voller Schwamm war; an einer Wand wucherte etwas, das aussah wie eine Karte von Australien. Die Badewanne stand mitten im Raum, war gelblich verfärbt und von Sprüngen durchzogen, und unter den Wasserhähnen, aus denen jahrelang Wasser getropft war, zogen sich breite Streifen wie Tränenbäche das Emaille hinunter. Die Wasserhähne selbst waren handwerkliche Meisterstücke, das Chrom zwar glanzlos, doch die Armaturen stabil und fest verankert – für die Ewigkeit gemacht, dachte Parker.

Eine Toilette mit dunkel gefärbter Schüssel und gelbem, stinkendem Wasser trieb sie hinaus, und sie gingen hinüber in den Raum, der zum Gehege hinausblickte.

Warrender, der immer stolz darauf war, Nerven wie Drahtseile zu haben, wurde unheimlich, als er das Zimmer betrat. Er wußte selbst nicht, warum. Nur ein Bett, ein Schrank und ein Sessel standen darin, und nichts an diesen einfachen Dingen rechtfertigte sein Grauen. Doch überall auf der Zierleiste, die sich die Wände des Zimmers entlangzog, hockten Finken in allen Formen und Farben.

Einige verharrten völlig reglos, als er und Parker eintraten; andere flogen an ihnen vorbei zum offenen Fenster, und Warrender wich zur Tür zurück, als er plötzlich von panisch wildem Flügelschlag umgeben war. Parker ging zum Schrank und öffnete ihn, aber er fand darin nichts von Interesse, nur einige Kleidungsstücke und ein Paar nagelneue Turnschuhe, noch im weißen Karton.

Er ging zum Fenster und blieb davor stehen, so wie er sich vorstellte, daß Roly dort stand, wenn er zu seinen Vögeln hinausblickte. Unten waren seine Leute dabei, das Gehege zu durchsuchen. Parker ärgerte sich immer noch, daß sie keinen Bodenabtaster hatten.

Die Vögel flogen durch die Luft wie Blätter, die vom einen Ende des Geheges zum anderen geweht wurden. Jede Bewegung seiner Leute löste eine entsprechende Bewegung bei den Vögeln aus: Wenn die Männer sich ruhig verhielten, blieben auch die Vögel ruhig, hockten dicht an dicht, Gefieder an Gefieder, in den Bäumen, ein zitterndes Gewölbe der Furcht.

Jetzt taten sie Parker leid. Es waren warme, lebende Geschöpfe. Sie fraßen und atmeten und schliefen. Sie verstanden nicht, was um sie herum geschah. Wie die Jungen, deren Überreste er hier zu finden fürchtete und gleichzeitig hoffte, verdienten sie mehr, als in diesem Gehege zu enden.

Er drehte sich herum und ging hinaus, dicht gefolgt von Warrender, der auf keinen Fall allein im Gewimmel so vieler kleiner Augen, so vieler winziger Krallen zurückbleiben wollte.

»Diese Vögel«, sagte er, mit beiden Armen um sich schlagend. »Ich kann die nicht – die – mein Gott – wie die einem am Gesicht vorbeisausen!«

Parker teilte sein Unbehagen, aber nicht die Vögel machten ihm angst, sondern der Gedanke daran, was sich hier abgespielt hatte, in diesem Haus des Todes.

33

Nach etwa zwei Stunden fiel Parker auf, daß die Vögel reizbar und zänkisch wurden, und er ging in den Schuppen, um einen Beutel Körner zu holen.

Drin sah es aus, als wäre nichts angerührt worden. Die Käfige auf den Borden an den Schuppenwänden waren herausgehoben und dann wieder an ihre Plätze zurückgestellt worden, wobei das ängstliche Piepsen der Jungvögel die Männer veranlaßt hatte, mit diesen Käfigen besonders behutsam umzugehen.

»Bringen Sie sie ins Haus«, hatte Parker gesagt, »und halten Sie die Vögel warm – das letzte, was wir jetzt brauchen, sind irgendwelche Tierschützer, die uns Grausamkeit vorwerfen.«

Er hob vom Boden einen Beutel mit Samen auf, der neben der Tür stand, und nahm ihn mit ins Gehege hinaus, wo er die Enden aufdrehte und hineingriff, um eine Handvoll Körner herauszuholen.

Die Vögel, die zunächst mißtrauisch gewesen waren, stießen in Scharen herab, und Parker hob, beinahe erschrocken von dem plötzlichen Ansturm aus den Bäumen, jäh den Kopf.

Ein Fink flog ihm auf die Schulter, und nach seinem ersten flüchtigen Impuls, ihn dort wegzufegen, empfand er so etwas wie Freude. Er konnte nicht erklären, wieso, aber er hatte das Gefühl, als wäre ihm eine besondere Ehre zuteil geworden. Er wußte natürlich, daß in Wirklichkeit nur das Futter den Finken angelockt hatte; dennoch blieb das Gefühl, und nachdem der Vogel wieder weggeflogen war, trübte sich seine Stimmung ein wenig.

Das also war es: der Reiz der Vögel, dieser Reiz, der Kunden in Morantis Basar gelockt hatte und Moranti in

Rolys Garten, genau wie die Jungen, die immer wieder dorthin zurückgekehrt waren, um ihn eines Tages nicht mehr zu verlassen.

Er verknotete die Enden des Beutels und brachte ihn in den Schuppen zurück, begleitet von erwartungsvollen Vögeln, die wie winzige Geschosse an seinem Gesicht vorbeisausten. Leicht gereizt durch ihre Hartnäckigkeit, scheuchte er sie weg, und als er wieder aus dem Schuppen herauskam, sah er, daß Warrender ihm entgegenkam.

»Die naheliegenden Möglichkeiten haben wir jetzt eigentlich alle abgedeckt.«

»Und?«

»Nichts«, antwortete Warrender. »Nur das hier.«

Er hielt eine volle Filmspule hoch, die dem Aussehen nach nur in einen Projektor älterer Bauart paßte. »Und einer der Männer meint, Sie sollten sich einmal einen Alkoven oben ansehen.«

Parker ging mit ihm ins Haus, und als sie schon auf der Treppe waren, fügte Warrender hinzu: »Es sieht aus, als wäre er erst vor kurzem zugemauert worden.«

Parker folgte ihm in ein Zimmer im zweiten Stock, das zum unbebauten Nachbargrundstück hinausging. Durch die Ritzen in den vernagelten Fenstern fiel etwas Licht, so daß er eine hervorspringende Kaminwand zwischen zwei Alkoven erkennen konnte.

Warrender klopfte an das Mauerwerk.

»Ja, sieht ziemlich neu aus«, stimmte Parker zu.

In Brusthöhe war ein Metallring von etwa drei Zentimetern Durchmesser in die Wand geschraubt. Parker fragte sich, was er zu bedeuten hatte. Ihm fiel nichts ein, wozu diese Halterung hätte dienen können, aber ihr Vorhandensein hatte zweifellos einen Grund.

Unter dem Ring war ein Loch in die Mauer gebohrt, so klein, daß Parker vermutete, es stamme von einem Nagel.

Wenn, dann war der Nagel herausgefallen. Er spähte in das Loch hinein, aber er sah gar nichts.

»Holen Sie eine Spitzhacke«, sagte er zu einem seiner Männer, als er sich herumdrehte.

Nur wenige Augenblicke später kam der Beamte mit dem Werkzeug zurück. So, wie er es trug, schien er wie geschaffen, es mit Schwung und Kraft zu führen.

»Also los«, sagte Parker. »Zeigen Sie mal, was Sie können.«

Er trat zurück, der Mann schwang die Hacke und schlug zu, der Mörtel fiel herab wie Marzipan. Es mußte, dachte Parker, irgendeine billige Mischung sein, die nicht die Beschaffenheit besaß, einem entschlossenen Angriff zu widerstehen; doch die Ziegelmauer darunter war dafür um so stabiler. Roly verstand vielleicht wenig oder nichts von Verputz, doch wie er diesen Alkoven zugemauert hatte, das war beinahe professionell. Fast schade, diese solide Ziegelmauer einzureißen, aber es mußte sein.

Die Spitzhacke traf die Ziegelmauer mit stetigen, rhythmischen Schlägen, der Mann, der sie führte, geriet immer mehr ins Schwitzen, und bald war der Rücken seines Overalls durchnäßt. Doch einmal angeschlagen, begann die Mauer zu wanken, und fünf Minuten später fiel krachend der erste Ziegelstein zu Boden.

Parker, der mit einer Taschenlampe in die Tiefen der Nische leuchtete, erwartete beinahe, daß ein Gesicht, oder die Überreste eines Gesichts, ihn anstarren würden.

Aber er sah nichts.

Wieder trat er zurück und ließ den Mann so lange weiterarbeiten, bis er ein Loch geschlagen hatte, das so groß war, daß Parker seinen Oberkörper hindurchschieben und mit der Taschenlampe den ganzen Innenraum ausleuchten konnte.

Der Alkoven war drei Meter hoch und einen Meter breit und vielleicht sechzig Zentimeter tief. Die Innenwände waren einmal braun gestrichen worden, aber nicht in jüngster Zeit, und auf beiden Seiten steckten noch Stifte in der Mauer, auf denen einmal Borde geruht hatten.

»Und?« fragte Warrender.

»Nichts«, antwortete Parker, der es nicht recht glauben konnte.

Er kroch aus dem Alkoven heraus, klopfte sich den Staub von den Kleidern und wies auf das Pendant. »Den auch«, sagte er und wartete wieder, während der Mann mit der Spitzhacke den Verputz abschlug, unter dem eine Ziegelmauer zum Vorschein kam, die genauso neu war wie die, die den Nachbaralkoven verschlossen hatte.

Die Spitzhacke fand Halt, riß erst einen, dann weitere Ziegel heraus, bis Parker genug Platz hatte. Wieder kroch Parker halb hinein und leuchtete mit der Taschenlampe das Innere aus, das dem des Nachbaralkovens in allen Einzelheiten glich; die gleichen Maße, der gleiche braune Anstrich, die gleichen rostenden Metallstifte.

Es roch nach nichts. Das war das erste, was ihm auffiel. Und das konnte irgendwie nicht stimmen, wenn er bedachte, worauf der Strahl seiner Taschenlampe gefallen war. Er sah eine Gestalt, die zusammengekrümmt auf dem Boden des Alkovens lag, und erkannte augenblicklich die Kleidung, die sie trug. Die Bomberjacke mit dem Reißverschluß, der wie eine Reihe Zähne blitzte, die dunkelblaue Jeans – das waren die Sachen, die Gary angehabt hatte, als er verschwunden war.

Er kroch heraus und stellte sich mit dem Rücken zum Alkoven. Heftig atmend schloß er einen Moment lang die Augen und schaltete die Taschenlampe aus, als könnte er so auslöschen, was er in der Mauernische gesehen hatte.

Hanson hat sich geirrt, dachte er. Er hat sich schrecklich geirrt. »Hanson«, sagte er.

»Was ist mit ihm?« fragte Warrender.

»Holen Sie ihn her. Ich möchte ihm zeigen, was wir gefunden haben.«

Als Hanson eintraf, sah er drüben, auf der anderen Seite des leeren Grundstücks bereits Autos von der Presse stehen. Er tauchte unter dem Netz hindurch und fand Parker mit staubbedecktem Anzug im Garten. Er ging sofort zu ihm.

»Wir haben Gesellschaft«, sagte er mit einer Kopfbewegung zum Tor.

»Ich weiß«, erwiderte Parker. »Ich habe ihnen eine Presseerklärung versprochen, um sie uns vom Leib zu halten.«

»Was wollen Sie ihnen denn sagen?«

»So wenig wie möglich.« Er wandte sich zum Haus. »Sie haben gesagt, wir würden nichts finden.«

Aber Hanson hörte ihm gar nicht zu. Er sah den Garten zum erstenmal aus der Nähe. Parker beobachtete ihn, während er sich sehr langsam einmal um sich selbst drehte, um den Ort in seiner Gesamtheit zu erfassen. Ihm ging dabei der Gedanke durch den Kopf, daß Gary und Joseph wahrscheinlich das gleiche getan hatten.

Als Hanson seinen Blick durch das Gehege schweifen ließ, sah er einen Vogel, dessen Gefieder grün und kobaltblau schillerte. Der unglaublich lange Schweif leuchtete in einem Blau, das ins Türkis spielte. Hanson mußte an den Moment im Wald denken, als er die Feder fallen gelassen hatte und nicht fähig gewesen war, seinen Blick von ihr zu lösen, während sie zu Boden geschwebt war.

Der Vogel schoß auf ein Loch zu, wo der Draht sich an einer Stelle von der Dachrinne gelöst hatte, und flog über die Dächer davon, aber nur, um gleich zurückzukehren. Einen Moment lang zögerte er, als spielte er mit dem Gedanken an Freiheit, dann zwängte er sich durch das Loch wieder ins Gehege.

»Kommen Sie«, sagte Parker, und Hanson folgte ihm, wobei er jedes Detail in sich einsog. Was ihn im Haus erwartete, kannte er schon von früher. Leichen in Alkoven, unter Dielenböden oder eingeglast wie die Finken – das alles war schon dagewesen.

Er betrachtete die Finken in ihren gläsernen Särgen, und Parker fragte sich, ob er sich ebenfalls Rolys Vorgehensweise ausmalte.

Es war das Vorsätzliche daran, das Hanson schaudern machte, die Tatsache, daß der Mörder den Tod der Vögel geplant und vorbereitet haben mußte, um sie in dieser Falle zu fangen. Es stand ganz im Einklang mit der Errichtung des Gerüsts, und er war gespannt, ob sich im Nachbarraum Beweise ähnlich kühler Vorbereitung finden würden. Wortlos wandte er sich von dem Fenster ab, und Parker führte ihn weiter.

Wie unten im Gehege schwirrten auch hier überall die Vögel herum, und einmal sah Hanson ein flüchtiges Aufblitzen von Karminrot und Mauve.

Warrender schienen die Vögel völlig aus der Fassung zu bringen. Er schlug nach ihnen, als wären es Wespen, und in seinem Gesicht spiegelte sich deutliche Furcht.

»Sie haben wohl für Vögel nicht allzu viel übrig«, bemerkte Hanson.

»Im allgemeinen hab ich nichts gegen sie«, antwortete Warrender. »Aber die hier …«

Hanson konnte ihn verstehen: Er selbst hatte auch nichts gegen Vögel, aber die Art und Weise, wie sie hier aus der Dunkelheit auf einen losschossen, machte auch ihn nervös.

»Oben in der Mansarde ist eine ganze Kolonie«, sagte Warrender. »Die brüten sogar da oben.«

»Es würde mich interessieren, warum Roly das duldet«, sagte Parker.

Hanson wußte die Antwort darauf, aber er sagte nichts.

Die Vögel hatten ihren Zweck; sie waren Teil des Rituals. Sie waren Roland Barnes nicht nur willkommen, sie waren ihm unerläßlich.

Parker ging voraus in den Raum, der zur Straße hinaus lag. Seine Leute traten zur Seite, um Hanson den Zugang zum Alkoven freizumachen.

»Hier«, sagte Parker und gab ihm eine Taschenlampe.

Hanson nahm die Lampe, deren starker, ruhiger Strahl die gemusterte Tapete in helles Licht tauchte. Wie Parker schob er seinen Kopf und seinen Oberkörper durch das Loch und leuchtete mit der Taschenlampe das Innere des Alkovens aus. Und wie Parker ließ er den Strahl der Lampe auf der Jacke, dem Reißverschluß, der Jeans ruhen.

Dann kroch er wieder aus dem Loch heraus; der Strahl der Taschenlampe zeichnete auf dem Boden zu seinen Füßen einen Kreis. Er und Parker sahen einander wortlos an, dann sagte Parker zu einem seiner Leute: »Schlagen Sie die Mauer ein!«

Sie traten alle zurück, als die Spitzhacke von neuem in Aktion trat. Zwei weitere Beamte halfen beim Einreißen der Mauer, indem sie jedesmal, wenn der Mann mit der Spitzhacke verschnaufte, die geborstenen Ziegel rausrissen und so das Loch erweiterten, es höher und breiter machten und allmählich den Alkoven ganz freilegten.

Eine Ewigkeit schien zu vergehen, und als es soweit war, glaubten alle, die da waren, ihren Augen nicht trauen zu können.

Die Gestalt war jetzt mit Mörtel, Staub und Ziegelsplittern bedeckt, und Parker dachte an den Moment, als er sie zum erstenmal gesehen hatte und ihm aufgefallen war, daß jeglicher Geruch fehlte. Vorsichtig berührte er sie und sprang zurück, als sie nach vorn kippte. Lumpen quollen aus Hals, Ärmeln und Hosenbeinen.

Er versuchte, für sie alle zu sprechen, konnte aber keine Worte finden für das, was sie vor sich hatten.

Hanson ging hin, berührte das Lumpenbündel mit zitternder Hand und sah ihn an. »Es ist eine Puppe«, sagte er.

Sie gingen durch das Tor hinaus zu den wartenden Autos und wurden von Fotografen umringt, die die Absperrung durchbrochen hatten, um zu fotografieren, was sie fotografieren konnten.

Parker brüllte den Männern, die es nicht geschafft hatten, die Meute zurückzuhalten, einen scharfen Befehl zu und sah gleichzeitig den Blitz einer Kamera aufflammen. Der Gedanke, daß sein Foto am nächsten Tag groß das Titelblatt irgendeiner Zeitung zieren würde, paßte ihm gar nicht. Unter anderem deswegen, weil seine Vorgesetzten sich fragen könnten, warum der Ort des Geschehens nicht besser abgesichert worden war.

»Mr. Hanson?« rief ein Reporter, und Hanson wandte sich ab. »Sie *sind* doch Mr. Hanson?«

Parker stieg in einen Wagen, Hanson sprang mit hinein, und der zurückbleibende Warrender knallte die Tür des schon anfahrenden Wagens zu.

»So ein gottverdammter Reinfall«, sagte Parker. »Das einzige, was wir finden, ist ein Lumpenbündel. Das ist ein echter Witz.«

»Ein Witz?« meinte Hanson. »Das würde ich nicht sagen.« Aber Parker hörte ihm gar nicht zu.

Sie saßen auf dem Rücksitz des Wagens, Parker erschöpft und Hanson tief beunruhigt von dem, was sie gefunden hatten. Mochte Parker über diese Puppe denken, was er wollte, sie als Witz abzutun konnten sie sich auf keinen Fall leisten.

Sobald sie wieder in der Dienststelle waren, ging Parker mit Hanson in den Besprechungsraum, wo er die anderen Mitglieder des Teams unterrichtete: Das Ergebnis der

Durchsuchung war in mancher Hinsicht eine Enttäuschung, doch die Nachricht, daß man eine Puppe gefunden hatte, die genauso gekleidet gewesen war wie Gary Maudsley zum Zeitpunkt seines Verschwindens, war immerhin etwas.

Parker sagte: »Das Labor wird uns bald sagen können, ob es sich bei den Kleidern um die von Gary handelt. Wenn ja, können wir Roly so lange in Gewahrsam nehmen, wie wir brauchen, um festzustellen, was Gary zugestoßen ist. Wenn nicht«, sagte er, »dürfte es uns schwerfallen, ihn länger als bis morgen abend festzuhalten. Das gleiche gilt für Moranti.«

Er sagte seinen Leuten damit nichts Neues. Mochte auch die Puppe an sich Beweis genug sein, daß sie es hier mit einem psychisch Kranken zu tun hatten – das, was Roly getan hatte, verstieß nicht gegen das Gesetz und reichte nicht als Begründung, ihn festzuhalten.

Im Haus und im Gehege hatte man nichts gefunden – jedenfalls nichts eindeutig Belastendes, und auch die Durchsuchung von Morantis Basar hatte nichts von Interesse erbracht. Keiner der Händler hatte sagen können, ob Moranti irgendwo anders Lagerräume gemietet hatte, und von Douglas Byrne gab es noch immer keine Spur.

Weit schlimmer war nach Parkers Ansicht allerdings die Tatsache, daß Brogan verschwunden war. Er war nicht in die Arpley Street zurückgekommen, und Parker sah ihn irgendwo in einem Hinterhof die Mülltonnen nach etwas Eßbarem durchwühlen.

Am Ende der Besprechung sagte Parker zu seinen Leuten: »Diejenigen unter Ihnen, die die letzten zwölf Stunden Dienst gemacht haben, sollten jetzt nach Hause gehen und eine Runde schlafen.«

Sie wußten alle, daß er länger auf den Beinen war als jeder von ihnen, und einer sagte: »Und was ist mit Ihnen?«

»Ich bleibe – ich werd mir jetzt mal diesen Barnes vorknöpfen.«

Damit schloß er den Lagebericht und nahm Hanson mit hinunter in den Vernehmungsraum.

34

Roly versuchte, es sich auf einem Stuhl bequem zu machen, der dafür nicht taugte. Hart und kantig wie er war, entsprach er ganz der spartanischen Einrichtung des Vernehmungsraumes.

Das Zimmer bot kaum genug Platz für Parker und den Tisch, der ihn von Roly trennte. Nun waren auch noch Hanson, ein Kriminalbeamter und ein Anwalt mit von der Partie, und Parker konnte sich des Gefühls nicht erwehren, daß sie zuwenig Luft hatten, die Decke immer niedriger wurde und die Wände immer näher zusammenrückten.

Roly war seit dem frühen Morgen in Gewahrsam. Er hatte gegessen, als man ihm etwas gebracht hatte, hatte um Tee gebeten und hatte ihn bekommen, hatte jedoch nicht gefragt, warum er hier war und warum sein Gehege durchsucht wurde. Das war in Parkers Augen sehr verräterisch. Leute, die nichts zu verbergen hatten, reagierten im allgemeinen mindestens empört darauf, aus dem Haus geholt und auf eine Polizeidienststelle geschleppt zu werden. Sie verlangten im allgemeinen eine Erklärung und drohten, sich bei sämtlichen Leuten vom Chief Constable bis zum Abgeordneten ihres Wahlkreises zu beschweren. Roly hatte Parker ins Gesicht gespien, als dieser mit seinen Leuten in sein Haus eingedrungen war, aber abgesehen davon war er lammfromm gewesen; man hatte fast den Eindruck, als hätte er sich mit der Situation abgefunden.

Als Parker mit der Vernehmung begann, zunächst Uhrzeit, Datum, Namen, Dienstgrad und Beruf der Anwesenden aufnahm, sagte er sich, daß Roly nicht wissen konnte, daß die Puppe gefunden worden war. Er achtete daher sehr auf dessen Reaktion, als er das Verhör mit der Bemerkung eröffnete: »Mit dem Ding im Alkoven haben Sie uns einen ganz schönen Schrecken eingejagt.«

Roly hielt den Blick starr auf einen in die Wand eingebauten Kassettenrecorder gerichtet und reagierte nicht.

»Roly«, sagte Parker ruhig, »diese Puppe trägt Kleidungsstücke, die mit denen identisch sind, die Gary Maudsley, soweit wir wissen, am Tag seines Verschwindens anhatte.«

Roly sagte nichts.

»Haben Sie Gary gekannt?«

»Nein.«

»Wie sind Sie dann zu seinen Kleidern gekommen?«

Roly konterte mit einer Gegenfrage. »Woher w-wissen Sie, daß es seine w-waren?«

Ganz wie du willst, dachte Parker. Der Befund des Labors wird bald genug Gewißheit bringen.

»In Ordnung«, sagte er. »Aber ich finde das schon merkwürdig, daß Sie dieses Ding genauso gekleidet haben, wie Gary gekleidet war.«

»Reiner Z-zufall«, versetzte Roly.

»Kann sein, ja«, sagte Parker. »Wie sind Sie an die Sachen gekommen?«

»Ich h-hab sie gefunden.«

»Wo?«

»Auf dem l-leeren Grundstück.«

Das war gelogen. Parker wußte es ebensogut wie die anderen im Raum, aber es zu beweisen würde nicht so einfach sein. »Und warum haben Sie die Sachen mit Lumpen ausgestopft und in einem Alkoven eingemauert?«

»Die Häuser w-werden alle a-abgerissen«, antwortete

Roly. »Ich w-wollte die Arbeiter e-erschrecken.« Er wandte den Blick von dem Kassettenrecorder. »Sie r-reißen mir mein Z-zuhause ab.«

Es könnte die Wahrheit sein, dachte Hanson. Er glaubte es zwar nicht eine Sekunde, aber ein Gericht würde es vielleicht glauben.

Parker nahm die Antwort erst einmal ernst und sagte: »Es ist nicht angenehm, aus seinem Zuhause vertrieben zu werden. Ich weiß, daß mich das sehr mitnehmen würde, besonders wenn ich schon lange dort lebte. Seit wann wohnen Sie schon dort, Roly?«

»Seit Jahren«, sagte Roly. »Mit U-unterbrechungen.«

»Wann sind Sie da hingezogen?«

»Gleich n-nachdem ich aus dem H-heim raus w-war.«

»Sie haben in einem Heim gelebt«, sagte Parker. »Wie kam das denn?«

»Weggeschmissen h-haben sie mich«, sagte Roly, und Hanson horchte auf, als er hörte, wie der Mann beschrieb, was ihm als Kind geschehen war. Sie haben mich weggeschmissen, hatte er gesagt, nicht, sie haben mich weggegeben, oder, sie wollten mich nicht haben, sondern »sie haben mich weggeschmissen«.

Parker sagte: »Wie alt waren Sie da?«

»Zwei«, antwortete Roly.

»Sie waren zwei Jahre alt?« fragte Parker.

»Zwei Tage«, korrigierte Roly. »Ich w-war zwei T-tage alt. Jemand hat m-mich hingebracht.«

»Wo wurden Sie denn gefunden?«

»In einer Sch-schuhschachtel«, sagte Roly und lachte plötzlich.

»Warum lachen Sie?« fragte Parker.

»Weiß i-ich auch nicht«, sagte Roly. »Kommt m-mir einfach k-komisch vor, weiter nichts – in einem Schuhkarton g-gefunden. Ich w-weiß auch nicht – ich find's einfach komisch.«

Parker fand es gar nicht komisch, er hätte nie darüber lachen können. Er konnte sich nicht vorstellen, daß ein Säugling klein genug sein könnte, um in einen Schuhkarton zu passen, aber bei näherer Überlegung sagte er sich, es käme wohl auf die Größe des betreffenden Kindes an und auf die Maße der Schuhschachtel. Er dachte zurück an die Geburt seiner eigenen zwei Söhne und stellte fest, daß seine Erinnerung daran, wie er sie zum erstenmal im Arm gehalten hatte, irgendwie verzerrt war; das einzige, was er im Gedächtnis hatte, war ihr Gewicht – nicht wie viele Kilos oder Gramm, sondern daß sie ihm, so winzig sie waren, unglaublich schwer vorgekommen waren, als hielte er das Gewicht der Welt in seinen Armen, die vor Furcht gezittert hatten. Womöglich würde er sie fallen lassen. Womöglich würde er als Vater versagen.

»Und wie lange haben Sie in diesem Heim gelebt?« fragte er.

»Mit neun b-bin ich zu Pflegeeltern g-gekommen, aber dann b-bin ich wieder ins Heim z-zurück. Da h-haben sie mich b-behalten, bis ich sechzehn w-war.«

Und dann hinausgeworfen, dachte Hanson. Die Gesellschaft hatte ihre Pflicht getan.

»Wo war dieses Heim?« fragte Parker.

»In der Salisbury Road.«

Der Name sagte Hanson nichts, doch Parker schien ihn sehr wohl zu kennen. »Das ist doch da, wo jetzt das leere Grundstück ist – das, das den Vogelgarten von der Roumelia Road trennt.«

»Ja«, bestätigte Roly, allem Anschein nach erfreut, daß Parker das wußte.

»Sie haben also wirklich sehr lange dort gelebt«, stellte Parker fest. »Vielleicht nicht im selben Haus oder in der selben Straße, aber doch direkt gegenüber von dem Heim.«

»Ja«, sagte Roly. »Es ist schon v-vor einer W-weile abgerissen w-worden. Und jetzt r-reißen sie m-mein Haus auch ab. Ich w-wollte sie richtig erschrecken.«

»Das ist Ihnen gelungen«, sagte Parker. »Ich hab jedenfalls einen Heidenschrecken bekommen.«

Roly lächelte, ein entwaffnendes Lächeln, wie Hanson fand, ein Lächeln, das einem kleinen Jungen gewiß alle Scheu nehmen würde.

»Das tut m-mir leid«, sagte Roly. »Ihnen hat's eigentlich n-nicht gegolten.«

»Macht nichts«, sagte Parker. »Gegen einen kleinen Scherz ab und zu hat keiner was.« Auch er lächelte. »Tun Sie so was nur nie wieder, hm!«

»Ganz bestimmt n-nicht, Mr. Parker.«

»Gut«, sagte Parker, »ich möchte nämlich nicht, daß meine Leute so was mitmachen müssen – manche von ihnen sind nämlich ausgesprochene Sensibelchen.« Parker wurde jetzt ernst und fügte kalt hinzu: »Sie hätten mal erleben sollen, in was für einem Zustand sie waren, als sie sahen, was von Joey noch übrig war.«

Rolys Lächeln verschwand. »Ich h-hab davon gehört«, sagte er. »Sie h-haben ihn in einem Wald g-gefunden.«

»Und Sie werden mir jetzt zweifellos erzählen, daß Sie ihn nicht gekannt haben und er nie bei Ihnen war«, sagte Parker.

»War er auch nicht«, erklärte Roly.

»Gut«, sagte Parker. »Wenn wir nämlich Joeys Kleider in Ihrem Haus finden sollten, braucht die Stadt sich gar nicht mehr zu bemühen – ich werd es dann eigenhändig demolieren.«

Ein Klopfen an der Tür nahm Hanson die Möglichkeit, Rolys Reaktion auf diese Bemerkung zu beobachten, und Parker unterbrach das Verhör, als einer seiner Leute zur Tür hereinsah. »Chef – kann ich Sie mal einen Moment sprechen?«

Parker ging allein aus dem Zimmer und kehrte Sekunden später zurück, um Hanson herauszuwinken. Hanson ging zu den beiden Männern im Korridor, und Parker sagte mit gedämpfter Stimme: »Wir haben ein Problem. Ich muß rüber zu Byrnes Wohnung. Warrender ist schon dort.«

»Soll ich mitkommen?«

»Nein«, antwortete Parker. »Bis wir da fertig sind, wird es bestimmt Mitternacht. Fahren Sie lieber nach Hause.«

Nach Hause, dachte Hanson. Die Pension war nicht sein Zuhause – nicht mehr. »Und was wird mit Roly?«

Parker, der bereits seit vierzehn Stunden im Dienst war, sah den Rest des Abends vor sich wie einen langen, bösen Traum. Er war müde. Er war enttäuscht über das Ergebnis der Durchsuchung von Barnes' Haus und hatte wenig Hoffnung, Roly und Moranti über den kommenden Tag hinaus festhalten zu können, wenn nicht das Labor ihm die Bestätigung lieferte, daß die Puppe tatsächlich Garys Kleider angehabt hatte. »Da machen wir morgen weiter«, sagte er.

35

Parker erreichte ohne Probleme die Straße, die zu Byrnes Laden führte, aber dann gab es kein Weiterkommen mehr. Die Straße hinauf und hinunter drängten sich Scharen von Menschen, von denen einige versuchten, Byrnes Laden zu stürmen.

Mit den Ellbogen kämpfte Parker sich durch das Gewühl und erreichte den Laden genau in dem Moment, als einer seiner Leute eine Frau von der Tür wegzerrte. Die Kerben rund um das Schloß zeugten deutlich von ihrem

Zorn, und seine Leute hatten alle Mühe, sie in einen Wagen zu bugsieren.

Er lief zu Warrender, der mit zwei uniformierten Beamten zusammenstand. Die Menge johlte höhnisch, und eine Frau schrie: »Verwendet unsere Steuergelder gefälligst dafür, auf unsere Kinder aufzupassen, anstatt einen dreckigen Kinderschänder zu beschützen!«

»Was ist hier los?« fragte Parker.

Statt einer Antwort gab Warrender ihm die Abendzeitung. Die Schlagzeile sagte Parker alles. Die Lokalpresse berichtete, daß die Polizei Rolys Gehege und das dazugehörige Haus durchsucht hatte, und hatte sich berufen gefühlt, unter Preisgabe von Byrnes Namen und Adresse die Öffentlichkeit davon zu unterrichten, daß er im Zusammenhang mit dem Verschwinden von Joseph Coyne und Gary Maudsley verhört worden war.

Das wird jemand den Kopf kosten, dachte Parker, vorausgesetzt, ich kriege je raus, wer der Presse diese Informationen geliefert hat. Aber wahrscheinlich würde er es nie erfahren, und wenn er ganz ehrlich war, mußte er zugeben, daß er in diesem einen Fall trotz allen Ärgers, den die Indiskretion ihm einbrachte, gewisses Verständnis hatte. Wenn in nächster Nähe seiner Familie ein Pädophiler wohnte, würde er das auch wissen wollen.

»Also«, sagte er, »fordern wir erst einmal Verstärkung an. Und sehen wir zu, daß wir diese Leute hier wegkriegen.«

Als er sich umdrehte und in die Menge blickte, sah er einige bekannte Gesichter, unter ihnen Julie Coyne. Sie sah verhärmt aus, ihr Blick war stumpf, die ersten Anzeichen von Schock und Schmerz zeigten sich jetzt. Verschwunden war der gelassene Ausdruck des ›Er hat seinen Frieden‹, den sie zur Schau getragen hatte, als er ihr die Nachricht vom Tod ihres Sohnes eröffnet hatte. Jetzt kam langsam das Begreifen. Julie sah krank aus.

»Lassen Sie sie von einem unserer Leute nach Hause fahren«, sagte er zu Warrender, und nachdem dieser das Nötige veranlaßt hatte, sah Parker zu der Wohnung über dem Laden hinauf. »Byrne?«

»Immer noch keine Spur«, antwortete Warrender.

Die Leute begannen, Byrnes Namen zu skandieren. Alle hofften sie, er wäre da. Sie hätten ihn am liebsten gelyncht.

Weitere Streifenwagen trafen zur Verstärkung ein, und die Menge ließ sich vom Laden zurückdrängen.

»Aber eine Nachbarin«, fügte Warrender nachträglich hinzu, »hat behauptet, sie hätte gesehen, wie er neulich nachts hinten im Hof etwas vergraben hätte.«

Parker bezweifelte, daß das wahr war. Byrne wußte genau, daß er überwacht wurde – oder überwacht worden war, bis Parker das erstemal auf den Vogelgarten aufmerksam geworden war. Niemals wäre er so dumm gewesen, in seinem Hof etwas zu vergraben; außerdem war der ganze Hof betoniert. Im Augenblick stand sein Lieferwagen auf diesem Beton – Byrne hatte ihn nicht mitgenommen, wohin auch immer er verschwunden war, vielleicht weil ihm klar gewesen war, wie leicht das Fahrzeug entdeckt werden konnte.

»Wir schauen uns hinten um«, sagte er müde, »sobald wir diese Meute hier los sind.«

Es kostete einiges an Zeit und Mühe, die Menge aufzulösen, und Parker postierte an beiden Enden der Straße Männer, um sicherzustellen, daß die Leute, die nicht nach Hause gegangen waren, sich nicht irgendwo in der Nähe des Ladens von neuem zusammenscharten.

Dann trat er, gefolgt von Warrender, zum Seitentor, hob den Riegel an und ging nach hinten in den Hof. Byrnes Lieferwagen war noch da. »Schauen wir mal in seine Wohnung«, sagte er.

Er ging wieder nach vorn zum Laden und hämmerte an die Tür. Dann hob er die Briefkastenklappe hoch und rief:

»Dougie, wenn Sie da drinnen sind, machen Sie auf! Sie brauchen nichts zu fürchten.«

Als sich nichts rührte, ließ Parker von einem seiner Männer das Schloß aufbrechen.

Nachdem er den Lichtschalter gefunden hatte, ging er mit Warrender durch den Laden in den kleinen, quadratischen Vorraum am Fuß der Treppe. »Dougie!« rief er laut, aber es kam keine Antwort.

Sie gingen die Treppe hinauf zu dem kleinen Apartment. Sie stießen die Tür weit auf, halb in der Erwartung, Byrne irgendwo in einer Ecke kauern zu sehen. Aber der Raum war leer.

»Wo zum Teufel ist er?« sagte Parker.

Von der Wohnung aus gingen sie wieder auf die Straße hinunter.

»Ich schau mir mal den Lieferwagen an«, sagte Warrender, und er und Parker kehrten noch einmal in den Hof zurück.

Warrender holte eine Taschenlampe heraus und leuchtete mit ihr ins Innere des Lieferwagens. Er war leer. Dann leuchtete Warrender mit der Lampe den Boden ab, um festzustellen, ob es irgendwelche Anzeichen dafür gab, daß die Betondecke aufgebrochen worden war. So viele Informationen, die ihnen regelmäßig zugetragen wurden, waren reine Phantasieprodukte, daß es sie nicht wunderte zu sehen, daß der Beton unberührt war.

Dann nahm Parker die Taschenlampe und richtete ihren Strahl auf den Kohlenbunker. Auch er sah nicht anders aus als bei ihrem letzten Besuch in diesem Hinterhof. Bis auf eine Kleinigkeit. »Der Bunker ist versetzt worden«, sagte Parker.

»Das kann ich nicht finden.«

Aber Parker war sich sicher: »Er ist versetzt worden.«

Vier der Männer, die bei der letzten Durchsuchung des Hofs dabeigewesen waren, rückten an. Damals wie heute hatten sie dunkelblaue Overalls an, und Parker wies auf den Bunker. »Da drüben«, sagte er.

Sie gingen hinüber, hoben den Deckel hoch und fanden den Innenraum so leer, wie Parker angenommen hatte. Dann packten zwei von ihnen zu und versuchten, den Bunker hochzuheben. Er bewegte sich, aber höchstens einen Fingerbreit, und Parker konnte sich beim besten Willen nicht vorstellen, wie Byrne es geschafft hatte, ihn zu versetzen. Es hatte zwei seiner Leute gebraucht, um ihn nur wenige Zentimeter zu verrücken, aber Byrne hatte die Verzweiflung zusätzliche Kraft verliehen. Er hatte es sich nicht leisten können, den Bunker *nicht* von der Stelle zu bringen.

Er hatte bei Nacht gearbeitet und wußte genau, daß man von den Nachbarhäusern in den Hof hineinsehen konnte. Und trotz aller Vorsichtsmaßnahmen hatte eine der Nachbarinnen ihn beobachtet. Gott sei Dank, dachte Parker, der sich sonst vielleicht nicht die Mühe gemacht hätte, den Bunker noch einmal zu inspizieren.

Kurze Zeit später war der Betonklotz so weit versetzt, daß der Platz, auf dem er zuvor gestanden hatte, zugänglich war. Parkers Männer begannen zu graben.

Fast sofort stießen sie auf etwas, das bloß einen halben Meter unter der Oberfläche vergraben war, und Parker fiel jener Moment vor Jahren ein, als er erwartet hatte, Joseph Coynes Leiche zu finden, und seine Männer die Kassette mit den Modekatalogen ausgegraben hatten. Wahrscheinlich stand ihnen jetzt etwas Ähnliches bevor. Byrne war getürmt und hatte unter dem Kohlenbunker etwas vergraben, das er nicht hatte mitnehmen können. Dumm von ihm, dachte Parker. Er hätte es vernichten sollen, ganz gleich, was es war. Aber sie waren ihm eben teuer, diese Kinderfotografien.

Der Spaten, der so leicht in das Erdreich geglitten war, als wäre dieses erst kürzlich aufgewühlt worden, wurde nach wenigen Minuten mit einer kleinen Schaufel vertauscht.

Mit diesem Schäufelchen in der Hand beugte sich einer der Männer zu der flachen Grube hinunter und begann mit der Sorgfalt eines Archäologen, der unversehens einen Fund gemacht hatte, zu arbeiten. Mit vorsichtigen, beinahe zarten Bewegungen scharrte er das Erdreich auf und legte das verknotete Ende eines Plastiksacks frei. Er legte das Schäufelchen neben die Grube und schlitzte mit einem Messer die Plastikfolie auf. Die Umhüllung öffnete sich wie eine erblühende schwarze Rose, und darunter kamen die Überreste eines Kindes zum Vorschein. Wer immer es auch getötet hatte, hatte dafür gesorgt, daß seine Identifizierung äußerst schwierig werden würde; aber Parker wußte, wer das Kind war, und wurde von einem Gefühl des Scheiterns überwältigt.

Zum zweitenmal an diesem Tag sagte er: »Hanson ... Holen Sie ihn her, ich möchte ihm zeigen, was wir gefunden haben.« Und während er zu dem schwarzen Müllsack hinunterstarrte, schwor er sich, den Angehörigen gewisse Einzelheiten niemals zu offenbaren und sie mit all seiner Kraft davon abzuhalten, an dem Tag zur Gerichtsverhandlung zu gehen, an dem den Geschworenen erläutert werden würde, in welchem Zustand man die Leiche gefunden hatte und was der Mörder unternommen hatte, damit sie in diesen Sack paßte.

Als Hanson vor Byrnes Laden ankam, fiel ihm gleich auf, daß die ganze Fassade mit Farbe bespritzt war. Die Fenster waren eingeschlagen, die Tür war zerkratzt und voller Schrammen, als hätten die Leute mit Klauen und Nägeln versucht, sich Einlaß zu verschaffen, um sich auf Byrne zu stürzen.

Vielleicht war es ja so gewesen, dachte er.

Warrender führte ihn in den Hof hinter dem Laden, wo er jemanden vor dem Sack mit den Leichenteilen kauern sah.

»Sherringham«, sagte Warrender, und Hanson hatte den Eindruck, daß die Hand des Pathologen, die die Plastikfolie berührte, zitterte. Um einen Pathologen aus der Fassung zu bringen, braucht es eine Menge, dachte Hanson, und Sherringham war offensichtlich tief erschüttert.

Ein Stück hinter ihm sah er Parker neben einem Kohlenbunker stehen, der mit seinen Betonwänden und dem Holzdeckel Ähnlichkeit mit einem primitiven Sarkophag hatte.

»Wissen wir schon, wer es ist?« fragte Hanson.

»Gary«, antwortete Parker.

»Das tut mir leid.«

»Mir auch.«

Parker hatte schon zuvor müde ausgesehen, jetzt aber wirkte er völlig erschöpft. Er lehnte sich an den Bunker, als brauchte er Halt.

Hanson wußte, daß es unfair war, Parker jetzt Fragen zu stellen, aber gewisse Dinge mußte er einfach wissen, um die Schlußfolgerungen ziehen zu können, die Parker von ihm am nächsten Morgen erwarten würde. Deshalb sagte er: »Wie lange ist er schon tot?«

»Drei oder vier Tage.«

»Byrne hat ihn nicht ermordet«, sagte Hanson.

»Nein«, bestätigte Parker. »Das ist mir klar.«

Dann, dachte Hanson, mußte Parker ebenfalls klar sein, daß Gary irgendwo gefangengehalten worden war; daß Roly ihn in Panik getötet hatte und die Leiche in Byrnes Hinterhof deponiert hatte, um Parkers Aufmerksamkeit wieder auf Byrne zu lenken.

Mit einer Handbewegung zu den Leichenteilen sagte

Parker: »Würde das zu dem Bild passen, das Sie sich von Roly gemacht haben?«

Hanson, der sich bewußt war, daß er noch immer zuwenig von Roly wußte, um mit einiger Sicherheit sagen zu können, was ihn trieb, dachte an den Alkoven und die Kleider, die die Puppe angehabt hatte. »Ich denke, Sie können damit rechnen, daß das Labor bestätigen wird, daß Gary in diesem Alkoven gefangengehalten wurde und daß die Kleider, die man an der Puppe gefunden hat, ihm gehört haben.«

»Das ist keine Antwort auf meine Frage. Ich möchte wissen, warum er das getan hat. Warum hat er den Jungen eingekerkert?«

Hanson hatte darauf im Moment nur eine Antwort. »Das weiß ich nicht«, sagte er.

36

Als Hanson am folgenden Morgen in den Frühstücksraum kam, sah er, daß nur zwei Tische gedeckt waren. Die Geschäfte scheinen schlecht zu gehen, dachte er, obwohl er bezweifelte, daß dieser Betrieb hier saisonabhängig war.

Er nickte dem einzigen anderen Gast freundlich zu, überließ ihn dann seiner Zeitung und setzte sich an einen Tisch am Fenster. In gewissem Sinn war das eine unglückliche Wahl; ein anderer Tisch hatte einst genau an dieser Stelle gestanden, allerdings ein edlerer Tisch, antik, die Platte eine Intarsienarbeit aus verschiedenen Hölzern.

Mrs. Judd erschien mit einem Frühstück und stellte es auf den Tisch des anderen Gastes, den Hanson für einen Vertreter hielt. Der Duft heißer Croissants wehte durch den Raum.

»Guten Morgen«, sagte sie zu ihm. »Croissants?« Und Hanson, der nach dem Entsetzlichen des vergangenen Abends überhaupt keinen Appetit hatte, sagte dennoch: »Danke, gern.«

Er hatte sich zu Parker an den Bunker gestellt und versucht, ihm zu erklären, daß der grausame Fund ganz dem entsprach, was man von Roly als Reaktion erwarten konnte, wenn dieser sich in die Ecke gedrängt sah, hatte aber schließlich erkennen müssen, daß Parker das alles gar nicht aufnahm. Er hatte in allzu kurzer Zeit allzu viel gesehen. Er brauchte Schlaf, Zeit zum Nachdenken, Zeit, um mit den letzten Entwicklungen klarzukommen.

Ob Parker seinen Rat beherzigt hatte und nach Hause gefahren war, um ein wenig zu schlafen, wußte Hanson nicht.

Er wußte aber, daß er noch einige Tage würde bleiben müssen; Parker hatte ihn darum gebeten, und er hatte unter den gegebenen Umständen nicht ablehnen können. Da Parker jedoch gesagt hatte, daß er vor dem frühen Nachmittag nicht gebraucht werden würde und er keine Lust hatte, den ganzen Morgen die Wände der Pension anzustarren, beschloß er, etwas zu unternehmen. Seine alte Schule war nicht weit entfernt von Bury. Er hatte die ganze Zeit schon vorgehabt, einmal hinzufahren, aber er war nie dazu gekommen. Jetzt war der richtige Moment.

Die Croissants, die Mrs. Judd ihm brachte, waren eine Enttäuschung – tiefgefroren und aufgebacken, weder frisch noch knusprig. Er spülte sie mit fadem Milchkaffee hinunter und ging mit einem bitteren Nachgeschmack von Zichorie wieder in sein Zimmer hinauf.

Er hatte die Vorhänge nicht zurückgezogen, und das Zimmer war dämmrig, das Bett noch nicht gemacht. Einen Moment lang konnte er sich beinahe einbilden, Lorna läge dort unter der Decke, die von ihren Atemzügen kaum bewegt würde. Aber es war eben doch nur die Bettdecke, und er fragte sich, welcher unbewußte Wunsch ihn beim Aufstehen veranlaßt hatte, sie zur Seite zu schieben und in einer Form zurückzulassen, die einer schlafenden menschlichen Gestalt glich.

Entschlossen zog er die Bettdecke gerade, öffnete die Vorhänge; draußen regnete es immer noch. Alles andere wäre ja auch sonderbar gewesen. Immer wenn er an Manchester zurückdachte, an seine Ehe und was aus ihr geworden war, sah er jede einzelne Szene vor einem Hintergrund strömenden Regens, als hätte die Sonne nicht einen einzigen Tag auf ihre Beziehung geschienen.

Er nahm seinen Aktenkoffer und öffnete die Tür zum Flur. Auf dem Weg zur Treppe ging er an Mrs. Judd vorbei, und als er sich umdrehte, sah er, daß sie ihn beobachtete. Sie wußte immer noch nicht, wer er war, aber sie wußte jetzt, daß er nicht der war, für den er sich ausgab. Er nahm es ihr nicht übel, daß sie ihm mißtraute, doch er dachte nicht daran, sie aufzuklären; was ihn hierher geführt hatte, konnte er nicht ausgerechnet dem Menschen offenbaren, dessen Anwesenheit im Haus ihn so sehr störte.

Er überließ sie also ihren Spekulationen und war gewiß, daß sie, noch ehe er zur Haustür hinaus war, in sein Zimmer gehen würde. Wenn er jetzt umkehrte und nach oben ginge, würde er sie dort erwischen, wie sie, unter dem Vorwand aufzuräumen, herumschnüffelte, immer auf der Suche nach Hinweisen, wer er wirklich war.

Ein großer Teil von Hansons Leben drehte sich um die Suche nach Hinweisen auf die Persönlichkeit anderer – er konnte Mrs. Judds Neugierde nachvollziehen. Die Wißbegier war eine mächtige Kraft, die ihn getrieben hatte, solange er sich erinnern konnte. Er wollte wissen, warum er seine derzeitige Beziehung so empfand, wie er sie empfand. Er wollte wissen, warum Lorna ihn wegen eines anderen verlassen hatte. Er wollte wissen, warum er auf diese Art hierher hatte zurückkehren müssen, um sich der Vergangenheit zu stellen.

Und das war nur ein Teil. Wenn er es sich genau überlegte, erkannte er, daß dieses Verlangen zu wissen ihn trieb, den Problemen seiner Patienten auf den Grund zu gehen. Lorna hatte ihn einmal beschuldigt, jeden wachen Moment damit zu verbringen, die Vorgänge in den Köpfen von Perversen und Serienmördern zu analysieren. »Das ist doch nicht normal«, hatte sie hinzugefügt. »Wieso umgibst du dich ständig mit solchen Leuten?«

»Das tue ich nicht«, hatte er sich verteidigt, »sie werden mir von der Gesundheitsbehörde überwiesen, weil Leute wie du, Leute, die dazu ausgebildet sind, sich mit körperlichen Krankheiten zu befassen, keine Ahnung haben, wo sie anfangen sollen, wenn sie auf psychische Probleme stoßen.«

Und Lorna, die eine Art hatte zu pauschalieren, die einen wahnsinnig machen konnte, hatte entgegnet: »Psychopathen kann man nicht heilen. Wozu also das Ganze?«

Seine Erwiderung, daß gewisse körperliche Krankheiten ebenfalls nicht zu heilen wären, daß dies aber anderen noch lange nicht das Recht gäbe, die Opfer gegen ihren Willen von ihrem Elend zu befreien, hatte zu einem Streit geführt, wie er in ihrer Beziehung mit der Zeit typisch geworden war. Aus der sachlichen Auseinandersetzung war immer stärker eine persönliche geworden, die meistens damit geendet hatte, daß er sich schweigend zurückgezogen hatte. Zivilisiert hatte er das damals gefunden, aber jetzt nicht mehr; jetzt hielt er es für einen schweren Fehler.

Wie oft hatte er seitdem seinen Patienten geraten, ihre Gefühle zu äußern, und ihnen erklärt, daß es ungesund sei, die Dinge in sich hineinzufressen? Er hatte keine Ahnung. Er wußte nur, daß er selbst nicht ein einziges Mal seinen wahren Gefühlen freien Lauf gelassen hatte, ihr nicht ein einziges Mal gezeigt hatte, wie tief sie ihn verletzt hatte. Die stumme Wut, die er in den Jahren nach der Trennung streng unter Verschluß gehalten hatte, drängte jetzt nach oben und drohte zu explodieren.

Er hatte sich im Lauf seiner Ehe immer tiefer in seine Arbeit gestürzt. Sein Interesse an der Kriminalpsychologie war mehr als eine Erweiterung seiner täglichen Arbeit in der Klinik gewesen. Wie Lorna sehr wohl gewußt hatte, waren wenige seiner Patienten gefährlich gewesen oder auch nur sonderlich interessant, wenn er ehrlich war; die Frauen, die von den Gerichten oder ihren Hausärzten an ihn überwiesen wurden, hatten meistens irgendwelche Kleinigkeiten gestohlen, die sie leicht hätten bezahlen können – ihre Vergehen waren nichts anderes als Signale, ein Betteln um Zuwendung von Menschen, von denen sie glaubten, daß diese sie nicht mehr liebten. Die kastrierten Manager aus dem mittleren Management hatten eine Neigung, eines Morgens einfach nicht mehr aufzustehen, blieben in ihren Betten liegen und starrten an die Decke, ohne sich um die Verwirrung, Besorgnis oder selbst den Zorn der Frauen zu kümmern, die sie zwanzig Jahre zuvor geheiratet hatten. Manche gaben ihre Stellung, ihre Ehefrau, ihre ganze Vergangenheit auf, nur um irgendwo heruntergekommen in einem Hauseingang aufgelesen zu werden. Wenn sie Glück hatten, wurden sie an ihn oder jemanden wie ihn überwiesen, der ihnen helfen konnte, ihr Leben wieder einigermaßen in Ordnung zu bringen, nicht so, wie es zuvor gewesen war, aber doch so, daß es wenigstens lebbar war, und wenn auch nur für den Moment.

Er fand, seine Arbeit lohnte sich. Die Bezahlung war schlecht, aber er sah seinen Lohn in den täglichen kleinen Erfolgen – wenn der Agoraphobiker es geschafft hatte, bis zum Briefkasten und wieder zurück zu gehen; wenn die versteinerte Mutter zum erstenmal seit Jahren fähig war, ihre Kinder in den Arm zu nehmen; wenn der mißhandelte Sohn endlich den Mut aufbrachte, dem tyrannischen Vater entgegenzutreten.

Es waren die kleinen Dinge, die das tägliche Leben ausmachten. Er wußte, daß es Lappalien waren im Vergleich zur Arbeit jener, die bei der Behandlung irgendeiner größeren psychischen Störung einen Durchbruch schafften, aber das, was für ihn zählte, war, daß er durch seine Arbeit dem Unglücksleben eines anderen Menschen eine Wendung gegeben hatte.

Er wünschte nur, er könnte auch seinem eigenen Leben eine Wendung geben.

Als er aus Manchester hinaus in Richtung seiner alten Schule fuhr, merkte er, daß das gesamte Straßennetz sich drastisch verändert hatte, seit er von hier weggezogen war. Er griff in das Handschuhfach, um den Stadtplan herauszuholen, und erwischte statt dessen die aufgerissene Hülle eines Schokoriegels. Das erinnerte ihn daran, daß er sich seit dem kurzen, steifen Telefongespräch am Tag seiner Ankunft in der Pension nicht mehr bei Jan gemeldet hatte, und Fragen fielen ihm plötzlich ein, die sie ihm gestellt hatte, kürzlich erst, als hätte sie gespürt, daß er mit seinen Gedanken in letzter Zeit oft bei Lorna war.

»Hat sie Ähnlichkeit mit mir?«

»Nein, eigentlich nicht.«

»In welcher Beziehung ist sie anders?«

In jeder Beziehung, dachte Hanson, aber er sagte nur: »Äußerlich gleicht ihr euch überhaupt nicht, falls du das meinst.«

Das meinte sie nicht, und er wußte es.

»Wie sieht sie denn aus?«

»Zierlich und dunkel.«

Mehr wollte er nicht sagen, und sie gab sich damit zufrieden. Aber einige Zeit später hatte sie ein Foto gefunden und es ihm gezeigt und gefragt: »Ist das Lorna?«

Er hatte nur einen flüchtigen Blick darauf geworfen und gleich wieder weggesehen, verärgert über diese, wie er fand, Verletzung seines persönlichen Bereichs. »Ja.«

Daraufhin wurde sie sehr still, und er wußte, er sollte sie beruhigen, was sie in diesem Moment zweifellos brauchte, aber der Zorn siegte, und er ließ sie leiden. Es war ihre eigene Schuld, dachte er. Leute, die in den Sachen anderer herumkramen, stoßen manchmal auf Dinge, die sie lieber nicht gesehen hätten.

»Sie ist sehr schön.«

Er antwortete nicht.

»Findest du sie nicht schön?«

»Wenn du meinst.«

Sie hatte das Foto wieder in den Matchsack geschoben, den er oben auf dem Schrank aufbewahrte.

Danach hatten sie nicht mehr über die Sache gesprochen. Erst viel später am Tag hatte sie plötzlich gesagt: »Du weißt doch, der Matchsack oben auf dem Schrank.«

»Ja, was ist damit?«

»Ich dachte, er wäre leer.«

»Tja, nun weißt du, daß er das nicht ist.«

»Ich hab überhaupt nicht daran gedacht … Ich …«

Er ließ sie zappeln.

»Ich wollte ihn mir ausleihen, fürs Fitneßstudio. An meiner Tasche ist der Henkel abgerissen. Ich hatte keine Ahnung …«

»… was du damit anrichten würdest?« hatte er gefragt.

»Ja«, hatte sie geantwortet.

»Du hast nichts angerichtet.«

Aber er wußte, daß das nicht stimmte. Jetzt, nachdem sie ein Foto von Lorna gesehen hatte, fühlte sie sich minderwertig, und als er sie an diesem Abend in den Arm nehmen wollte, war sie kühl geblieben. Wieder hatte er es nicht fertiggebracht, sie zu beruhigen, obwohl sie das offensichtlich brauchte: Sie hatte ihm das Foto unter die

Nase gehalten, ohne daß er eine Chance gehabt hatte, sich gegen seinen Anblick zu wappnen, nun sollte sie auch die Strafe dafür erleiden, daß sie ihm diesen Schmerz zugefügt hatte.

Er hatte das Licht ausgeschaltet, und ihre Stimme schien ihm von weit her zu kommen, als sie sagte: »Was macht sie beruflich?«

Er wußte, daß seine Antwort ihrem Minderwertigkeitskomplex neue Nahrung geben würde, aber er sagte es ihr trotzdem. »Sie ist Ärztin.«

Ihre Antwort war kurz und leise. »Oh.«

Er wollte schlafen, aber sie war noch nicht fertig.

»Hörst du ...«

»Jan«, unterbrach er, »ich möchte schlafen.«

»Hörst du manchmal von ihr?«

»Nein.«

»Vielleicht solltest du sie mal anrufen, um zu hören, wie es ihr geht.«

Mit seiner Geduld am Ende, hatte er erwidert: »Vielleicht«, und sie hatte nichts mehr gesagt und sich von ihm abgewandt.

Er fragte sich jetzt, wie sie es auslegen würde, daß er sich nach jenem ersten Telefongespräch am Tag seiner Ankunft nicht mehr gemeldet hatte. Wahrscheinlich war sie mittlerweile überzeugt davon, daß er im Begriff war, ihre Beziehung zu beenden. Vielleicht war das ja auch so. Wenn sie ihn jetzt fragen würde, was er fühlte und was er wollte, könnte er es ihr nicht sagen. Vielleicht war das der Grund, warum er sie nicht mehr angerufen hatte. Vielleicht würde er sie nie wieder anrufen. Vielleicht würde er, sobald Parker ihn nicht mehr brauchte, nach Hause fahren und ihr sagen, daß er sich nicht binden konnte, daß das Haus, die Kröte und der Matchsack allein seins waren, genau wie die Hypothek, die Schulden auf dem Wagen und die Gewißheit, daß er, wenn er keine klare Linie in sein Leben brachte, eines Tages in einer Therapie landen würde: Ich habe keinen Menschen. Meinem Leben fehlen Ziel und Inhalt. Ich sehe einfach keinen Sinn mehr darin …

Er dachte darüber nach, wie sie reagieren würde, wenn er ihr sagte, er könne sich nicht binden, und plötzlich war es nicht schwierig, sich vorzustellen, daß sie diese Eröffnung ganz ruhig aufnehmen und dann ihre Sachen packen würde, Kleidungsstücke größtenteils, von denen viele ihm gehörten. Er würde sich nicht nur aus einer Beziehung verabschieden, die ruhig und wohltuend war und eine Zukunft hatte, sondern auch von jedem Sweatshirt, das er je besessen hatte, und er war nicht sicher, ob er damit fertig werden würde. Das Haus würde einsam und leer sein, und der Gedanke, daß er nie wieder nach einem Sweatshirt würde suchen müssen, kein Trost.

Und mit dem Essen würde es auch hapern. Zwar würde er sicher nicht gerade verhungern, aber er würde zweifellos wieder anfangen, das ungesunde Zeug zu essen, mit dem er sich ernährt hatte, bevor er sie kennengelernt hatte. Keine Salate mehr zum Abendessen; kein frisches Obst. Keine Schokoladenpapierchen mehr im Handschuhfach des Saab.

Er knüllte das Papier zusammen und stopfte es in den Aschenbecher, um es nicht mehr sehen zu müssen.

37

Mrs. Maudsley hielt einen Blumentopf in der Hand, als sie die Tür öffnete. Das Usambaraveilchen, dachte Parker, der sich eigentlich mit Pflanzen nicht besonders gut auskannte. Dieses hier sah so ähnlich aus wie das, das bei ihm zu Hause in der Küche am Fensterbrett stand, die Blätter gelblich verfärbt von zuviel Licht und Wasser.

»Kann ich einen Augenblick reinkommen, Mrs. Maudsley?« sagte er.

Im Grunde hatte sie ihn ja erwartet. Jeden Augenblick hatte sie ihn in den letzten Wochen erwartet. Parker sah es daran, wie sie sich an den Blumentopf klammerte und keine Anstalten machte, ihn hereinzubitten, als könnte sie der Wahrheit entgehen, wenn sie ihn nur daran hinderte, über ihre Schwelle zu treten.

Er nahm sie behutsam beim Ellbogen und führte sie ins Wohnzimmer, wo sie den Topf auf den Couchtisch stellte, auf dem die Zeitschriften lagen.

»Sind Sie allein hier, Mrs. Maudsley?«

Ihre Augen weiteten sich vor Angst. »Warum wollen Sie das wissen?«

»Wir haben gestern am späten Abend die ... Wir haben die Leiche eines Jungen gefunden«, sagte Parker. »In der Nähe eines Ladens nicht weit von hier.«

»Was hab ich jetzt mit meiner Pflanze gemacht?«

Parker nahm den Topf vom Tisch und gab ihn ihr.

»Ich weiß wirklich nicht, was ich falsch mache. Ich hab immer wieder welche, und alle gehen sie mir ein. Erst werden die Blätter gelb, und dann gehen sie ein. Jeder sagt mir, daß ich sie zuviel gieße, aber es ist ganz egal, was ich tu, sie gehen so oder so ein.«

Sie streichelte die Blätter wie bei einer Art seltsamem Heilungsritual, und dann, ganz plötzlich, kniff sie in eines hinein, so daß eine Kerbe blieb, eine Wunde, die nie wieder ganz heilen, sondern einen Teil des Blattes absterben lassen würde.

»Mrs. Maudsley ...«

»Ich weiß nicht, wer dieser Junge ist, den Sie gefunden haben, aber ich weiß mit Sicherheit, daß es nicht unser Gary ist.« Als wäre ihr der Gedanke gerade erst gekommen, sah sie ihn mit hoffnungsvoll glänzenden Augen an. »Er könnte doch in London sein, nicht wahr? Da gehen sie doch immer hin, nach London.«

»Gary ist nicht durchgebrannt, Mrs. Maudsley.«

»Am Mittwoch hat er Geburtstag. Ich mache eine kleine Feier.«

Eine kleine Feier, dachte Parker und hatte das Gefühl, ihr Schmerz springe auf ihn über.

Sie wandte sich einer Fotografie auf einem Bücherbord zu. Es war die gleiche Fotografie, die die Polizei zu Beginn der Fahndung an die Presse weitergegeben hatte. Er war ein hübscher Junge gewesen, mit hohen Wangenknochen und ein paar Sommersprossen im Gesicht, doch schon damals hatte Parker den Blick in seinen Augen eher leer gefunden, als hätte der Junge in dem Moment, als das Foto aufgenommen worden war, in die Zukunft geschaut und gesehen, daß er selbst in ihr nicht existierte.

»Sie sollten sehen, was ich ihm alles zum Geburtstag gekauft habe. Wenn er wiederkommt, wird er sich in seinem Zimmer kaum bewegen können vor lauter neuen Kleidungsstücken und Geschenken.«

Parker wußte nicht, was er sagen sollte. Dieses kleine zerstückelte Bündel Mensch würde nie wieder nach Hause kommen.

Neben dem Foto stand eine kleine Gipsfigur, ein Esel, der sich unter einer Last mühte, die er in Wirklichkeit niemals hätte tragen können. Parker nahm die Figur in die Hand. Sie fühlte sich rauh an, ein Stück Ramsch vom Rummelplatz, das der Einrichtung dieses Zimmers entsprach: dem billigen gelb-braun gemusterten Stoff des Sofas, der grauen Nylonmatte vor dem offenen Kamin mit dem Gasbrenner, der rußgeschwärzt war, weil er immer nur mit einem Stück zusammengedrehtem Zeitungspapier entzündet wurde. Er stellte sich vor, wie sich das Gedruckte in dem Augenblick, bevor das Papier zu Asche wurde, ausdehnte, eine Kette von Wörtern, die niemals vermitteln konnten, welch einschneidende Wirkung die menschliche Tragödie auf jene hatte, die von ihr getroffen wurden. Morgen würden aus den Nachrichten von heute neue papierene Anzünder gedreht werden, und irgendwo würde irgend jemand mit den Wörtern ›Verschwundener Junge tot aufgefunden‹ ein Feuer entzünden.

Er wußte, sie würde es beim erstenmal nicht aufnehmen, ganz gleich, was er sagte; er würde wiederkommen und es Wort für Wort wiederholen müssen. Er hatte das alles schon erlebt – verschwundene Kinder, fassungslose Angehörige, die sich in Verleugnung flüchteten.

Er erklärte, daß der Pathologe bestätigt hatte, daß es sich bei dem Jungen um Gary handelte, und sie nickte und lächelte. »Ich verstehe«, sagte sie. »Ich verstehe …« Immer noch streichelte sie die Blätter der Pflanze, nickend, lächelnd, verstehend. »Da fragt man sich, nicht wahr?«

»Wie bitte?« sagte Parker.

»Was er durchgemacht haben muß.«

»Ja«, antwortete Parker, »ja, Mrs. Maudsley, das fragt man sich wirklich.«

Dann ging er, um nicht selbst eine Wunde davonzutragen, die nie wieder ganz verheilen, sondern dazu führen würde, daß ein Teil von ihm abstarb.

38

Hanson fuhr bis zum Schultor. Alles war still, die Schüler versteckt hinter den Mauern der Klassenzimmer, an die er sich in allen Einzelheiten erinnerte. Seltsam schien diese tiefe Stille für einen Ort, voll von sprudelndem jungem Leben.

In der Ferne konnte er den Kricketplatz erkennen, die Netze und die braunen Stellen im Rasen, wo das Gras von ungeschickten Spielern bis auf die Wurzeln niedergemacht worden war. Er erinnerte sich an den Jungen, der schließlich in der Landesliga gespielt hatte; er hatte später noch einmal von ihm gehört und zwar, daß er irgendwo in Hastings ein Sportgeschäft aufgemacht hatte. Es schien ihm ein unangemessenes Ende für jemanden, dessen Gesicht damals dank seines Talents jeder sofort erkannt hatte. Er hatte wie ein paar andere Ehemalige eine gewisse Berühmtheit erlangt, nur um dann wieder in Bedeutungslosigkeit zu versinken. Immerhin gehörte er zu jenen, deren Namen auf einer Plakette im Zimmer des Direktors verewigt waren.

Hanson, dessen Name noch nicht auf dieser Plakette stand, hielt nicht bei der Schule, sondern fuhr weiter. Die Straßen hatten sich hier nicht verändert, und nicht eine Bresche war in den sogenannten grünen Gürtel geschlagen. Niemand hatte auch nur einen Zipfel seines Gartens für Neubauten hergegeben. Auf dem ehemaligen Dorfanger waren keine Wohnsilos in die Höhe geschossen. Das hier war etwas ganz anderes als die Wohnsiedlung, von der aus er in seiner Schulzeit jeden Tag hierhergefahren war, eine Stunde mit dem Bus, mit Umsteigen. Durch diese Straßen war er als Junge gegangen, wenn er, nachdem er in der Schule seine Hausaufgaben gemacht hatte, mit seinem Bücherpacken zu Parris' Haus gezottelt war; zu dem Haus, in dem Parris mit seiner Frau gelebt hatte und wo er sie getötet hatte. Vor diesem Haus stand er jetzt. Es war kleiner, als er es in Erinnerung hatte, aber noch genauso pittoresk.

Wenn Parris nicht tot war, mußte er jetzt an die siebzig sein. Hanson konnte sich nicht vorstellen, daß er je in das Haus zurückgekehrt war, wo er das Verbrechen begangen hatte, das die Presse damals als ›schrecklich‹

bezeichnet hatte. Ein milder Ausdruck. Er konnte sich nicht erinnern, ihn in letzter Zeit gelesen zu haben. ›Ein schreckliches Verbrechen‹. Die Presse benutzte heute drastischere Beschreibungen, und doch war das der richtige Ausdruck gewesen. Das Verbrechen war schrecklich gewesen, nicht nur wegen seiner Gewaltsamkeit, sondern weil es von einem Menschen wie Parris verübt worden war, nicht von jemandem, der schon lange unter dem Verdacht gestanden hatte, ein Psychotiker zu sein. Und gerade das war das Faszinierende, dachte Hanson. Wenn heutzutage Menschen aus vorbeifahrenden Autos heraus erschossen wurden, so war das kein weniger schreckliches Verbrechen, aber solche Fälle wurden von der Presse mittlerweile wie Eintagsfliegen behandelt. Parris' Tat hatte bewirkt, daß über Wochen sein Leben und das seiner nächsten Angehörigen von der Presse auseinandergenommen worden war; die Story wurde mit aller Gewalt bis ins Letzte ausgeschlachtet. Der Mann mit tadellosem Lebenswandel, der die Kinder der Lokalprominenz unterrichtet hatte. Was hielten seine Schüler jetzt von ihm?

Viele hatten zu seiner Verteidigung gesagt, Parris sei ein wunderbarer Mensch, überhaupt nicht der Typ, dem man es zutrauen würde, seine Frau ohne guten Grund mit einem Hammer zu erschlagen.

Was aber war dieser Grund gewesen – ob nun gut oder nicht? fragte sich Hanson.

Die Presse hatte Parris' Frau als liebevolle Mutter, gebildete Mitbürgerin, angesehene Richterin dargestellt, und das war, dachte Hanson, wohl ganz verständlich. Aber neben diesen guten, lobenswerten Seiten mußte sie auch andere gehabt haben, wenn Parris sie hatte töten können. Es war keine andere Frau im Spiel gewesen und auch kein anderer Mann. Kein Dritter. Keine Erklärung. Nur Parris mit seinem sanften Bedauern, seiner Bereitschaft, das Verbrechen zuzugeben, seiner Weigerung, einem anderen als sich allein die Schuld zu geben.

Warum?

Hanson stieg aus dem Wagen und ging zu dem niedrigen schmiedeeisernen Gartentor, das ihm gerade bis zur Hüfte reichte. Zu Parris' Zeiten war hier ein Schild angebracht gewesen, um den ahnungslosen Besucher vor dem ›Bissigen Hund‹ zu warnen, und als er jetzt den Blick über den Vorgarten schweifen ließ, der so gepflegt wirkte, wie er ihn in Erinnerung hatte, kam von hinter dem Haus mit großen Sätzen ein Bouvier des Flandres mit stahlblauem Fell und trügerisch mildem Blick herangesprungen.

Hanson war diesem ruhigen Blick schon oft begegnet und ließ sich von ihm nicht täuschen: Es waren auch unter Menschen nie die lauten Kläffer, die bissen, es waren jene, die zuerst die Lage bedachten und dann explodierten. Vorsichtshalber zog er die Hand von der Pforte zurück.

Als er dann den Kopf hob, sah er aus einer Seitentür des Hauses einen Mann mittleren Alters kommen, der seiner Kleidung nach im Begriff war, im Garten zu arbeiten. Sein Blick ging von Hanson zu dem Saab, und Hanson wandte sich zum Gehen.

»Kann ich Ihnen behilflich sein?«

Hanson drehte sich nach dem Mann um. »Entschuldigen Sie, aber mein ehemaliger Mathematiklehrer hat früher hier gewohnt. Ich kam gerade vorbei, da hab ich angehalten.«

Der Bouvier zog ohne einen Laut, aber darum nicht weniger bedrohlich, die Lefzen hoch.

»Ich bin früher manchmal noch nach der Schule hierhergekommen.«

Als der Mann im Garten darauf nichts sagte, fügte Hanson hinzu: »Ich wollte eigentlich gar nicht anhalten, ich wollte nur ...« Er sprach nicht weiter. Der Mann sah ihn an. Der Hund sah ihn an. »Dann fahr ich jetzt mal wieder«, sagte Hanson.

»Warten Sie«, rief der Mann, und Hanson drehte sich herum. »Sie sagen, daß Ihr Lehrer hier gewohnt hat?«

Die Lefzen des Hundes entspannten sich wieder. Unglaublich, dachte Hanson, wie sehr diese eine, einfache Lippenbewegung ihn veränderte. Er sah jetzt eher aus wie ein Schoßhund, überhaupt nicht wie der Wachhund, der er in Wirklichkeit war.

»Ja, vor langer Zeit«, antwortete Hanson.

»Kommen Sie von weit her?«

»Aus London«, sagte Hanson, »aber ich habe momentan in Manchester zu tun, und da hab ich mich kurzerhand entschlossen, hierherzufahren und einen Blick auf meine alte Schule zu werfen.«

»Sie hat sich nicht verändert.«

»Ja, das habe ich gesehen.«

Die beiden Männer sahen einander schweigend an, der Hund war jetzt ganz entspannt, offenbar vom ruhigen Klang ihrer Stimmen überzeugt, daß alles in Ordnung war.

»Möchten Sie hereinkommen?«

»Nein, danke, das ist wirklich nicht nötig ...«

»Er bekommt nicht viel Besuch.«

Im ersten Moment glaubte Hanson, nicht richtig gehört zu haben.

»Er würde sich bestimmt sehr über den Besuch eines ehemaligen Schülers freuen.«

»Sie sind ...«

»Sein Sohn. Gus«, antwortete der Mann, der schon dabei war, das Tor zu öffnen, und Hanson erinnerte sich, daß die Presse sich darüber lustig gemacht hatte, daß Parris einen seiner Söhne Augustus genannt hatte.

Der Hund unterzog ihn einer kurzen Überprüfung, beschnüffelte seine Schuhe, seine Hose, sein Jackett, dann ließ er ihn herein und trottete davon, um sich in einer Ecke des Gartens niederzulassen und, den Kopf auf den Pfoten, zuzusehen, wie Gus den Fremden ins Haus führte.

Die Wanduhr war nie gegangen, wenn Hanson früher ins Haus gekommen war. Jetzt schwang das Pendel in gleichmäßigem Rhythmus, und leises Ticken klang behaglich in der kleinen Diele. Der Anstrich war noch relativ neu, doch insgesamt war die Diele in den gleichen Farben gehalten, die Parris, oder seine Frau, vor Jahren ausgesucht hatten.

Gus Parris führte Hanson durch den Flur in ein Zimmer mit Blick auf den Garten hinter dem Haus. Hanson wußte, daß es früher das Wohnzimmer gewesen war. Jetzt war es offensichtlich das Zimmer von Parris, der, mit dem Rücken zur Tür, in einem Sessel saß.

»Vater«, sagte Gus, »du hast Besuch.«

Er führte Hanson um den Sessel herum zu seinem Vater.

Mein Gott, dachte Hanson, er ist ja uralt. »Mr. Parris«, sagte er, »ich bin Murray Hanson. Erinnern Sie sich an mich?«

Parris wandte den Blick vom Garten und sah ihn an. »Dunkel, ja«, antwortete er.

Sie gaben einander die Hand. Parris' Haut fühlte sich an wie Pergament.

Hanson merkte, daß er auf diese Begegnung völlig unvorbereitet war. Was sagt man zu einem Menschen, der mit einer einzigen Handlung das Leben von einem selbst geformt hat? Aber im selben Moment wurde ihm klar, daß es nicht eine einzelne Handlung gewesen war, sondern eine Reihe von Handlungen, die ihn geformt hatten: Jedesmal, wenn Parris ihm besondere Aufmerksamkeit geschenkt hatte, hatte er in ihm die Vorstellung genährt, daß viel von ihm erwartet wurde und er fähig war, diese Erwartungen zu erfüllen.

Er folgte Parris' Blick, sah in den Garten hinaus und stellte etwas erschrocken fest, daß man von hier aus direkt auf den gußeisernen Tisch mit seinen vier weißen Stühlen blickte, den Ort des Verbrechens.

»Sind Sie deshalb gekommen?« fragte Parris. »Um zu sehen, wo ich es getan habe?«

»Vater!« sagte Gus, aber Hanson unterbrach ihn: »Nein, aber jetzt, wo ich hier bin, würde ich lügen, wenn ich sagte, es interessiere mich nicht.«

»Sie überraschen mich. Die meisten Menschen bemühen sich krampfhaft, das Thema zu vermeiden. Es ist ihnen peinlich.« Er wandte sich Hanson zu. »Ist es Ihnen auch peinlich, Murray?«

Er mußte erst überlegen. Nein, peinlich war es ihm nicht, doch hätte ihn jemand vor diesem Besuch gefragt, ob er vorhabe, das Thema aufs Tapet zu bringen, so hätte er geantwortet, daß er das unpassend fände.

»Nein.«

»Warum sind Sie hergekommen?«

»Ich wollte eigentlich nur das Haus sehen. Ich habe nicht erwartet ...«

»Sie dachten, ich wäre tot«, sagte Parris. »Eine durchaus vernünftige Vermutung.«

»Jetzt, wo ich sehe, daß Sie es nicht sind, kann ich Ihnen wenigstens danken«, sagte Hanson.

»Wofür?«

»Für den vielen Förderunterricht, dafür, daß Sie mir den Weg zum Erfolg im Leben geebnet haben.«

»Ist das so?« fragte Parris. »Sie haben Erfolg?«

Hanson antwortete nicht sofort. Parris betrachtete ihn nachdenklich und senkte den Blick, als Hanson sagte: »Ich denke schon, ja, in einem Bereich.«

»Und was ist das für ein Bereich?«

Hanson wurde sich plötzlich bewußt, daß Parris, wenn er ihm jetzt sagte, womit er sich beruflich beschäftigte, womöglich denken würde, er wäre hierhergekommen, um aus ihm einen Fall zu machen. »Ich bin Arzt«, antwortete er, und ganz unwahr war das ja nicht. Er hatte zwar nicht Medizin, sondern Psychologie studiert, aber er war immerhin das, was man einen Seelenarzt nannte.

»Wo?«

»In London.«

Er versuchte, von dem Thema abzulenken, erkundigte sich nach Parris' Befinden, nahm dankend den ihm angebotenen Kaffee an, merkte, daß Parris müde wirkte, und bekam einen kleinen Schrecken, als der alte Mann auf seinen Beruf zurückkam, indem er sagte: »Warum haben Sie mir die Unwahrheit gesagt?«

Die Unwahrheit. Das Wort schien einer anderen Zeit anzugehören, in der die Menschen sich scheuten, das finstere Wort Lüge zu gebrauchen.

»Ich wüßte nicht, inwiefern ich ...«

»Sie sagten, Sie wären Arzt.«

»Ich ...«

»Sie sind heute nicht in die Schule hineingegangen.«

Jetzt konnte Hanson ihm überhaupt nicht mehr folgen. »Ich weiß nicht genau, wovon Sie sprechen.«

»Von der Plakette«, erklärte Parris, »die im Zimmer des Direktors hängt. Sie haben sie nicht gesehen?«

»Hätte ich sie mir denn ansehen sollen?«

»Ihr Name ist irgendwann im letzten Jahr darauf eingraviert worden. Sie haben, wenn ich mich nicht irre, mit Kriminalpsychologie zu tun.«

Nicht einen Moment hatte er, während er sprach, den Blick von dem Tisch und den vier Stühlen gewandt.

Hanson fühlte sich so schuldig wie ein Kind, das bei einer Lüge ertappt worden war. Seit seiner Schulzeit hatte er nicht mehr ein so schlechtes Gewissen gehabt, und er fand die psychologische Wirkung, die Parris' Gegenwart auf ihn ausübte, interessant. In seinen Augen würde Parris niemals ein Mörder sein, sondern immer der Lehrer. Daran konnte nichts etwas ändern.

»Es tut mir leid«, sagte er. »Sie haben recht.«

»Ist das denn der Grund Ihres Kommens?«

»Nein.«

»Warum sind Sie also hergekommen?«

»Das weiß ich selbst nicht«, bekannte Hanson. »Im Moment gibt es gewisse Dinge in meinem Leben ... Ich ... Ich muß Ordnung hineinkriegen ... Ich kann es nicht erklären.«

»Geht es um eine Frau?« fragte Parris, und das Schuldgefühl wich Verlegenheit. Hanson, dem es keinerlei Schwierigkeiten bereitete, in allen Einzelheiten über jegliche Perversion zu sprechen, mit der ein Patient ihn konfrontierte, wußte, daß es ihm unmöglich sein würde, irgend etwas, das das andere Geschlecht anging, mit seinem ehemaligen Lehrer zu besprechen.

»Ich war verheiratet«, sagte er. »Es ist schiefgegangen.«

»Aha«, sagte Parris.

Hanson stand auf, um zu gehen.

»Sie wollen gehen?«

»Ich hätte nicht herkommen sollen.«

»Sie sind eben erst gekommen.«

»Ich wollte nicht ...«

»Ich auch nicht«, sagte Parris. »Es passiert uns allen manchmal, daß wir Dinge tun, die wir gar nicht tun wollten.«

Einen besseren Einstieg in ein Gespräch, das ihm die Möglichkeit gegeben hätte, Parris zu fragen, warum er seine Frau getötet hatte, hätte Hanson sich nicht wünschen können, aber er fragte nicht. Eine solche Frage wäre ihm wie ein unverzeihlicher Übergriff vorgekommen. Es überraschte ihn daher, als Parris in den folgenden Minuten unabsichtlich seine eigenen Motive offenbarte und mit seinen Ausführungen alles in Worte faßte, was Hanson über seine eigene gescheiterte Ehe gedacht und empfunden hatte.

Noch einmal sah er zu dem Tisch und den Stühlen hinaus, die in einem frischen Weiß strahlten, schrecklich sauber. Schwer vorstellbar, wie sie ausgesehen hatten, nachdem Parris den Hammer geschwungen hatte, bespritzt von einer Mischung aus Blut und Tee, und Mrs. Parris' Gesicht so tief in das Metall gedrückt worden war, daß es später, als ihre Leiche fortgebracht worden war, den Abdruck eines der schmiedeeisernen Efeublätter getragen hatte.

39

Von Parris aus fuhr Hanson direkt zum Präsidium, wo Warrender ihm die Morgenzeitung in die Hand drückte.

Ein großer Teil des Berichts befaßte sich mit der Durchsuchung des Vogelgartens und des Hauses und der Entdeckung der Leichenteile im Hinterhof von Byrnes Laden; Hansons Aufmerksamkeit jedoch zog vor allem eine Fotografie auf einer der Innenseiten auf sich.

Sie war am Tag zuvor vor dem Garten aufgenommen worden und zeigte Parker, wie er seinen Leuten, denen es nicht gelungen war, die Presse zurückzuhalten, einen Befehl zubrüllte. Das an sich war nicht weiter schlimm. Der Haken war nur, daß Hanson in dem Moment, als die Aufnahme gemacht worden war, neben Parker gestanden hatte und in der Bildunterschrift mit Namen und Beruf erwähnt wurde.

Das hat mir gerade noch gefehlt, dachte Hanson.

Er fragte sich, wie Mrs. Judd reagieren würde, wenn sie entdeckte, daß Mr. Franklin, der Fachmann für Konferenzplanung, in Wirklichkeit Mr. Hanson, der Kriminalpsychologe war, und sah sich schon von ihr um eine Erklärung gebeten, die er nicht geben konnte.

Ein Gedanke kam ihm, den er sogleich abzuwehren suchte, weil er ihn zu unangenehm fand. Die Judds schienen knapp bei Kasse zu sein. Was, wenn sie sich mit der Presse in Verbindung setzten und herausposaunten, daß er unter dem Namen Franklin in ihrer Pension wohnte? Das war doch bestimmt Geld wert, besonders, wenn ans Licht kam, daß er und seine geschiedene Frau einst in diesem Haus gelebt hatten.

Er konnte sich vorstellen, was die Presse daraus machen würde, und auch, was Parker dazu sagen würde. So eine Geschichte konnte seiner Karriere schwer schaden, ganz zu schweigen von der Wirkung, die sie womöglich auf seine Beziehung zu Jan haben würde. Sie würde von ihm wissen wollen, warum er in das Haus zurückgekehrt war, in dem er mit Lorna gelebt hatte, und er würde es ihr nicht erklären können – er wußte es nicht.

Bei dem Gedanken an diese möglichen Konsequenzen wurde ihm ausgesprochen mulmig, und um seine Befürchtungen zu beschwichtigen, sagte er sich, daß es höchst unwahrscheinlich wäre, daß die Judds sich an die Presse wenden würden. Andererseits war er nicht so sicher ...

Auf dem Weg zum Besprechungsraum sagte Warrender zu ihm: »Wenn die Presse Sie schnappen sollte, geben Sie am besten überhaupt keinen Kommentar ab. Und geben Sie auch keine Interviews!«

»Natürlich nicht«, antwortete Hanson.

Parker hielt gerade Lagebesprechung mit seinen Leuten. Byrnes Videothek war polizeilich abgeriegelt. Die Spurensicherung war dort noch beschäftigt. Die Leichenteile waren in der Nacht zur Gerichtsmedizin gebracht worden und bereits als die Überreste von Gary Maudsley identifiziert.

Hanson hörte sich die Einzelheiten an und unterbrach dann mit einer Frage: »Gibt es schon Erkenntnisse über diesen Alkoven?«

»Nein, noch nicht«, antwortete Parker.

Aber sie werden nicht mehr lange auf sich warten lassen, dachte Hanson. »Was ist mit den Kleidern, die an der Puppe gefunden wurden?«

»Auch die werden noch untersucht. Wenn Haare und Hautzellen gefunden werden und mit den Proben übereinstimmen, die wir von den Kleidungsstücken in Garys Wäschekorb zu Hause genommen haben, werden wir bald Bescheid wissen. Aber das braucht eben seine Zeit, und das Schlimme ist, daß ich diese Zeit nicht habe.«

Hanson hüllte sich wieder in Schweigen, während Parker erklärte, daß sie, so wie die Dinge im Augenblick standen, noch immer nicht genug gegen Roland Barnes in der Hand hatten. Sein Anwalt argumentierte damit, daß weder in dem Vogelgarten noch im Haus selbst irgend etwas Belastendes gefunden worden war, obwohl Parkers Leute dort das Unterste zuoberst gekehrt hatten. Allerdings hatte man Gary Maudsleys Leiche gefunden, jedoch nicht etwa auf Barnes' Grundstück, sondern im Hinterhof eines Ladens, der von einem amtsbekannten Pädophilen betrieben wurde, der allem Anschein nach untergetaucht war. Keinesfalls konnte man Roly festhalten, weil er eine Puppe gebastelt hatte, die seiner Behauptung zufolge einzig dazu gedacht gewesen war, den Arbeitern, die im Begriff waren, sein Zuhause abzureißen, einen ordentlichen Schrecken einzujagen. Es sei daher höchste Zeit, hatte Rolys Anwalt erklärt, daß Parker seinen Mandanten entweder förmlich beschuldige oder ihn auf freien Fuß setze.

Der Mann hatte nicht unrecht, dachte Hanson, als er Parker nun in sein Büro folgte.

Als er ihm dort gegenübersaß, sah er, daß Parker seinen

Rat, nach Hause zu gehen und ein wenig zu schlafen, entweder nicht beherzigt hatte oder, wenn doch, nicht genug geschlafen hatte. Er saß in seinem Sessel wie ein alter Mann, seine Augen waren blutunterlaufen.

»Es muß doch etwas geben, das Sie tun können?« meinte Hanson.

»Ich kann mir eine richterliche Verfügung holen, die mir erlaubt, ihn noch mal vierundzwanzig Stunden dazubehalten«, antwortete Parker. »Aber danach muß ich ihn entweder förmlich beschuldigen oder freilassen. Das gleiche gilt für Moranti.«

Hanson dachte an die Aussage von Nathan Palmer. »Wir wissen, daß Gary Maudsley bei Roly war, und Moranti hat zugegeben, daß er die meisten, wenn auch vielleicht nicht alle der Jungen, die im Laufe der Jahre bei ihm gearbeitet haben, dorthin mitgenommen hat.«

»Das reicht nicht.«

Hanson begann sich allmählich zu fragen, ob denn überhaupt etwas reichen würde. Er wußte, daß Parker einen großen Teil dieses Morgens damit zugebracht hatte, Roly nochmals zu verhören. »Was hat Roly Ihnen noch erzählt?« fragte er.

»Nichts von Interesse«, antwortete Parker. »Wir haben in seinem Haus einen alten Film gefunden, und mit dem in der Hand hab ich es geschafft, ein bißchen mehr aus ihm rauszukitzeln.«

»Ein Film?« wiederholte Hanson.

»Ja, selbstgedreht. Und ungefähr dreißig Jahre alt.«

»Und was ist drauf?«

»Ein Kindergeburtstag«, sagte Parker. »Ein Haufen Erwachsene, Luftballons, Luftschlangen, Bonbons. Ziemlich harmlos das Ganze.«

Lassen Sie mich das beurteilen, dachte Hanson und sagte: »Und seine Lebensgeschichte?«

»Das hat er uns ja schon erzählt. Er wurde als zwei Tage

alter Säugling ausgesetzt und landete in dem Kinderheim, das früher in der Salisbury Road war.«

Hanson hatte auf dem leeren Grundstück genau an der Stelle gestanden, wo früher angeblich dieses Kinderheim gewesen war. Er hatte sich die umliegenden Häuser angesehen und sie sich in ihrer Blütezeit vorstellen können. Diese geräumigen, jetzt völlig verwahrlosten Häuser waren einst das Zuhause wohlhabender Bürger der gebildeten Mittelschicht gewesen, und der Gedanke, daß man mitten unter ihnen ein Kinderheim eingerichtet hatte, erschien ihm absurd.

»Sind Sie sicher, daß es dieses Heim gegeben hat?« fragte er.

»Ich habe es noch gekannt«, antwortete Parker. »Das St.-Francis-Heim.« Noch während er den Namen aussprach, sah Hanson den Heiligen, wie er mit ausgebreiteten Armen dastand, umflattert von einem Schwarm exotischer Finken, die ihm aus der Hand fraßen. »Es war allerdings nicht immer ein Kinderheim«, fügte Parker hinzu. »Soweit ich gehört habe, wurden da drei große Anwesen irgendwie zusammengeschustert. Man hätte es von den Häusern, die rundherum standen, nicht unterscheiden können – wenn nicht der Name an der Tür gestanden hätte.«

»Gibt es noch Unterlagen über die Kinder, die dort untergebracht waren?«

»In Massen«, antwortete Parker. »Warrender hat sich alles beschafft, was er kriegen konnte.«

»Und was ist dabei herausgekommen?«

»Wir wissen, daß Roly als Säugling zur Adoption freigegeben wurde, aber niemand wollte ihn haben«, sagte Parker.

»Das ist ungewöhnlich«, meinte Hanson. »Gerade bei einem Säugling sind doch die Chancen groß, daß sich Adoptiveltern finden.«

»Er hatte eine Hasenscharte«, erklärte Parker, »obwohl

man das jetzt nicht mehr sieht. Die Operation ist wirklich gut gemacht, jedenfalls äußerlich. Stottern tut er ja immer noch.«

»Das hat nichts miteinander zu tun«, erklärte Hanson. »Eine Hasenscharte ist eine Sache, Stottern eine andere.«

»Na ja, wie auch immer«, sagte Parker.

Aber Hanson interessierte im Moment vor allem, ob Parker ihm irgendeinen Hinweis darauf geben könnte, wodurch dieses Stottern verursacht worden war. »Was wissen wir sonst noch über ihn?«

Parker gab Hanson einen gefalteten Zettel, als er sagte: »Das St.-Francis-Heim wurde ursprünglich von einer kirchlichen Organisation geführt. In den späten sechziger Jahren hat es dann die Stadt übernommen. Roly war damals neun, und das Jugendamt gab in einer der Lokalzeitungen eine Anzeige auf. Das hier ist die Kopie.«

Er gab Hanson eine Fotokopie der Annonce, und Hanson las: ›Roly ist ein hübscher, braunäugiger Junge von neun Jahren. Intelligent, aber schüchtern, braucht er eine Familie, die ihm die Zuwendung geben kann, die er unserer Einschätzung nach braucht.‹

Hanson hätte das Blatt am liebsten zusammengeknüllt. Ein Kind als einen hübschen, braunäugigen Jungen anzupreisen, das war beinahe eine unverhüllte Einladung an einen Pädophilen. Aber die Anzeige war vor dreißig Jahren formuliert worden, als man noch nicht so klar gesehen hatte, was für mögliche Konsequenzen es haben konnte, über Anzeigen nach Pflege- oder Adoptiveltern für Jungen und Mädchen zu suchen, die hübsch und verletzlich waren und Zuwendung brauchten.

»Wer hat ihn in Pflege genommen?« fragte er.

»Eine Familie namens Timpson – von hier.«

Hanson, der vorhatte, mit der Familie zu sprechen, um etwas mehr über Rolys frühe Jahre herauszufinden, sagte: »Lebt die Familie immer noch hier?«

»Das wissen wir nicht«, sagte Parker. »Sie – scheinen verschwunden zu sein.«

Im ersten Moment glaubte Hanson, Parker werde ihm gleich erzählen, daß man die Timpsons allesamt tot aufgefunden hatte, mutmaßlich von ihrem neunjährigen Pflegekind ermordet, doch Parker fügte hinzu: »Randolph Timpson wurde von einem ehemaligen Pflegesohn, der inzwischen erwachsen und sehr verbittert ist, wegen Mißbrauchs angezeigt. Man nahm den Leuten Roly daraufhin weg, und sie lösten sich offenbar in Luft auf. Es gibt keinerlei Hinweis darauf, wohin sie verschwunden sind.«

»Hat damals jemand mit Roly gesprochen, um herauszufinden, was er erlebt hat, solange er bei diesen Leuten war?«

»Tja«, sagte Parker und es lag eine Menge in diesem langgezogenen, nachdenklichen Tja. »Da ist das Jugendamt nun auf ein ernstes Problem gestoßen. So lückenlos die Unterlagen sonst sind, in diesem Fall scheint einiges zu fehlen.«

Wie günstig, dachte Hanson, während Parker fortfuhr: »Das Komische ist, daß es sehr wohl Unterlagen darüber gibt, daß das Jugendamt seine ursprüngliche Entscheidung, den Jungen bei den Timpsons in Pflege zu geben, verteidigt hat. Irgend jemand schien da der Ansicht zu sein, sie wären die absolut ideale Familie.«

»Wieso?«

»Es hatte mit Randolph Timpsons Arbeit zu tun«, antwortete Parker trocken. »Mit seinem Beruf, könnte man sagen.«

»Und was für einen Beruf hatte er?«

»Er war Unterhaltungskünstler«, sagte Parker. »Vornehmlich für Kinder.«

Wieso sehe ich das jetzt? dachte Hanson. Wieso sehe ich, wie er dem Jungen einen Luftballon schenkt, weil er brav war und ohne Widerspruch irgendeine sexuelle Handlung vollzogen hat? Ruhig sagte er: »Ich würde gern selbst einmal mit Roly sprechen.«

»Und das würde ich Ihnen liebend gern ermöglichen«, versetzte Parker. »Aber Sie wissen so gut wie ich, daß ich das nicht riskieren kann.«

Hanson war klar, was Parker damit meinte. Wenn er ihm zu diesem Zeitpunkt gestattete, mit dem Verdächtigen zu sprechen, würde Rolys Anwalt später möglicherweise behaupten, Hanson hätte seinen Mandanten mit einem Trick dazu gebracht, sich selbst zu belasten. Eine weitere Komplikation bestand darin, daß die vor Hanson gemachte Aussage vom Gericht für unzulässig erklärt werden konnte. Hanson war kein Polizeibeamter. Seine Aufgabe war es, ein Bild von Rolys Persönlichkeit zu zeichnen und damit Parker die Mittel an die Hand zu geben, ein möglichst effizientes Verhör zu führen. Er sagte: »Gibt es inzwischen eine Spur von Brogan?«

»Nein.«

Da Hanson wußte, daß Parker ausreichende Gründe geltend machen könnte, Roly in Gewahrsam zu nehmen, wenn sich herausstellen sollte, daß Brogan in der Nacht, die er bei Roly verbracht hatte, mißbraucht worden war, sagte er: »Was hat die ärztliche Untersuchung ergeben?«

»Der Arzt will das allein Brogans Vater mitteilen.«

»Und warum hat er das nicht schon getan?«

»Healey will das Ergebnis nicht wissen.«

»Reden Sie mit ihm.«

»Das hab ich schon versucht.«

»Lassen Sie's mich versuchen.«

»Gern.«

»Wo kann ich ihn erreichen?«

»Anton Close.«

Hanson hatte diesen Namen schon früher gehört, und Parker erklärte ihm jetzt, daß Healey dort gewohnt hatte, bevor Parker darauf bestanden hatte, daß er nach Hause zurückkehrte und sich um Brogan kümmerte.

»Und wieso ist er jetzt wieder dort?«

»Er fand es offenbar sinnlos, in der Arpley Street zu bleiben, nachdem Brogan verschwunden war«, antwortetet Parker.

»Und der Junge ist nicht wieder in den Garten zurückgegangen?«

»Wenn er das getan hätte, wüßten wir es.«

»Aber er wird hingehen«, sagte Hanson. »Früher oder später.«

»Wenn, dann schnappen wir ihn uns sofort.«

Brogan, dachte Hanson, trieb sich wahrscheinlich irgendwo in der Stadt herum oder in der Nähe von Rolys Vogelgarten. Zweifellos hatte er die Polizei dort gesehen und war unsichtbar geblieben, aber sobald die Polizei verschwunden war, würde er auftauchen – dessen war sich Hanson sicher, besonders wenn der Junge sah, daß Roly zurück war. Er sagte: »Sind die Vögel noch in dem Gehege?«

Parker hatte Anweisung gegeben, darauf zu achten, daß die Voliere nicht beschädigt wurde, und ertappte sich jetzt dabei, daß er diese Entscheidung vor Hanson rechtfertigte, als fürchtete er, dieser würde ihn für ein Weichei halten. »Wenn wir bei der Durchsuchung das Netz heruntergerissen hätten, wären sie innerhalb von wenigen Tagen tot gewesen. Ich wollte keinesfalls irgendwelche Tierschützer auf dem Hals haben, darum hab ich meinen Leuten befohlen, darauf zu achten, daß die Voliere unversehrt bleibt.«

»Aber für immer können Sie doch dort sowieso nicht bleiben – das Haus wird abgerissen.«

»Ich bemühe mich momentan, jemanden zu finden, der sie abholt und sie irgendwo in eine Tierhandlung oder ein anderes Vogelgehege bringt.«

Hanson machte sich weniger Sorgen um die Vögel als darüber, was aus Brogan werden würde, wenn der Junge nicht beriff, daß Roly eine Gefahr für ihn war. »Das Gehege als solches existiert also noch.«

»Wir haben es im großen und ganzen so gelassen, wie es war, wir haben lediglich Grabungen vorgenommen, danach aber alles soweit wie möglich wieder in den ursprünglichen Zustand gebracht. Warum?«

Hanson war gespannt, wie Parker seinen nächsten Vorschlag aufnehmen würde. »Vielleicht wäre es für uns von Vorteil, wenn Sie Roly fürs erste auf freien Fuß setzen würden.«

»Ich wüßte nicht, wieso.«

»Ziehen Sie Ihre Leute ab«, sagte Hanson. »Lassen Sie Roly frei. Überwachen Sie das Gehege. Ich wette, sobald Brogan merkt, daß Roly wieder da ist, wird er dort aufkreuzen, vorausgesetzt, es ist keine Polizei da.«

»Weshalb sollte er?« fragte Parker.

Hanson mußte an den langgeschwänzten Vogel denken, der aus dem Netz entkommen war, nur um sogleich wieder in den Garten zurückzukehren, der für ihn Sicherheit bedeutete. »Roly ist im Moment der einzige Mensch, den er hat«, antwortete er. »Er vertraut ihm.«

»Und was gewinnen wir dabei?«

»Alles«, antwortete Hanson. »Sobald Brogan auftaucht, sagen wir seinem Vater, daß der Junge auf dem Weg zu Roly ist und alles dafür spricht, daß er bei dem Mann bleiben und mit ihm weggehen wird, wenn der anderswo seine Zelte aufschlägt.«

»Und inwiefern soll uns das weiterbringen?«

»Healey hat mittlerweile garantiert die Nachrichten gehört und weiß jetzt etwas, das Sie ihm vor ein paar Tagen noch nicht sagen konnten, nämlich, daß Roly unter Verdacht steht, an der Ermordung von Joseph und Gary mindestens beteiligt gewesen zu sein. Er wird wahnsinnige Angst um seinen Sohn haben. Und er wird bestimmt begreifen, daß sein Sohn möglicherweise mißbraucht wurde.«

»Ich glaube, das weiß er schon. Deswegen will er das Ergebnis von Dr. Freemans Untersuchung nicht erfahren.«

»Dann zwingen Sie ihn, den Tatsachen ins Auge zu sehen«, versetzte Hanson. »Sagen Sie ihm, daß Sie nichts weiter unternehmen können, weil Sie nichts Konkretes gegen Roly in der Hand haben. Sagen Sie ihm, daß Sie Roly festnehmen können, wenn Brogan mißbraucht worden ist.«

»Healey wird nicht ...«

»Das können Sie gar nicht wissen«, unterbrach Hanson. »Sie haben es mich noch nicht versuchen lassen.«

Parker schwieg einen Moment, müde und zunehmend verzweifelt. »Sie glauben, das könnte klappen?«

»Es ist im Moment unsere einzige Möglichkeit.«

»Okay«, sagte Parker. »Ich ziehe meine Leute ab.«

40

Es schien Brogan Wochen her zu sein, seit er aus Dr. Freemans Praxis fortgelaufen war. In Wirklichkeit waren es nur ein paar Tage, in denen er sich in den leerstehenden Häusern in der Nähe des Geheges versteckt und gewartet hatte. Er hatte gesehen, wie Roly festgenommen worden war, und hatte beobachtet, wie das Haus und das Gehege durchsucht worden waren, und wenn er kaum etwas gegessen hatte, so war das nichts Neues. Nachts hatte er sich hinausgewagt, war nach Manchester hineinmarschiert und hatte in Mülltonnen gewühlt. Er war nicht erfahren genug, um zu wissen, daß er sofort aufgegriffen worden wäre, wenn er in eine Hamburgerbude gegangen wäre oder in eine der Gegenden, wo obdachlose Jugendliche ihre Nächte verbrachten. Er hatte ganz einfach kein Geld, und er wollte dem Garten so nahe bleiben wie möglich, ohne gesehen zu werden.

Es war heller Tag, als Roly zurückkam. Brogan hatte sich vorgestellt, er würde über das leere Grundstück kommen, aber so war es nicht. Vom Fenster eines der leerstehenden Häuser aus beobachtete er, wie ein Polizeiwagen vor Rolys Haus anhielt und Roly ausstieg. Sobald er durch das Tor in den Garten gegangen war, fuhr der Wagen weg.

Brogan lief aus dem Haus, in dem er sich versteckt hatte, und rannte zum Garten. Ihm war klar, daß er so oder so sofort entdeckt werden würde, wenn die Polizei im Umkreis von Rolys Haus nach ihm Ausschau hielt, aber er hatte das Versteckspiel satt. Und irgendwie hätte er nicht einmal etwas dagegen gehabt, wenn er auf dem Präsidium und dann wieder in einem Heim gelandet wäre. Da hatte es wenigstens zu essen gegeben und Leute, mit denen man reden konnte.

Auf dem leeren Grundstück standen jetzt die schweren Fahrzeuge eines Abbruchunternehmens. Arbeiter stiegen aus, und in der Ferne sah er einen Kran kommen. Die riesige Stahlkugel, die von seinem Ausleger herabhing, schien größer als die Häuser, die sie verdunkelte, als der Kran heranrollte, und die Arbeiter, die dastanden und warteten, wirkten wie Zwerge unter ihr. Sie sahen Brogan nicht, aber er sah sie. Und er wußte auch, was der Kran zu bedeuten hatte: Die Häuser wurden abgerissen.

Das Tor war offen, und er ging hinein und sah sofort, daß das Gehege nicht mehr das alte war. Die Betondecke des Bodens war von Preßluftbohrern aufgebrochen worden. Sie lag in großen grauen Blöcken da, in einem Gemisch aus Erde und Schutt. Aber die Finken waren alle da, und sie beobachteten ihn von den Bäumen aus.

Dieser Junge hatte sie gefüttert, und sie hatten keine Angst vor ihm. Nie hatte er sie mit knallendem Fingerschnalzen zu rasender Panik aufgepeitscht; nie hatte er nach ihnen geschlagen oder einen von ihnen im Flug gefangen.

Sie beobachteten ihn, als er das Gehege durchschritt, und sahen, wie er durch die Tür, die Roly geöffnet hatte, das Haus betrat. Dann schloß sich die Tür, und es war, als hätte das Haus den Jungen verschlungen.

Die Nachricht, daß Brogan zum Garten zurückgekehrt war, überraschte Hanson nicht. Daß er so bald nach Rolys Freilassung erschienen war, verriet ihm, daß er sich in einem der umliegenden Häuser versteckt gehalten hatte. Parkers Leute hatten zwar die Augen offengehalten, sogar in den Häusern gesucht, aber sie hatten ihn nicht gefunden.

»Er war die ganze Zeit dort«, sagte Parker.

»Ja, sieht ganz so aus«, meinte Hanson. »Wie wollen Sie jetzt vorgehen?«

»Wir bleiben bei unserem Plan«, entschied Parker. »Ich fahre zum Garten, Sie fahren zu Healey und versuchen ihn dazu zu bewegen, sich von Freeman das Ergebnis der Untersuchung zu holen.«

Wenigstens, dachte Hanson, hatte das Manöver Brogan aus seinem Versteck getrieben. Die Polizei würde ihn jetzt ins Heim zurückbringen, und das Jugendamt würde dafür sorgen, daß er keine weitere Gelegenheit zur Flucht bekam.

Parker gab ihm eine Fotografie des Gerüsts. Es war eine der Aufnahmen, die nicht an die Presse gegeben worden waren; sie zeigte, was Hardman gesehen hatte, als er mit der Spitze seines Sensenblatts den Efeu hochgehoben hatte. »Wenn Healey sich weigert, dann zeigen Sie ihm das.«

Hanson steckte das Foto in die Innentasche seiner

Jacke, und Parker fügte hinzu: »Wenn das nicht wirkt, dann zeigen Sie ihm das hier.« Er gab Hanson eine Fotografie, die in allen Einzelheiten zeigte, was sie unter dem Kohlenbunker entdeckt hatten. Es war die erste Aufnahme davon, die Hanson zu Gesicht bekam, und sie war noch entsetzlicher als alle Bilder, die er von dem Fund auf dem Gerüst gesehen hatte. Er fragte sich, wie dem Fotografen zumute gewesen war, als er diese Aufnahme gemacht hatte, und hoffte, daß er einen inneren Abwehrmechanismus besaß, der ihn diese Bilder des Todes vergessen ließ, sobald er nicht mehr im Dienst war.

»Hoffen wir, daß ich ihm das nicht zeigen muß«, sagte er und sprach aus, was Parker empfunden hatte, als er in den Müllsack gesehen hatte, in den Gary Maudsleys sterbliche Überreste hineingestopft waren. »Es gibt Dinge, von denen die Öffentlichkeit besser nichts erfährt.«

Auf Hansons Klopfen riß Healey die Tür weit auf, und Hanson sah muskelbepackte Arme, die zu massig schienen für einen sonst durchschnittlich gebauten Körper. Er hatte überhaupt keine Ähnlichkeit mit seinem Sohn. Brogan schlug offensichtlich seiner Mutter nach.

»Mr. Healey?« sagte er. »Kann ich einen Moment hereinkommen?«

Er glaubte, einen Anflug von Erschrecken zu erkennen.

»Was ist passiert?« fragte Healey.

»Kann ich hereinkommen?« wiederholte Hanson.

Im Flur hinter Healey erschien eine Frau. Man hätte nicht sagen können, daß ihre Kleider schmutzig waren, dennoch wirkten sie irgendwie schlampig, als hätte die schäbige, geschmacklose Umgebung auf sie abgefärbt, genau wie auf die Frau selbst.

Healey trat zur Seite, um ihn hereinzulassen, und Hanson folgte ihm durch einen Flur, dessen Wände sich ihm entgegenzuneigen schienen. Angesichts des Sonnenblumenmusters konnte er sich kaum vorstellen, daß es einen Raum gab, für den ein solches Dekor sich eignen würde. Sollte derjenige, der die Tapete ausgesucht hatte, gehofft haben, sie würde einen sonst bedrückend engen Raum aufhellen und ihm Weite geben, so hatte er sich völlig verkalkuliert. Er jedenfalls fühlte sich, als halluziniere er im Gewoge dieser wilden Pinselstriche, und selbst die lebhaftesten Gelbtöne konnten einen derart schmalen Flur nicht aufhellen.

In dem einzigen Zimmer im Erdgeschoß saßen zwei kleine Kinder vor einem Fernseher, und schon, daß Healey keine Anstalten machte, den Apparat auszuschalten, empfand Hanson als eine Zumutung. Es schien ihm nicht einmal einzufallen, wenigstens den Ton leiser zu drehen.

Hanson folgte ihm durch das Zimmer in eine Kochnische, in der überall grellbunte Plastikspielsachen herumlagen.

Das jüngste Kind, kaum dem Säuglingsalter entwachsen, watschelte hinterdrein, grapschte nach der Schnur eines Spielzeughunds auf Rädern und lief, indem es das Spielzeug hinter sich herzog, wieder hinaus.

Hanson sah sich in der Küche um. Klein, vollgestopft, ein einziges Chaos – er zweifelte nicht, daß es in den übrigen Räumen des Hauses genauso aussah. Er konnte es sich vorstellen, das Badezimmer so klein wie die Küche, massenhaft Gummienten, ein grauer Rand rund um die Wanne.

»Was ist denn los?« fragte Healey.

»Wir wissen, wo Brogan ist«, antwortete Hanson.

»Wo?«

»In dem Vogelgarten.«

Ohne ein Wort stürzte Healey zur Hintertür, und Hanson sagte: »Parker ist schon dorthin unterwegs.«

Healey riß die Tür auf und wollte gerade hinaus, als Hanson sagte: »Wir können Brogan heute dort wegholen, aber wir können nicht garantieren, daß wir ihn von Roly und dem Garten fernhalten können.«

»Das erledige ich schon, wenn es soweit ist«, versetzte Healey.

»Dazu werden Sie vielleicht gar nicht mehr kommen«, entgegnete Hanson. »Das Haus wird abgerissen. Der Mann wird weiterziehen. Es kann gut sein, daß Brogan mit ihm geht. Wenn er das tut, werden Sie ihn nicht mehr wiedersehen.«

Healey hörte jetzt aufmerksam zu.

»Parker hat nichts gegen Roly in der Hand. Was er weiß und was er beweisen kann, sind zwei verschiedene Paar Schuhe. Er mußte ihn wieder auf freien Fuß setzen und wird ihn nicht auf Dauer festnehmen können, solange er nichts Konkretes in der Hand hat, das er einem Gericht vorlegen kann.«

»Das ist nicht mein Problem.«

»Doch«, widersprach Hanson. »Sie sind der einzige, der uns helfen kann, Roly hinter Gitter zu bringen.«

Healey stand immer noch an der Hintertür, halb drinnen, halb draußen.

»Mr. Healey«, sagte Hanson, »bitte rufen Sie Dr. Freeman an.«

Healey schüttelte den Kopf. »Das kann ich nicht.«

»Warum nicht?«

Healey antwortete nicht, aber Hanson wußte die Antwort: Wenn Healey seine Vogel-Strauß-Politik aufgeben würde, würde er sich vielleicht mit Tatsachen auseinandersetzen müssen, die ihm beinahe mehr angst machten als die Möglichkeit, daß sein Sohn spurlos verschwinden könnte und eines Tages unter ähnlichen Umständen aufgefunden werden würde wie Gary und Joseph.

»Was glauben Sie denn, wie ich mich fühl, wenn Brogan ...?« Er konnte den Satz nicht zu Ende sprechen.

»Brogan ist keine Erweiterung Ihrer eigenen Männlichkeit«, konterte Hanson, aber da konnte Healey ihm nicht folgen, das sah er sofort. »Was ich damit sagen will, ist, daß es über Brogans oder Ihre eigene Männlichkeit überhaupt nichts aussagt, wenn Brogan tatsächlich mißbraucht worden ist.«

»Hören Sie mir auf mit Ihrem wissenschaftlichen Gewäsch«, sagte Healey. »Sie haben gesagt, ich könnte Ihnen helfen, diesen Kerl in den Knast zu bringen. Sagen Sie mir, wie.«

»Indem Sie sich von Dr. Freeman das Untersuchungsergebnis sagen lassen.«

»Sie meinen, wenn der Kerl das getan hat, was Sie denken, dann hat Parker einen Grund, ihn festzunehmen und dafür zu sorgen, daß er verknackt wird.«

»So in etwa, ja.«

»Sie wollen Brogan dafür benützen, diesen Kerl in den Knast zu bringen. Warum nehmen Sie sich nicht ein anderes Kind?«

Hanson zog die Fotos aus seiner Jackentasche. Er gab sie Healey. »Das würden wir tun, wenn wir könnten, aber sie sind tot …«

Er wußte genau, daß Healey nie zuvor Fotos wie diese gesehen hatte, und fügte hinzu: »Wir wissen mit Sicherheit, daß die beiden Jungen im Garten waren. Aber wir können nichts unternehmen. Es kommt allein auf Sie an.«

»Was ist, wenn …«, begann Healey. »Was ist, wenn Freeman …«

»Bitte«, sagte Hanson ruhig, »rufen Sie ihn an.«

»Ich …«

Hanson zog sein Handy aus der Tasche, drückte es Healey in die Hand und sagte: »Parker würde es nicht über sich bringen zu betteln, ich schon, Mr. Healey. Ich habe fast ständig mit Leuten wie Roly zu tun. Ich weiß, daß er Ihren Sohn töten wird. Darum habe ich keinerlei Hemmungen – ich bitte Sie, Freeman anzurufen.«

Healey hielt das Handy in der Hand. »Die Nummer«, murmelte er, »ich weiß die Nummer nicht«, und Hanson, der sie eingespeichert hatte, nahm ihm das Handy aus der Hand, drückte ein paar Knöpfe und gab Healey das Gerät zurück.

Er hörte Healey seinen Namen nennen und nach Dr. Freeman fragen. Er hörte, wie Healey sagte: »Sagen Sie's mir – sagen Sie's mir einfach ...«

Die nächsten Augenblicke schienen sich ewig hinzuziehen. Hanson wußte nicht, was zu erwarten war, da er ja keine Ahnung hatte, wie das Ergebnis lauten würde, und er wußte auch nicht, wie Healey reagieren würde, wenn Freeman das Schlimmste bestätigen sollte.

Healey versuchte zu sprechen, aber er brachte kein Wort heraus, und das Telefon fiel zu Boden, als er die Hände vors Gesicht schlug. Hanson brauchte nicht zu fragen, was Freeman ihm gesagt hatte. Er wußte das Ergebnis.

»Kommen Sie«, sagte er. »Holen wir ihn nach Hause.« Und er führte Healey zum Wagen hinaus.

41

Roly nahm Brogan mit die Treppe hinauf, wo völlige Dunkelheit herrschte, in das Labyrinth der oberen Räume, das Brogan nie gesehen hatte. Sie tasteten sich an der Wand entlang, bis Roly endlich die Tür zu einem der hinteren Zimmer öffnete.

Genau wie unten klemmte hier ein hölzernes Lineal zwischen Sims und Rahmen eines Schiebefensters, und als sie eintraten, schossen Finken von den schmutzverkrusteten Vorhangstangen herab, um aus dem dämmrigen Raum in das kühle graue Licht des Geheges hinauszufliegen. Wie farbige Lichtblitze schossen sie davon, manche stürzten direkt in das über der Wellblechwand hochgezogene Netz und taumelten zu Boden, andere fanden Halt und krallten sich an den Draht.

Brogan sah über sie hinweg zu dem Kran, der sich wie ein riesiger Mast über den Häusern erhob. Die Stahlkugel hing leblos am Kran, doch dann, als der Kranführer seine Maschine in Position brachte, begann sie mit stetig zunehmendem Schwung zu pendeln.

Wie weggeblasen war das Gefühl von träger Masse und schwerfälliger Unbeweglichkeit; jetzt tanzte die Kugel mit tödlicher Präzision, und schon schlug sie mit einem Geräusch, das wie eine gedämpfte Explosion klang, gegen die Seitenmauer des Hauses.

Brogan, der sah, wie die Fassade in sich zusammensank, hatte den Eindruck, daß das Mauerwerk nur seufzte und dann in sich zusammenfiel wie ein Kartenhaus. Durch Staubwolken, die wie Rauch aufstiegen, sah er etwas in dem Alkoven liegen, aber da das Haus auf der anderen Seite des leeren Grundstücks stand, konnte er nicht erkennen, was es war.

»Er hat m-mich immer in einen Alkoven eingesperrt«, sagte Roly. »Ich h-hab nichts als W-wasser gekriegt. Ich m-mußte ihm dafür d-danken. Manchmal w-war ich tagelang in d-dem Alkoven. Nicht m-mal aufs Klo durfte ich. Ich m-mußte alles da d-drinnen erledigen. Meine Kleider h-haben mir an der Haut g-geklebt. Ich h-hab an den W-wänden gekratzt und ich h-hab gebettelt, m-mich rauszulassen. Er hat's nie getan. Aber w-wenn ich brav war, dann h-hat er m-mir Vögel geschenkt – Hunderte w-wunderschöner Vögel. Ich h-hab mich n-nie entscheiden k-können, ob ich sie mochte oder n-nicht. Sie h-haben mich ständig d-daran erinnert, w-was ich tun mußte, um sie zu k-kriegen. Ich h-habe diese Vögel gehaßt, aber sie w-waren das einzige, w-was ich hatte – ich h-hab sie auch geliebt.«

Brogan starrte zu den Arbeitern hinaus. Einige kamen jetzt auf das Haus zu. Andere waren schon da und starrten zu dem Alkoven hinauf. Dann sah er in der Ferne ein Auto kommen, es fuhr über das leere Grundstück und bremste wenige Meter vom Haus entfernt mit einem Ruck.

Parker hatte das Krachen der Abrißbirne von weitem gehört. Er hatte das Geräusch nie zuvor vernommen, und doch wußte er sofort, was es war. Er war über das leere Grundstück gerast, und jetzt sprang er aus dem Wagen. Als er den Arbeitern entgegenrannte, neigte sich das Haus ein wenig. Es war eine kaum wahrnehmbare Verlagerung zur Seite, aber die Ziegelsteine begannen herabzustürzen, und der Kranführer schrie laut: »Zurück! Zurück!«

Keiner der Männer trat zurück, nicht einmal Parker, der wie gebannt zu dem Alkoven hinaufsah.

Er wußte, daß das dort oben die Leiche von Douglas Byrne war. In den wenigen Stunden, als weder er noch Roland Barnes überwacht worden war, mußte er hierher zurückgekehrt sein. Roly zufolge hatte Byrne, als er das erstemal zu ihm gekommen war, Geld verlangt. Roly hatte ihm wahrscheinlich gesagt, er solle später wiederkommen, und hatte die Zwischenzeit dazu genutzt, den Alkoven vorzubereiten. Als Byrne zurückgekommen war, hatte Roly ihn bei lebendigem Leib eingemauert.

Byrne muß etwas gewußt haben, dachte Parker. Er muß versucht haben, Roly zu erpressen. ›Gib mir Geld, sonst sag ich Parker, daß Gary und Joseph hier waren.‹

Er war gespannt, was Hanson sagen würde, wenn er erfuhr, daß man Byrne in dem Alkoven gefunden hatte. Er hatte mit seiner Theorie darüber, wie Roly seine Opfer vorzugsweise umbrachte, sicher recht, aber das Motiv für die Ermordung Byrnes war ein anderes gewesen, und Roly hatte weder die Zeit gehabt, noch den Drang verspürt, irgendwo im Wald ein Gerüst zu errichten.

Wie Roly es geschafft hatte, den Mann in diesen Alkoven zu locken, würde man wahrscheinlich nie erfahren, sagte sich Parker. Vielleicht hatte er Dougie davon überzeugt, daß er in der Roumelia Road Geld versteckt hatte. Vielleicht hatte er ihn auch bewußtlos geschlagen und ihn dann lebendig eingemauert. Aber warum? dachte Parker. Warum hatte er ihn nicht einfach getötet? Er verstand das nicht.

Der Kranführer sagte zu seinem Vorarbeiter: »Jacko, wo ist dein Handy?«

Der Vorarbeiter kramte in der Tasche seines Dufflecoats. »Wen soll ich anrufen?«

Der Kranführer schien sich nicht gleich entscheiden zu können. »Die Polizei«, meinte er unsicher.

Parker sagte: »Die Mühe können Sie sich sparen«, und im selben Moment trafen die Wagen, die er auf der Fahrt zum Gehege als Verstärkung angefordert hatte, mit Blaulicht ein. Die Arbeiter waren so entsetzt über das, was sie gefunden hatten, daß keiner von ihnen etwas sagte – keiner schien sich darüber Gedanken zu machen, wieso die Polizei so schnell zur Stelle gewesen war.

Parker wandte sich von dem Alkoven ab und blickte über das leere Grundstück. Von drüben starrte Roly ihn an. Dann glitt er wie ein Schatten vom Fenster weg.

Parker machte sich auf den Weg zum Gehege, doch da sah er Hansons Wagen kommen, der neben seinem anhielt.

Healey sprang heraus und rannte auf einen der Arbeiter zu. Er riß ihm eine Brechstange aus der Hand, und Parker trat ihm in den Weg, um ihm das Ding zu entreißen.

Healey schüttelte ihn ab und stürmte, gefolgt von Parker, über das Grundstück. Er riß die Kette vom Tor, trat die beiden Flügel weit auf und stürzte sich dann brüllend wie ein Tier in den Garten.

Parker rannte hinter Healey her, als dieser schon begann, die Voliere zu zerstören, indem er riesige Löcher in den Maschendraht riß. Parker wagte nicht, ihm in den Arm zu fallen; er fürchtete, daß Healey, wenn er das versuchen sollte, mit der schweren Eisenstange nach ihm schlagen würde, darum konnte er nur ohnmächtig zusehen, wie der Mann heulend und schreiend mit rasenden, blutenden Händen an dem Netz riß, dessen Draht ihm die Finger bis auf das rohe Fleisch zerschnitt, während über ihm sich die Vögel in Scharen erhoben.

In diesem Moment wußte er, daß Freeman Healey eben das mitgeteilt hatte, was dieser am meisten gefürchtet hatte, und er wußte auch, daß Roland Barnes ihm nun nicht mehr entkommen konnte.

»Healey«, rief er und glaubte einen Moment lang, der Mann hätte sich beruhigt. Doch nicht der Klang seiner Stimme war es, der ihn veranlaßt hatte, mitten in der Zerstörung innezuhalten; es war der Anblick Rolys, der in dem Augenblick aus dem Haus kam.

Healey erstarrte, als er ihn sah, doch Roly hatte nur Augen für seine Vögel. Sie flogen durch die klaffenden Löcher im Netz und schossen über das leere Grundstück hinweg zur Roumelia Road. Sie flogen über den Kran und das Dach des Eckhauses, fort in die Freiheit. In die Freiheit, dachte Parker, und den sicheren Tod.

Roly stand jetzt, halb abgewandt von ihnen, in seinem Garten und sah seinen davonfliegenden Vögeln nach. Healey, der ihn anstarrte, als hätte er ein Gespenst vor sich, schien er nicht zu bemerken. Die Bewegung, mit der Healey Roly von hinten ansprang, wirkte eher furchtsam als wütend, wie die eines Mannes, der Auge in Auge mit einem Raubtier genau weiß, daß er nur einen Schuß hat und treffen muß, weil er sonst sein Leben verlieren wird. Healey schwang die Eisenstange in die Höhe und legte all seine Kraft in den Hieb. Und Parker mußte mitansehen, was er bisher nur aus Erzählungen kannte und von dem er gehofft hatte, er würde es nie erleben müssen.

Die Wucht des Schlags spaltete Rolys Schädel, und die Gehirnmasse spritzte wie eine Flüssigkeit heraus. Parker war angeekelt und fasziniert zugleich. Roly stand noch immer auf den Beinen. Nie hätte Parker geglaubt, daß so etwas möglich sei, aber einen Moment lang stand Roly immer noch da, als sähe er den letzten seiner davonfliegenden Vögeln nach.

Dann ging er zu Boden. Nicht wie jemand, den ein gewaltiger Schlag gefällt hat, sondern ganz langsam. Er sank zu Boden wie ein Ertrinkender, wie einer, der sich der Gewißheit ergibt, daß er nie wieder aufstehen wird.

Als Parker in die Höhe blickte, sah er oben Brogan aus einem Fenster schauen. Seine Finger waren ans Glas gepreßt, Kinderfinger, deren Spitzen weiß waren vom Druck, und dann war der Junge plötzlich verschwunden.

Healey starrte einen Moment lang die Brechstange an, deren Stahl blutverschmiert war, dann warf er sie zu Boden. Er trat ein paar Schritte zurück, aber er lief nicht davon, und als Brogan aus dem Haus stürzte, sah Parker plötzlich die ganze Szene mit den Augen eines zwölfjährigen Jungen.

Der Himmel war leer. Die Vögel waren fort, und Roly lag tot zu Füßen seines Vaters.

Ein Farbfleck blitzte mitten im Grau auf. Parker versuchte zu erkennen, was es war. Ein junger Vogel war es, eine Gouldamadine, die ein Opfer von Healeys wütendem Angriff auf das Gehege geworden war. Der Vogel lag vor der Tür des Schuppens. Brogan ging zu ihm hin, hob ihn auf und begann, sein Gefieder zu streicheln, und während Hanson durch dan Garten zum Schuppen ging, sah Parker zu, wie der Junge den Vogel liebkoste. Er sprach mit ihm, tröstete ihn, als könnte er ihn irgendwie wieder zum Leben erwecken.

Uniformierte legten Healey Handschellen an, während Hanson den Jungen zum Tor führte. Healey leistete keinen Widerstand, aber Brogan wehrte sich. Er wollte bei Roly bleiben. »Roly war mein Freund!« Er legte den Leichnam der Gouldamadine neben den toten Roly.

42

Als Parker und seine Leute das letztemal in diesem Raum im Halbrund gesessen hatten, hatten sie sich eine Aufzeichnung des Fernsehappells angesehen, den Gary Maudsleys Angehörige an die Öffentlichkeit gerichtet hatten. Jetzt sahen sie sich den Film an, den man in Rolys Haus gefunden hatte.

Hanson saß ganz hinten im Saal, mit seinen Gedanken bei Brogan. Parker hatte den Jungen befragen wollen, aber Hanson hatte vorgeschlagen, ihn fürs erste in Ruhe zu lassen. Brogan stand unter Schock. Dies war nicht der richtige Zeitpunkt.

Parker setzte sich zu Hanson, als im Saal die Lichter ausgingen. Über die Leinwand fegte ein Schneesturm. Anstatt sich aufzulösen, wurde der Blizzard zu einem schräg einfallenden Graupelschauer, der es den Zuschauern sehr schwer machte zu erkennen, was auf der Leinwand vor sich ging. Der Film ist uralt, dachte Hanson, der wußte, daß Parker ihn seinen Leuten auf der Stelle hatte zeigen wollen, jedoch gezwungen gewesen war, mit der Vorführung zu warten, bis man ihn umgespult hatte.

Die Qualität des Streifens war denkbar schlecht, dennoch konnte Hanson einen Zauberer mit schwarzem Schnurrbart ausmachen, der viel zu gewaltig war, um echt zu sein. Der Mann trug einen Zylinder und ein weites Cape, das scharlachrot ausgeschlagen war, und in der Hand hielt er einen Zauberstab.

Neben ihm stand ein kleiner Junge, ein Junge von vielleicht neun oder zehn Jahren, in einem hautengen fleischfarbenen Anzug. Es sah aus, als wäre er nackt bis auf den Umhang, der um seinen Hals befestigt war.

Die Person hinter der Kamera war ungeübt gewesen. Das Bild zitterte, war bald scharf, bald unscharf, doch als die Kamera sich etwas weiter entfernte, konnte Hanson erkennen, daß der Zauberer seine Künste in einem Raum vorführte, der mit Luftschlangen dekoriert war.

Trauben roter und blauer Ballons hingen in den Zimmerecken, die Kinder hockten im Schneidersitz zu Füßen des Zauberers, während ihre Eltern weiter hinten Platz genommen hatten. Wie gebannt sahen sie dem Zauberer zu, der ihnen zunächst einen leeren Vogelkäfig aus Bambus zeigte, diesen dann mit einem Tuch zudeckte, unter dem, als er es gleich darauf wieder wegzog, ein Diamantfink zum Vorschein kam.

Ein neuerlicher Schneesturm zog über die Leinwand, und als er sich einen Moment später lichtete, sah Hanson eine Schar Kinder, die mit aufgerissenen Augen zusahen, wie der Zauberer einen Holzkasten durchsägte.

In dem Kasten lag ein kleiner Junge. Sein Kopf bewegte sich und seine Füße, die sichtbar waren, zuckten, doch seine Gliedmaßen waren offensichtlich mit Lumpen ausgestopfte Kleidungsstücke. Die Kinder störte das nicht. Als der Zauberer den Kasten durchsägte, vergaßen sie alle Ungläubigkeit und kreischten vor Vergnügen, als Arme und Beine zu Boden fielen.

Danach war der Film zu Ende. Parker wandte sich Hanson zu. »Leider ist an diesem Film nichts Aufsehen erregendes. Es ist alles Feld-Wald-und-Wiesen-Hokuspokus aus dem Zauberkasten.«

»Aber der Junge in dem Kasten«, sagte Hanson leise, »das war Roly.«

Moranti saß im Vernehmungsraum. Wieder hielt er den imaginären Vogel in seinen Händen. Er war Hanson zuvor noch nicht begegnet und schien auf der Hut vor ihm, als witterte er, daß die Dinge sich zum Schlechteren gewendet hatten.

Parker stellte Hanson nicht vor, sondern begnügte sich damit, seine Anwesenheit für die Tonaufzeichnungen der Vernehmung zu erwähnen. Dann richtete er seine Aufmerksamkeit auf Moranti.

»Mr. Moranti«, sagte er, »Sie haben mir erzählt, daß Sie neununddreißig nach England gekommen sind.«

»Das ist richtig«, bestätigte Moranti.

»Sie sagten, Sie seien das gewesen, was man fahrendes Volk nennt.«

»Wir waren beim Zirkus«, erklärte Moranti. »Es war eher eine kleine Nummer.«

»Genau. Und als Sie nach England kamen, haben Sie einen englischen Namen angenommen.«

»Ich verstehe nicht ...«, begann Moranti.

»Aber bitte, das ist doch nichts Ungewöhnliches«, meinte Parker. »Viele andere haben das auch getan, weil sie glaubten, es würde der Integration in einem neuen Land helfen.«

»Ich benutze den Namen schon lange nicht mehr.«

»Nein«, antwortete Parker, »das weiß ich. Aber Sie waren viele Jahre als Randolph Timpson bekannt. Morris Randolph Timpson.«

»Ja, und?«

»Dennoch haben Sie in Ihrer beruflichen Tätigkeit als Zauberkünstler den Namen Moranti benützt, also Ihren richtigen Namen. Warum haben Sie den nicht auch benützt, als Sie sich bei den hiesigen Behörden um Pflegekinder bewarben?«

»Weil der Name ausländisch klingt«, antwortete Moranti. »Ich dachte, das würde gegen mich sprechen.«

Es hätte sicher einiges gegen ihn gesprochen, dachte Parker, aber nicht seine Nationalität, sondern das, was ans Licht gekommen wäre, wenn die Behörden seine Person überprüft hätten.

»Nicht alle amtlichen Unterlagen wurden während des Krieges vernichtet«, sagte Parker. »Sie sind wegen Kindesmißbrauchs vorbestraft. Jede gewissenhafte Behörde hätte die verfügbaren Unterlagen überprüft und das entdeckt. Ist das der Grund, weshalb Sie Ihren Namen änderten, als Sie nach England kamen?«

Parker unterbrach die Vernehmung, um Moranti Zeit zu geben, sich zu fassen.

Moranti kannte die Tragweite dessen, was er getan hatte, dachte Hanson. Er wußte, daß er zumindest angeklagt werden würde, Roly die Jungen zugeführt zu haben, die dieser ermordet hatte.

»Warum haben Sie das getan?« fragte Parker. »Sie müssen doch gewußt haben, daß Sie praktisch das Todesurteil dieser Jungen unterzeichneten, die Sie zu Roland Barnes brachten.«

»Ich hab doch nicht gewußt, was er mit ihnen tat. Ich hab gedacht, er wollte sie filmen, mehr nicht.«

»Und weshalb hätte er sie filmen sollen?«

»Für Byrne«, erklärte Moranti.

Byrne hatte die Videos vermutlich unter der Hand verkauft, dachte Parker. »Damit war wohl einiges zu verdienen, wie?«

»Es ist nicht ums Geld gegangen«, entgegnete Moranti.

Nein, dachte Hanson, der in solchen Dingen genug Erfahrung besaß, um zu wissen, daß Geld nicht die entscheidende Triebfeder war: Moranti hatte sich an diesen Filmen genauso aufgegeilt wie Byrne an den Fotos in den Modekatalogen.

Er warf Parker einen Blick zu. Er wollte Moranti gern selbst eine Frage stellen. Aber Parker war nicht bereit, dieses Risiko einzugehen. Er schüttelte kaum wahrnehmbar den Kopf und stellte dann genau die Frage, die Hanson hatte stellen wollen.

»Sagen Sie, Mr. Moranti, als Roly noch ein Kind war – als er bei Ihnen in Pflege war –, womit haben Sie ihn belohnt, wenn er tat, was Sie von ihm verlangten?«

Einen Augenblick fragte sich Hanson, ob Moranti bestreiten würde, was Parker da unterstellte, und Parker, der durchaus nicht abgeneigt war, die sexuellen Handlungen, auf die er anspielte, zu präzisieren, fügte hinzu: »Wir können den Mann vorladen, der angezeigt hat, was Sie *ihm* angetan haben. Jedes Gericht, das seine Aussage zu hören bekommt, wird zweifellos zu dem Schluß gelangen ...«

»Ich hab ihm einen Vogel geschenkt«, platzte Moranti heraus. »Roly hat Vögel immer schon geliebt.«

Kein Wunder, dachte Hanson, daß Roly seitdem diese Vögel mit seinen frühesten sexuellen Erfahrungen assoziiert hatte.

»Und jetzt sagen Sie mir noch«, fuhr Parker fort, »wie Sie Roly bestraft haben, wenn er nicht tat, was Sie wollten.«

Moranti antwortete nicht.

»Sie werden uns sowieso nur etwas sagen, das wir bereits wissen«, sagte Parker.

»Ich hab ihn in einem Alkoven eingesperrt«, antwortete Moranti.

»Wie lange?«

Moranti zuckte mit eigenartig dramatischer Gebärde die Achseln. »Eine Zeitlang.«

»Eine Stunde, einen Tag, zwei Tage?«

Moranti starrte Parker an, als glaubte er plötzlich, der hätte Zugang zu den tiefsten Geheimnissen seiner Vergangenheit. »Eine Woche manchmal. Vielleicht auch länger – das ist alles so lange her, ich erinnere mich nicht mehr.«

»Ich soll Ihnen glauben«, sagte Parker, »daß Sie ihn manchmal wochenlang in einem Alkoven eingesperrt haben? Da wäre er ja umgekommen.«

Moranti sagte leise: »Ich hab ihm Wasser gegeben.«

»Wie denn?«

»Mit einem Wasserspender«, antwortete Moranti. »Ich hab einen Wasserspender angebracht …« Und im selben Moment wußte Hanson, sie würden vom Labor erfahren, daß Gary in dem Alkoven in Barnes' Haus eingekerkert gewesen war, und das Rätsel mit dem Eisenring und dem kleinen Loch in der Mauer, das Parker so sehr beschäftigt hatte, würde gelöst sein. Vor seinem geistigen Auge sah er einen Vogelkäfig und, an die Stangen montiert, eine Halterung für einen Wasserspender. Aus dem Spender ragte ein kleines Metallrohr hervor, von dem der Vogel trank. In dem Eisenring an der Mauer war ebenfalls ein Spender befestigt gewesen, und aus dem Schlauch, der durch die Mauer geführt worden war, hatte Gary getrunken.

Hanson sah den Ausdruck in Parkers Gesicht und wußte, daß er ähnliche Visionen von Garys letzten Lebenswochen hatte. Es war klar zu sehen, daß er sich Vorwürfe machte. Hätte ich ihn nur früher gefunden! Hätte ich dieses Haus nur gleich an dem Tag durchsucht, als ich Brogan dort im Gehege fand …

In Wirklichkeit hatte Parker sich nichts vorzuwerfen, aber es würde schwer sein, das Gefühl der Schuld abzuschütteln. Er würde mit jemandem sprechen müssen, der alles wieder in die richtige Perspektive rücken konnte.

In dem nachfolgenden Schweigen dachte Hanson an

Byrne. Roly hatte Gary am Leben gehalten, indem er ihn mit Wasser versorgt hatte, aber er hatte es gewiß nicht riskiert, in die Roumelia Road hinüberzugehen, um Byrne die gleiche Barmherzigkeit widerfahren zu lassen. Er hatte gewußt, daß er überwacht wurde, und Byrne war in diesem Grab hinter der Mauer gestorben. In mancher Hinsicht, dachte Hanson, war er glücklicher gewesen als Gary, der noch wochenlang weitergelebt hatte. Als Roly klargeworden war, daß Byrne die Polizei zu ihm geführt hatte, mußte er damit gerechnet haben, daß der Garten und das Haus durchsucht werden würden. Nachdem er Byrne aus dem Weg geräumt hatte, hatte er Gary aus dem Alkoven herausgelassen, hatte ihn getötet und die zerstückelte Leiche in Byrnes Hinterhof vergraben, um Parkers Aufmerksamkeit wieder auf Byrne zu lenken. Das Gerüst, an dem Roly zweifellos bereits gebaut hatte, würde niemals benutzt werden ...

Parker hatte sich wieder einigermaßen gefaßt, aber als er zu sprechen begann, verriet seine Stimme, daß jedes Wort ihm schwerfiel. Als wollte ihm die Stimme den Dienst verweigern. Als schnürte ihm das Grauen die Kehle zu. »Sie sagten, daß die Jungen gefilmt wurden.«

Moranti spielte mit dem imaginären Vogel, einem Vogel, der in allen Farben der Welt leuchtete.

»Wo sind die Filme?«

Moranti wußte, daß es vorbei war. Er drückte seinen Daumen fest in die Fläche seiner anderen Hand. Der Fink wurde zerquetscht. Parker sah ihn sterben.

»In einer Garage«, sagte Moranti.

»Sagen Sie mir, wo«, verlangte Parker, und Moranti gab auf.

Parker stand mit Hanson hinten im Vorführraum. Sie waren allein. Die halbrunden Sitzreihen schienen von Geistern besetzt.

Vor ihnen war die Leinwand, ein stumpfes, lebloses Grau. Parker schob hinten im Saal eine Videokassette in ein Gerät.

Er war zu der Garage gefahren, die Moranti gemietet hatte, und hatte dort mehr Videos gefunden, als Byrne in seinem schlecht geführten kleinen Laden je hätte unterbringen können. Manche waren gekauft und hatten mit dem Fall nichts zu tun. Andere, wie dieser hier, lieferten die augenscheinlichen Beweise zu Joseph Coynes Tod.

»Sind Sie soweit?« fragte er Hanson.

»Ja«, antwortete Hanson, und die Leinwand wurde lebendig.

Zunächst konnte Hanson nicht mehr sehen als Schwärme exotischer Finken. Sie verdunkelten einen leuchtenden abendlichen Himmel und tauchten in Bäume hinunter. Die Szene schien in irgendeinem tropischen Wald aufgenommen. Doch irgend etwas an ihr wirkte nicht echt. Die Bäume waren zu englisch, und es gab andere verräterische Zeichen, wie zum Beispiel einen Lichtmast, der versehentlich sekundenlang ins Bild geriet, bevor die Kamera die Gestalt eines Jungen einfing und heranholte. Der Junge war nackt bis auf den Umhang, der von seinem schlanken Hals herabfiel, und er rannte um sein Leben. Im Hintergrund war flüchtig ein Haus aus Granit zu sehen, das Hanson verriet, daß dies der Colbourne-Forst war.

Parker hielt das Video an. »Sie brauchen sich den Rest nicht anzusehen.«

»Ich habe Schlimmeres gesehen«, versetzte Hanson, und Parker ließ den Film weiterlaufen.

Er beantwortete die letzten Fragen über das Schicksal Joseph Coynes, ein Schicksal, über das die Öffentlichkeit, wenn es nach Parker ging, nie etwas erfahren würde.

43

Für Hanson gab es im Präsidium nichts mehr zu tun. Als er in die Pension zurückkehrte, erwartete ihn Besuch. Er erkannte ihre Stimme, noch bevor er den Frühstücksraum betreten hatte, wo sie an einem Tisch am Fenster saß.

»Lorna«, sagte er.

Mrs. Judd stand auf. »Ich habe sie hereingebeten. Ich hoffe, das war in Ordnung?«

Er fand es verrückt, sie wie zwei alte Freundinnen beisammen sitzen zu sehen, als hätte Mrs. Judd und nicht er in diesem Haus mit Lorna gewohnt.

»Murray«, sagte sie nur. Sie schien sich kaum verändert zu haben. Ein wenig älter vielleicht, aber das war alles. Sie hatte einen Pullover mit V-Ausschnitt an, dazu einen marineblauen Rock und die goldenen Clips.

»Du siehst gut aus«, sagte er.

Aber sie hatte keine Lust, Konversation zu machen. »Was zum Teufel tust du hier?«

»Das gleiche könnte ich dich fragen.«

Mrs. Judd zog sich diskret zurück. Der erste Funke Sensibilität, seit er hier war.

»Ich habe es in der Zeitung gelesen. Hast du eine Ahnung, was für ein Schock das für mich war?«

In diesem Moment war Hanson klar, daß die Judds die Presse von seiner Anwesenheit unterrichtet hatten.

»Ich weiß selbst nicht, was ich hier tue«, sagte Hanson, und dann fiel ihm etwas ein, das Parris gesagt hatte. »In den langen Jahren unserer Ehe habe ich ihr nicht ein einziges Mal gesagt, wie tief sie mich verletzt hatte.«

Hanson wußte schon lange, daß es niemals klug war, solche Dinge in sich hineinzufressen; daß Menschen, die ihre Gefühle wegpackten, um sich irgendwann später mit ihnen auseinanderzusetzen, häufig entdecken mußten, daß diese Gefühle ihnen in die Quere kamen.

»Wie geht es dir, Lorna?«

»Findest du dein Verhalten nicht reichlich merkwürdig?«

Er setzte sich ihr gegenüber an den Tisch, ganz so, wie sie früher an dem antiken Tisch mit den Intarsien gesessen hatten.

»Nein.«

»Dann sei so nett und klär mich auf«, sagte sie. »Freunde von uns haben mich schon angerufen und wollten wissen, was du eigentlich bezweckst.«

Hanson fragte sich, wer diese Freunde sein sollten. Die meisten Leute, die sie gekannt hatten, waren Kollegen von Lorna gewesen; befreundet war er mit keinem von ihnen.

»Es ist mir ziemlich egal, was andere Leute denken.«

»Dann sag mir wenigstens, warum du ausgerechnet hier wohnen mußt.«

Hanson sah an ihr vorbei zu einer Wand, die er mit eigenen Händen wieder hochgezogen hatte. Die Stuckverzierungen, die gleichen wie oben im Schlafzimmer, waren jetzt weiß, nachdem die Judds die zierlichen Details, die er mit solcher Sorgfalt herausgearbeitet hatte, mit Farbe zugekleistert hatten. »Ich mag das Haus«, sagte er. »Es hat mir einmal viel bedeutet.«

»Mir hat es auch einmal was bedeutet, aber es würde mir nicht im Traum einfallen, hier abzusteigen.«

»Ich wollte sehen, was daraus geworden ist«, sagte Hanson. »Ich wollte sehen, was diese Leute hier mit den Zimmern angestellt haben, die ich mühevoll renoviert habe.«

Sie sah ihn an, als könnte sie sich kaum erinnern, in was für einem Zustand das Haus gewesen war, als sie es gekauft hatten.

»Wir hatten Glück«, sagte Hanson leise. »Wenn das

Haus damals nicht so heruntergekommen gewesen wäre, hätten wir es uns nie leisten können.«

»Ich habe es immer kalt gefunden«, versetzte sie.

»Diese wunderbaren Räume«, sagte Hanson. »So luftig. Ich werde nie wieder so ein Haus haben.«

»Was redest du da?«

Hanson mußte wieder an Parris denken und fragte sich, ob er, wenn Lorna jetzt nicht hier säße, zu ihr gegangen wäre, um ihr zu sagen, was er seit Jahren sagen wollte. »Du hast mich ausgezogen bis aufs Hemd, Lorna. Du hast mir das Haus genommen und das bißchen Geld, das ich gespart hatte.«

Sie starrte ihn an, als glaubte sie, jemand, der sich so seltsam benahm, wäre wahrscheinlich zu allem fähig.

»Aber schlimmer war noch, daß du mir meine Würde, meine Selbstachtung und meine Zufriedenheit genommen hast.«

»Wie du darauf kommst, ist mir schleierhaft.«

»Du hast Verhältnisse gehabt – in unserem Haus. Du hast in unserem Bett mit Männern geschlafen, die mich kannten, die mir erzählten, was los war. Hast du eigentlich eine Ahnung, wie mir zumute war, als ich es erfuhr?«

»Red nicht so laut, Murray!«

Hanson war klar, daß die Judds, oder zumindest einer von beiden, draußen lauschte, aber es fiel ihm nicht ein, seine Stimme zu dämpfen. »Bist du glücklich?« fragte er.

»Das ist eine sonderbare Frage.«

»Vielleicht – aber ich würde gern wissen, ob sich das alles, was du mir angetan hast, gelohnt hat. Sag's mir, Lorna, ich möchte es wirklich gern wissen.«

»Ich bin eigentlich ganz glücklich, ja«, antwortete sie, und er lächelte, als er zurückgab: »Ich nehme an, das heißt nein.«

Er erinnerte sich der letzten Augenblicke mit Parris, als dieser erklärt hatte, ein Mensch könne auch zu zivilisiert, zu verständnisvoll, zu wenig willens sein, seinem berechtigten Zorn freien Lauf zu lassen. »Das ist nicht zivilisiert, Murray, das ist schwach, und es sind die Schwachen, die ihr Heil in einem Mord suchen, nicht die Starken ...«

»Ich habe heute einen ehemaligen Lehrer von mir getroffen.«

»Ich bin nicht hergekommen, um mich mit dir über ehemalige Lehrer zu unterhalten.«

»Er hat seine Frau getötet«, sagte Hanson. »Jahrelang mußte ich immer wieder mal an ihn denken und habe mich gefragt, was wohl aus ihm geworden sein könnte. Aber erst in den letzten Monaten habe ich wirklich angefangen, darüber nachdzudenken, warum er es getan hat.«

»Ich hab in unserer ganzen Ehe nichts andres getan, als deinem Gerede darüber zuzuhören, was andere zum Mord treibt.«

»Aber in letzter Zeit«, fuhr er fort, »konnte ich kaum noch an etwas andres denken. Es war beinahe wie ein Zwang, und jetzt weiß ich auch, warum.«

Sie sah zur Tür, als wäre es ihr eine Beruhigung zu wissen, daß die Judds in unmittelbarer Nähe waren, falls sie sie brauchen sollte.

Er beugte sich über den Tisch und faßte ihre Hand. Sie war kalt. »Ich wollte dich töten, Lorna. Ich habe dir das nie gesagt, aber ich wollte dir eine Tasse Tee machen, sie in den Garten hinaustragen und zusehen, wie du sie zu den Lippen führst, während ich dir mit einem Hammer den Schädel einschlage.«

Sie entriß ihm ihre Hand und sprang auf. Ihr Stuhl kippte um, als sie einen Schritt zurücktrat. »Du bist ja krank«, sagte sie. »Ich hab immer gewußt, daß du krank bist.«

»Nicht krank, Lorna. Normal. Wir alle haben solche Gefühle. Die meisten von uns handeln nicht danach. Die wenigen, die es tun, werden manchmal zu Leuten wie mir geschickt.«

Mrs. Judd hatte den Stuhl umfallen hören und kam ins Zimmer. Sie blieb an der Tür stehen. »Ist alles in Ordnung?«

Er stand auf und fing einen Hauch von Lornas Parfum auf. Es hatte einmal eine Zeit gegeben, da hatte dieser Duft ihn erregt. Jetzt konnte er sich nicht vorstellen, je mit ihr geschlafen zu haben. »Danke, es ist alles in Ordnung«, antwortete er. »Lorna wollte gerade gehen.«

Er folgte ihr in den Flur hinaus. Er wollte derjenige sein, der ihr die Tür öffnete, der wartete, daß sie über die Schwelle trat, der die Tür hinter ihr zumachte. »Alles Gute«, sagte er, knallte die Tür zu und drehte den Schlüssel im Schloß um, das er damals eingebaut hatte. Er sperrte sie aus, verbannte sie in die Vergangenheit.

Als er sich herumdrehte, sah er, daß Mrs. Judd vor ihm zurückwich. »Keine Sorge«, sagte er. »Ich hole nur meine Sachen, dann bin ich weg.«

»Und die Rechnung?« sagte sie.

»Ich nehme doch an«, versetzte er, »die Presse hat Sie dafür bezahlt, daß Sie sie wissen ließen, wo ich zu finden bin.«

Sie bestritt es nicht.

»Dann sind wir wohl quitt«, sagte Hanson.

Als Hanson zu Hause ankam, war das Haus dunkel. Kein gutes Zeichen, dachte er und stellte sich vor, wie sie auf ihre Art versucht hatte, mit der Geschichte in den Zeitungen fertig zu werden.

Die meisten Blätter – und Hanson hatte mittlerweile fast alle gesehen – hatten ein Foto der Judds vor der Tür seines früheren Hauses veröffentlicht. Zweifellos würde die Presse sich zu gegebener Zeit auch Lorna vornehmen, aber was sie sagen würde, kümmerte ihn jetzt nicht mehr. Was ihm allerdings Sorgen machte, war, wie Jan die ganze Geschichte aufnehmen würde. Ganz klar, daß sie das

Schlimmste befürchten würde, dachte er, das war durchaus verständlich. Er würde das in ihrer Situation auch tun. Sie glaubte wahrscheinlich, er wäre in das Haus zurückgekehrt, weil er Lorna immer noch liebte. Jede Frau, die auch nur einen Funken Stolz besaß, konnte daraufhin nur ihre Koffer packen.

Irgendwie hinderte ihn die völlige Dunkelheit im Haus daran, die Tür aufzusperren. Er wollte nicht hineingehen, um sehen zu müssen, daß sie fort war. Plötzlich wurde ihm bewußt, wie rücksichtslos er sich verhalten hatte. Er hatte ihr nichts davon gesagt, was er vorhatte, weil er seine Handlungen selbst nicht verstanden hatte, und er hatte gehofft, sie würde nichts davon erfahren. Viele ließen sich aus ähnlichen Gründen auf Seitensprünge ein, dachte Hanson, und die meisten wurden, wie er, infolge von Ereignissen ertappt, die sie nicht vorhergesehen hatten.

Er ging um das Haus herum in den Garten. Zunächst konnte er die schattenhafte Gestalt hinten im Garten kaum ausmachen, aber dann sah er sie am Steingarten sitzen und ging zu ihr.

»Hallo«, sagte sie, aber sie blickte nicht auf.

Hanson berührte ihr Haar. Es war feucht, wie immer, wenn sie im Fitneß-Studio gewesen war. Ihm fiel auf, daß sie zwei Pullover übereinander trug. »Kein Sweatshirt?« fragte er.

»Ich hab sie dir alle in die Schublade gelegt.«

Er verstand. Sie hatte sie zurückgegeben, und ihre Sachen waren schon gepackt, fertig zum Auszug.

»Es tut mir leid, daß ich nicht angerufen habe.«

»Du hattest offensichtlich deine Gründe.«

Noch immer sah sie ihn nicht an.

Er kauerte sich neben ihr nieder und setzte sich auf einen Felsbrocken, den er zu Anfang des Sommers an einem Straßenrand aufgelesen hatte. Gemeinsam hatten sie im ganzen Land Steine und Felsbrocken gestohlen. Manche glatt, manche rauh und scharfkantig. Sie hatten zwar ein leises schlechtes Gewissen deswegen, aber dafür einen prächtigen Steingarten. Es war schwer, sich vorzustellen, daß man einen früher so vernachlässigten Garten in so kurzer Zeit völlig verändern konnte. Und nicht nur der Garten war verändert. Er brauchte sich nur zum Haus umzudrehen, um zu sehen, was sie alles gemeinsam an ihm gemacht hatten. Es war längst nicht so geräumig wie das Haus in Bury, aber für zwei war es groß genug.

»Wo ist die Kröte?« fragte er.

»Die hab ich ewig nicht gesehen.«

»Das ist die Jahreszeit«, meinte Hanson. »Im nächsten Frühjahr taucht sie wieder auf.«

»Grüß sie von mir.«

»Grüß sie selber.«

Jetzt sah sie ihn doch an. »Murray, was ist eigentlich los?«

Er fühlte sich nicht imstande, ihr jetzt zu erklären, warum er in sein früheres Haus zurückkehren mußte, aber er würde es ihr in den nächsten Tagen sagen, und dann würde er auch sagen, daß es für ihn vielleicht an der Zeit wäre aufzuhören, sich wie ein Idiot zu benehmen, und zuzugeben, daß er sich eine engere Bindung wünschte.

»Ich mußte mit mir ins reine kommen«, sagte er. »Ich konnte dir nichts versprechen, ohne das vorher erledigt zu haben. Darum bin ich noch mal zurück.«

Eine tolle Erklärung war das nicht. Viele Frauen hätten mehr hören wollen, aber sie nicht. »Du hast mir weh getan«, sagte sie einfach.

»Ich hab mir selbst weh getan«, erwiderte Hanson. »Du bist ins Kreuzfeuer geraten. Das tut mir leid.«

»Liebst du sie noch?«

»Nein«, antwortete Hanson wahrheitsgemäß, »aber dieses Haus werde ich sicher immer lieben.« Er lächelte. »Glaubst du, daß du damit fertig werden kannst?«

»Nur wenn du mir versprichst, keine Gewohnheit aus diesen Reisen in die Vergangenheit zu machen.«

»Ich glaube, das kann ich schaffen«, sagte er, und sie folgte ihm ins Haus.

44

Parker und Brogan standen mit dem Rücken zur Roumelia Road und sahen zu, wie Rolys Vogelgehege abgerissen wurde.

Das Haus wirkte irgendwie kleiner, wie in sich zusammengesunken, und das nicht allein durch die Arbeit der Maschinen und die Voliere, die jetzt ohne ihre Grenzen mit den verwilderten Gärten ringsum verschmolz. Der Boden war von tiefen Gräben durchzogen, die Bäume, die Umzäunung, der Maschendraht waren abgerissen. Er glich einem Massengrab.

Die Vögel waren fort, und Brogan brauchte keinen sichtbaren Beweis, um zu wissen, daß sie alle ohne Ausnahme tot waren. Wenn die Kälte sie nicht getötet hatte, dann einheimische Vögel oder der Hunger. Er stellte sich ihre toten kleinen Körper wie einen leuchtenden Farbenregen vor, der in den Rinnsteinen und Gärten der Stadt und ihrer Vororte niedergegangen war. Die Leute würden zufällig auf diese exotischen, fragilen kleinen Geschöpfe stoßen und sich fragen, wie sie in dieses graue Land gekommen waren, das ihr Tod war.

Arbeiter warfen Schutt und Trümmer in die Container, aufgerollten Maschendraht, Ziegelsteine, Betonplatten. Sie gingen mit diesen Gegenständen um, als wären sie verseucht. Sie hatten Handschuhe an und arbeiteten mit fast abgewandtem Blick, als wollten sie nicht wissen, was sie da vielleicht unversehens vom Boden aufhoben. Keiner sprach. Keiner von ihnen wollte hier sein, das sah man ihnen an.

Parker konnte es ihnen nicht verübeln. Wenige Stunden nach Rolys Tod hatte das Labor bestätigt, daß die Kleider der Puppe Gary Maudsley gehört hatten, und Untersuchungen des Alkovens, in dem die Puppe gefunden worden war, hatten bewiesen, daß Gary hier vor seinem Tod eingemauert gewesen war.

Parker hatte vermutet, Roly hätte Gary eingesperrt, um in der Zwischenzeit ein Gerüst bauen zu können. Hanson jedoch hatte Erfahrung mit Mördern mit einem ähnlichen Krankheitsbild wie Roly und war so überzeugt, wie das unter den Umständen nur möglich sein konnte, daß Roly den Jungen erst eingekerkert hatte, als das Gerüst bereits fertig war.

Parker hatte, als er das gehört hatte, plötzlich ein Bild irgendeines zukünftigen Tages vor sich: wie ein Ahnungsloser wie Hardman auf das Gerüst stieß, das für Gary bestimmt gewesen war.

Wenn der Finder mit den Einzelheiten dieses besonderen Falls nicht vertraut war, würde er nicht dahinterkommen, was dieses Gerüst bedeutete und was derjenige, der es errichtet hatte, damit vorgehabt hatte. Wahrscheinlich würde man es einfach abreißen, weil man es für den Teil eines Planes hielt, der nie zu Ende geführt worden war. In dieser Hinsicht, dachte Parker, hätte man recht. Das Gerüst wäre erst dann vollendet gewesen, wenn Gary darauf gelegen hätte.

Er erinnerte sich, Hanson gefragt zu haben, warum Roly den Jungen überhaupt eingesperrt hatte. Da Moranti Roly stets eingesperrt habe, wenn dieser seine Wünsche nicht erfüllte, hatte Hanson vermutet, daß die Einkerkerung der Opfer ein wichtiger Bestandteil des Tötungsrituals gewesen sei.

Parker hatte nicht gefragt, warum es für Roly so wichtig gewesen war, einem bestimmten Ritual zu folgen, sondern hatte sich mehr mit der Frage beschäftigt, wo er Gary getötet hatte. Die Antwort kam mit den Untersuchungsergebnissen des Labors: Man hatte Blutspritzer an den Wänden des Raums gesichert, in der die Puppe entdeckt worden war. Das Blut stimmte mit dem Garys überein.

Weitere Blutspuren wurden in den Sprüngen der Badewanne in Rolys Haus gefunden, und die Presse hatte berichtet, daß die Leiche des Jungen nach Ansicht der Polizei im Badezimmer zerstückelt worden war, ehe Roly sie in seinem Wagen in Byrnes Hinterhof transportiert hatte. Den Arbeitern war daher wohl bewußt, daß an den Trümmern, die sie aufräumten, vielleicht Spuren unvorstellbaren Grauens hafteten, Spuren, die kaum zu sehen waren, aber dennoch da ...

Strömender Regen verwandelte die Erde in ein Meer von Schlamm, der sich vom Garten zur Straße hinunterwälzte. Er umspülte ihre Füße, leckte an ihren Schuhsohlen, drohte immer tiefer zu werden, und als Brogan über einen dieser Schlammbäche hinwegsprang, hatte er das Gefühl, als wollte das Haus nach ihm greifen, ihn in den Alkoven hineinziehen, dessen früherer Bewohner ihn freigegeben hatte und der jetzt in geweihter Erde ruhte.

Das ferne Rumpeln schwerer Maschinen machte sie aufmerksam. Der Kranführer schaltete den Motor seines Geräts aus und sprang aus der Kabine. Er sprach kurz mit den Arbeitern, dann kam er auf Parker und Brogan zu.

Brogan sah, daß es derselbe Kranführer war, der mit der Abrißbirne das Geheimnis des Alkovens zum Vorschein gebracht hatte, und er konnte kaum begreifen, daß er überhaupt bereit gewesen war, noch einmal hierher zurückzukommen. Vielleicht war es das Geld; vielleicht aber wollte er auch, wie Brogan selbst, das Gespenst erlösen, die Arbeit abschließen.

»Sie sind hier nicht sicher«, sagte der Kranführer. »Sie müssen hier weggehen.«

»Wir gehen schon«, sagte Parker. Er legte Brogan den Arm um die Schulter und führte ihn weg von dem trägen Schlammfluß, der das einzige war, was jetzt noch vom Vogelgarten übrig war. »Ich bring dich jetzt besser zurück«, sagte er, und sie gingen zum Wagen.

Das Jugendamt hatte fürs erste eine Pflegefamilie für Brogan gefunden. Die Leute schienen ganz in Ordnung zu sein, aber woher sollte man das mit Sicherheit wissen? Wenn man bedachte, was für Pflegeeltern das Amt für Roly ausgesucht hatte, konnte man nur schwere Bedenken haben. Aber die einzige andere Möglichkeit wäre gewesen, Brogan in einem Heim unterzubringen, und in Anbetracht der jüngsten Zeitungsberichte war Parker nicht überzeugt, daß er dort sicherer sein würde.

Er sagte: »Wenn du irgendwelche Schwierigkeiten hast, kommst du direkt zu mir, verstanden?«

»Was für Schwierigkeiten?«

Parker glaubte nicht, daß Brogan nach alldem, was geschehen war, immer noch so naiv sein konnte, und sagte: »Damit meine ich alles, was dich irgendwie beunruhigt, egal, was es ist.«

Brogan wandte den Kopf, um einen letzten Blick auf das Haus zu werfen. Der Kran rollte heran. Die Arbeiter waren zurückgetreten, ihre Gesichter hinter Schutzbrillen und Masken.

»Woran denkst du?« fragte Parker.

Aber Brogan glaubte nicht, daß er es verstehen würde, wenn er ihm sagte, daß es ihm entsetzlich weh tat, den Vogelgarten so zu sehen, und daß er alles darum gäbe, es so zu sehen, wie es gewesen war, mit dem Zaun und dem Netz und den hohen schlanken Bäumen, die ihre zarten Zweige durch den Maschendraht reckten.

In den letzten Wochen schien sich die klaffende Wunde

in seinem Inneren vergrößert zu haben, wie um Gefühlen Raum zu geben, die er kaum begreifen konnte; Gefühle, die mit dem Tod seiner Mutter zu tun hatten, der Ermordung von Roland Barnes, der Zerstörung des Vogelgartens; die bewahrt werden mußten, bis er sie eines Tages würde hervorholen und ans Licht halten können, um sie zu prüfen und dann wieder in sich aufzunehmen, nicht weniger schmerzhaft, aber besser verstanden.

Er drehte sich um.

Epilog

Unkraut wuchs im Blumenbeet, das den Rasen vor dem Haus umgab, in dem Brogan jetzt bei seinen Pflegeeltern lebte. Es überwucherte den Stamm eines niedrigen blühenden Busches, dessen Blütenblätter purpurrot im Grün leuchteten. Brogan hatte ihn in den letzten Tagen aufblühen sehen, und es war, als hätte die Seele einer Gouldamadine das Erdreich in Besitz genommen, um die Farbe zu bestimmen, die die Blüten annehmen sollten.

Vor dem Tor fuhr Parkers Wagen vor. Von einem Fenster im Erdgeschoß aus beobachtete Brogan, wie er ausstieg und auf das Haus zuging.

Einen Augenblick später wurde er von der Pflegemutter ins Zimmer geführt. »Du hast Besuch, Brogan«, sagte sie, nahm Parker seine Jacke ab und ging wieder.

Parker stellte sich ans Fenster, dessen rote Samtvorhänge ganz aufgezogen waren, so daß nichts den Blick auf den Garten behinderte.

»Wie geht's so?« fragte er.

»Gut«, antwortete Brogan.

»Gehst du wieder zur Schule?«

»Ja.«

»Ohne zu schwänzen?«

»Ohne zu schwänzen. Da achten meine Pflegeeltern drauf.«

»Die Sozialarbeiterin wird sich freuen.«

Es waren einige Monate vergangen, seit Parker ihn gebeten hatte, seine Aussage durch letzte Einzelheiten zu vervollständigen, doch in dieser Zeit schien ihm Brogan beinahe noch kindlicher geworden zu sein, wie auf eine frühere Entwicklungsstufe zurückgetrieben durch die Ereignisse der vergangenen Monate.

Er sah Parker scheu an. »Sind Sie nur deswegen gekommen – um zu sehen, wie's mir geht?«

»Nein«, antwortete Parker ruhig, »ich bin gekommen, um dir zu sagen, daß dein Vater heute vor Gericht war. Der Fall geht jetzt an ein höheres Gericht, das sich mit Strafsachen befaßt, und dann wirst du als Zeuge aussagen müssen.«

»Kommt er ins Gefängnis?«

Eine heikle Frage, dachte Parker. Ein guter Vater war Healey seinem Sohn weiß Gott nicht gewesen, aber er war eben doch sein Vater, und Parker war nicht sicher, wie Brogan reagieren würde, wenn er hörte, daß eine Gefängnisstrafe so gut wie unvermeidlich war. Healey plädierte auf Totschlag bei verminderter Schuldfähigkeit. Er würde vielleicht sogar damit durchkommen, vermutete Parker, aber nicht, wenn die Staatsanwaltschaft die Krankengeschichte von Brogans Mutter vorlegte und die Geschworenen davon überzeugt werden konnten, daß Healey, in dem Moment, als er die Brechstange gepackt hatte, mehr als nur das Vogelgehege zerstören wollte. Nachdem Healey Roland Barnes hatte aus dem Haus kommen sehen, waren mehrere Sekunden vergangen. Roly hatte seinen Finken nachgeschaut, die über den Kran hinweg in die Freiheit geflogen waren, und Healey hatte sich an ihn angeschlichen wie eine Katze an einen Vogel und hatte ihm mit einem einzigen Schlag von hinten den Schädel gespalten.

»Das ist schwer zu sagen«, antwortete Parker. »Er macht verminderte Schuldfähigkeit geltend, und auch der strengste Richter wird zugestehen müssen, daß mildernde Umstände vorliegen. Das Problem ist nur ...«

Er schwieg. Brogan hatte Anspruch auf die Wahrheit.

Besser, sie ihm gleich zu sagen, als falsche Hoffnungen zu wecken. »Ja, er kommt ins Gefängnis«, sagte Parker.

Brogan reagierte kaum, und Parker fragte behutsam: »Alles in Ordnung?«

Brogan stand gegenüber einem Spiegel, der über dem Kaminsims hing. In ihm wurde das Fenster gespiegelt, dem Parker den Rücken zugewandt hatte. Ein kleiner einheimischer Fink hockte dort auf dem Sims. Brogan hielt fest seinen Blick auf ihn gerichtet, als er sagte: »Mir ist das ziemlich egal. Er war sowieso nie da.«

»Nein – na ja ... er hat sein Bestes getan.«

Brogan antwortete nicht, und Parker fragte sich, was ihm durch den Kopf ging. »Möchtest du darüber reden?« fragte er.

»Der Mann ... der Mann, den Sie in dem Alkoven gefunden haben ...«

»Douglas Byrne?«

»Vielleicht wollte Roly mir nie was tun. Vielleicht hat er den getötet, damit er mich nicht tötet.«

»Brogan ...«, sagte Parker.

»Roly war immer lieb zu mir. Er hat mir Vögel geschenkt. Er war ...«

Er verstummte, und Parker mußte sich mit Gewalt zurückhalten, um nicht den Jungen bei den Schultern zu packen und ihn zu schütteln.

»Er war mein Freund«, sagte Brogan.

Wieder ruhig geworden, entgegnete Parker: »Für Joseph und Gary war er kein Freund.«

»Das war Byrne«, behauptete Brogan, und Parker begriff, daß dies weder die Zeit noch der Ort war, um zu diskutieren. Irgendwann würde Brogan begreifen, wie nahe dran er gewesen war, ein ähnliches Schicksal zu erleiden wie die beiden Jungen, deren Verschwinden ihn – Parker – jahrelang fast Tag und Nacht beschäftigt hatte. Im Augenblick glaubte Brogan, Roly sei ihm in einer Zeit, da er sonst keinen Menschen gehabt hatte, ein Freund gewesen.

Parker hatte den Eindruck, daß der Junge seinen Mut zusammennahm, um eine Frage zu stellen, und er ließ ihm Zeit.

»Wie viele ...?« Brogan brach ab und versuchte es noch einmal: »Waren es noch mehr?«

Parker dachte an ihre Ermittlungen bei der Firma zurück, bei der Gifford angestellt gewesen war. Bei Pierce und Newman hatte man keinerlei Unterlagen über irgendwelche ungewöhnlichen Funde im Bickley-Forst gehabt. Pierce selbst war tot, und Parker konnte nur hoffen, daß er sein Geheimnis in die Hölle mitgenommen hatte.

»Manches werden wir wohl nie beweisen können«, sagte er und wußte im selben Moment, daß Brogan sich an diese Worte klammern würde und sie ihm Beweis genug waren, daß Roly keinem Menschen etwas zuleide getan hatte und auch ihm nichts zuleide getan hätte.

Es war sehr still in dem kleinen Zimmer.

»Roly hätte mir nichts getan«, sagte Brogan. »Er hat mich gemocht.«

Parker unterdrückte das Verlangen, ihm irgendwie klarzumachen, daß Roly ihn am Ende getötet hätte. »Du bist ein kleiner Glückspilz«, sagte er und streckte Brogan die Hand hin.

Brogan nahm sie unsicher, und obwohl Parkers Hand die seine fest umfaßte, empfand er den Händedruck wie ein Loslassen, als nähmen sie Abschied voneinander.

»Ich komme nicht wieder.«

Er ging, und als er weg war, trat Brogan ans Fenster und betrachtete den Finken. Es war einer, wie er ihn seit dem letzten Frühling nicht gesehen hatte, ein einheimischer Vogel, ziemlich farblos im Vergleich mit seinen exotischen Verwandten in Rolys Gehege. Brogan hatte plötzlich das eigenartige Gefühl, er selbst wäre der Vogel, der da, vom Zimmer durch ein Fenster getrennt, das man vor ihm geschlossen hatte, auf dem Sims hockte. Er sah schlanke Bäume im Glas gespiegelt, Finken, die in ihren Zweigen flatterten, im Hintergrund der Himmel von Manchester.

Der Vogel blickte durch das Fenster herein, der Junge blickte durch das Glas hinaus, und es schien dem Vogel, als läge auf dem Gesicht des Jungen ein Bild von Rolys Vogelgarten.

Dank

Mein Dank gilt Superintendent Mike Hoskins von der Metropolitan Police. Außerdem Duncan Campbell, Greg Dinner und Russell Murray.